Benito Pérez Galdós

La Fontana
de Oro

Barcelona **2024**
Linkgua-ediciones.com

Créditos

Título original: La fontana de oro.

© 2024, Red ediciones S.L.

e-mail: info@red-ediciones.com

Diseño de cubierta: Michel Mallard.

ISBN tapa dura: 978-84-1126-555-3.
ISBN rústica: 978-84-9953-212-7.
ISBN ebook: 978-84-9953-211-0.

Sumario

Créditos _____ 4

Brevísima presentación _____ 9
   La vida _____9

La Fontana de Oro _____ 11

Capítulo I. La Carrera de San Jerónimo en 1821 _____ 13

Capítulo II. El club patriótico _____ 27

Capítulo III. Un lance patriótico y sus consecuencias _____ 37

Capítulo IV. Coletilla _____ 53

Capítulo V. La compañera de Coletilla _____ 59

Capítulo VI. El sobrino de Coletilla _____ 68

Capítulo VII. La voz interior _____ 74

Capítulo VIII. Hoy llega _____ 79

Capítulo IX. Los primeros pasos _____ 87

Capítulo X. La primera batalla _____ 98

Capítulo XI. La tragedia de los Gracos _____ 107

Capítulo XII. La batalla de Platerías _____ 113

Capítulo XIII. No llega el esperado. Llegada de un importuno _____ 121

Capítulo XIV. La determinación _____ **127**

Capítulo XV. Las tres ruinas _____ **133**

Capítulo XVI. El siglo decimoctavo _____ **145**

Capítulo XVII. El sueño del liberal _____ **153**

Capítulo XVIII. Diálogo entre ayer y hoy _____ **156**

Capítulo XIX. El abate _____ **163**

Capítulo XX. Bozmediano _____ **173**

Capítulo XXI. ¡Libre! _____ **181**

Capítulo XXII. El «vía-crucis» de Lázaro _____ **184**

Capítulo XXIII. La Inquisición _____ **194**

Capítulo XXIV. Rosa mística _____ **199**

Capítulo XXV. Virgo Prudentísima _____ **205**

Capítulo XXVI. Los disidentes de la Fontana _____ **212**

Capítulo XXVII. Se queda sola _____ **220**

Capítulo XXVIII. El ridículo _____ **226**

Capítulo XXIX. Las horas fatales _____ **231**

Capítulo XXX. Virgo Fidelis _____ **244**

Capítulo XXXI. La reunión misteriosa _____ 255

Capítulo XXXII. La Fontanilla _____ 260

Capítulo XXXIII. Las arpías se ponen tristes _____ 268

Capítulo XXXIV. El complot. Triunfo de Lázaro _____ 272

Capítulo XXXV. El bonete del Nuncio _____ 281

Capítulo XXXVI. Aclaraciones _____ 294

Capítulo XXXVII. El «via-crucis» de Clara _____ 301

Capítulo XXXVIII. Continuación del «via-crucis» _____ 310

Capítulo XXXIX. Un momento de calma _____ 319

Capítulo XL. El gran atentado _____ 325

Capítulo XLI. Fernando el Deseado _____ 336

Capítulo XLII. Virgo Potens _____ 347

Capítulo XLIII. Conclusión _____ 359

Libros a la carta _____ 367

Brevísima presentación

La vida

Benito Pérez Galdós (Las Palmas, 1843-Madrid, 1920). España.

Nació el 10 de mayo de 1843, y era el menor de los diez hijos de Sebastián Pérez Macías, teniente coronel del Ejército, y María Dolores Galdós Medina. Galdós estudió en el colegio de San Agustín, y mostró interés por la música y la pintura. En 1861 escribió sus primeros textos, y al año siguiente se fue a Madrid para estudiar derecho. Allí colaboró con *La Nación* y la *Revista del Movimiento Intelectual de Europa*.

Tras sus viajes a París, en 1867 y 1868, Galdós profundizó en la obra de Balzac, y tradujo a Dickens. En 1870, escribió sus primeras novelas y publicó en *La Revista de España*, en la cual aparecieron después, por entregas, novelas suyas.

En 1888, tras ser rechazada su segunda candidatura para la Academia, Galdós fue aceptado. Y en 1906 murió Lorenza Cobián, con quien Galdós había tenido una hija, María.

Muy politizado, Galdós ingresó en el partido republicano, fue elegido diputado por Madrid y publicó *España trágica* en el folletín de *El País*. Aunque es uno de los pocos literatos españoles que vivió de la escritura, la inactividad de los últimos años le trajo problemas económicos, por lo que, y pese a la ceguera incipiente, no dejó de escribir. Galdós murió, en Madrid, el 4 de enero de 1920.

La Fontana de Oro

Los hechos históricos o novelescos contados en este libro, se refieren a uno de los períodos de turbación política y social más graves e interesantes en la gran época de reorganización, que principió en 1812 y no parece próxima a terminar todavía. Mucho después de escrito este libro, pues solo sus últimas páginas son posteriores a la Revolución de Septiembre, me ha parecido de alguna oportunidad en los días que atravesamos, por la relación que pudiera encontrarse entre muchos sucesos aquí referidos y algo de lo que aquí pasa; relación nacida, sin duda, de la semejanza que la crisis actual tiene con el memorable período de 1820-23. Esta es la principal de las razones que me han inducido a publicarlo.

B. P. G.

Diciembre de 1870.

11

Capítulo I. La Carrera de San Jerónimo en 1821

Durante los seis inolvidables años que mediaron entre 1814 y 1820, la villa de Madrid presenció muchos festejos oficiales con motivo de ciertos sucesos declarados faustos en la Gaceta de entonces. Se alzaban arcos de triunfo, se tendían colgaduras de damasco, salían a la calle las comunidades y cofradías con sus pendones al frente, y en todas las esquinas se ponían escudos y tarjetones, donde el poeta Arriaza estampaba sus pobres versos de circunstancias. En aquellas fiestas, el pueblo no se manifestaba sino como un convidado más, añadido a la lista de alcaldes, funcionarios, gentiles-hombres, frailes y generales; no era otra cosa que un espectador, cuyas pasivas funciones estaban previstas y señaladas en los artículos del programa, y desempeñaba como tal el papel que la etiqueta le prescribía.

Las cosas pasaron de distinta manera en el período del 20 al 23, en que ocurrieron los sucesos que aquí referimos. Entonces la ceremonia no existía, el pueblo se manifestaba diariamente sin previa designación de puestos impresa en la Gaceta; y sin necesidad de arcos, ni oriflamas, ni banderas, ni escudos, ponía en movimiento a la villa entera; hacía de sus calles un gran teatro de inmenso regocijo o ruidosa locura; turbaba con un solo grito la calma de aquel que se llamó el Deseado por una burla de la historia, y solía agruparse con sordo rumor junto a las puertas de Palacio, de la casa de Villa o de la iglesia de Doña María de Aragón, donde las Cortes estaban.

¡Años de muchos lances fueron aquellos para la destartalada, sucia, incómoda, desapacible y oscura villa! Sin embargo, no era ya Madrid aquel lugarón fastuoso del tiempo de los reyes tudescos: sus gloriosas jornadas del 2 de Mayo y del 3 de Diciembre, su iniciativa en los asuntos políticos, la enaltecían sobremanera. Era, además, el foro de la legislación constituyente de aquella época, y la cátedra en que la juventud más brillante de España ejercía con elocuencia la enseñanza del nuevo derecho.

A pesar de todos estos honores, la villa y corte tenía un aspecto muy desagradable. Mari-Blanca continuaba en la Puerta del Sol como la más concreta expresión artística de la cultura matritense. Inmutable en su grosero pedestal, la estatua, que en anteriores siglos había asistido al tumulto de Oropesa y al motín de Esquilache, presidía ahora el espectáculo de la

13

actividad revolucionaria de este buen pueblo, que siempre convergía a aquel sitio en sus ovaciones y en sus trastornos.

Si fuera posible trasladar al lector a las gradas de San Felipe, capitolio de la chismografía política y social, o sentarle en el húmedo escaño de la fuente de Mari-Blanca, punto de reunión de un público más plebeyo, comprendería cuán distinto de lo que hoy vemos era lo que veían nuestros abuelos hace medio siglo. De fijo llamaría su atención que una gran parte de los ociosos, que en aquel sitio se reúnen desde que existe, lo abandonaban a la caída de la tarde para dirigirse a la Carrera de San Jerónimo o a otra de las calles inmediatas. Aquel público iba a los clubs, a las reuniones patrióticas, a La Fontana de Oro, al Grande Oriente, a Lorencini, a La Cruz de Malta. En los grupos sobresalían algunas personas que, por su ademán solemne, su mirada protectora, parecían ser tenidas en grande estima por los demás. Aparentaban querer imponer silencio a la multitud; otras veces, extendiendo los brazos en cruz, volvíanse atrás como quien pide atención: todo esto hecho con una oficiosa gravedad que indicaba influjo muy grande o presunción no pequeña.

La mayor parte se dirigía a la Carrera. Es porque allí estaba el club más concurrido, el más agitado, el más popular de los clubs: La Fontana de Oro. Ya entraremos también en el café revolucionario. Antes crucemos, desde el Buen Suceso a los Italianos, esta alegre y animada Carrera de los Padres Jerónimos, que era entonces lo que es hoy y lo que será siempre: la calle más concurrida de la capital.

Pero hoy, cuando veis que la mayor parte de la calle está formada por viviendas particulares, no podéis comprender lo que era entonces una vía pública ocupada casi totalmente por los tristes paredones de tres o cuatro conventos. Imposible es comprender hoy la oscuridad que proyectaban sobre la entrada de la Carrera el ancho paredón del Monasterio de la Victoria por un lado, y la sucia y corroída tapia del Buen Suceso por otro. Más allá formaban en línea de batalla las monjas de Pinto; por encima de la tapia, que servía de prolongación al convento, se veían las copas de los cipreses plantados junto a las tumbas. Enfrente campeaba la ermita de los Italianos, no menos ridícula entonces que hoy, y más abajo, en lo más rápido del declive, el Espíritu Santo, que después fue Congreso de los Diputados.

Las casas de los grandes alternaban con los conventos. En lo más bajo de la calle se veía la vasta fachada del palacio de Medinaceli, con su ancho escudo, sus innumerables ventanas, su jardín a un lado y su fundación piadosa a otro; enfrente los Valmedianos, los Pignatellis y Gonzagas; más acá los Pandos y Macedas, y, finalmente, la casa de Híjar, que hasta hace poco ostentaba en su puerta la cadena histórica, distintivo de la hospitalidad ofrecida a un monarca. Quedaba para casas particulares, para tiendas y sitios públicos la tercera parte de la calle: esto es lo que describiremos con más detención, porque es importante dar a conocer el gran escenario donde tendrán lugar algunos importantes hechos de esta historia.

Entrando por la Puerta del Sol, y pasado el convento de la Victoria, se hallaba un gran pórtico, entrada de una antiquísima casa que, a pesar de su escudo decorativo, grabado en la clave del balcón, era en aquel tiempo una casa de vecindad en que vivían hasta media docena de honradas familias. Su noble origen era indudable; pero fue adquirida no sabemos cómo por la comunidad vecina, que la alquiló para atender a sus necesidades. En dicho portal, bastante espacioso para que entraran por él las enormes carrozas de su primitivo señor, tenía su establecimiento un memorialista, secretario de certificaciones y misivas; y en el mismo portal, un poco más adentro, estaban los almacenes de quincalla de un hermano de dicho memorialista, que había venido de Ocaña a la Corte para hacer carrera en el comercio. Constaba su tienda de tres menguados cajoncillos, en que había algunos paquetes de peines, unas cuantas cajas de obleas, juguetes de chicos y un gran manojo de rosarios con cruces y medallones de estaño.

La parte de la izquierda, y especialmente el rincón contiguo a la puerta, era un lugar en el que el público ejercía un incontestable derecho de servidumbre. Era un centro urinario: la secreción pública había trocado aquel rincón en foco de inmundicia, y especialmente por las noches la ofrenda líquida aumentaba de tal modo, que el escribiente y su hermano hacían propósito firme de abandonar el local. En vano se amonestaba al público con terribles pragmáticas de policía urbana, promulgadas por la autorizada voz del memorialista. El público no renunciaba por esto a su costumbre, y de seguro lo habrían pasado mal los dos hermanos si hubieran tratado de impedir por la fuerza la libertad mingitoria, autorizada por un derecho consuetudinario

15

que, según la feliz expresión de un parroquiano de aquel sitio, radicaba en la naturaleza del hombre y en la hospitalidad forzosa del vecindario.

Enfrente de este portal clásico había una puertecilla, y por los dos yelmos de Mambrino, labrados en finísimo metal de Alcaraz y suspendidos a un lado y otro, se venía en conocimiento de que aquello era una barbería. Por mucho de notable que tuviera el exterior de este establecimiento, con su puerta verde, sus cortinas blancas, su redoma de sanguijuelas, su cartel de letras rojas, adornado con dos viñetas dignas de Maella, que representaban la una un individuo en el momento de ser afeitado, y la otra una dama a quien sangraban en un pie, mucho más notable era su interior. Tres mozos, capitaneados por el maestro Calleja, rapaban semanalmente las barbas de un centenar de liberales de los más recalcitrantes. Allí se discutía, se hablaba del Rey, de las Cortes, del Congreso de Verona, de la Santa Alianza. Oiríais allí la peroración contundente del oficial primero y más antiguo, mozo que se decía pariente de Porlier, el mártir de la Libertad. Al compás de la navaja se recitaban versos amenizados con agudezas políticas; y las voces camarilla, coletilla, trágala, Elío, la Bisbal, Vinuesa, formaban el fondo de la conversación. Pero lo más notable de la barbería más notable de Madrid, era su dueño, Gaspar Calleja (se había quitado el Don después de 1820), héroe de la revolución, y uno de los mayores enemigos que tuvo Fernando el año 14. Así lo decía él.

Más lejos estaba la tienda de géneros de unos irlandeses establecidos aquí desde el siglo pasado. Vendían, juntamente con el raso y el organdí, encajes flamencos y catalanes, alepín para chalecos, ante para pantalones, corbatas de color de las llamadas guirindolas, y carrikes de cuatro cuellos, que estaban entonces en moda. El patrón era un irlandés gordo y suculento, de cara encendida, lustrosa y redonda como un queso de Flandes. Tenía fama de ser un servilón de a folio; pero, si esto era cierto, las circunstancias constitucionales del país, y especialmente de la Carrera de San Jerónimo, le obligaban a disimularlo. Fundábanse los que tan feo vicio imputaban al irlandés, en que cuando pasaba por la calle la Majestad de Fernando o Amalia, la Alteza de mi tío el doctor o de don Carlos, el buen comerciante dejaba apresuradamente su vara y su escritorio para correr a la puerta, asomándose con ansiedad y mirando la real comitiva con muestras de ternura y adhesión.

Pero esto pasaba, y el irlandés volvía a su habitual tarea, haciendo todas las protestas que sus amigos le exigían.

Cerca de la tienda del irlandés se abría la puerta de una librería, en cuyo mezquino escaparate se mostraban abiertos por su primera hoja algunos libros, tales como la *Historia de España*, por Duchesnes; las novelas de Voltaire, traducidas por autor anónimo; *Las noches*, de Young; el *Viajador sensible*, y la novela de *Arturo y Arabella*, que gozaba de gran popularidad en aquella época. Algunas obras de Montiano, Porcell, Arriaza, Olavide, Feijoo, un tratado del lenguaje de las flores y la *Guía del comadrón*, completaban el repertorio.

Al lado, y como formando juego con este templo literario, estaba una tienda de perfumería y bisutería con algunos objetos de caza, de tocador y de encina, que todo esto formaba comercio común en aquellos días. Por entre los botes de pomadas y cosméticos; por entre las cajas de alfileres y juguetes, se descubría el perfil arqueológico de una vieja que era ama, dependiente y aun fabricante de algunas drogas. Más allá había otra tienda oscura, estrecha y casi subterránea en que se vendían papel, tinta y cosas de escritorio, amén de algún braguero u otro aparato ortopédico de singular forma. En la puerta pendía colgado de una espetera un manojo de plumas de ganso, y en lo más profundo y más lóbrego de la tienda lucían, como los ojos de un lechuzo en el recinto de una caverna, los dos espejuelos resplandecientes de don Anatolio Mas, gran jefe de aquel gran comercio.

Enfrente había una tienda de comestibles; pero de comestibles aristocráticos. Existía allí un horno célebre, que asaba por Navidades más de cuatrocientos pavos de distintos calibres. Las empanadas de perdices y de liebres no tenían rival; sus pasteles eran celebérrimos, y nada igualaba a los lechoncillos asados que salían de aquel gran laboratorio. En días de convite, de cumpleaños o de boda, no encargar los principales platos a casa de Perico el Mahonés (así le llamaban), hubiera sido indisculpable desacato. Al por menor se vendían en la tienda: rosquillas, bizcochos, galletas de Inglaterra y mantecadas de Astorga.

No lejos de esta tienda se hallaban las sedas, los hilos, los algodones, las lanas, las madejas y cintas de doña Ambrosia (antes de 1820 la llamaban la tía Ambrosia), respetable matrona, comerciante en hilado; el exterior de su tienda parecía la boca escénica de un teatro de aldea. Por aquí colgaba, a guisa de pendón, una pieza de lanilla encarnada; por allí un ceñidor de majo; más allá ostentaba una madeja sus innumerables hilos blancos, semejando los pistilos de gigantesca flor; de lo alto pendía algún camisolín, infantiles trajes de mameluco, cenefas de percal, sartas de pañuelos, refajos y colgaduras. Encima de todo esto, una larga tabla en figura de media, pintada de negro, fija en la muralla y perpendicular a ella, servía de muestra principal. En el interior todo era armonía y buen gusto; en el trípode del centro tenían poderoso cimiento las caderas de doña Ambrosia, y más arriba se ostentaba el pecho ciclópeo y corpulento busto de la misma. Era española rancia, manchega y natural de Quintanar de la Orden, por más señas; señora de muy nobles y cristianos sentimientos. Respecto a sus ideas políticas, cosa esencial entonces, baste decir que quedó resuelto, después de grandes controversias en toda la calle, que era una servilona de lo más exagerado.

Estas tiendas, con sus respectivos muestrarios y sus tenderos respectivos, constituían la decoración de la calle; había además una decoración movible y pintoresca, formada por el gentío que en todas direcciones cruzaba, como hoy, por aquel sitio. Entonces los trajes eran singularísimos. ¿Quién podría describir hoy la oscilación de aquellos puntiagudos faldones de casaca? ¿Y aquellos sombreros de felpa con el ala retorcida y la copa aguda como pilón de azúcar? ¿Se comprenden hoy los tremendos sellos de reloj, pesados como badajos de campana, que iban marcando con impertinente retintín el paso del individuo? Pues ¿y las botas a la farolé y las mangas de jamón, que serían el último grado de la ridiculez, si no existieran los tupés hiperbólicos, que asimilaban perfectamente la cabeza de un cristiano a la de un guacamayo?

El gremio cocheril exhibía allí también sus más característicos individuos. Lo menos veinte veces al día pasaban por esta calle las carrozas de los grandes que en las inmediaciones vivían. Estas carrozas, que ya se han sumergido en los oscuros abismos del no ser, se componían de una especie de navío de línea, colocado sobre una armazón de hierro; esta armazón se movía con la pausada y solemne revolución de cuatro ruedas, que no tenían velocidad más que para recoger el fango del piso y arrojarlo sobre la gente de a pie. El vehículo era un inmenso cajón: los de los días gordos estaban adornados con placas de carey. Por lo común las paredes de los ordinarios eran de nogal bruñido, o de caoba, con finísimas incrustaciones de marfil o metal blanco. En lo profundo de aquel antro se veía el nobilísimo perfil de algún prócer esclarecido, o de alguna vieja esclarecidamente fea. Detrás de esta máquina, clavados en pie sobre una tabla, y asidos a pesadas borlas, iban dos grandes levitones que, en unión de dos enormes sombreros, servían para patentizar la presencia de dos graves lacayos, figuras simbólicas de la etiqueta, sin alma, sin movimientos y sin vida. En la proa se elevaba el cochero, que en pesadez y gordura tenía por únicos rivales a las mulas, aunque estas solían ser más racionales que él.

Rodaba por otro lado el vehículo público, tartana, calesa o galera, el carromato tirado por una reata de bestias escuálidas; y entre todo esto el esportillero con su carga, el mozo con sus cuerdas, el aguador con su cuba, el prendero con su saco y una pila de seis o siete sombreros en la cabeza, el ciego con su guitarra y el chispero con su sartén.

Mientras nos detenemos en esta descripción, los grupos avanzan hacia la mitad de la calle y desaparecen por una puerta estrecha, entrada a un local, que no debe de ser pequeño, pues tiene capacidad para tanta gente. Aquella es la célebre Fontana de Oro, café y fonda, según el cartel que hay sobre la puerta; es el centro de reunión de la juventud ardiente, bulliciosa, inquieta por la impaciencia y la inspiración, ansiosa de estimular las pasiones del pueblo y de oír su aplauso irreflexivo. Allí se había constituido un club, el más célebre e influyente de aquella época. Sus oradores, entonces neófitos exaltados de un nuevo culto, han dirigido en lo sucesivo la política del país; muchos de ellos viven hoy, y no son por cierto tan amantes del bello principio que entonces predicaban.

Pero no tenemos que considerar lo que muchos de aquellos jóvenes fueron en años posteriores. Nuestra historia no pasa más acá de 1821. Entonces una democracia nacida en los trastornos de la revolución y alzamiento nacional, fundaba el moderno criterio político, que en cincuenta años se ha ido difícilmente elaborando. Grandes delirios bastardearon un tanto los nobles esfuerzos de aquella juventud, que tomó sobre sí la gran tarea de formar y educar la opinión que hasta entonces no existía. Los clubs, que comenzaron siendo cátedras elocuentes y palestra de la discusión científica, salieron del círculo de sus funciones propias aspirando a dirigir los negocios públicos, a amonestar a los gobiernos e imponerse a la nación. En este terreno fue fácil que las personalidades sucedieran a los principios, que se despertaran las ambiciones, y lo que es peor, que la venalidad, cáncer de la política, corrompiera los caracteres. Los verdaderos patriotas lucharon mucho tiempo contra esta invasión. El absolutismo, disfrazado con la máscara de la más abominable demagogia, socavó los clubs, los dominó y vendiolos al fin. Es que la juventud de 1820, llena de fe y de valor, fue demasiado crédula o demasiado generosa. O no conoció la falacia de sus supuestos amigos, o conociéndola, creyó posible vencerlos con armas nobles, con la persuasión y la propaganda.

Una sociedad decrépita, pero conservando aún esa tenacidad incontrastable que distingue a algunos viejos, sostenía encarnizada guerra con una sociedad lozana y vigorosa llamada a la posesión del porvenir. En este libro asistiremos a algunos de sus encuentros.

Sigamos nuestra narración. Los curiosos se paraban ante la Fontana; salían los tenderos a las puertas; el barbero Calleja, que se hacía llamar ciudadano Calleja, estaba también en su puerta pasando una navaja, y contemplando el club y a sus parroquianos con una mirada presuntuosa, que quería decir: «si yo fuera allá...».

Algunas personas se acercaban a la barbería formando corro alrededor del maestro. Uno llegó muy presuroso y preguntó:

«¿Qué hay? ¿Ocurre algo?».

Era el recién venido uno de esos individuos de edad indefinible, de esos que parecen viejos o jóvenes, según la fuerza de la luz o la expresión que dan al semblante. Su estatura era pequeña, y tenía la cabeza casi inmediatamente adherida al tronco, sin mas cuello que el necesario para no ser enteramente jorobado. El abdomen le abultaba bastante, y generalmente cruzaba las manos sobre él con movimiento de cariñosa conservación. Sus ojos eran medio cerrados y pequeños, pero muy vivos, formando armoniosa simetría con sus labios delgados, largos y elásticos, que en los momentos más ardorosos de la conversación avanzaban formando un tubo acústico que daba a su voz intensidad extraordinaria. A pesar de su traje seglar, había en este personaje no sé qué de frailuno. Su cabeza parecía hecha para la redondez del cerquillo, y el ancho gabán que envolvía su cuerpo, más que gabán, parecía un hábito. Tenía la voz muy destemplada y acre; pero sus movimientos eran sumamente expresivos y vehementes.

Para concluir, diremos que este hombre se llamaba Gil de nombre y Carrascosa de apellido; educáronle los frailes agustinos de Móstoles, y ya estaba dispuesto para profesar, cuando se marchó del convento, dejando a los padres con tres palmos de boca abierta. A fines del siglo logró, por amistades palaciegas, que le hicieran abate; mas en 1812 perdió el beneficio, y depuso el capisayo. Desde entonces fue ardiente liberal hasta la vuelta de Fernando, en que sus relaciones con el favorito Alagón le proporcionaron un destino de covachuelista con diez mil reales. Entonces era absolutista decidido; pero la Jura de la Constitución por Fernando en 1820 le hizo variar de opiniones, hasta el punto de llegar a alistarse en la sociedad de los Comuneros y formar pandilla con los más exaltados. Cuando tengamos ocasión de penetrar en la vida privada de Carrascosa, sabremos algunos detalles de cierta aventura con una beldad quintañona de la calle de la Gorguera, y sabremos también los malos ratos que con este motivo le hizo pasar cierto estudiantillo, poeta clásico, autor de la nunca bien ponderada tragedia de los Gracos.

«¿Pues no ha de ocurrir? —dijo Calleja—. Hoy tenemos sesión extraordinaria en la Fontana. Se trata de pedir al Rey que nombre un Ministerio exaltado, porque el que está no nos gusta. Tendremos discurso de Alcalá Galiano».

—Aquel andaluz feo...

—Sí, ese mismo. El que el mes pasado dijo: No haya perdón ni tregua para los enemigos de la libertad. ¿Qué quieren esos espíritus oscuros, esos...? Y por aquí seguía con un pico de oro...

—Ya les dará que hacer —observó Carrascosa—. ¡Qué elocuencia! ¡Qué talento el de ese muchacho!

—Pues yo, señor don Gil —manifestó Calleja—, respetando la opinión de usted, para mí tan competente, diré...

Y aquí tosió dos veces, emitió un par de gruñidos por vía de proemio, y continuó:

«Diré que, aunque admiro como el que más las dotes del joven Alcalá Galiano, prefiero a Romero Alpuente, porque es más expresivo, más fuerte, más... pues. Dice todas las cosas con un arranque... por ejemplo, aquello de ¡al que quiera hierro, hierro!, y aquello de ¡no buscan los tiranos su apoyo en la vara de la justicia; búscanle en los maderos del cadalso, en el hombro deshonrado del verdugo! Si le digo a usted que es un...

—Pues yo —contestó el ex-abate—, aunque admiro también a Romero Alpuente, prefiero a Alcalá Galiano, porque es más exacto, más razonador...

—Se engaña usted, amigo Carrascosa. No me compare usted a ese hombre con el mío; que todos los oradores de España no llegan al zancajo de Romero Alpuente. Pues ¿y aquel pasaje de los abajos? Cuando decía: ¡Abajo los privilegios, abajo lo superfluo, abajo ese lujo que llaman rey...! ¡Ah! Si es mucha boca aquella...

Calleja repetía estos trozos de discurso con mucho énfasis y afectación. Recordaba la mitad de lo que oía, y al llegar la ocasión comenzaba a desembuchar aquel arsenal oratorio, mezclándolo todo y haciendo de distintos fragmentos una homilía insubstancial y disparatada. Se nos olvidaba decir que este ciudadano Calleja era un hombre muy corpulento y obeso; pero aunque parecía hecho expresamente por la Naturaleza para patentizar los puntos de semejanza que puede haber entre un ser humano y un toro, su voz era tan clueca, fallida y aternerada, que daba risa oírle declamar los retazos de discursos que aprendía en la Fontana.

«Pues no estamos conformes —contestó Carrascosa, accionando con mucho aplomo—, porque ¿qué tiene que ver esa elocuencia con la de Alcalá, el cual es hombre que, cuando dice 'allá voy', le levanta a uno los pies del suelo?».

—Es verdad —dijo, terciando en el debate, uno de los circunstantes, que debía de ser torero, a juzgar por su traje y la trenza que en el cogote tenía—; es verdad. Cuando Alcalá embiste a los tiranos y se empieza a calentar... Pues no fue mal puyazo el que le metió el otro día a la Inquisición. Pero, sobre todo, lo que más me gusta es cuando empieza bajito y después va subiendo, subiendo la voz... Les digo a ustedes que es el espada de los oraores.

—Señores —afirmó Calleja—, repito que todos esos son unos muñecos al lado de Romero Alpuente. ¡Cómo puso a los frailes hace dos noches! ¿A que no saben ustedes lo que les dijo? ¿A que no saben...? Ni al mismo demonio se le ocurre... Pues los llamó... ¡sepulcros blanqueados!... Miren qué mollera de hombre...

—No se empeñe usted, Calleja —refunfuñó el ex-covachuelista con alguna impertinencia.

—Pero venga usted acá, señor don Gil —dijo Calleja, haciendo todo lo posible por engrosar la voz—. ¡Si sabré yo quién es Alcalá Galiano y los puntillos que calzan todos ellos! ¡A mí con esas! Yo, que les calo a todos desde que les veo, y no tengo más que oírles decir castañas para saber de qué palo están hechos...

—Creo, señor don Gaspar, que está usted muy equivocado, y no sé por qué se cree usted tan competente —indicó Carrascosa en tono muy grave.

—¿Pues no he de serlo? ¡Yo, que paso las noches oyéndoles a todos, no saber lo que son! Vamos, que algunos que se tienen por muy buenos no son más que ingenios de ración y equitación.

—Es verdad también que Romero Alpuente no es ningún rana —dijo otro de los presentes.

—¿Cómo rana? —exclamó, animándose, Calleja—. ¡Que le sobra talento por los tejados!... Y a usted, señor Carrascosa, ¿quién le ha dicho que yo no soy competente? ¿Quién es usted para saberlo?

—¿Que quién soy? ¿Y usted qué entiende de discursos?

—Vamos, señor don Gil, no apure usted mi paciencia. Le digo a usted que le tengo por un ignorante lleno de presunción.

—Respete usted, señor Calleja —exclamó don Gil un poco conmovido—; respete usted a los que por sus estudios están en el caso de... Yo... yo soy graduado en cánones en la Complutense.

—Cánones, ya. Eso es cosa de latín. ¿Qué tiene que ver eso con la política? No se meta en esas cuestiones, que no son para cabezas ramplonas y de cuatro suelas.

—Usted es el que no debe meterse en ellas —exclamó Carrascosa sin poderse contener—; y el tiempo que le dejan libre las barbas de sus parroquianos, debe emplearlo en arreglar su casa.

—Oiga usted, señor pedante complutense, canonista, teatino, o lo que sea, váyase a mondar patatas al convento de Móstoles, donde estará más en su lugar que aquí.

—Caballero —dijo Carrascosa, poniéndose de color de un tomate y mirando a todos lados para pedir auxilio, porque aunque tenía al barbero por lo que era, por un solemne gallina, no se atrevía con aquel corpachón de ocho pies.

—Y ahora que recuerdo —añadió con desdén el rapista—, no me ha pagado usted las sanguijuelas que llevó para esa señora de la calle de la Gorguera, hermana del tambor mayor de la Guardia Real.

—¿También me llama usted estafador? Mejor haría el ciudadano Calleja en acordarse de los diez y nueve reales que le prestó mi primo, el que tiene la pollería en la calle Mayor; reales que le ha pagado como mi abuela.

—Vamos, que tú y el pollero sois los dos del mismo estambre.

—Sí, y acuérdese de la guitarrilla que le robó a Perico Sardina el día de la merienda de Migas Calientes.

—¿La guitarrilla, eh? ¿Dice usted que yo le robé una guitarrilla? Vamos, no me venga usted a mí con indirectas... —contestó el barbero, queriendo parecer sereno.

—Véngase usted aquí con pamplinas: si no le conoceremos, señor Callejón angosto.

—Anda, que te quedaste con la colecta el día de San Antón. ¡Catorce pesos! Pero entonces eras realista y andabas al rabo de Ostolaza para que te hiciera limpia-polvos de alguna oficina. Entonces dabas vivas al Rey absoluto, y en la estudiantina del Carnaval le ofreciste un ramillete en el Prado. Anda, aprende conmigo, que, aunque barbero, he sido siempre liberal, sí, señores. Liberal, aunque barbero; que yo no soy cualquier vende-humos, sino un ciudadano honrado y liberal como cualquiera. Pero miren a estos realistones: ahora han cambiado de casaca. Después que con sus delaciones tenían las cárceles ataruadas de gente, se agarran a la Constitución, y ya están en campaña como toro en plaza, dando vivas a la libertad.

—Señor Calleja, usted es un insolente.

—¡Servilón!

Esta voz era el mayor de los insultos en aquella época. Cuando se pronunciaba, no había remedio: era preciso reñir.

Ya el arma ingeniosa, que la industria ha creado para el mejoramiento y cultivo de las barbas de la mitad del género humano, se alzaba en la mano del iracundo barbero; ya el agudo filo resplandecía en lo alto, próximo a caer sobre el indefenso cráneo del que fue lego, abate y covachuelista, cuando otra mano providencial atajó el golpe tremendo que iba a partir en dos tajadas a todo un graduado en cánones de la Complutense. Esta mano protectora era la mano robusta de la mujer de Calleja, la cual, desconcertada y trémula al ver desde el rincón de su tienda la actitud terriblemente agresiva de su esposo, dejó con rapidez la labor, echó en tierra al chicuelo, que en uno de sus monumentales pechos se alimentaba, y arreglándose lo mejor que pudo el mal encubierto seno, corrió a la puerta y libró al pobre Carrascosa de una muerte segura.

Las tres figuras permanecieron algunos segundos formando un bello grupo. Calleja, con el brazo alzado y el rostro encendido; su esposa, que era tan gigantesca como él, le sostenía el brazo; el pobre Gil, mudo y petrificado de espanto. Doña Teresa Burguillos, que así se llamaba la dama, era de formas colosales y bastas; pero tenía en aquellos momentos cierta majestad en su actitud, la cual recordaba a Minerva en el momento de detener la mano de Aquiles, pronta a desnudar el terrible acero clásico. El Agamenón de la Covachuela ofrecía un aspecto poco académico en verdad.

«Ciudadano Calleja —dijo aquella señora en tono muy reposado—, no emplees tus armas contra ese pelón, que se pudre a todo pudrir: guárdalas para los tiranos».

Calleja cerró, pues, la navaja, y la guardó para los tiranos.

Don Gil se apartó de allí, llevado por algunos amigos, que quisieron impedir una catástrofe; y poco después, el grupo que allí se había formado estaba disuelto.

La amazona cerró la puerta, y dentro continuó su perorata interrumpida. No queremos referir las muchas cosas buenas que dijo, mientras el muchacho se apoderaba otra vez del pecho, que tan bruscamente había perdido. Baste decir, para que se comprenda lo que valía doña Teresa Burguillos, que sabía leer, aunque con muchas dificultades, hallándose expuesta a entender las cosas al revés; que a fuerza de mascullones podía enterarse de algunos discursos escritos, reteniéndolos en la memoria; que alentada por la barberil elocuencia y liberalesca conducta de su esposo, se había hecho una gran política, y que era muy entusiasta de Riego y de Quiroga, aunque más que los hombres de sable le gustaban los hombres de palabra, llegando hasta decir que no conocía caballero más galantemente discreto que Paco (así mismo) Martínez de la Rosa. Es casi seguro que manifestó deseos de tener delante al bárbaro Elío para clavarle sus tijeras en el corazón. Penetremos ahora en la Fontana.

Capítulo II. El club patriótico

En la Fontana es preciso demarcar dos recintos, dos hemisferios: el correspondiente al café, y el correspondiente a la política. En el primer recinto
había unas cuantas mesas destinadas al servicio. Más al fondo, y formando
un ángulo, estaba el local en que se celebraban las sesiones. Al principio
el orador se ponía en pie sobre una mesa, y hablaba; después el dueño del
café se vio en la necesidad de construir una tribuna. El gentío que allí concu-
rría era tan considerable, que fue preciso arreglar el local, poniendo bancos
ad hoc; después, a consecuencia de los altercados que este club tuvo con
el Grande Oriente, se demarcaron las filiaciones políticas; los exaltados se
encastillaron en la Fontana, y expulsaron a los que no lo eran. Por último, se
determinó que las sesiones fueran secretas, y entonces se trasladó el club
al piso principal. Los que abajo hacían el gasto tomando café o chocolate,
sentían en los momentos agitados de la polémica un estruendo espantoso
en las regiones superiores, de tal modo, que algunos, temiendo que se les
viniera encima el techo con toda la mole patriótica que sustentaba, tomaron
las de Villadiego, abandonando la costumbre inveterada de concurrir al café.

Una de las cuestiones que más preocupaban al dueño fue la manera de
armonizar lo mejor posible el patriotismo y el negocio, las sesiones del club
y las visitas de los parroquianos. Dirigió conciliadoras amonestaciones para
que no hicieran ruido; pero esto parece que fue interpretado como un primer
conato de servilismo, y aumentó el ruido, y se fueron los parroquianos.

En la época a que nuestra historia se refiere, las sesiones estaban todavía
en la planta baja. Aquellos fueron los buenos días de la Fontana. Cada be-
bedor de café formaba parte del público.

Entre los numerosos defectos de aquel local, no se contaba el de ser
excesivamente espacioso: era, por el contrario, estrecho, irregular, bajo, casi
subterráneo. Las gruesas vigas que sostenían el techo no guardaban simetría. Para formar el café fue preciso derribar algunos tabiques, dejando en
pie aquellas vigas; y una vez obtenido el espacio suficiente, se pensó en
decorarlo con arte.

Los artistas escogidos para esto eran los más hábiles pintores de muestra de la Villa. Tendieron su mirada de águila por las estrechas paredes, las

gruesas columnas y el pesado techo del local, y unánimes convinieron en que lo principal era poner unos capiteles a aquellas columnas. Improvisaron unas volutas, que parecían tener por modelo las morcillas extremeñas, y las clavaron, pintándolas después de amarillo. Se pensó después en una cenefa que hiciera el papel de friso en todo lo largo del salón; mas como ninguno de los artistas sabía tallar bajo-relieves, ni se conocían las maravillas del cartón-piedra, se convino en que lo mejor sería comprar un listón de papel pintado en los almacenes de un marsellés recientemente establecido en la calle de Majaderitos. Así se hizo, y un día después la cenefa, engrudada por los mozos del café, fue puesta en su sitio. Representaba unos cráneos de macho cabrío, de cuyos cuernos pendían cintas de flores que iban a enredarse simétricamente en varios tirsos adornados con manojos de frutas, formando todo un conjunto anacreóntico-fúnebre de muy mal efecto. Las columnas fueron pintadas de blanco con ráfagas de rosa y verde, destinadas a hacer creer que eran de jaspe. En los dos testeros próximos a la entrada, se colocaron espejos como de a vara; pero no enterizos, sino formados por dos trozos de cristal unidos por una barra de hojalata. Estos espejos fueron cubiertos con un velo verde para impedir el uso de los derechos de domicilio que allí pretendían tener todas las moscas de la calle. A cada lado de estos espejos se colocó un quinqué, sostenido por una peana anacreóntico-fúnebre también, en donde se apoyaba el receptáculo; y este recibía diariamente de las entrañas de una alcuza, que detrás del mostrador había, la substancia necesaria para arder macilento, humeante, triste y hediondo hasta más de media noche, hora en que su luz, cansada de alumbrar, vacilaba a un lado y otro como quien dice no, y se extinguía, dejando que salvaran la patria a oscuras los apóstoles de la libertad.

El humo de estos quinqués, el humo de los cigarros, el humo del café habían causado considerable deterioro en el dorado de los espejos, en el amarillo de los capiteles, en los jaspes y en el friso clásico. Solo por tradición se sabía la figura y color de las pinturas del techo, debidas al pincel del peor de los discípulos de Maella.

Los muebles eran muy modestos: reducíanse a unas mesas de palo, pintadas de color castaño, simulando caoba en la parte inferior, y embadurnadas de blanco para imitar mármol en la parte superior, y a medio centenar de banquillos de ajusticiado, cubiertos con cojines de hule, cuya crin, por innumerables agujeros, se salía con mucho gusto de su encierro.

El mostrador era ancho; estaba colocado sobre un escalón, y en su fachada tenía un medallón donde las iniciales del amo se entrelazaban en confuso jeroglífico. Detrás de este catafalco asomaba la imperturbable imagen del cafetero, y a un lado y otro de este, dos estantes donde se encerraban hasta cuatro docenas de botellas. Al través de la mitad de estos cristales se veían también bollos, libras de chocolate y algunas naranjas; y decimos la mitad de los cristales, porque la otra mitad no existía, siendo sustituida por pedazos de papel escrito, perfectamente pegados con obleas encarnadas. Por encima de las botellas, por encima del estante, por encima de los hombros del amo, se veía saltar un gato enorme, que pasaba la mayor parte del día acurrucado en un rincón, durmiendo el sueño de la felicidad y de la hartura. Era un gato prudente, que jamás interrumpía la discusión, ni se permitía maullar ni derribar ninguna botella en los momentos críticos. Este gato se llamaba Robespierre.

En el local que hemos descrito se reunía la ardiente juventud de 1820. ¿De dónde habían salido aquellos jóvenes? Unos salieron de las Constituyentes del año 12, esfuerzo de pocos, que acabó iluminando a muchos. Otros se educaron en los seis años de opresión posteriores a la vuelta de Fernando. Algunos brotaron en el trastorno del año 20, más fecundo tal vez que el del 12. ¿Qué fue de ellos? Unos vagaron proscriptos en tierra extranjera durante los diez años de Calomarde; otros perecieron en los aciagos días que siguieron a la triste victoria de los cien mil nietos de San Luis. Entre los que lograron vivir más que el inicuo Fernando, algunos defendieron el mismo principio con igual entereza; otros, creyendo sustentarle, tropezaron con las exigencias de una generación nueva. Encontráronse con que la generación posterior avanzaba más que ellos, y no quisieron seguirla.

Al crearse el club, no tuvo más objeto que discutir en principio las cuestiones políticas; pero poco a poco aquel noble palenque, abierto para esclarecer la inteligencia del pueblo, se bastardeó. Quisieron los fontanistas tener influencia directa en el gobierno. Pedían solemnemente la destitución de un ministro, el nombramiento de una autoridad. Demarcaron los dos partidos moderado y exaltado, estableciendo una barrera entre ambos. Pero aún descendieron más. Como en la Fontana se agitaban las pasiones del pueblo, el gobierno permitía sus excesos para amedrentar al Rey, que era su enemigo. El Rey, entre tanto, fomentaba secretamente el ardor de la Fontana, porque veía en él un peligro para la libertad. La tradición nos ha enseñado que Fernando corrompió a alguno de los oradores e introdujo allí ciertos malvados que fraguaban motines y disturbios con objeto de desacreditar el sistema constitucional. Pero los ministros, que descubrían esta astucia de Fernando, cerraban La Fontana, y entonces esta se irritaba contra el gobierno y trataba de derribarlo. Fomentaba el Rey el escándalo por medio de agentes disfrazados; ayudaba el club a los ministros; estos le herían; vengábase aquel, y giraban todos en un círculo de intrigas, sin que los crédulos patriotas que allí formaban la opinión conociesen la oculta trascendencia de sus cuestiones.

Pero oigamos a Calleja, que pide a voz en cuello que comience la sesión. Dos elementos de desorden minaban la Fontana: la ignorancia y la perfidia. En el primero ocupaba un lugar de preferencia el barbero Calleja. Este patriota capitaneaba una turba de aplaudidores semejantes a él, y la tal cuadrilla alborotaba de tal modo cuando subía a la tribuna un orador que no era de su gusto, que se pensó seriamente en prohibirle la entrada.

En la noche a que nos referimos, nuestro hombre daba con sus pesadas manos tales palmadas, que sonaban como golpes de batán, y los demás metían ruido dando porrazos en el suelo con los bastones. En vano pedían silencio y moderación los del interior, personas entre las cuales había diputados, militares de alta graduación, oradores famosos. Los bullangueros no callaron hasta que subió a la tribuna Alcalá Galiano.

Era este un joven de estatura más que regular, erguido, delgado, de cabeza grande y modales desenvueltos y francos. Tenía el rostro bastante grosero, y la cabeza poblada de encrespados cabellos. Su boca era grande, y muy toscos los labios; pero en el conjunto de la fisonomía había una clara expresión de noble atrevimiento, y en su mirada profunda la penetración y el fuego de los ingenios de la antigua raza.

Comenzó a hablar relatando un suceso de la sesión anterior, que había dado ocasión a que salieran de la Fontana Garelli, Toreno y Martínez de la Rosa. Indicó las diferencias de principio que en lo sucesivo habían de separar a los moderados de los exaltados, y pintó la situación del gobierno con exactitud y delicadeza. Pero cuando con más robusta voz y elocuencia más vigorosa hacía un cuadro de las pasadas desdichas de la nación, ocurrió un incidente que le obligó a interrumpir su discurso. Era que se oía en la calle fuerte ruido de voces, el cual creció formando gran algazara. Muchísimos se levantaron y salieron. El auditorio empezó a disminuir, y al fin disminuyó de tal modo, que el orador no tuvo más remedio que callarse.

Cortado y colérico estaba el andaluz cuando bajó de la tribuna.[1] El tumulto aumentaba fuera, y por fin no quedaron en el café sino cinco o seis personas. Estas querían satisfacer la curiosidad, y acompañadas del mismo Galiano, salieron también.

En diez minutos la Fontana se quedó sin gente, y el rumor exterior pasaba, se oía cada vez más lejano, porque andaba a buen paso la oleada de pueblo que lo producía. Todas las señales eran de que había comenzado una de aquellas asonadas tan frecuentes entonces.

Era ya tarde: los quinqués habían llegado al tercer período de su reverberación dificultosa, es decir, estaban en los instantes precursores de su completo aniquilamiento, y las mechas despedían humo más hediondo y abundante. Uno de los mozos se había marchado a dormir; otro roncaba junto a la puerta, y el tercero había salido con los parroquianos. A lo lejos se oía un eco de voces siniestras, las voces del tumulto popular, que rodaba por la villa, agitándola toda.

El cafetero continuaba inmóvil en su trípode. Dos luminosos puntos de claridad verdosa brillaban detrás de él. Era Robespierre que se acercaba a su amo, y saltando por encima de sus hombros, se ponía delante para recibir una caricia. El hombre del café le pasó la mano afectuosamente por el lomo, y el animal, agradecido, alzó el rabo, arqueó el espinazo, se lamió los bigotes, y después de estirarse muy a sabor, se volvió a su rincón, donde se agazapó de nuevo.

Frente por frente al mostrador, y en el más oscuro sitio del café, principió a destacarse una figura humana, invisible hasta entonces. Esta persona salía de la sombra, y avanzando lentamente hacia el mostrador, entraba en el foco

---

1   El mismo Alcalá Galiano refiere con mucha franqueza este suceso en sus anotaciones a la *Historia de España*, por Dunham. (N. del A.)

de la escasa luz que aclaraba el recinto, siendo posible entonces observar las formas de aquel silencioso y extraño personaje.

Era un hombre de edad avanzada; pero en vez de la decrepitud propia de sus años, mostraba entereza, vigor y energía. Su cara era huesosa, irregular, sumamente abultada en la parte superior; la frente tenía una exagerada convexidad, mientras la boca y los carrillos quedaban reducidos a muy mezquinas proporciones. A esto contribuía la falta absoluta de dientes, que, habiendo hecho de la boca una concavidad vacía, determinaba en sus labios y en sus mejillas depresiones profundas que hacían resaltar más la angulosa armazón de sus quijadas. En su cuello, los tendones, huesos y nervios formaban como una serie de piezas articuladas, cuyo movimiento mecánico se observaba muy bien, a pesar de la piel que las cubría. Los ojos eran grandes y revelaban haber sido hermosos. Por extraño fenómeno, mientras los cabellos habían emblanquecido enteramente, las cejas conservaban el color de la juventud, y estaban formadas de pelos muy fuertes, rígidos y erizados. Su nariz corva y fina debió también de haber sido muy hermosa, aunque al fin, por la fuerza de los años, se había afilado y encorvado más, hasta el punto de ser enteramente igual al pico de un ave de rapiña. Alrededor de su boca, que no era más que una hendidura, y encima de sus quijadas, que no eran otra cosa que una armazón, crecía un vello tenaz, los fuertes retoños blancos de su barba que, afeitada semanalmente en cuarenta años, despuntaban rígidos y brillantes como alambres de plata. Hacían más singular el aspecto de esta cara dos enormes orejas extendidas, colgantes y transparentes. La amplitud de estos pabellones cartilaginosos correspondía a la extrema delicadeza timpánica del individuo, la cual, en vez de disminuir, parecía aumentar con la edad. Su mirada era como la mirada de los pájaros nocturnos, intensa, luminosa y más siniestra por el contraste oscuro de sus grandes cejas, por la elasticidad y sutileza de sus párpados sombríos, que en la oscuridad se dilataban mostrando dos pupilas muy claras. Estas, además de ver mucho, parecía que iluminaban lo que veían. Esta mirada anunciaba la vitalidad de su espíritu, sostenido a pesar del deterioro del cuerpo, el cual era inclinado hacia adelante, delgado y de poca talla. Sus manos eran muy flacas, pudiéndose contar en ellas las venas y los nervios; los dedos parecían, por lo angulosos y puntiagudos, garras de pájaro rapaz.

La piel de la frente era amarilla y arrugada como las hojas de un incunable; y mientras hablaba, esta piel se movía rápidamente y se replegaba sobre las cejas formando una serie de círculos concéntricos alrededor de los ojos, que remataban en semejanza con un lechuzo. Vestía de negro, y en la cabeza llevaba una gorrilla de terciopelo.

Cuando este hombre estuvo cerca del mostrador, levantose el cafetero con recelo, se fue a la puerta de la calle y escuchó atentamente algún tiempo; volvió, se asomó a un ventanillo que daba al patio, y después repitió la misma operación en una puerta que daba a la escalera. De los tres mozos del café, uno solo estaba allí, roncando sobre un banco: el amo le despertó y le despidió. Atrancada bien la puerta, volvió aquel a su trípode, y estableciéndose en ella, miró al del gorro, como si esperara de él una gran cosa.

«¡Buena la has armado! —dijo en voz alta, seguro de no ser escuchado por voces extrañas—. ¡Otro alboroto esta noche! Y dicen que la Guardia Real prepara un gran tumulto. Usted, don Elías, debe saberlo».

—Deje usted andar, amigo; deje usted andar, que ya llegarán —dijo el flaco con voz sonora y profunda.

Y metiendo la mano en el bolsillo, sacó un pequeño envoltorio que, por el sonido que produjo al ser puesto sobre la mesa, indicaba contener dinero. El cafetero miró con singular expresión de cariño el envoltorio, mientras el viejo lo desenvolvió con mucha cachaza, y sacando unas onzas que dentro había, comenzó a contar.

Al ruido de las monedas, Robespierre abrió los ojos; y viendo que no era cosa que le interesaba, los volvió a cerrar, quedándose otra vez dormido. El viejo contó diez medias onzas, y se las dio al del café.

«Vamos, señor don Elías —dijo éste descontento—. ¿Qué hago yo con cinco onzas?».

—Por cinco onzas se vende la diosa misma de la libertad— replicó Elías sin mirar al cafetero.

—Quite usted allá: aquí hay patriotas que no dirán «viva el Rey» por todo el oro del mundo.

—Sí: es mucha entereza la de esos señores —exclamó Elías con un acento de ironía que debía de ser el acento habitual de su palabra.

—Vaya usted a ofrecer dinero a Alcalá Galiano y a Moreno Guerra...

33

—Esos alborotan allá, en las Cortes; de esos no se trata. Tratamos de los que alborotan aquí.

—Pues le aseguro a usted, señor don Elías de mi alma, que con lo que me ha dado, no tengo ni para la correa del zapato del orador más malo de este club.

—Le digo a usted que basta con eso. El señor no está para gastos.

—¡Y qué tacaño se va volviendo el Absoluto! Mala landre le mate, si con estas miserias logra derribar la Constitución.

—Deje usted andar, que ya se arreglará esto —contestó el viejo dando un suspiro. Y al darlo cerró la boca de tal modo, que parecía que la mandíbula inferior se le quedaba incrustada dentro de la superior.

—Pero, don Elías de mis pecados, ¿qué quiere usted que haga yo con cinco onzas...? ¿Qué le pareció aquel sargentón que habló anoche? Dicen que es un bruto; pero lo cierto es que hace ruido y nos sirve bien. Pues me cuesta un ojo de la cara cada párrafo de aquellos que sublevan la multitud y ponen al pueblo encendido... ¡Y hay otros tan reacios, don Elías!... Anteanoche subió a la tribuna uno que suele venir ahí con el barbero Calleja: ¡qué voz de becerro tenía! Empezó a hablar de la Convención, y dijo que era preciso cortar las cabezas de adormidera. Le aplaudieron mucho, y yo confieso que fue una gran cosa, aunque, a decir verdad, no le entendí más que si hubiera hablado en judío. Cuando acabó la sesión, quise picarle para que hablara por segunda vez; pero no sé si caló mis intenciones: lo cierto es que dijo que me iba a cortar el pescuezo, añadiendo que no me descuidara. ¡Qué susto me llevé! ¡Y esto se me paga tan mal! Aquel discurso que pronunció anoche a última hora el estudiantillo valenciano, me costó dos raciones de carne estofada y dos botellas de vino. ¡Ay! Si llegaran a saber estos manejos Alcalá Galiano y Flórez Estrada... le digo a usted que me voy a reír de gusto.

—Esas son las cabezas de adormidera que es preciso cortar —exclamó el viejo, guiñando el ojo y haciendo con la mano derecha, movida horizontalmente, la señal de quien corta alguna cosa.

—Pues fuera una lástima, porque son buenos chicos. Yo, francamente se lo digo a usted, aunque soy en lo íntimo de mi corazón partidario amantísimo de mi Rey absoluto, cuando oigo a esos muchachos, y especialmente cuando veo a Alcalá Galiano subir a la tribuna, y empieza a echar flores por aquella boca, y después culebras, me da un escarabajeo tan grande, que me baila el corazón y me dan ganas de abrazarle.

—Déjalos que griten: eso precisamente es lo que se busca. Mira el motín de esta noche: a ellos se les debe. Con muchos así, pronto estallará la cuerda. Eso es lo que quiere el Rey. ¡Oh! Ya verás qué pronto se despedazarán unos a otros.

—¿Pero qué hago yo con cinco onzas? —volvió a decir el dueño del café.

—Ya lo he dicho. El Rey no está para despilfarros, y para levantar de cascos a esta gente no es preciso mucho dinero.

—¿Que no? Pregúnteselo usted a aquel lego exclaustrado que escribe El Azote: ya me tiene comidas tres onzas de las que usted me trajo la semana pasada. ¿Pues y aquel oficialito que pronunció hace días aquel fuerte discurso en que dijo: Calendas Cartago...?

—Delenda est Carthago, querrá usted decir.

—Eso es: dilenda o calenda, lo mismo da —dijo el del café—. ¡Pues ese oficialito tiene unas tragaderas! Me comió dos empanadas de conejo como dos ruedas de molino. Y sobre todo, con decirle a usted que para conseguir que Andresillo Corcho saliera por esas calles gritando, como usted vio muy bien el domingo, tuve que pagarle todas sus deudas, que eran ocho meses al casero, y qué sé yo cuántos piquillos sueltos a los amigos... Y luego no gana uno para sustos, don Elías. Vuelvo a repetirle a usted que si los liberales de copete descubren estas socaliñas, no me dejarán un hueso en su lugar.

—Mucha cautela, ten mucha cautela: nada de papeles escritos, no me dirijas cartas, no fíes al papel ni una idea sobre este punto —le dijo Elías con severidad.

—Y dígame usted —continuó el del café, bajando la voz como si temiera ser oído por Robespierre—; dígame usted, ¿cuándo se alza la Guardia Real?

—No sé —dijo Elías, encogiéndose de hombros.

—Dicen que la Santa Alianza ha escrito al Rey.

Elías debía de ser hombre prudentísimo, porque contestó «no sé» a secas como a la primera pregunta.

Entonces se oyó otra vez, aunque muy lejano, el mismo ruido de voces, que hizo salir del club a toda la concurrencia.

«Creo que piensan allanar la casa de Toreno».

—Bien: me alegro —dijo el viejo con siniestra satisfacción—. Veo que empiezan a devorarse unos a otros. No podía suceder otra cosa. ¡Oh! Yo entiendo a esta canalla. ¿Y qué había de suceder? ¿España podrá estar mucho tiempo en manos de una gavilla de pensadores desesperados? Si esto durara, yo dudaría de la Providencia, que arregla a las naciones como da aliento a los individuos. España está sin Rey, que es estar sin gloria, sin vida y sin honor. ¿Había, por ventura, Constitución cuando España fue el primer país del mundo? Eso de hacer el pueblo las leyes es lo más monstruoso que cabe. ¿Cuándo se ha visto que el que ha de ser mandado haga las leyes? ¿Sería justo que nuestros criados nos mandaran? Aquí no hay Rey ni Dios. Pero esto se acabará; yo te juro que se acabará.

Al decir esto, el viejo abría los ojos y apretaba los puños con furor. El del café no pudo resistir al encanto de tanta elocuencia, levantose de su trípode y le abrazó. Al alargar sus manos con entusiasmo, una botella cayó y fue rodando hasta dar un golpe a Robespierre, el cual, despertando súbitamente, dio un atroz maullido y fue a buscar regiones más tranquilas en lo alto del armario de los bizcochos.

Elías sacó de un bolsillo una pequeña faja negra, que le servía de tapabocas, se la envolvió al cuello y se dispuso a salir. El cafetero, con su oficiosidad acostumbrada en presencia de aquel personaje, se dirigió a abrirle la puerta. Ya principiaba a despuntar el día. El viejo realista salió sin saludar a su amigo y tomó la dirección de su casa.

Capítulo III. Un lance patriótico y sus consecuencias

Don Elías cruzaba la Carrera de San Jerónimo, cuando vio que hacia él venían unos cuantos hombres que reían y gritaban dando vivas a la Constitución y a Riego. Trató de evitar el encuentro, y tomó la otra acera; pero ellos pasaron también, y uno le detuvo.

Eran cinco individuos, y de ellos tres, por lo menos, estaban completamente embriagados. Nuestro ya conocido Calleja les mandaba. Componíase la cuadrilla de un chalán del barrio de Gilimón y un matutero del Salitre, un caballero particular conocido en Madrid por sus trampas y gran prestigio en la plazuela de la Cebada, y finalmente, un mocetón alto, flaco y negro, que tenía fama de guerrillero, y del cual se contaban maravillas en las campañas de 1809 y después en los sucesos del 20. El sello de sus hazañas marcaba siniestramente su rostro en un chirlo, que le cogía desde la frente hasta el carrillo, cegándole un ojo y abollándole media nariz.

Los cinco detuvieron al anciano.

«¡Mátale, mátale!» dijo con aguardentosa voz el matutero, pinchando con la varita que llevaba en la mano el pecho de Elías.

—No, déjale, Perico: ¿de qué vale despachurrar a este bicho?

—Si es Coletilla —exclamó el del chirlo, reconociéndole—. Coletilla, el amigo de Vinuesa, el que anda por los clubs para contarle al Rey lo que pasa.

—¡Que cante el Trágala! —dijo el chalán, que estaba envuelto desde el pescuezo a la rabadilla en un ceñidor encarnado, por entre cuyos pliegues asomaba el puño de uno de aquellos célebres alfileres de Albacete que tanto dan que hacer a la Justicia.

—Tres Pesetas, coge por ese brazo al señorito.

Tres Pesetas puso su mano sobre el gorro de Elías y se lo tiró al suelo, dejando al aire la pelada calva del anciano. Carcajada sonora acogió este movimiento.

«¡Miren qué orejazas de mochuelo!» añadió el guerrillero, tirándole de la derecha hasta inclinarle la cabeza sobre el hombro.

—Pos no tiene mala cabeza e pelaílla pa jugar a los trucos —dijo el matutero, dándole un papirotazo en mitad del cráneo.

El realista estaba lívido de cólera: apretaba los puños en convulsión nerviosa, y en sus ojos brillaron lágrimas de despecho. En esto Calleja, que parecía tener gran autoridad entre aquella gente, se agarró al brazo de Elías, y exclamó, riendo con la desenfrenada hilaridad de la embriaguez:

«Ven, bravucón, ven con nosotros. Ciudadanos —prosiguió, volviéndose a los otros—: este es el gran Coletilla, el mismo Coletilla. Seremos amigos. Nos va a presentar al Rey constitucional para que nos haga...».

—¡Menistros! —gritó el matutero enarbolando su vara.

—Ciudadanos, ¡viva el Rey absoluto, viva Coletilla!

—Vamos a jaserle comunero de la gran comuniá —dijo el matutero—. Primera prueba. ¡Qué salte!

—¡Qué salte!

—¡Qué salte!

Y uno de ellos tomó de la mano a Elías como para hacerle saltar, mientras otro, empujándole con violencia, le hizo caer al suelo.

«Zegunda prueba —chilló Tres Pesetas—: toma esta espada, pincha a uno de nosotros».

Y sacando un sable le dio de plano tan fuerte golpe, que le obligó a caer en opuesto sentido.

«Di 'iviva la Constitución!'».

—¿Pues no lo ha e ezir? Y si no, yo tengo aquí unas explicaeras... —vociferó el matutero, sacando su navaja.

—Este tunante fue el que delató al cojo de Málaga —dijo el caballero particular.

—Y el amigo de Vinuesa.

—Señores, este no es más que Coletilla, el gran Coletilla —afirmó Calleja con mucha gravedad.

La ferocidad se pintaba en los ojos del matutero y del chalán. El de la cicatriz cogió por el cuello a Elías, y con su mano vigorosa le apretó contra el suelo.

«Suéltalo, Chaleco; déjalo tendido».

Es de advertir que el matutero era conocido entre los de su calaña por el extravagante nombre de Chaleco.

«Déjamelo a mí —exclamó el chalán—. Tríncalo por el piscuezo: quío ver lo que tienen esos realistas dentro del buche».

Muy mal parado estaba el infeliz Elías; y ya se encomendaba a Dios con toda su alma, cuando la inesperada llegada de un nuevo personaje puso tregua a la cólera de sus enemigos, salvándole de una muerte segura.

Era un militar alto, joven, bien parecido y persona de noble casa sin duda, porque, a pesar de su juventud, llevaba charreteras de una alta graduación. Traía largo capote azul, y uno de aquellos antiguos y pesados sables, capaces de cercenar de un tajo la cabeza de cualquier enemigo. Al verle que se interponía en defensa del anciano, los otros se apartaron con cierto respeto, y ninguno se atrevió a insistir.

«Vamos, señores, dejen ustedes en paz a ese pobre viejo, que no les hace ningún daño» dijo el militar.

—Si es Coletilla, el mismo Coletilla.

—Pero sois cinco contra él, y él es un pobre señor indefenso.

—Eso mismo decía yo —exclamó Calleja, con la misma risa de borracho.

—Poz que diga «¡viva el Rey constitucional!».

—Lo dirá cuando se vea libre de vosotros. Yo respondo de que es un buen liberal y hombre de bien.

—¡Si es un servilón! —exclamó Chaleco.

—¿Y qué queréis hacer con él? —preguntó el militar.

—Poca cosa —dijo Tres Pesetas, que era el más atrevido—. No más que abrirle un tragaluz en la barriga pa que salgan a misa las asaúras.

—Vamos, marchaos a vuestras casas —dijo el militar con mucha entereza—: yo lo defiendo.

—¿Usía?

—Sí, yo. Marchaos, yo respondo de él.

—Pues si no ize ¡viva la...!

—Di «¡viva la Constitución!» —exclamaron todos a la vez, menos Calleja, que se estaba riendo como un idiota.

—Vamos —manifestó el militar, dirigiéndose a Elías—: dígalo usted, es cosa que cuesta poco, y además hoy debe decirlo todo buen español.

—¡Que lo diga!

—¡Que lo iga pronto!

El militar persistía en que dijera aquellas palabras, como un medio de verse libre; pero Elías continuaba en silencio.

«Vamos, padrito, pronto» dijo el matutero.

—¡No! —exclamó Elías con profunda voz y trémulo de indignación.

Entonces Tres Pesetas alzó la vara sobre el viejo; los demás se dispusieron a acometerle, y fue preciso que el militar empleara todas sus fuerzas y todo su prestigio para impedir un mal desenlace.

«Diga usted '¡viva la Constitución!'».

—¡No! —repitió Elías. Y como si recibiera inspiración del cielo, en un arrebato de supremo valor exclamó: «¡Muera!».

Los cuatro desalmados rugieron con ira; pero el militar parecía resuelto a defender a Elías hasta el último trance.

«Apartaos —dijo—. Este hombre está loco. ¿No conocéis que está loco?».

—Que retire esas palabras —dijo riendo siempre Calleja, que aun en la embriaguez blasonaba de usar con propiedad las fórmulas parlamentarias.

—¿Qué ritire ni ritire?

—Sí, está loco —dijo Chaleco—; y si no está loco está bo... bo... borracho.

—¡Eso es... eso... borracho! —gritó Calleja, que al fin había necesitado apoyarse en la pared para no caer en tierra.

Algunos vecinos se habían asomado; algunos transeúntes trabaron conversación con el venerable Tres Pesetas, y ya sea que un ebrio se distrae fácilmente, ya que les impusiera temor la actitud firme del militar, lo cierto es que los cuatro amigos de Calleja dejaron en paz a Elías, el cual, ayudado de su protector, se levantó como pudo y se puso el gorro que casi había perdido la forma bajo los pies del matutero. El militar, al detener con un vigoroso esfuerzo el movimiento agresivo de Chaleco contra Elías, se rozó la mano izquierda con la extremidad puntiaguda de la empuñadura de la navaja que el mozo llevaba en la faja. Esta rozadura le levantó un poco la piel y le hizo derramar alguna sangre. El militar se envolvió la mano en un pañuelo, y con la derecha tomó el brazo del viejo. Este se hallaba magullado, roto y en un estado de desfallecimiento tal que no podía andar sino a pasos cortos y vacilando a cada momento.

El militar le sostuvo con fuerza, y andando con él muy lentamente, le preguntó dónde estaba su casa para llevarle a ella. Elías, sin contestarle, le encaminó haciéndole señas por la calle de Alcalá, dirigiéndose a la del Barquillo para tomar al fin la de Válgame Dios, donde aquel buen hombre vivía.

El joven militar era sin duda poco amante del silencio, y de carácter alegre y comunicativo, porque por el camino comenzó a hablar con singular volubilidad, pareciendo que el obstinado mutismo del vicio estimulaba más su prolija locuacidad.

No podemos transcribir los términos precisos en que habló este, que desde ahora es nuestro amigo, y nos acompañará en todo el tránsito de esta dilatada historia; pero conociendo su carácter como lo conocemos, es seguro que no será aventurado poner en boca suya estas o parecidas palabras:

«Hay que deplorar, amigo mío, en esta imperfecta vida humana, que las cosas mejores y más bellas tienen siempre un lado malo; fatal oscuridad que proyecta en breve parte de su esfera lo más resplandeciente y luminoso. Las instituciones más justas y buenas, ideadas por el hombre para producir efectos de bien común, ofrecen en los primeros tiempos de práctica extraños resultados, que hacen dudar a los de poca fe de la bondad y justicia de ellas. Los hombres mismos que fabrican un objeto de sutil mecanismo, vacilan en los primeros momentos del uso, y no aciertan a regular su compás y reposado movimiento. La libertad política, aplicación al gobierno del más bello de los atributos del hombre, es el ideal de los Estados. Pero ¡qué penosos son los primeros días de práctica! ¡Cómo nos aturde y desespera el primer ensayo de esta máquina!

»El mayor inconveniente es la impaciencia. Hay que tener perseverancia y fe, esperar a que la libertad dé sus frutos, y no condenarla desde el primer día. ¿No sería loco el que plantando un árbol le arrancara desesperado al ver que no echaba raíces, crecía y daba flores y frutos al primer día?».

Es probable que el militar no empleara estos mismos términos; pero es seguro que las ideas eran las mismas. Lo cierto es que al concluir esperó a ver si su peroración producía algún efecto en el viejo; pero este, sumamente abstraído, daba muestras de no atender a sus palabras y de hacer en su interior otras consideraciones no menos trascendentales y profundas.

«Es de deplorar —continuó el militar reforzando su elocuencia con un poco de mímica—, es de deplorar que los primeros derechos concedidos por la libertad sean mal empleados por algunos hombres. El hábito de la libertad es uno de los más difíciles de adquirir, y tenemos que sufrir los desaciertos de los que por su natural rudeza tardan más en adquirir este hábito. Pero no desconfiemos por eso, amigo. Usted, que es sin duda buen liberal, y yo, que lo soy muy mucho, sabremos esperar. No maldigamos al Sol porque en los primeros momentos de la mañana produce molestia en nuestros ojos, cuando salen bruscamente de la oscuridad y del sueño».

Parose por segunda vez el joven para tomar aliento y ver si la fisonomía del anciano daba señales de aprobación; pero no observó en aquel rostro singular otra cosa que abstracción y melancolía.

«Esos que le han detenido a usted —continuó el militar—, no son liberales. O son agentes ocultos del absolutismo, o ignorantes soeces sin razón ni conciencia. O libertinos sin instrucción, o alborotadores asalariados. ¿Será preciso quitarles la libertad y no devolvérsela hasta que reciban educación o castigo? Entonces, ¿habrá libertad para unos, y para otros no? Ha de haberla para todos o quitársela a todos. ¿Y es justo renunciar a los beneficios de un sistema por el mal uso que algunos pocos hacen de él? No: más vale que tengan libertad ciento que no la comprenden, que la pierda uno solo que conoce su valor. Los males que con ella pudieran ocasionar los ignorantes son inferiores al inmenso bien que un solo hombre ilustrado pueda hacer con ella. No privemos de la libertad a un discreto por quitársela a cien imprudentes».

El joven se paró por tercera vez por dos razones: primera, porque no tenía más que decir (insistimos en que no empleó las mismas palabras); y segunda, porque el viejo, al llegar a su calle, se detuvo en una puerta, y dijo: «Aquí». El viejo había concluido, y el militar iba a dejar a su nuevo amigo; pero notó que estaba este cada vez más desfallecido y corría peligro de no poder subir si le abandonaba. El locuaz y discreto joven entró, pues, en la casa sosteniendo al realista, que apenas podía dar un paso.

La mansión de Elías se ostentaba en la mitad de la calle de Válgame Dios, donde hacía veces de palacio. Colocada entre dos casas a la malicia, aparecía allí con proporciones gigantescas, sin que por eso tuviera más que dos pisos altos, de los cuales el superior gozaba la singular preeminencia de ser habitado por nuestro héroe.

La fachada era mezquina, fea. El cuarto bajo servía de oficina a las ruidosas ocupaciones de un machacador de hierro, que surtía de sartenes, asadores y herraduras a todo el barrio del Barquillo. Los balcones del principal eran fiel remedo de los jardines colgantes de Babilonia, porque había en ellos muchos tiestos con flores, muchas matas que estaban en camino de ser árboles, juntamente con tres jaulas de codornices y dos reclamos, que por la noche daban armonía a toda la calle. En medio de esta selva y de estos gorjeos se veía una muestra de Prestamista sobre alhajas.

El portal era angosto y muy largo. Para llegar a la escalera, que estaba en lo profundo, se corrían mil peligros a causa de las sinuosidades del terreno, en el cual los hoyos, llenos de inmundicia, alternaban con puntiagudos guijarros, alzados media cuarta. La escalera era angosta, y sus paredes, blanqueadas en tiempo de Felipe V, cuando menos, se hallaban en el presente siglo cubiertas de una venerable capa de mugre, excepto en la faja o zona por donde rozaban los codos de los que subían, la cual tenía singular pulimento. En uno de los tramos había, no un candil, sino el sitio de un candil manifestado en una gran chorrera de aceite hacia abajo, una gran chorrera de humo hacia arriba, y en la convergencia de ambas manchas un clavo ennegrecido.

Llegaron al segundo, y el militar llamó. Sin duda, alguna persona esperaba con impaciencia, porque la puerta se abrió al momento. Abriola una joven como de diez y ocho años de edad, que al ver el aspecto abatido del viejo, y sobre todo al ver que un desconocido le acompañaba, cosa sin duda muy rara en él, dejó escapar una exclamación de temor y sorpresa.

«¿Qué hay? ¿Qué le ha pasado a usted?» dijo cerrando la puerta, después que los dos estaban en el pasillo.

E inmediatamente marchó delante y abrió la puerta de una sala, donde entraron los tres. El anciano no habló palabra, y se dejó caer en un sillón con muestras de dolor.

«¿Pero está usted herido? ¿A ver? Nada» dijo la joven examinando con mucha solicitud a Elías y tomándole la mano.

—No ha sido nada —dijo el militar, que se había descubierto respetuosamente—, no ha sido nada: pasaba hace un momento por la calle, y cinco hombres soeces que le encontraron quisieron que cantara no sé qué cosa, y el señor, que no estaba para cantos, se negó.

La joven miró al militar con expresión de estupor. Parecía no comprender nada de lo que este había dicho.

«Eran unos borrachos que quisieron hacerle daño; pero pasé yo felizmente... No se asuste usted: no tiene nada».

Elías pareció un poco repuesto; apartó con despego a la joven, y su semblante principió a serenarse.

«¡Ay!, qué miedo he tenido esta noche —dijo la joven—. Esperándole hora tras hora y sin parecer... Luego esos alborotos en la calle... A media noche pasaron por ahí unos hombres gritando. Pascuala y yo nos escondimos allí dentro, y nos sentamos en un rincón temblando de miedo. ¡Cómo gritaban! Después sentimos muchos golpes... decían que iban a matar a uno. Nosotras nos pusimos a llorar. Pascuala se desmayó; pero yo procuré animarme, y juntas empezamos a rezar de rodillas delante de la Virgen que está allí dentro. Después se fue alejando el ruido; sentimos unos quejidos en la calle. ¡Ay!, no lo quiero recordar. Todavía no se me ha quitado el susto».

El militar oyó con interés estas palabras; pero sin dejar de oírlas dirigió su atención a reconocer el sitio en que se hallaba y a examinar el aspecto de la amable persona que en él vivía.

La casa era modesta; pero la sencillez y el aseo revelaban en ella un bienestar pacífico.

La joven llamó su atención más que la casa. Clara (que así se llamaba) representaba más de diez y ocho años y menos de veintidós. Sin embargo, estamos seguros de que no tenía más que diez y siete. Su estatura era más bien alta que baja, y su talle, su busto, su cuerpo todo tenían las formas gallardas y las bellas proporciones que han sido siempre patrimonio de las hijas de las dos Castillas. El color de su rostro, propiamente castellano también, era muy pálido, no con esa palidez intensa y calenturienta de las andaluzas, sino con la marmórea y fresca blancura de las hijas de Alcalá, Segovia y Madrid. En los ojos negros y grandes había puesto todos sus signos de expresión la tristeza. Su nariz era delgada y correcta, aunque demasiado pequeña; su frente pequeña también, pero de un corte muy bello; su boca muy hermosa y embellecida más por la graciosa forma de la barba y la garganta, cuya voluptuosidad y redondez contribuía a hacer de su semblante uno de los más encantadores palmos de cara que se había ofrecido a las miradas del militar desconocido, el cual (digámoslo de paso) era hombre corrido en asuntos femeninos.

El peinado de Clara podía rigurosamente ser tachado de provinciano, porque se alzaba en un moño de tres tramos sobre la corona. Este modo de peinarse era ya desusado en la corte; pero la belleza suele generalmente triunfar de la moda, y Clara estaba muy bien con su trenza piramidal. El traje era de los que usaba entonces la clase no acomodada, pero tampoco pobre, es decir, un guardapiés de tela clara con pintas de flores, mangas estrechas hasta el puño, talle un poco alto y el corte del cuello cuadrado y adornado de múltiples encajes.

La investigación del militar duró mucho menos de lo que hemos empleado en describir la figura. Durante algunos segundos estuvieron los tres personajes inmóviles el uno frente al otro sin decir palabra, hasta que el viejo, como continuando una peroración interior, exclamó con un repentino acceso de ira y lanzando de sus ojos rápidamente iluminados una mirada feroz.

«¡Infames, perros! Quisiera tener en mi mano un arma terrible que en un momento acabara con todos esos miserables. ¡Ah! Pero ellos no tienen la culpa. Tienen la culpa los otros, los sabios, los declamadores, los que les educan, esos malvados charlatanes que profanan el don de la palabra en los infames conciliábulos de las Cortes. Tienen la culpa los revolucionarios, rebeldes a su Rey, blasfemos de su Dios, escarnio del linaje humano. ¡Oh, Dios de justicia! ¿No veré yo el día de la venganza?».

El militar estaba atónito y algo corrido. Parecíale que aquello era una réplica indirecta a su expresiva disertación del camino; y aunque se le ocurrió contestarla, vio en el rostro de Elías una expresión de contumacia y ferocidad que le intimidó. Su atención estaba en parte reconcentrada en la compañera del realista. Clara miraba al viejo con la indiferencia propia de la costumbre, y al mismo tiempo miraba a su protector como si se avergonzara de la extrañeza que le causaban las palabras del viejo.

El militar, poco cuidadoso al fin de las imprecaciones del realista, comenzó a sentir interés hacia aquella pobrecilla, que, sin saber por qué, le inspiró mucha lástima desde el principio.

Pero llegó un momento en que el joven sintió su situación embarazosa. Elías continuaba en voz baja su soliloquio sin cuidarse de él; era preciso marcharse; y eso de marcharse sin satisfacer un poco la curiosidad y hablar otro poco con la joven, no le gustaba. Miró a Elías con insistencia y se acercó a él; pero este no daba muestras de fijar en el otro la atención, ni tenía gratitud, ni afecto, ni cortesía, ni era, al parecer, cortado por el común patrón de los demás hombres. Al fin, viéndole tan abstraído, resolvió tomar pretexto de la protección que le había dispensado para hacer hablar a la muchacha.

«No tema usted nada —le dijo en voz baja, apartándose hacia la ventana—. No ha recibido golpe ninguno. Está aterrado por la sorpresa y la ira; pero se calmará».

—Sí, se calmará... un poco.

—Y se pondrá contento.

—Contento, no.

—Cuidado: por usted no estará triste.

Esto, que podía pasar por una galantería, no hizo efecto ninguno en Clara. Volviose para mirar a Elías, que continuaba en la misma postura, gesticulando a solas. De tiempo en tiempo profería sus adjetivos predilectos: «¡Malvados, perros!».

El militar arriesgó entonces la pregunta, y bajando más la voz, y apartándose hasta llegar al hueco de la ventana, dijo:

«Tal vez será indiscreción la pregunta que voy a hacerle a usted; pero me disculpa el gran interés que por ese caballero me he tomado, y el deseo de servirle bien en lo que pueda. ¿Este señor está en su cabal juicio?».

Clara miró al militar con expresión de gran asombro; y como si la pregunta fuera una revelación, contestó:

«¿Loco?...» y después de una pausa, añadió encogiéndose de hombros: «No sé».

La curiosidad del militar creció.

«No lo tome usted a agravio; pero su conducta, sus palabras en aquella pendencia, lo sombrío de su aspecto, lo que ahora acaba de decir, me hacen creer que padece una enajenación».

Clara miraba al joven con expresión que tenía algo de afirmativa.

«Yo no sé —dijo al fin—. El pobrecito padece mucho. Yo también padezco de verle. No está nunca alegre: a veces creo que se me va a morir en un arrebato de ira. Pasa las noches leyendo libros, escribiendo cartas, y a veces habla consigo mismo como ahora. A Pascuala y a mí nos da mucho miedo: le sentimos levantarse y pasear precipitadamente, dando vueltas en este cuarto. De día sale temprano, y está fuera toda la noche».

El militar sintió aumentarse la compasión que Clara le inspiró desde el principio, porque le parecía que aquella infeliz era una mártir que sufría resignada los atropellos de un loco.

«Pero usted —dijo con el mayor interés— ¿no es víctima de sus bruscos ademanes? ¿No la maltrata a usted? Entonces sería cosa de declararle rematado.

—¿A mí? No —dijo Clara—; no me ha maltratado nunca.

Parecerá extraño que Clara, sin conocer al militar, le hiciera declaraciones que parecen de íntima confianza; pero esto, que en circunstancias ordinarias sería raro, en este caso no lo era. Clara había vivido siempre en compañía de aquel viejo: era huérfana, no tenía parientes ni amigas, no salía nunca, no se comunicaba con nadie, se consumía en el desierto de aquella casa, sin otra cosa que algunos recuerdos y algunas esperanzas, que luego conoceremos. Su carácter era extremadamente sencillo: un incidente imprevisto le ponía delante a un hombre cortés y generoso que para satisfacer su curiosidad empleaba hábiles recursos de conversación, y ella le dijo lo que quería saber; se lo dijo obedeciendo a una poderosa necesidad de desahogo, hija de su aislamiento y melancolía.

El curioso no se atrevía a continuar investigando: ya iba a despedirse mal de su grado, cuando Clara vio que tenía una mano ensangrentada, y exclamó sobrecogida:

«¡Está usted herido!».

—No es nada: un rasguño.

—Pero sale mucha sangre. ¡Jesús!, tiene usted la mano destrozada.

—¡Oh!, no es nada... Con un poco de agua...

—Voy al momento.

Clara se marchó muy a prisa y volvió a poco rato, entrando en la habitación inmediata: traía una jofaina, que puso sobre la mesa, y llamó al militar, que no tardó en acercarse.

«¿Y tiene familia?» dijo este tocando el agua con la mano para ver si estaba muy fría.

—¿Familia? —contestó Clara con su naturalidad acostumbrada—. No: me quería mucho. Yo deseo tanto que se le quiten de la cabeza esas manías... Antes era muy bueno para mí, y estaba muy alegre... Yo era muy niña entonces.

—Antes era muy bueno. ¿Y ahora no lo es?

—Sí; pero ahora... Como tiene tantas cosas en que pensar...

—¿Y desde cuándo ha variado?

—Hace mucho tiempo, cuando hubo muchos alborotos y dijeron que iban a matar a... ¿al Rey?... no sé a quién. Pero antes de eso, ya estaba casi siempre alterado. Cuando yo era muy niña... No... entonces salíamos los domingos a paseo, y me llevaba a Chamartín y comíamos en el campo con Pascuala.

—¿Y ahora no sale usted nunca de aquí?

—Nunca —dijo Clara, como si aquella soledad en que vivía fuera la cosa más natural del mundo.

El militar se interesaba cada vez más por la persona que tan repentinamente había conocido. Cada vez sospechaba más que aquella infeliz era víctima de las brutalidades del fanático. Desde el sitio en que se hallaba, veía al viejo sentado en un sillón y entregado a su mudo frenesí. Mirando después a Clara, cuya gracia sencilla y melancólica franqueza formaban contraste con el terrible realista, se aumentaron su confusión, su curiosidad y sus temores.

«¿Y usted no sale para distraerse, para ver y reponerse de estar aquí encerrada tanto tiempo?» le dijo, casi conmovido.

—¿Yo?... ¿para qué salgo? Me pongo triste cuando salgo. No veo la calle sino cuando voy a las Góngoras los domingos muy temprano; pero al verme fuera, me parece que estoy más sola que aquí.

—¿Y él no tiene empeño en que usted se divierta, en que pase agradablemente la vida? —dijo el militar casi asustado de su curiosidad y mirando de soslayo a Elías para ver si atendía a su conversación.

—¿Él? Pero yo no quiero divertirme... porque... ¿qué voy a hacer fuera de aquí? Él dice que debo estar siempre en la casa.

—¿Pero usted no trata a nadie, no ve a nadie?

—A Pascuala, que me quiere mucho.

Ya el militar tenía ganas de saber quién era aquella Pascuala.

«¿Y esa Pascuala es amiga de usted?».

—Es la criada.

—Ya... ¿Y no tiene usted más amiga? A la edad de usted es natural y conveniente la amistad de las jóvenes, y sobre todo, no se puede vivir de esa manera. Es preciso...

—Yo estoy bien así. Él dice que no debo conocer a nadie.

—¿Y la obliga a usted a llevar esta vida tan triste?

—No me obliga. Yo, si quisiera, podría salir. Él no está nunca aquí. Pero yo... Dios me libre... ¿A dónde había de ir?

El militar no sabía qué pensar. ¿Qué relaciones existían entre aquel monomaniaco y aquella joven? ¿Sería su padre, su marido?... —No —decía para sí—. Es repugnante sospechar que puedan existir los vínculos del matrimonio entre los dos.

«No extrañe usted mis preguntas —dijo, continuando con ansiedad—; pero me interesan mucho ustedes dos. ¿Y a él nadie le visita, nadie viene a verle?».

—Conoce mucho a unas señoras, que llaman las señoras de Porreño. Son nobles y fueron muy ricas.

—¿Y vienen aquí?

—Muy pocas veces. Él las quiere mucho.

—Y esas, que presumo serán personas de buenos sentimientos, ¿no le tienen a usted cariño, no la quieren?

—¿A mí? Una vez me dijeron que yo parecía ser una buena muchacha.

—¿Y nada más? ¿No le han dicho más?

—¡Ah!, son muy buenas. Él dice que son muy buenas. Una de ellas dicen que es santa.

Estas declaraciones eran hechas por Clara con una ingenuidad tan espontánea, que conmovía al que pudiera oírlas. Para que el lector, que aún no conoce la infinita bondad de este carácter, no extrañe la franqueza leal y la sublime indiscreción de la pobre Clara, añadiremos que durante años enteros esta desgraciada no veía más personas que don Elías, Pascuala, y a veces, muy de tarde en tarde, las tres melancólicas efigies de las señoras de Porreño. Su vida era un silencio prolongado y un hastío lento. Tan solo pudieron reanimarla y darle alguna felicidad los cuarenta días que, seis meses antes de estos sucesos, había pasado en Ateca, pueblo de Aragón, a donde Elías la mandó para que disfrutara del campo. Más adelante veremos por qué tomó Elías esta determinación, y lo que resultó del viaje de Clara.

«Pero es posible —continuó el militar, olvidado de que Elías estaba cerca—, ¿es posible que pase usted la vida de esta manera, sin más compañía que la de ese hombre? ¿Y no ha salido usted nunca de aquí, no ha ido al campo?

—Sí: estuve unos días fuera, hace seis meses.

—¿En dónde?

—En Ateca. Él me mandó. Me puse mala, y fui allá a restablecerme. Estuve en su pueblo.

—Ya... —dijo el militar, contento de haber encontrado un motivo, aunque pequeño, para suponer que aquel hombre no era enteramente feroz.

—¿Y lo pasó usted bien?

—¡Ah!, sí: me alegré mucho de estar allí.

—¿Y no quiere usted volver?

—¡Oh!, sí —exclamó Clara, sin poder contener una exclamación expansiva.

—Usted no debe estar aquí; usted tiene el corazón más bondadoso que puede existir. ¿Para qué, sino para la sociedad, puede haber creado Dios un conjunto de gracias y méritos semejantes? ¡A cuántos podría usted hacer felices! ¿No ha pensado en esto? Piense usted en esto.

Clara no pareció hacer caso de la galantería. Quedó en silencio y con los ojos bajos, tal vez ocupada en pensar en aquello, como el joven le aconsejó. ¿Quién sabe cuáles serían sus reflexiones en aquellos momentos?

El curioso esperaba una contestación, cuando Elías, mirando hacia la habitación en que hablaban, exclamó:

«¡Clara, Clara!».

El militar se dirigió rápidamente hacia él, y disimulando su turbación, le dijo:

«Caballero, no he querido marcharme hasta estar seguro de su mejoría. Aquí le contaba a esta niña el caso, y le hacía una relación de la imprudencia de aquellos hombres. Ya le veo a usted tranquilo y fuerte, y me retiro, diciéndole que puede disponer de mí para cuanto yo pueda serle útil».

—Gracias —contestó secamente Elías—. Clara, acompaña a este caballero.

Era preciso retirarse; ya no había pretexto alguno para permanecer allí. Su mano estaba perfectamente vendada, y su protegido le había indicado la puerta. El impresionable joven no sabía qué hacer para no salir. Miró a Clara para ver si leía en sus ojos el deseo de que no se marchara; pero ella manifestaba la mayor indiferencia, y hasta se había adelantado a abrir la puerta.

No había más remedio. El militar tendió su mano al realista, que alargó dos dedos fríos y huesosos, y salió de la sala: al llegar a la puerta, quiso entablar de nuevo la conversación; pero la reverencia que le hizo la joven acabó de desesperarle. Salió, y se paró fuera otra vez.

«No olvide usted lo que le he dicho. Usted no puede vivir de esta manera —dijo, bajando el primer escalón—. Es preciso que usted...».

—¡Clara, Clara! —exclamó el fanático desde dentro con voz fuerte.

Clara cerró la puerta, y el militar se quedó cortado y aturdido en la escalera. Su primer intento fue llamar otra vez, llamar hasta que ella saliera; pero reflexionó en lo imprudente de semejante conducta. Bajó con lentitud.

—¿Qué misterio hay en esta casa? —decía para sí. Al hallarse en la calle sintió más viva su curiosidad, y la compasión hacia la joven era más intensa. —¿Es su hija, es su mujer, es su sobrina, es su protegida? —exclamó—. ¡Oh! No es posible renunciar a saber los secretos de esta casa. ¿Cómo renunciar a oírlos de la boca de Clara, que los confiaba con tanta ingenuidad?

Anduvo un buen trecho por la calle, y se paró, miró a la casa. —Ella misma no me recibirá —dijo—; esto ha sido una casualidad. Y si vuelvo, ¿con qué pretexto?... ¡Cuánto debe padecer esa infeliz! Tiene cara de sufrir mucho... en compañía de esa fiera, sin ver a nadie ni hablar con nadie...

Maquinalmente se dirigió otra vez a la casa, y continuando su soliloquio, decía: —Tal vez la riña por haber hablado conmigo; tal vez, aparentando distracción, oyó cuanto me dijo, se habrá ofendido y la maltratará.

Entró, subió, procurando no ser sentido. Llegó a la puerta y se detuvo. Su mano tomó maquinalmente el cordón de la campanilla. Si hubiera sentido el menor rumor de disputa; si hubiera sentido la voz agria del viejo, habría llamado con todas sus fuerzas. Pero nada sintió; aplicó el oído. Un silencio sepulcral reinaba en la casa. De repente sintió una voz de mujer que cantaba; sintió pasar una persona rápidamente por el pasillo en que estaba la puerta; sintió el ruido del traje, rozando con las paredes al correr, y sintió la voz, la voz que, al pasar tan cerca, resonó con timbre delicado y expresivo. Era Clara, que cantaba y corría. ¿Era acaso feliz? Nuevo misterio.

El curioso se sintió más confundido: soltó el cordón, y paso a paso, y muy quedito, bajó mirando a todos lados con cautela como un ladrón. Salió a la calle; marchó resuelto a alejarse; llegó a la esquina, se paró, miró a la casa; y al fin, tomando una resolución, emprendió su camino en dirección a su casa, donde le dejaremos por ahora preocupado y aturdido, para volver a ocuparnos de los amigos de la calle de Válgame Dios, cuya vida y caracteres necesitan historia y explicación.

Capítulo IV. Coletilla

El hombre extraño, que conocemos con el nombre de Elías, nació allá en el año de 1762 en el pueblo de Ateca, lugar aragonés que se encuentra como vamos de Sigüenza a Calatayud. Fueron sus felices padres Esteban Orejón y Valdemorillo y Nicolasa Paredes: él, labrador honrado; ella, hija única del vinculero más rico del vecino pueblo de Cariñena. A los nueve meses justos de matrimonio nació un tierno vástago que, por las circunstancias que a la preñez y al parto acompañaron, a grandes empresas y notables prodigios estaba destinado. Es el caso que doña Nicolasa tuvo allá por el quinto mes un sueño extraordinario, en el cual vio que el fruto de su vientre, ya crecido y entrado en años, era arrebatado al cielo en un carro de fuego; más tarde la buena señora daba en soñar todas las noches que su hijo era consejero de Despacho, padre provincial, veinticuatro, racionero, deán y hasta obispo, rey, emperante o, cuando menos, papa o archipapa.

Llegó al fin el alumbramiento, y encomendándose a Dios y a cierto comadrón que había en Ateca, hombre de gran ingenio, dio a luz un niño, el cual no entró en el mundo con señales de elegido entre los elegidos, sino tan flaco, enteco y encanijado, que no parecía sino que su madre, distraída en aquel perpetuo soñar de coronas y tiaras, había apartado su organismo de la nutrición del muchachejo.

Pero aunque este nació como cualquier hijo del hombre, no por eso dejaron de verificarse al exterior algunos prodigios. Observose en el cielo de Ateca la conjunción nunca vista de las siete Cabrillas con Mercurio; la Luna apareció en figura de anillo, y al fin salió por el horizonte un cometa que se paseó por la bóveda del cielo como Pedro por su casa. El boticario del pueblo, que se daba a observar los astros, entendía algo de judiciaria y tenía sus pelos de nigromante, vio todas aquellas cosas celestiales aparecidas en el cielo de Ateca, y dijo con gran solemnidad que eran señales de que aquel niño sería pasmo y gloria del universo mundo. La conjunción significaba que dos naciones se unirían contra él; el cometa que él los vencería a todos, y el anillo de la Luna a cualquiera se le alcanzaba que era signo de la inmortalidad.

«Porque —decía don Pablo (que así se llamaba el boticario)—, a mí no se me escapa nada en esto de círculos celestiales; y cosa que yo barrunto, ello ha de ser verdad, como esto es chocolate».

Efectivamente: chocolate, y del mejor de Torroba, era el que durante los solemnes augurios tomaba, merced a la gratitud generosa de los Orejones.

En el bautismo hubo un holgorio que déjelo usted estar. Hubo en gran abundancia vino aragonés, grandes ensaimadas, bollos de a cuarta, hogazas de a media vara, gran pierna de carnero, pimientos riojanos y unos bizcochos como el puño, fabricados por las monjas del Carmen Descalzo de Daroca. El más obsequiado era don Pablo, a causa de sus augurios, que él consideraba dignos de grabarse en bronces y pintarse en tablas. Entusiasmado por la generosidad con que pagaban sus trabajos astronómicos, compuso una décima en que llamaba a los Orejones protectores de la ciencia.

El niño crecía. Inútil es decir que durante su infancia parecían adquirir fundamento las esperanzas de sus padres. ¡Qué precocidad! Todo lo que el niño hacía era prodigioso, nunca visto ni oído. Abría la boca para articular una sílaba: ya había dicho una sentencia. ¿Pedía la teta? Aquello era, según la opinión del astrólogo, un incomprensible aforismo. Pasaban dos, cuatro y seis años, y con la edad crecía la fama del joven Orejoncito.

«¿Sabe usted lo que he visto, señora Nicolasa?» decía el farmacéutico un día con cierto tono de misterio que asustó a la buena mujer.

—¿Qué hay, señor don Pablo Bragas?

—Que Elisico estaba ayer jugando con unas gallinas, y les pegaba a los pollos con una caña, que a ser manejada por más fuertes manos, no les dejara con vida. «Muchacho —le dije—, ¿por qué castigas a esos animalejos?». —«Porque son pollos —contestó—, y los quiero matar». —«¿Y qué te han hecho, verduguillo?». —«Les estoy mandando que digan pío, y no quieren». Vea usted, señora doña Nicolasa, vea usted. Esto está fuera de lo común por la sentencia y el gran tuétano que encierra: Quia pulli sunt. Lo mismo dijo el Dialéctico cuando zurraba a los jansenistas: Quia hærætici sunt!

Doña Nicolasa Paredes, dicho sea en honor de la verdad, no comprendía muy bien el tuétano que encerraban las palabras de su hijo; pero agradecida a las cariñosas profecías de don Pablo Bragas, tendió un mantel y puso delante del amigo una taza de sopas en caldo gordo, que darían rabia a un teatino.

Elías creció más, y siguiendo la discreta opinión de un lector del convento de dominicos de Tarazona, que fue a predicar a Ateca el día de la Patrona del pueblo, le mandaron a estudiar Humanidades con los padres de dicho convento. Ya tenía doce años; allí creció su reputación, y a poco fue tan gran latino, que ni Polibio, ni Eusebio, ni Casiodoro se le igualaran.

Tenía quince años cuando se celebro un consejo de familia para resolver si se le mandaba al Seminario de Tudela o a la Universidad de Alcalá; pero al fin fueron tantas y de tanto peso las razones de don Pablo Bragas en favor de la Complutense, que se adoptó su dictamen. El prodigio de la Naturaleza fue puesto sobre un macho, en compañía de unas alforjas que encerraban algunas tortas y dos azumbres de vino; y después de algunos lloriqueos de doña Nicolasa y de algunos dísticos que ensartó el de los astros, Elías partió en dirección de la patria del inmortal Cervantes, adonde llegó en cuatro días de viaje.

Entonces doña Nicolasa tuvo una hija. Ningún trastorno sufrió la Naturaleza en su nacimiento.

Elías estudió en Alcalá cánones y teología. Durante sus estudios, en que mostró grande aplicación, los maestros no cesaron de poner en las mismas nubes al que tanto honraba la ilustre estirpe de los Orejones. Unos esperaban en él un Luis Vives, otros un Escobar; cuál un Sánchez; cuál un Vázquez o un Arias Montano. Y efectivamente, el joven era aplicado. Pasábase las noches en vela, devorando a Eusebio, a Cavalario y a Grotius. Atarugábase con enormes raciones diarias del libro De locis teologices, y cuando iba a clase descollaba entre todos. Entonces principiaron a marcarse los rasgos fundamentales de su carácter, el cual consistía en orgullo muy grande, unido a gran sequedad de trato y a rigidez de maneras, por lo cual sus compañeros no le tenían ningún cariño.

Pero su reputación de sabio era general. Fue a su pueblo, y al entrar en él lo primero que vio fue la venerable efigie de don Pablo Bragas, que le saludó con un pomposo arqueo de cintura. Junto a él estaban el alcalde, el cura y lo más notable de Ateca, incluso el herrador. Bragas sacó un papel del bolsillo y leyó un discurso, mitad en latín, mitad en castellano, que aplaudieron todos menos el obsequiado. En la casa le esperaban la señora Nicolasa, que se estaba poniendo vieja, y Orejón senior, que se conservaba muy fuerte. Su pequeña hermana era ya una muchacha; pero la pobre más fama tenía de traviesa que de sabia. Hubo una pequeña fiestecilla de confianza con abundancia de bollos, de los cuales la mitad (sea dicho en honor de la imparcialidad) fueron consumidos por don Pablo Bragas.

En el pueblo continuó Elías consagrado al estudio. Su sequedad aumentó, y se determinó más su orgullo; pero los padres no notaban tal cosa, y estaban amartelados con el joven. Si alguna vez los ofendía momentáneamente la rigidez de su trato, contentábanse luego con oír de boca de Bragas un panegírico, cuyo epílogo era siempre tazón de chocolate o magra de gran calibre.

Elías tenía treinta años cuando marchó a la Corte. No sabemos si él, al tomar esta determinación, soñó con adquirir la gloria que los astros por boca de un sabio habían anunciado. Él, sin duda, tenía dispuesto algún plan. Al llegar a Madrid trabó relaciones muy íntimas con los padres del convento de Trinitarios, que eran sabios como unos templos. Hizo asimismo estrechas relaciones con un señor de la nobleza perteneciente a la casa ilustre de los Porreños y Venegas, marqueses de la Jarandilla; y tomó tal afición a esta familia, que la sirvió fielmente en la prosperidad, y fue su mayordomo, aun después de la ruina de la casa, acontecida al fin de la guerra. Al estallar esta, en 1808, Elías dejó sus costumbres sedentarias, sus Pandectas, su Digesto y sus Decretales, para militar en las filas de Echevarri y el Empecinado; hizo con el primero toda la campaña de Navarra, y organizó una porción de somatenes en Castilla al pasar Napoleón de vuelta de Madrid.

Concluida la guerra, pasó por su pueblo: su padre había muerto; su hermana era ya mujer, y se había casado con un pariente labrador; su madre estaba tullida y enferma. Bragas había perdido su buen humor y su afición a los astros; pero no su amor a Elisico, ni el convencimiento profundo de que dos naciones se unirían contra él, y que él las vencería a las dos.

En Ateca supo el incremento que tomaba el partido constitucional y el entusiasmo con que en toda la Península era mirada la Asamblea de Cádiz. Advirtamos que Elías detestaba de muerte a los constitucionales. Aquel hombre, que desde que tuvo uso de razón no vivió sino con la inteligencia, ni en su juventud experimentó los naturales sentimientos de amistad y afecto, estaba a los cuarenta años enardecido con una fuerte y violentísima pasión. Esta pasión era el amor al despotismo, el odio a toda tolerancia, a toda libertad; era un realista furibundo, atroz, y su fanatismo llegaba hasta hacerle capaz de la mayor abnegación, del sacrificio, del martirio. Su carácter era apasionado por naturaleza, aunque los asiduos estudios le habían comprimido y desfigurado. Pero al llegar a aquella época, en que era imposible a todo español apartar la vista del gran problema que se trataba de resolver, la escondida vehemencia de sentimientos de Elías se manifestó, y no en forma de amor, ni de avaricia, ni de ambición: se manifestó en forma de pasión política, de adhesión frenética a un sistema y odio profundo al contrario.

Como consecuencia de esta evolución de su carácter, se desarrollaron en él una fuerza de voluntad y una energía tales, que le hubieran llevado a los más grandes hechos, a tener ocasión para ello. Su inteligencia, que era muy perspicaz y cultivada del modo que hemos dicho, prestaba más fuerza a aquel sentimiento exagerado; y el consorcio extraño de sus facultades intelectuales con su gran pasión, unido a su trato indomable, hacía de él uno de esos seres monstruosos que la observación superficial califica ligeramente de este modo: «un loco».

Hundido el sistema constitucional en 1814, Elías fue feliz; pero no por eso vivió tranquilo, porque comenzó a tomar parte en la vida activa de la política, que es en todas ocasiones una vida poco agradable. Trabó amistad con el duque de Alagón, individuo de la odiosa camarilla; entraba en los conciliábulos de Palacio, y se honró con la amistad de aquel príncipe que deshonró a su patria. Entonces tomaba parte en los sordos manejos de aquella corte infame.

Pero vino el año 20, y nuestro personaje entró en el periodo de rabia crónica, de desorden moral y frenética tenacidad en que le hemos conocido. Ya sabemos poco más o menos cómo vivía: su actividad había redoblado, y conspiraba con una constancia de que no se ha visto ejemplo. En relaciones secretas con la corte, procuraba organizar una reacción, y todos los medios se adoptaban si conducían al fin deseado. Iba a los clubs, atizaba alborotos, frecuentaba las reuniones de realistas y aun de los liberales. Todo lo averiguaba y lo aprovechaba todo. Pero ya sonaban públicamente algunas acusaciones contra él; ya se decía que había pertenecido a la camarilla; ya se le indicaba como conspirador, y más de una vez se vio amenazado por gentes que pretendían conocerle o le conocían en efecto.

Todos los que le conocían de vista en los círculos patrióticos le llamaban Coletilla, apodo elaborado en la barbería de Calleja, algunos días después del famoso aditamento que puso el Rey al discurso de la Corona. Aquel apéndice literario, que tan mal efecto produjo, era designado en el pueblo con la palabra Coletilla. La idea de que Elías era amigo del Rey, unió en la mente del pueblo la persona del fanático y aquella palabra: los nombres que el pueblo graba en la frente de un individuo con su sello de fuego, no se borran nunca. Así es que Elías se llamaba así para todo el mundo.

Sus pocos amigos únicamente se cuidaban bien de nombrarle así.

Concluiremos consagrando un recuerdo a uno de los principales héroes de este capítulo. Nuestro amigo don Pablo Bragas murió en Ateca a los noventa y un años de edad, de calenturas gástricas, debidas al doble efecto de un hartazgo de salpicón y de un constipado que cogió examinando la conjunción de Arcturus con Marte en una noche de Enero.

Desde entonces la astronomía está en Ateca en lastimosa decadencia.

Capítulo V. La compañera de Coletilla

En Diciembre de 1808 militaba Elías, como hemos dicho, en una partida que había levantado en Segovia el Empecinado. Tuvieron varios encuentros con los franceses, hasta que Soult, que salió en persecución de Moore, encontró a los guerrilleros y les hizo retroceder hacia Valladolid; de allí siguieron avanzando hacia el Norte y llegaron hasta Astorga. Elías se quedó en Sahagún con unos cuantos hombres, dispuestos a organizar allí una partida considerable que hostilizara a Ney en su salida de Galicia.

En Sahagún había un coronel segoviano que, habiéndose casado allí, vivía retirado del servicio militar. Era hombre de elevado carácter, de mucho corazón y de bien cultivada inteligencia; había sido muy rico, pero deparole el cielo o el infierno una esposa que ni de encargo hubiera salido tan díscola, intratable y antojadiza. El pobre militar hacía cuanto era imaginable para dominar el carácter de aquel basilisco, en quien parecían haberse reunido todas las malas cualidades que la Naturaleza suele emplear en la elaboración de las mujeres. Empezó por hacerse excesivamente devota, y tal era su mojigatería, que abandonaba a su marido y su casa para pasarse todo el santo día entre monjas, padres graves, cofrades, penitentes, sin ocuparse más que de rosarios, escapularios, letanías, horas, antífonas y cabildeos. Vivía entre el confesonario, el locutorio, la celda y la sacristía, hecha un santo de palo, con el cuello torcido, la mirada en el suelo, avinagrado el gesto, y la voz siempre clueca y comprimida.

En los pocos momentos que pasaba en su casa era intratable. En todo cuando decía su pobre marido encontraba ella pensamientos pecaminosos; todas las acciones de él eran mundanas: le quemaba los libros, le sacaba el dinero para obras pías, le llenaba la casa de padres misioneros, teatinos y premostratenses; y en cuanto se hablaba de conciencia y de pecados, empezaba a mentar los de todo el mundo, sacando a la publicidad de una tertulia frailuna la vida y milagros del vecindario, para condenarla como escandalosa y corruptora de las buenas costumbres. En tocando a este punto le daban arrebatos de santa cólera, y entonces no se la podía aguantar.

Pero de repente la insoportable beata se volvió del revés; el fondo de su carácter era una volubilidad extremada. Cambiando repentinamente, adoptó un género de vida muy mundano: se salía de casa y se andaba por esos mundos dando zancajos con el pretexto de que tenía una fuerte afección moral y necesitaba distracción. Acompañábala algún militar joven o algún abate verde. Su marido, viendo que era imposible detenerla en casa, tuvo que consentir en aquella vida volandera; que si bien le costaba una parte de su fortuna, le libraba por algún tiempo de las impertinencias de aquel demonio.

La tercera metamorfosis de doña Clara fue peor. Le dio por ponerse enferma, y entonces no había malestar, ni dolencia, ni afección crónica, ni ataque agudo que no viniera a afligir su cuerpo. Agotó todos los ungüentos, específicos y tisanas; puso sobre un pie a todos los boticarios, curanderos, médicos y protomédicos, y visitó todos los baños minerales de España, desde Ledesma a Paracuellos, desde Lanjarón a Fitero. Lo único que parecía aliviarla era el circunstanciado relato de sus males que hacía a todos los teatinos, franciscanos, mínimos y premostratenses, con quienes volvió a entablar místicas relaciones.

Chacón, su pobre esposo, cogía el cielo con las manos, y aun llegó a aplicarle el eficaz cauterio de unos cuantos palos, que no produjeron otro efecto que recrudecer la feroz impertinencia de aquel enemigo.

Al mismo tiempo la fortuna del matrimonio tocaba a su término, y el desventurado marido temblaba al considerar qué sería en lo porvenir de su pobre hija, entonces de cinco años de edad. La devota, la enferma, había tenido, antes de ser enferma y devota, una niña que se llamaba Clara, como ella, único fruto de aquel malaventurado matrimonio.

Doña Clara se curó cuando lo tuvo por conveniente, y se entregó de nuevo a las cosas de la Iglesia, tomándolo tan a pechos, que no había día que no se mortificase con disciplinazos, que se oían desde la calle. Estábase de rodillas y en cruz una hora seguida; cuando empezaba a contar los éxtasis que le daban y las visiones que tenía, era el cuento de las cabras de Sancho. El esposo pedía a Dios que le librara de aquel infierno vivo. Doña Clara no amaba a su hija ni a su esposo, y este, que la había amado mucho, concluyó por aborrecerla.

Al fin la Chacona (así la llamaban en el pueblo) dejó otra vez la vida devota, y de la noche a la mañana se marchó a Portugal a tomar aires. Felizmente

Dios la iluminó, y de Portugal se fue al Brasil con unos misioneros. No se supo más de ella. El pundonoroso y leal esposo respiró: estaba libre, pero pobre, enteramente pobre, sin otra cosa que un sueldo mezquino; tranquilo en cuanto a lo presente, pero inquieto siempre que pensaba en aquella niña infeliz que iba a quedar en la miseria.

En la mitad de Diciembre de 1808 todo el pueblo de Sahagún salió al camino real lleno de curiosidad. El emperador Napoleón I pasaba por allí para dirigirse a Astorga en persecución de los ingleses. Llegó al pueblo, descansó dos horas, y siguió su camino, seguido de una gran parte del ejército que ocupaba a España. Cuando los franceses, guiados por Napoleón, estuvieron lejos, Sahagún se atumultuó; tomaron las armas todos los jóvenes, y mandados por Elías y el cura de Carrión, se disponían a pelear con unos regimientos franceses, que al día siguiente habían de pasar por allí para unirse al cuerpo de ejército.

Aquella tarde Chacón abrazaba y besaba tiernamente a su hija, que, al ver llorar a su padre, lloraba también sin saber por qué. El coronel tenía un proyecto, el único que podía darle alguna esperanza de asegurar en lo futuro el bienestar de Clara. Había resuelto entrar en campaña, avanzar en su carrera y seguir a la nación en aquella crisis, seguro de que le pagarían sus servicios. Escribió al Empecinado pidiéndole órdenes, y este le contestó que se pusiera al frente de los 500 hombres de Sahagún, y procurase batir a los regimientos franceses que iban a unirse con Napoleón en Astorga. El bravo militar, aclamado jefe de la partida que Elías y el cura de Carrión organizaron, salió aquella noche, dejando a su hija en poder de dos antiguas criadas. Situáronse a un cuarto de legua del pueblo, y al amanecer del siguiente día se vieron brillar a lo lejos las bayonetas de los franceses. La guerrilla les hostilizó con fuegos esparcidos: al principio, los franceses vacilaron con la sorpresa; mas repuestos un poco, atacaron a los nuestros. El combate fue encarnizado. Elías y Chacón se miraron con angustia. «¡Son tres veces más que nosotros! —dijo Chacón—; pero no importa: ¡adelante!».

Retrocedieron hasta la entrada del pueblo: allí la lucha fue horrible. Desde las ventanas, desde las esquinas disparaban los paisanos contra el enemigo, cuyas filas se diezmaban. El coronel mandaba a los suyos con un denuedo sin ejemplo. A la partida uniose al fin el resto del pueblo. Un esfuerzo más, y los franceses eran vencidos. Este esfuerzo se hizo: costó muchas vidas; pero los franceses, no queriendo perder más gente, emprendieron la retirada hacia Valencia de Don Juan.

El pueblo todo les siguió, con Chacón a la cabeza; pero aún no había andado este veinte pasos, cuando fue herido por una bala: dio un grito, y cayó bañado en su sangre. Las mujeres le rodearon, llorando todas al verle herido; él dijo algunas palabras, volvieron los suyos, y entre cuatro le llevaron a su casa. Antes de llegar a ella ya estaba muerto.

Reinaba en el pueblo la consternación, porque habían perecido muchos hijos y muchos maridos; las madres y las esposas gritaban por las calles con amargos y dolorosos lamentos. Delante de la puerta de la casa de Chacón había un grupo de mujeres silenciosas que contemplaban el cadáver del coronel, teñido en sangre, con la frente partida y destrozado el pecho. Algunos niños, en quienes podía más la curiosidad que el miedo, se habían acercado hasta tocarle los dedos, las espuelas y el cinturón. Nadie hablaba en aquella escena, y solo la pobre Clarita, consternada al ver que todos la miraban llorando, comenzó a llamar con fuertes voces a su padre, cuya muerte no comprendía.

«¿Qué niña es esta?» preguntó Elías.

—Es su hija —contestó una mujer que la tenía abrazada.

—¿Y no tiene madre?

—No, señor.

—¿Y qué vamos a hacer de ella? —dijo Elías mirando al cura de Carrión y a los demás cabecillas del tumulto.

Todos se encogieron de hombros y besaron a Clara.

«Nosotros nos quedaremos con ella» dijeron las dos mujeres que habían servido al coronel cuando era rico.

—No —dijo Elías—: yo la recojo. Me la llevaré conmigo, la educaré.

Las mujeres aquellas eran muy pobres. Gran cariño les inspiraba Clarita; pero, al tenerla a su lado la condenaban a ser pobre como ellas para toda la vida. Consideraban a don Elías como persona de posición y carácter, y no dudaron, por tanto, en dejarle la niña.

Permaneció, sin embargo, en Sahagún hasta 1812, época en que el realista dejó las armas y se retiró a Madrid. Entonces le acompañó Clara, que no pudo separarse de sus pobres amigas sin llorar mucho, ni pudo acostumbrarse tampoco a mirar cara a cara a su protector, porque le daba mucho miedo.

Grande fue su tristeza cuando al despertar en un hermoso día de Mayo se encontró entre las oscuras paredes de la casa que conocemos en la calle de Válgame Dios; y esta tristeza aumentó cuando la llevaron al convento-colegio de ciertas hermanas de una Orden famosa, que enseñaban a las niñas del barrio lo poquito que sabían. Tenía la escuela todo lo sombrío del convento, sin tener un claustro melancólico y su dulce paz. Dirigíanle unas cuantas viejas, entre quienes descollaba por su displicencia, fealdad y decrepitud una tal madre Angustias, que usaba una caña muy larga para castigar a las niñas, y unas antiparras verdes que, más que para verlas mejor, le servían para que las pobrecillas no conocieran cuándo las miraba.

Las niñas se levantaban muy temprano, y rezaban; almorzaban unas sopas de ajo, en que solía nadar tal cual garbanzo de la víspera, y después pasaban al estudio, que era ejercicio de lectura, en el cual desempeñaba el principal papel la caña de doña Angustias. Trazaban luego por espacio de dos horas sendos garabatos en un papel rayado; y después de contestar de memoria a las preguntas de un catecismo, cosían tres horas largas, hasta que llegaba la del juego. El recreo tenía lugar en un patio oscuro y hediondo, cuya vegetación consistía en un pobre clavel amarillento y tísico, que crecía en un puchero inservible, erigido en tiesto de flores. Las niñas jugaban un rato en aquella pocilga, hasta que la madre Angustias sonaba desde su cuarto una siniestra campanilla, que reunía en torno a su caña a los tristes ángeles del muladar.

Después de comer, llevaba el rosario la madre Brígida, por no poder hacerlo la madre Angustias, a causa del asma que la afligía, entrecortándole la voz. Aquel rosario era interminable, porque detrás de sus infinitos paternóster venían las letanías, llagas, misterios, jaculatorias, oraciones, gozos y endechas místicas. La noche las sorprendía en aquel devoto ejercicio, y era muy común que alguna de las chiquillas, rendida bajo el peso moral de tan monótono y cansado rezo, bostezara tres veces y se durmiera al fin benditamente. Parapetada detrás de sus antiparras, la madre Angustias observaba los bostezos y acariciaba su caña dictatorial sin decir palabra a la culpable, esperando a que se durmiera, y entonces ¡ira de Dios!, le sacudía un cañazo, seguido de una retahíla de insinuaciones coléricas. Las otras niñas, que no esperaban más que un motivo de distracción y entretenimiento, al ver la triste figura que hacía su compañera al despertar bruscamente, soltaban la risa, se interrumpía el rezo, gruñía la madre Brígida, cacareaba la madre Angustias, y llovían los cañazos a diestra y siniestra.

Al anochecer continuaban las lecciones y el catecismo. La madre Angustias les decía:

«Ahora el ca... ca... tecismo. Madre Brí... Brí... Brígida, la que no sepa, al ca... ca... caramanchón».

Y se marchaba a acostar, porque padecía de ciertos ahoguillos, y tenía que ponerse todas las noches paños calientes en el estómago.

Clarita y otras niñas de la escuela creían a pie juntillas que la madre Angustias no tenía ojos, y que todas sus facultades ópticas residían en aquellos dos temibles vidrios verdes, engastados en una armazón rancia y enmohecida; y acontecía que para imitarla cortaban dos redondeles de papel verde del forro del catecismo y se lo pegaban con saliva en los ojos, con lo cual se morían de risa. Como no podían ver gota con aquellos parches, sorprendiolas un día la madre Petronila, que era un vinagre, y después de darles muchos coscorrones, las condenó a no comer ni jugar aquel día. ¡Qué horas pasaron las pobres!

Otra vez se hallaban todas en el patio, y ocurriósele a un pajarito muy flaco meterse allí por el tejado y posarse, después de chocar en los muros, en el entristecido clavel. ¡Qué algazara se armó! Aquel fue el mayor acontecimiento del año. Con pañuelos, con mantos, con cuanto hallaron a mano, le persiguieron hasta cogerle; atáronle un hilo en una de las patas, y Clara le guardó muy bien en un cajoncillo donde tenía la costura. A escondidas le echaban de comer por las noches; pero el animalito enflaquecía y se ponía más triste cada vez. Una noche, en el momento en que el rezo iba a principiar, Clara tenía abierto el costurero, y fingiendo arreglar dentro de él alguna cosa, se ocupaba en abrirle la boca al pajarito y meterle a la fuerza unas migajas de pan que había guardado en el bolsillo, cuando de repente alzó el vuelo el animal, revoloteó por la habitación con el hilo atado en la pata y fue a pararse ¿dónde creeréis?, en la misma cabeza de doña Angustias, que al verse profanada de aquel modo, tomó tal cólera, que el asma le ahogó la voz y estuvo gesticulando en silencio diez minutos, roja como un tomate. Clara se quedó yerta de miedo.

«Cla... Cla... Cla... rita —exclamó la madre Angustias ciega de furor—. ¡Niña mal... mal criada! ¿Qué desaca... ca... cato es este? Esta noche al ca... ca... caramanchón».

Clara fue condenada aquella noche a dormir en el caramanchón, ultima pena, que solo se aplicaba muy de tarde en tarde a los más negros y raros delitos. Doña Angustias continuó con su cacareo hasta que vio cumplida la terrible orden; y a la hora en que acostumbraban a recogerse. Clara fue llevada al presidio, que era un desván oscuro, fétido y pavoroso. La pobrecilla no cabía en sí de miedo al verse sola en aquel tugurio, entre mil objetos cuya forma no podía apreciar, tendida en un miserable jergón y expuesta al aire colado, que por una ventanilla entraba. En su desvelo, sintió las pisadas de los ratones que en aquellos climas vivían; pisadas que en sus oídos resonaban como si fueran producidas por los pies de un ejército de gigantes. Se encogió, se envolvió toda en su manta, escondiendo los pies, las manos y la cabeza; pero las ratas corrían por encima, y saltaban, iban y venían con una algarabía espantosa. También contribuyó a aumentar el pavor de la niña una disputa que en el tejado vecino se trabó entre dos gatos bullangueros, que lanzaban maullidos lúgubres y desentonados. La pobre no pudo dormir, y el día la encontró hecha un ovillo, empapada en sudor frío y temblando de miedo.

Entre estos sucesos extraordinarios y la diaria tarea del estudio y la costura, aterrada siempre por la fascinación terrible de los espejuelos de la madre Angustias, pasó Clara cuatro años, hasta que, cumplidos los once, vino Elías por ella y se la llevó a su casa.

El realista no sabía al principio qué hacer de aquella niña: ocurriole hacerla monja; pero impulsado por un repentino egoísmo, resolvió conservarla a su lado. Era solo: su casa necesitaba una mujer. ¿Quién mejor que Clara? Su inteligencia no estaba bien cultivada, pues no sabía sino leer, escribir y hacer algunas cuentas; pero, en cambio, cosía muy bien y entendía toda clase de labores.

La hija de la Chacona creció en casa de Coletilla, y fue mujer. Creció sin juegos, sin amables compañeras, sin alegrías, sin esas saludables y útiles expansiones que conducen felizmente de la niñez a la juventud. Elías no la trataba mal, pero tampoco era muy cariñoso con ella. Los domingos la solía llevar a la Florida o a la Virgen del Puerto; una vez la llevó al teatro, y Clara creyó que era verdad lo que estaban representando. Los paseos dominicales cesaron cuando Elías tuvo ocupaciones y preocupaciones que le apartaban de su casa: entonces ella se limitó a oír misa muy de mañana en las monjas de Góngora, y en esta expedición la acompañaba una criada alcarreña llamada Pascuala, que Coletilla había tomado a su servicio.

Este encierro perpetuo hubiera agriado y pervertido tal vez otro carácter menos dulce y bondadoso que el de Clara, la cual llegó a creer que aquella vida era cosa muy natural, y que no debía aspirar a otra cosa; así es que vivía tranquila, melancólicamente feliz, y a veces alegre. Y, sin embargo, semanas enteras pasaban sin que una persona extraña penetrara en la casa del fanático. Parecía que toda la sociedad quería huir de aquella jaula en que estaba encerrado su mayor enemigo.

Solo una excepción existía en aquel aislamiento normal. Ya hemos dicho que don Elías fue amigo y servidor de una antigua e ilustre casa. Después de la ruina de los Porreños y Venegas, solo quedaron tres individuos, tres dueñas venerables que conservaron relaciones amistosas con el realista. Muy de tarde en tarde iban a visitarle. Tenían un trato seco; eran intolerantes, rígidas, orgullosas. Nunca hablaban a Clara sino con palabras solemnes, que daban tristeza y abatían el ánimo. No podían prescindir de la etiqueta, ni aun delante de una pobre muchacha, y eran tan ceremoniosas y tiesas, que Clara les llegó a tomar antipatía, porque siempre que iban a la casa dejaban allí una sombra de tristeza que duraba mucho tiempo en el alma de la huérfana.

En los últimos años, Coletilla entraba, como hemos dicho, en el período álgido de su frenesí político; la cólera era su estado normal, y era cosa imposible que en sus fanáticas obsesiones pudiera aquella alma irascible tener cariños y finezas para la pobre compañera que tanto las necesitaba. Por el contrario, mostrábase muy duro con ella; se estaba sin hablarle semanas enteras; otras veces la reprendía con acrimonia y sin motivo; la llamaba frívola y casquivana. Un día, al ver que la desventurada se había peinado con menos sencillez que de ordinario, y se había vestido, reformando un poco su natural elegancia con el poderoso instinto de la moda, que las mujeres más apartadas del mundo poseen, la riñó, repitiéndole muchas veces esta frase que le costó lágrimas a la infeliz: «Clara, te has echado a perder». Otras veces le daba al viejo por vigilarla, y le prohibía asomarse al balcón y abrir la puerta, es decir, la abandonaba o la martirizaba, según el estado de aquel espíritu perturbador y cruel.

Clara se puso mala; se iba agostando con lentitud como el clavel que crecía difícilmente en el patio de la escuela. Su melancolía creció, se puso descolorida y extenuada, y llegó a hacer temer graves peligros para su salud. Coletilla no pudo permanecer indiferente a la enfermedad de su protegida, y trajo un médico el cual expresó su dictamen muy brevemente, diciendo: «Si usted no manda a esta chica al campo, se muere antes de un mes».

El realista pensó que la muerte de aquella muchacha sería un contratiempo. Recordó que su hermana vivía en Ateca con su familia, y formó su plan.

Escribió dos letras, y algunos días después Clara entraba en el pueblo con el corazón rebosando de alegría.

Benéfica reacción se verificó en su salud, y su espíritu, tanto tiempo abatido por el fastidio y el encierro, se reanimó con el pleno goce de la Naturaleza y el trato de personas alegres que la atendían y la amaban. Aquellos días fueron una segunda vida para la desdichada mártir, porque se regeneró materialmente, adquiriendo lozanía, frescura y vigor: sus ojos, acostumbrados a la oscuridad de cuatro paredes, recorrían ya un largo horizonte; sus pasos la llevaban a grandes distancias; su voz era escuchada por amigas joviales y francas, por jóvenes sencillos, por viejos cariñosos; su alegría era comprendida y compartida por otros; sus inocentes deseos satisfechos; conocía la amistad, la vida familiar, la confianza; gozaba de un cielo hermoso, de un aire puro, de un bienestar sobrio y tranquilo, de felices y no monótonos días, de sosegadas y apacibles noches.

Pero durante la permanencia de Clara en Ateca pasaron cosas que influyeron poderosamente en el resto de su vida. Vamos a referirlas, porque de ellas se deriva casi toda esta historia; y por tan importantes y graves, las dejamos para el capítulo siguiente, donde las verá el lector, si está decidido a no abandonarnos.

Capítulo VI. El sobrino de Coletilla

Marta, la hermana de Elías, había quedado viuda con un hijo llamado Lázaro, que después de estudiar Humanidades en Tudela, pasó a la Universidad de Zaragoza. Era este un mozo como de veintitrés a veinticinco años, de agradable presencia, de ingenio muy precoz, de imaginación viva, de palabra fácil y difusa, muy impresionable y vehemente y de recto y noble corazón.

Las nuevas ideas, que entonces conmovían profundamente el corazón de la juventud, habían hallado en el joven Lázaro un creyente decidido. Era uno de los que, brotados en el tumulto de un aula de Filosofía, militaban con pasión generosa en las filas de los propagadores políticos, entonces tan necesarios.

Sucedió que los estudiantes zaragozanos trabaron una pendencia con los socios de cierto club político; el asunto tomó proporciones, intervino la autoridad universitaria, y Lázaro se vio obligado a salir de Zaragoza, perdiendo curso. Esto pasaba en los días en que, destituido Riego del mando de capitán general de Aragón, hubo en aquella ciudad tumultos y manifestaciones, que el Gobierno quiso reprimir. Lázaro, que estaba a punto de concluir la carrera, conoció la gravedad de la situación y el disgusto que tendrían su madre y su abuelo, a quienes amaba mucho. Quiso reclamar, pero fue inútil, y tuvo que retirarse a su pueblo, triste, avergonzado y lleno de dudas y temores.

Pero al entrar en su casa, agitado por la zozobra y los remordimientos, vio en compañía de su madre a una persona desconocida que, desde el primer momento, le produjo una secreta impresión de alegría, imponiéndole, sin saber por qué, consuelo y esperanza. Confesó lo que le pasaba, sin disminuir la gravedad del caso, por lo cual don Fermín, su abuelo paterno, se puso serio y quiso enfadarse, y su madre lloró un poco. Pero la persona desconocida, que parecía estar allí para alegrar la casa, disipó la cólera del primero y secó las lágrimas de la segunda, mientras Lázaro, con la cabeza baja y humedecidos los ojos, permanecía inmóvil delante de sus jueces y de su defensor sin decir palabra, aunque a la verdad no era preciso, porque la joven le defendía muy bien sin desplegar gran elocuencia, sin emplear otros recursos que su claro y natural sentido, su acrisolado y generoso sentimiento.

El pobre Lázaro estaba tan turbado, que se le figuraba que aquella persona era una aparición, un ser enviado del cielo para ampararle en aquellos apurados momentos. Esperaba verla desaparecer al concluir su misión, y la miraba con ese estupor silencioso que causa lo sobrenatural y desconocido. No tenía antecedentes de aquella joven, ni había sospechado que existiera y se encontrara allí. Pero la imagen no se desvanecía, y, por el contrario, continuaba viéndola adornada con todos los encantos físicos y morales que pueden poseer los ángeles de este mundo.

No se habló más del asunto. Lázaro fue perdonado, pero no salió de sus confusiones. Explicáronle quién era Clara y por qué estaba allí; mas no por eso pudo dominar el estudiante la respetuosa y fuerte sorpresa que le había producido.

Estuvo encogido y como asombrado todo el día, y temblole la voz cuando quiso hablar con ella, y se calló al fin por temor de decir mil disparates. Al día siguiente despertó con una alegría exaltada, a la que sucedía bruscamente una tristeza sin igual. Su aturdimiento tomaba fases muy diversas: tan pronto se veía atacado de un apetito insaciable de verbosidad que no podía contener; tan pronto hacía esfuerzos inauditos para pronunciar una palabra, sin llegar a conseguirlo. Era un politicómano ferviente, y en Zaragoza se había distinguido por sus elocuentes arengas en los clubs, que le habían dado mucha celebridad: en sus conversaciones privadas se expresaba también con mucho entusiasmo y corrección; pero esta vez de todo hablaba menos de política. Parecía que no existían ya para él ni la revolución francesa, ni el Emilio, de Rousseau, ni las Cartas de Talleyrand, ni el Diccionario, de Voltaire. Se había olvidado de todo esto, y solo pensaba en la fórmula más expresiva y exacta para decirle a Clara que la había visto en sueños aquella noche. Recurrió al sistema de las circunlocuciones, pensó después en decirlo a secas y sin ambages, acordose de que las alegorías se habían inventado para aquel caso, y probó todos los medios, sin lograr con ninguno su objeto.

Pasaron dos o tres días sin que hallara un modo de ser explícito. Cuando estaba solo, sí: entonces hablaba, hablaba consigo mismo, y aun parecía entablar misteriosos diálogos con aquel hermoso espíritu, que encontraba siempre en todas partes, acompañándole en sus soledades e insomnios; espíritu lleno de luz y con formas de mujer, que brotaba del seno mismo de la noche para mirarle inmóvil, callado y sereno. Delante de esta sombra era Lázaro muy elocuente, y siempre acertaba a expresar lo que sentía; y sentía tanto el pobre, que a veces le daba uno de esos accesos vehementes, en que el organismo se conmueve todo, quebrantado y oprimido por la enorme expansión del espíritu. Salía de la casa por no hallarse bien en ella, y volvía a entrar por no hallarse bien fuera. Por fin, había logrado formular un diálogo con Clara. La primera vez que pudo hablar con ella un cuarto de hora seguido, se mostró muy enojado. ¿Enojado? ¿Por qué? Después empezó a darle las gracias. ¿Las gracias? ¿Por qué? Después le pidió perdón. ¿Perdón? ¿De qué? Y acto continuo le dijo que se iba a volver loco. ¿Loco?... Su andar era errante. Se dirigía a todas partes, y no llegaba a ninguna; se hallaba siempre donde no quería estar. Pero a pesar de estas evoluciones de ciego, acontecía que si Clara iba a alguna parte, ¡qué casualidad!, encontraba en ella a Lázaro que la esperaba.

El alma de la muchacha no estaba sujeta a estas extrañas perturbaciones. Siempre sensible y feliz en su serenidad inocente, se dejaba llevar por la corriente de una vida sin agitación ni contratiempos. En su sitio propio, para dar paz al ánimo y descanso a la fantasía, vivía sin sentirlo, digámoslo así; y si alguna vez la entristecía algún pensamiento, era el pensamiento de volver a la calle de Válgame Dios. La amistad, casi desconocida por ella, fue entonces causa de que adquiriera esa sutil delicadeza, que caracteriza los afectos femeninos, y esa fluidez de ingenio que tanto los embellece y adorna.

Había en el pueblo otra joven de la misma edad e idéntico carácter, llamada Ana, hija de un rico labrador. Ana y Clara se hicieron íntimas amigas en pocos días de trato. Íbanse todas las tardes a una huerta perteneciente al padre de Ana, y allí, entretenidas con sus labores, se pasaban conversando largas horas. En esta comunicación de las dos jóvenes, Clara se desarrollaba moralmente con una rapidez desconocida. Para quien había pasado su juventud en compañía de un viejo excéntrico e insociable, aquellas franquezas inocentes y el cambio simultáneo de pensamientos, comunicados sin disimulo y en toda su hermosa sencillez natural, realizaron en el alma de la huérfana una revelación de sí misma, que fijó y fortaleció más su bello carácter.

Cuando las dos amigas iban a la huerta, la maldita casualidad hacía que Lázaro pasara por la entrada precisamente en el mismo momento en que ellas llegaban. La conversación empezaba todas las tardes a las cuatro, y duraba hasta el anochecer. Ni un solo día en todo el tiempo que pasó Clara en Ateca dejaron de ir a la huerta las dos muchachas, y ni un solo día dejó Lázaro de encontrarlas allí por casualidad. En aquellas conversaciones que eran cada vez más íntimas, se notaba algunas veces que, por efecto de los accidentes del diálogo escénico, Ana callaba o hablaba aparte en voz baja, mientras el bueno del estudiante y la pícara Clara charlaban muy quedito y muy juntos el uno del otro. La cara angustiosa a veces, a veces pálida, ya animada, ya triste, del joven, anunciaba que el tema del coloquio era muy interesante. ¿Qué decían? De pronto, unas largas pausas en que uno y otro se quedaban mirando a la tierra un buen rato, permitían a Ana alguna alusión ingeniosa, cuya gracia alababa y reía ella sola. Clara y Lázaro parecía que no estaban para risa. Callaban hasta que un monosílabo aquí, un gesto allá volvían a estimular de nuevo la conversación. A veces él se ponía a meditar, como recapacitando lo que iba a decir; y él, que tan buena memoria tenía, se encontraba con que se le habían olvidado (¡otra casualidad!) los admirables trozos de elocuencia que tenía preparados. ¿Hablaban del pasado, del presente, del porvenir? ¿Trazaban un plan, planteaban un proyecto? Es probable que nada de esto fuera objeto de aquellos íntimos debates: no hacían sus voces otra cosa que expresar mil inquietudes interiores, pintar ciertas turbaciones del espíritu, formular preguntas intensamente apasionadas, cuyas réplicas aumentaban la pasión; confesar secretos, cuya profundidad crecía al ser confesados; hacer juramentos, manifestar ciertas dudas, cuya resolución daba origen a otras mil dudas; pedir explicaciones de misterios, que engendran misterios sin fin; explicar lo inexplicable, medir lo infinito, agotar lo inagotable.

A veces interrumpía Ana estas comunicaciones impenetrables, diciendo: «Pero, mujer, ¿no ves cómo va ese bordado? ¿En qué estás pensando?».

En efecto: Clara, que estaba bordando sobre cañamazo con lanas de colores una cabecita de ángel rodeada por una guirnalda de flores, le había hecho los ojos de estambre rojo y los labios con estambre negro; las flores tenían todos los colores tan trastornados, que no se sabía lo que aquello era. Al oír la observación de su amiga, Clara se puso del color de los ojos del ángel.

Veinte y treinta días se pasan muy pronto cuando hay citas cuotidianas en una huerta, diálogos anhelantes, dudas no resueltas, preguntas mal contestadas y angelitos bordados con los labios negros. Así es que llegó un día en que Lázaro se puso a jurar por todos los santos del cielo, que no permitía que Clara se fuera de allí. Se ponía fastidioso al tocar este punto; repetía la misma cosa infinitas veces, y a lo mejor empezaba a relatar un sueño que había tenido la noche anterior, del cual sueño se desprendía la imposibilidad absoluta de que él y Clara se pudieran separar. Ella se ponía muy pensativa y no decía palabra en media hora; los pobres chicos miraban al cielo alternativamente, como si en el cielo se hallara escrita la solución de aquel problema.

Se separaban: Clara depositaba sus amarguras en el seno de su amiga Ana. Lázaro confiaba a las profundidades de la noche el gran vértigo que sentía dentro de sí; no dormía, porque una serie interminable y rapidísima de razonamientos confusos, mezclados con imágenes vagamente percibidas, le sostenían en vigilia invencible y dolorosa. El día volvía a darles esperanza, la tarde venía a unirlos, el anochecer volvía a entristecerlos. Así se acercaba el día funesto.

Cuando se teme de ese modo la llegada de un día que nos ha de traer algo malo, la imaginación tiene como una extraordinaria fuerza de odio, con la cual personifica ese día que se detesta; la imaginación ve acercarse este día, y lo ve en figura de no sé qué monstruo amenazador, que avanza con la mano alzada y la mirada llena de ira. Hay días en que el Sol no debiera salir.

Pero el designado para la vuelta de Clara a Madrid, el Sol, ¡qué crueldad!, salió. Sus primeros rayos llevaron la desolación al alma de los dos jóvenes, amenazados de una separación. Parece que cuando se verifica una separación de esa clase; cuando se disuelve y destruye esa unidad misteriosa y fundamental de la vida humana, unidad constituida por la totalidad complementaria de dos individuos, parece, decimos, que debía ocurrir un cataclismo en la Naturaleza; pero eso que llamamos comúnmente los elementos, es ciego e insensible. Se hunde un continente y se chocan los océanos por la más insignificante de esas causas mecánicas que nacen en el centro de la materia; pero nada sucede, nada se mueve en la inerte y ciega máquina del mundo cuando se altera el grande, el inmenso equilibrio de los corazones.

Aquella mañana sintió Lázaro un dolor desconocido. Avanzaba el día: el estudiante fue a casa de Ana y la encontró llorando; se asustó de verla llorar, volvió a su casa, quiso entrar en el cuarto donde Clara hacía los preparativos de su viaje; pero se tuvo miedo a sí mismo. La vio salir después pálida y con los ojos cansados de llorar. Al ver que se despedía de su madre y de su abuelo, Lázaro corrió fuera por temor de que intentara también despedirse de él. Salió y anduvo a prisa mucho tiempo; salió del pueblo y se internó en el camino, lejos, muy lejos del pueblo. De pronto sintió el ruido de la diligencia, que se acercaba. El joven se detuvo, retrocedió; la diligencia pasó rápidamente. Allí iba la huérfana desolada, con el rostro oculto entre las manos. Las demás personas que iban con ella se reían de verla así. Lázaro la nombró, la llamó dando un fuerte grito, y sin darse cuenta de ello corrió tras el coche larguísimo trecho, hasta que el cansancio le obligó a detenerse. La diligencia desapareció.

Regresó al pueblo ya entrada la noche: al pasar por la huerta notó que unos pájaros que acostumbraban dormir allí formaban diabólica algazara con sus cantos disparatados y su inquieto aleteo. Apresuró el paso para no oír aquello, y entró en su casa. Su madre y su abuelo estaban muy pensativos y melancólicos; ni les habló, ni le hablaron. Quedose solo; se encerró y quiso leer un libro; quiso dormir, y quiso arrancarse de la mente una como corona de hierro inflamado que se la quemaba y oprimía; pero era imposible. Aquello era una irradiación, que, a ser visible, hubiera parecido una aureola. En su fiebre se quedó aletargado, y en su letargo le pareció que de su cabeza brotaban amas vivísimas que no podía sofocar, y que sus sesos hervían como un metal derretido.

Capítulo VII. La voz interior

Aquel muchacho era sumamente impresionable, nervioso, de temperamento ideal, dispuesto a vivir siempre de lo imaginario. Nadie le igualaba en forjar incidentes venideros, enlazándolos para hacer con ellos una vida muy dramática y muy interesante; trabajaba involuntariamente con el pensamiento en la elaboración de estas acciones futuras; y siempre tenía ante la imaginación aquella gran perspectiva de hechos en que desempeñaba la principal parte una sola figura, él solo, Lázaro. Esta visión perpetua, fenómeno propio de la juventud, tenía en él proporciones extraordinarias; su fantasía tenía una poderosa fuerza conceptiva, y puede asegurarse que esta gran facultad era para él un enemigo implacable, un demonio atormentador.

Con este carácter, fácil era que brotaran en él todas las grandes pasiones expansivas, y que crecieran hasta llevarle a la exaltación. En épocas como aquella, la política, el proselitismo, el espíritu de secta engendraba grandes pasiones. El heroísmo cívico, la abnegación y esa tenacidad catoniana que brillan en algunos personajes de todas las revoluciones, la venalidad solapada, la traición, la sanguinaria crueldad y el encono vengativo que se han visto en otros, provienen de la pasión política. Lázaro tuvo esta pasión: sintió en sí el ardor del patriotismo; creyose llamado a ser apóstol de las nuevas ideas, y con ardiente fe y noble sentimiento las abrazó.

¿Pero existen estas resoluciones inquebrantables sin mezcla de egoísmo? Egoísmo sublime, pero egoísmo al fin. Lázaro tenía ambición. ¿Pero qué clase de ambición? Esa que no se dirige sino al enaltecimiento moral del individuo, que solo aspira a un premio muy sencillo, a la simple gratitud. Pero la gratitud de la humanidad o de un pueblo es la cosa de más valor que hay en la tierra. El que es digno de ella la tendrá, porque un hombre puede ser ingrato; pero un pueblo en la serie de la historia, jamás. En una vida cabe el error; pero en las cien generaciones de un pueblo, que se analizan unas a otras, no cabe el error, y el que ha merecido esa gratitud la tiene sin remedio, aunque sea tarde.

Lázaro aspiraba a la gloria; quería satisfacer una vanidad: cada hombre tiene su vanidad. La del joven aragonés consistía en cumplir una gran misión, en realizar alguna empresa gigantesca. Cuál era esta misión, es cosa que no sabía a punto fijo. Los jóvenes como aquel no gustan de concretar las cosas porque temen la realidad; creen demasiado en la predestinación, y engañados por la brillantez del sueño, piensan que los sucesos han de venir a buscarlos, en vez de buscar ellos a los sucesos.

Después de que se retiró de Zaragoza y fue a Ateca, una figura iba perpetuamente unida a la suya en aquellas escenas futuras. ¡Insensato! ¿Qué piensas hacer de ella? Una reina. ¿De dónde? Será simplemente la mujer de un gran hombre. Menos tal vez: la mujer de un hombre oscuro... Concluía por concretar el objeto de todas sus quimeras a un retiro pacífico, a un matrimonio feliz.

Pero era preciso meditar, trazar un plan, ver la manera más fácil de unirse a ella.

Clara era huérfana, él pobre. He aquí dos contratiempos ocurridos desde el principio. ¡Ah! Pero él trabajaría; sería activo, ingenioso, astuto. Bien sabía él que tenía talento. ¿Pero debía ser un simple agricultor? No: eso era poco para él. Debía ir a Madrid, hacerse oír, buscar un nombre, un puesto. Esto sería cosa muy fácil para quien tenía tales aptitudes. ¿No era seguro que al llegar Lázaro a la corte, centro entonces, como ahora, de la actividad intelectual del país, adquiriría nombre, posición, fortuna? Sin duda. Ya debían conocerle de oídas por sus discursos pronunciados en Zaragoza. En aquel tiempo los jóvenes se abrían paso fácilmente entre la multitud decrepita; aquellos que, con todo el vigor de la fe y toda la fuerza de la edad primera, emprendían la propagación de las nuevas ideas, se imponían infaliblemente, adquiriendo una alta y envidiada posición social. Él se creía superior, ¿a qué negarlo? En la profundidad de su conciencia sentía una voz que sin cesar decía: «Yo valgo. Es preciso buscar los sucesos antes que ellos vengan a buscarnos. Animo, pues».

Estos pensamientos eran los que ocupaban la mente de Lázaro en los días que siguieron a la partida de Clara. Cuando su determinación se hizo firme, vio con entusiasmo que su inteligencia adquirió más vigor, y su pecho más osadía. Parecíale que su voz era capaz de emitir los más profundos, los más calurosos, los más verdaderos acentos en defensa de los nobles principios de la época; le parecía que nada igualaba a su facilidad de expresión, a su lógica terrible, a su frase pintoresca y expresiva. En lo más callado de la noche, cuando en parajes solitarios se entregaba a sus meditaciones, se oía, se estaba oyendo. Una voz elocuente resonaba dentro de él, y mudo y reconcentrado asistía a las maravillas e internas manifestaciones de su propio genio. Era auditorio de sí mismo, y le parecía que jamás había tenido el verbo humano frases más bellas, lógica más segura, entonación más vigorosa. Se aplaudía; le parecía que en torno suyo multitud infinita de sombras aglomeradas le aplaudían también; que resonaba un intenso palmoteo, cuyo fragor llenaba toda la tierra.

De vuelta a su casa dormía, y durante el sueño continuaba resonando en su cerebro la misma voz que hacía estremecer miles de corazones; que llevaba el entusiasmo o el espanto a ejércitos enteros de ciudadanos; y entonces se le figuraba que dentro de su ser había una misteriosa entidad sonora, un espíritu locuaz, que sostenía constantemente allá en su profundo núcleo la más brillante y enérgica peroración.

Lázaro tenía el genio de la elocuencia. Él lo conocía: estaba seguro de ello. Cada día que pasaba sin que un gran auditorio le escuchara, le parecía que se perdían en el vacío y en el silencio de un desierto aquellas voces admirables que sentía dentro de sí. No había tiempo que perder.

Dijo a su abuelo que se iba a Madrid. El pobre viejo se puso a llorar, y dijo entre sollozos y babas que aquella resolución era muy grave y convenía meditarla.

«¿Y qué vas tú a hacer allá? —decía después, queriendo aparecer incomodado—: ¡tienes una letra tan mala!...».

Estaba entonces en Ateca un tal don Gil Carrascosa (el mismo personaje a quien vimos disputar con cierto barbero en el primer capítulo de esta historia), el cual tenía amistad con Coletilla. El abuelo consultó con el ex-abate la resolución de Lázaro, y este opinó que se debía escribir al tío. El viejo tomó la pluma y con vacilante mano trazó esta carta, que recibió el realista pocos días después:

«Querido y respetable señor: Lazarillo, mi nieto y sobrino de vuesa merced, quiere ir a Madrid. Se le ha puesto en la cabeza que ahí podrá hacer fortuna: dice que no puede estar en el pueblo. Y, en efecto, querido señor, esto está malo. La cosecha de este año no nos da ni la simiente, y el pobre chico tiene más afición a los libros que al arado. Le diré a vuesa merced, respetable señor, que Lázaro es un mozo muy despierto: sabe muchos libros de memoria, y ha leído cuatro veces de la cruz a la fecha un tomo que llaman Los grandes hombres de Plutarco, el cual me ha asegurado no ser cosa de herejía; que si lo fuera no lo había de leer en mis días. Entiende de leyes, y a veces se pone a escribir y llena unos cuadernos de cosas muy buenas, aunque yo no las entiendo. Es buen cristiano y muy respetuoso y cortés con todo el mundo. No ocultaré sus defectos, respetable señor; y por lo mismo que le quiero, diré a vuesa merced cuál es su gran defecto, para ver si con su talento y su gran sabiduría le puede corregir. Es el caso que difícilmente podrá hacer cosa buena en la Corte, porque tiene muy mala letra, y no le luce lo que sabe. Siento mucho tener que revelar esta flaqueza suya; pero antes que nada es mi conciencia, y por todo el oro del mundo no ocultaría sus defectos. Creo, sin embargo, que con un buen maestro, como los hay en la Corte, podrá corregirse si se aplica. De este modo llegará, andando el tiempo, a ser apto para desempeñar una plaza de dos mil reales en alguna covachuela, como mi señor abuelo, que en paz descanse. Yo deseo que haga fortuna, porque le quiero con toda mi alma; y así, deseo que vuesa merced, con su gran tino y universal sabiduría, me informe si será posible sacar algo de provecho de este muchacho, diciéndome al mismo tiempo si puedo contar con su protección. Hágalo vuesa merced, por Dios, que es el único hijo de su hermana, y nosotros, que estamos pobres, no podemos hacerle feliz.

Su respetuoso y reverente servidor,

FERMÍN».

Pasaron tres meses sin que don Elías contestara. Al fin contestó, advirtiendo que esperara un poco; que avisaría si podía venir o no. Un mes después escribió de nuevo, llamando a Lázaro a su lado, y añadiendo que de su comportamiento y disposiciones dependía el que hiciera fortuna.

Lázaro no cabía en sí de gozo. Quiso partir el mismo día; pero los ruegos de su madre y de su abuelo le obligaron a aguardar dos más.

El joven estudiante sabía, por las tradiciones de la familia, que su tío era hombre muy sabio, y se le había antojado que había de ser un gran liberal. No comprendía que un hombre muy sabio dejara de ser muy amante de la libertad.

La carta de Coletilla fue recibida en los primeros días de Septiembre de 1821, en que ocurren los primeros acontecimientos que hemos referido. Poco después de la lamentable escena de la barbería y de la entrada del militar en la casa de Clara, ocurrió el viaje de Lázaro a Madrid. Clara no lo supo antes del día en que debía llegar.

Ahora podemos seguir naturalmente el curso de los sucesos de esta puntual historia. Dejaremos a Lázaro preparándose a partir. Su madre y su abuelo le despiden llorando; el alcalde le abraza diciendo que ya ve en él nada menos que un secretario del Despacho; el cura le da dos bollos maimones para el camino y le echa un sermón fastidioso. El estudiante sube a la galera, y con más ilusiones que dineros toma el camino de la Corte.

Capítulo VIII. Hoy llega

Tres días después de la aventura descrita en el capítulo segundo, estaba Clara muy de mañana encerrada en el cuarto que le servía de habitación. El fanático le había dicho pocas horas antes que esperaba a su sobrino, y que era preciso acomodarle allí hasta que se mudaran todos a una nueva casa que pensaba tomar.

Clara se quedó absorta al oír esta noticia, y no pudo contestar palabra, porque la sorpresa le embargaba la voz. Cuando quedó sola se encerró en su cuarto.

Era éste pequeño e irregular: estaba en lo más interior de la casa, y tenía una ventana estrecha, con vidrios de dudosa transparencia, que daba a un patio, de esos que por lo profundos y estrechos parecen verdaderos pozos. Enfrente y a los lados se abrían tres filas de ventanas mezquinas, respiraderos de otras tantas celdas, donde se albergaban familias bulliciosas. El cuarto de Clara tenía el usufructo de un rayo de luz desde las once a las once y media, hora en que pasaba a iluminar las regiones tropicales del tercer piso. Aquel rayo de luz no traía nunca colores, ni paisaje, ni horizonte, ni alegría.

El patio era un recinto populoso, el centro de un enjambre humano. A ciertas horas asomaban por aquellos agujeros otras tantas cabezas: esto sucedía en los grandes acontecimientos, cuando la herrera del piso bajo y la planchadora del cuarto resolvían al aire libre alguna cuestión de honor, o cuando la manola del tercero y la zurcidora de enfrente entablaban pleito sobre la propiedad de la ropa tendida.

Por lo demás, allí reinaba siempre una paz octaviana, y era cosa de ver la amable franqueza con que la esterera pedía prestada una sartén a la vecina de la izquierda, y la confianza íntima con que dialogaban en el quinto el soldado y la mujer del zapatero. Enlazaban unas ventanas con otras, a guisa de circuitos telegráficos, varias cuerdas, de donde colgaban algunas despilfarradas camisas, y de vez en cuando tal cual lonja de tasajo, sobre el cual descendía en el silencio de la noche una caña con anzuelo, manejada por las hábiles manos del estudiante del sotabanco.

La vidriera del cuarto de Clara no se abría nunca. Elías la había clavado por dentro desde que ocupó la casa.

Si la perspectiva del patio era desapacible, el interior de la habitación tenía indudablemente cierto encanto, no porque en él hubiera cosas bellas, sino por la sencillez y modestia que allí reinaban y el cuidadoso aseo y esmero, única elegancia de los pobres. Veíase, en primer término, una voluminosa cómoda, compuesta de seis enormes gavetas con sus labores de talla junto a las cerraduras, y algunas incrustaciones un poco carcomidas; encima un mueble decorativo bastante viejo, que representaba una figura de Parca con una de las manos alzada en actitud de sostener algo; pero en lugar del reloj que en otro tiempo cargaba, sostenía en tiempo de Clara un caja forrada en papeles de color, la cual debía guardar utensilios de labor femenina. En lugar de la redoma de cristal, tapaba todo esto un pedazo de gasa, sujeto con cintas azules a las piernas de la diosa, la cual ostentaba en su profano pecho un escapulario de la Virgen del Carmen.

Una mesa de tocador, tres sillas de viejo nogal, pesadas y lustrosas, un cojincillo erizado de agujas y alfileres, banqueta y cama de caoba de muy voluminosa arquitectura, cubierta con manta palentina, completaban el ajuar.

Clara estaba delante de su espejo, y se ocupaba en enredarse en la coronilla una gruesa trenza de pelo negro, recientemente tejida y terminada en la punta con un atadijo del mismo pelo y un lazo encarnado. Dos órdenes de pequeños rizos; guedejas sutiles, retorcidas con negligencia, le adornaban la frente, y de las sienes blancas, cuya piel transparentaba ligeramente la raya azulada de alguna vena, le caían dos airosos mechones.

No hay actitud más propia para apreciar debidamente las formas académicas de una mujer, que esa que toma cuando alza las manos y se enrolla una trenza en la cabeza, dejando ver el busto, el talle, el cuello en toda su redondez. Tiéndense los músculos del pecho, se contornea la espalda, y el ángulo del codo y las suaves curvas del hombro describen en su dilatación graciosas líneas que dan armoniosa expresión escultural a toda la figura.

Concluida la operación del peinado, Clara echó una mirada de deseo y desconfianza a la última gaveta de la enorme cómoda en donde tenía su ropa. Es que allí existía, guardado con singular esmero, un traje que Elías le había comprado algunos años antes, cuando era menos adusto y gruñón. Este traje, que era lo más lujoso y bello que la huérfana poseía, tenía la forma y los colores más en moda en aquella época: cuerpo de terciopelo negro con prolijos dibujos de pasamanería, y guardapiés de seda pajizo, adornado con una gran franja, como de a tercia, de encaje negro. Dudaba si sacarlo o no: quería ponérselo, y temía ponérselo; quería lucir aquel día su mejor vestido, y temió al mismo tiempo estar demasiado guapa con él. ¿Por qué? Y se detenía pensativa y triste, sin atreverse a sacar a la luz pública aquel tesoro tanto tiempo escondido. ¿Por qué? Porque Elías se había puesto tan fastidioso (así decía ella), estaba tan maniático y la reñía tanto sin motivo... ¡qué singularidad! La semana anterior estaba cosiendo y arreglando la cenefa del vestido que se había roto, cuando entró aquel hombre, y bruscamente le dijo:

«¿Qué haces ahí...? Siempre pensando en componerte. ¿Para qué te ocupas en esas fruslerías?».

Ella, la verdad sea dicha, aunque tenía una razonable contestación que dar a aquella pregunta, no se atrevió; y doblando tristemente su obra, fue a sepultarla en la cómoda. Elías no se ablandó por esa prueba de sumisión, y en tono más agrio y severo le dijo al verla tirar de la gaveta:

«Cuando digo que te has echado a perder...».

Pero no fue esto lo peor que escuchó la pobrecilla mientras, llena de vergüenza, devolvía a la tumba aquel despojo que había querido profanar sacándolo de tan venerable asilo. No fue esto lo peor que oyó, porque el viejo, bajando la voz y como si hablara consigo mismo, dijo:

«Al fin tendré que tomar una determinación contigo».

¡Jesús, santos y santas del cielo! ¡Qué determinación será esa!... ¡Si querrá también el viejo encerrarla a ella en la misma gaveta como una prenda sin uso!...

Aquello de la determinación la tuvo preocupada muchos días. En vano trató de sondar el ánimo del viejo. ¡Ay! Pero si ella no sabía sondar ánimos de nadie... El único medio de que se hubiera valido para averiguarlo era preguntárselo sencillamente, y a esto no se atrevía.

Aún hubo más. Por la triste calle de Válgame Dios solía pasar una ramilletera, que en su cesta llevaba algunos manojos de claveles, dos docenas de rosas y muchas, muchísimas violetas. Clara observaba al través de los cristales el paso de aquellos frescos colores que le atraían el alma, de aquellos suaves aromas que anhelaba aspirar desde el balcón. Un día se decidió a comprar unas flores, y mandó a Pascuala por ellas. Clara las tomó, las besó mil veces, les puso agua, las acarició, se las puso en el seno, en la cabeza, y no pudo menos de mirarse al espejo con aquel atavío; las volvió a poner en el agua, y, por último, las dejó quietas en un búcaro, que tuvo la imprudencia de colocar donde Coletilla ponía su bastón y su sombrero cuando llegaba de la calle. ¡Oh! Sin duda él, al entrar, se había de poner alegre viendo las flores. Las flores le gustarían mucho. ¡Qué sorpresa tendría!... Esto pensaba ella. Decididamente era una tonta.

El fanático llegó y se acercó a la mesa; pero al poner en ella su sombrero chocó este con el vaso, que cayó al suelo, soltando las flores y vertiendo el agua en las mismas piernas del realista.

El hombre montó en cólera, y mirando con furor a la huérfana, que estaba temblando, gritó:

«¿Qué flores son estas? ¿Quién te ha mandado comprar estas flores? Clara, ¿qué devaneos son estos? ¡Coqueta! No hay ya remedio. Te has echado a perder. ¿También quieres llenarme de flores la casa?».

Clara quiso contestarle; pero aunque hizo todo lo posible no le contestó nada. Elías pisoteó las flores con furia.

«Estoy resuelto a tomar la determinación».

Otra vez la determinación. ¿Qué determinación sería aquella?, pensaba Clara en el colmo de su confusión y de su miedo. Después, retirada a su cuarto, pensó en lo mismo, y decía para sí: «¿Querrá matarme?».

Aquella noche no pudo dormir. A eso de las doce sintió que Elías se paseaba en su cuarto con más agitación que de ordinario. Hasta le pareció oír algunas palabras, que no debían ser cosa buena. Levantose Clara muy quedito movida de la curiosidad, y poco a poco se acercó con mucha cautela a la puerta del cuarto de Elías, y miró por el agujero de la llave. Elías gesticulaba marchando: de pronto se paró, y se acercó a una gaveta y sacó un cuchillo muy grande, muy grande y muy afilado, resplandeciente y fino. Lo estuvo mirando a la luz, examinolo bien, y después lo volvió a guardar. Clara, al ver esto, estuvo a punto de desmayarse. Retirose a su cuarto y se acostó temblando, arropándose bien. Desde la noche que pasó en el caramanchón de doña Angustias en compañía de los ratones, no había tenido un miedo igual. A la madrugada se adormeció un poco; pero en su sueño se le presentaban multitud de cuchillos como el que había visto, y a veces uno solo, pero tan grande, que bastara por sí a cercenar cincuenta cabezas a la vez. Arropábase más a cada momento, creyendo en los extravíos del sueño que el cuchillo, a pesar de su puntiaguda forma y de su brillante filo, no podía penetrar las sábanas.

Al día siguiente se serenó, y después se reía de haber temido que Elías podría matarla.

Pero, sin embargo, no se atrevía a ponerse el traje. Aquella bella prenda pecaminosa había de dormir el sueño de la eternidad en lo más hondo de la cómoda, donde sería pasto de gusanos.

Clara no había podido determinar en su entendimiento lo que para ella podía resultar de la venida de Lázaro. En su grande alegría no veía en aquello más que un suceso muy feliz sin detenerse a considerar los sucesos que posteriormente se podían derivar de aquella llegada. Algunas ideas vagas acompañaron tan solo aquel sentimiento expansivo y desinteresado. Él sería un joven de posición. ¿Cómo no? Sin discurrir en el medio, Clara pensó en un cambio de suerte. Sin saber cómo, se unían en su entendimiento y confusión indisoluble la idea de la llegada de Lázaro y la idea de emanciparse un poco de la fastidiosa (no calificaba de otra manera) tutela de don Elías. A su mente vino la idea del matrimonio. Vino, sí, varias veces; pero casi no era idea aquello: era una percepción confusa, una esperanza tímida y como recelosa. Por último, ya llegó a pensar, a pensar verdaderamente en esto. Una percepción confusa dijimos, sí: esta percepción la ocupaba constantemente. Lázaro iba a ser su marido. Clara también sabía ver los días futuros, y veía a su marido junto a ella en un lugar que no era aquel, en una casa que no era aquella, en otros sitios, en otra tierra. Y en otro mundo, ¿por qué no? Esto hubiera sido lo más acertado.

Aquel día estaba muy alegre, reía por la menor causa, se ruborizaba sin motivo, estaba inquieta y sin sosiego, quedábase pensativa un largo rato, y después parecía hablar consigo misma.

Las nueve serían cuando Pascuala volvió de la calle, y entró en el cuarto de Clara.

Era Pascuala una mujer que formaba a su lado el contraste más violento que puede existir entre dos ejemplares de familia humana. Era una moza vigorosa y hombruna, apacentada en los campos alcarreños, alta de pecho, ancha de caderas, de mejillas rojas, boca grande, nariz chica, frente estrecha, pelo recogido en un gran moño, color encendido, pesadas manos, ojos grandes y negros.

Acercose a la joven, y misteriosamente le dijo:

«¿Sabe usted lo que me ha pasao?».

—¿Qué? —dijo Clara alarmada.

—Que he visto al melitarito del otro día, el que estuvo aquí cuando el señor vino malo.

—¿Y qué?

—¿Qué? Nada, sino que me ha asustao, porque me dijo quería entrar, y como estamos solas pensé que me pasaría algo... porque como es una así tan guapetona... y no tiene una mala cara... Ya ve usted.

—¡Ah! ¿El oficial aquel del otro día?... ¿Y dices que se quería meter aquí?

—Sí; y después me preguntó por usted.

—¿Por mí? ¿Y qué le dijiste?

—Que estaba güena. Despúes dijo que si estaba aquí el viejo. Ya ve usted qué poco respeto. ¡El viejo! ¡Qué irreverencia! Yo le dije que no. Él me dijo que quería entrar a hablar conmigo... Pero, vamos... yo soy muy maliciosa, y yo me malicio...

—¿Qué?

—A mí no me engañan así con palabritas. Como es una tan guapetona...

—No tengas cuidado —dijo Clara riendo—. Es que está enamorado de ti y quiere casarse contigo. Si lo sabe el tabernero...

—¿Mi Pascual? No lo sabrá... Si llegara a saber mi Pascual que hay un señorito que dice chicoleos a Pascuala...

Advirtamos que esta fregona tenía por novio a un Pascual que había fundado nada menos que una taberna en la calle del Humilladero. Aquellas relaciones honestas y nobles parecían muy encaminadas al matrimonio; y como ella era así tan guapetona, habría probabilidades de que aquel par de Pascuales se unieran ante la Iglesia para dar hijos al mundo y agua al vino.

«Pues como Pascual lo llegue a saber...».

—Pero yo soy muy pícara... y se me ha puesto en la cabeza... ¿sabe usted lo que se me ha puesto en la cabeza?

—¿Qué?

—Que él no quiere entrar aquí por mí, sino por usted.

—¿Por mí? No seas tonta —replicó Clara, riendo con la mayor naturalidad.

—¿Le dejo entrar?

—No, cuidado. Por Dios, no hagas tal. No vuelvas a hablarle más. ¿A qué tiene que venir aquí ese caballero?

—Yo me malicio... aunque una sea así tan guapetona... Yo me malicio que a mí no me quiere pa maldita de Dios la cosa... porque, al fin, siempre una es criada y él un caballero... Pues parece persona muy principal. Digo... ¿Le dejo entrar?

—¡Jesús, Pascuala, no lo vuelvas a decir! —exclamó seriamente Clara—. ¿Pero a qué quiere entrar aquí ese caballero?

—Toma, a verla a usted.

—¿Y para qué quiere verme a mí?

—Toma, para verla.

—¡Qué ocurrencia! —murmuró pensativa.

En esto se sintió un campanillazo. Abrieron, y entró Coletilla.

Las dos muchachas seguían su coloquio cuando sintieron en la calle rumor de voces agitadas, algunos gritos y pasos precipitados. Asomáronse los tres, y vieron que discurrían varios grupos por la calle. Los chisperos más famosos del barrio dejaban sus hierros y salían en busca de aventuras. Coletilla lanzó una mirada de rencoroso desdén sobre los transeúntes, y cerrando con estrépito el balcón, dijo:

«¡Otra asonada!».

Las dos muchachas temblaron acordándose del miedo que tuvieron pocas noches antes.

«¡Ay, cuándo se acabarán estas cosas!» observó Clara.

—¡Pronto! —dijo con sequedad el viejo, sentándose y tomando una carta que había sobre la mesa.

La leyó; después tomó su capa y su sombrero, y dijo a las chicas:

«Voy a salir; tengo que hacer: no volveré en toda la tarde. Mi sobrino llegará esta noche a eso de las ocho: yo no vendré hasta las diez lo más temprano. Que me espere aquí».

Y embozándose en su capa, miró un triste reloj, que contaba con tristísimo compás la vida en el testero de la sala.

«No abráis a nadie: cuidado, cuidado con la puerta. Echad todos los cerrojos. Cuando venga mi sobrino, dadle algo que comer y que me aguarde».

—¿Pero cómo va usted a salir con esos alborotos? —dijo Clara con temor—. No nos deje usted solas: tenemos mucho miedo.

—¡A mí! ¿Qué me han de hacer a mí? ¡Ay de ellos! —murmuró con ahogado furor—. Tened cuidado con la puerta os repito.

Y después, como hablando consigo mismo, dijo en voz baja:

«Sí: es preciso tomar una determinación... buena determinación».

Clara pudo oírlo, y pensó en la cómoda, en el traje, en las flores, en el cuchillo y en la determinación, en aquella maldita determinación que no conocía. Pero aun esto, que la tuvo cabizbaja y melancólica un buen rato, no fue bastante para quitarle la felicidad que aquel día rebosaba en su alma.

Capítulo IX. Los primeros pasos

Los grupos de la calle crecían. La población toda presentaba ese aspecto extraño y desordenado que no es tumulto popular, pero sí lo que le precede. Era el 18 de Septiembre de 1821. La mayor parte de los habitantes de Madrid estaban en la calle. El ansioso «¿qué hay?» salía de todas las bocas. En tales ocasiones basta que se paren dos para que en seguida se vayan adhiriendo otros hasta formar un espeso grupo. Entonces todos los que vemos nos parecen malas caras. El accidente más curioso en tales días es el que ofrece la llegada de la persona que se supone enterada de lo que va a haber. Rodéanle: el enterado se hace de rogar, principia a hablar en lenguaje simbólico para aumentar la curiosidad, sienta por base que sin la más profunda discreción y la promesa de guardar el secreto no puede decir lo que sabe. Todos le juran por lo más sagrado que guardarán el secreto, y, por fin, el hombre empieza a contar la cosa con mucha oscuridad; excitado por los oyentes, se decide a ser claro, y les encaja tres o cuatro bolas de tentetieso, que los otros se tragan con avidez, desbandándose en seguida para ir a vomitarla en otros grupos: tan indigestos son esta clase de secretos.

La tarde a que nos referimos era casualmente cierto lo que nuestro amigo Calleja, enterado oficial de la Fontana, contaba en uno de los grupos formados en la Carrera.

«Pues qué, ¿no saben ustedes? —decía, bajando la voz y haciendo unos gestos dignos del único espartano que, escapado en las Termópilas, llevó a Atenas la noticia de aquella catástrofe memorable—. ¿No saben ustedes? Pues no hay más sino que mañana habrá procesión cívica en honor de Riego, cuyo retrato será paseado por todas las calles de la Corte».

—Bien, bien —dijo uno de los oyentes—. ¿Íbamos a consentir que se maltratara al héroe de las Cabezas, al fundador de las libertades de España?

—Pues lo grave es que el Gobierno está decidido a que no haya procesión. Pero es cosa decidida. La Fontana lo ha resuelto y se hará: ya está preparado el retrato. Y por cierto que es una linda obra: está representado de uniforme, y con el libro de la Constitución en la mano. ¡Gran retrato! Como que lo hizo mi primo, el que pintó la muestra del café Vicentini.

—¿Y el Gobierno prohíbe la fiesta?

—Sí: no le gustan estas cosas. Pero habrá procesión o no somos españo-les. El Gobierno la prohíbe.

En efecto: en aquel momento las esquinas recibían un emplasto oficial, en que se leía el bando prohibiendo la fiesta preparada por los clubs para el siguiente día. La tropa estaba sobre las armas.

«Y esta noche tenemos gran sesión en la Fontana».

—Mira, Perico, guárdame un buen sitio esta noche —dijo un joven que formaba parte del grupo—; guárdame un puesto, que tengo que ir esta no-che a primera hora al Parador del Agujero a recibir unos amigos que vienen de Zaragoza.

Y después añadió con misterio, dirigiéndose a otros dos o tres que pare-cían amigos suyos:

«Buenos chicos aquellos chicos de Zaragoza, de que os he hablado. Esta noche llegan. Son del club republicano de allá. Buenos chicos».

El grupo se disolvió; al mismo tiempo, la siniestra figura de Tres Pesetas cruzaba por la calle, unida a la no menos desapacible de Chaleco.

Del grupo salieron tres jóvenes de los que hablaron anteriormente. Eran tres mancebos como de veinticinco años. No podemos llamarles lechugui-nos netos; pero tampoco podía decirse de ellos que carecían de toda dis-tinción y elegancia. Eran amigos íntimos, que compartían sus fatigas y sus goces, las fatigas de la pobreza estudiantil y los goces del aura popular, conquistada con artículos de periódicos y discursos en el club.

El uno era un joven de familia distinguida, segundón, a quien habían man-dado a estudiar Cánones y sagrada Teología en Salamanca, con el objeto de que fuera sacerdote y disfrutara unas pingües capellanías que habían pertenecido a un su tío, chantre de la catedral de Calahorra. Capellán te vean mis ojos, que obispo como tenerlo en el puño. En efecto: Javier, que así se llamaba el muchacho, hubiera sido obispo, porque su familia tenía gran influencia. Pero el chico, que no amaba los hábitos y se sentía impresionado por las nuevas ideas, hizo su hatillo, y falto de dineros, aunque no de osadía, se puso en camino, y se plantó en Madrid el mismo bendito año de 1820. Vagó por las calles solo; pero pronto tuvo bastantes amigos; escribió a su abuelita, que le concedió un medio perdón y algunos cuartos (pocos, por-que la familia, aunque la más noble del territorio leonés, se hallaba en situación muy precaria); marchó después a Zaragoza, donde vivió algunos meses, figurando mucho en los clubs democráticos, y volvió después a la Corte, no muy bien comido ni bebido, pero alegre en demasía. Escribía en El Universal furibundos artículos, y contento con su poquito de gloria, iba pasando la vida, pobre, aunque bien quisto. Cautivaba a todos por la amabilidad de su carácter y lo generoso de sus sentimientos. En política profesaba opiniones muy radicales y pertenecía a la fracción llamada entonces exaltada.

En la misma militaba el segundo de estos tres amigos que describimos, el cual era andaluz, de veintitrés años, delgado, pequeño y flexible, En Écija, su patria, pasaba el tiempo escribiendo versos a Marica, a Ramona, a Paca, a la fuente, a la Luna y a todo. Pero todo cansa, y la poesía a secas no es de lo que más entretiene: un día se encontró aburrido y pensó salir del pueblo. Pasó por allí a la sazón el ejército de Riego, y aquellas tropas excitaron su curiosidad.

Preguntó; le dijeron que eran los soldados de la libertad, y esto resonó en sus oídos con cierta agradable armonía. «Me voy con ellos» dijo a sus padres. Estos eran muy pobres, y contestaron: «Hijo, vete con Dios, y que Él te haga bueno y feliz; pórtate bien, y no te olvides de nosotros».

El poeta siguió el ejército, llorando sus padres, y aún es fama que lloraron a escondidas tres de las chicas más guapas de Écija. Al llegar a Madrid, el joven volvió a ser poeta, y entonces hacía versos al Rey cuando abría las Cortes, a Amalia, a Riego, a Alcalá Galiano, a Quiroga, a Argüelles. En su vida cortesana, este poeta, que, como después veremos, pertenecía a la escuela clásica en todo su vigor, pasó algunos clásicos apurillos; mas después, escribiendo en casa de un abogado, desempeñando funciones modestas en el periódico El Censor, vivía siempre alegre, siempre poeta, siempre clásico, apreciado de sus amigos, con alguna fama de calavera, pero también con opinión de joven listo y de buen fondo.

La fisonomía del tercero no era tan agradable ni predisponía tanto a su favor como la de los anteriores. Sin embargo, tenía fama de buen chico; y en cuanto a opiniones políticas, no podía echársele en cara la tibieza, porque era frenético republicano. Algunos malintencionados decían que en el fondo era realista, y que solo por cálculo hacía alarde de aquel radicalismo intransigente. Pero aún no tenemos motivo para aceptar esta aseveración, que es quizá una calumnia. Llamábanle el Doctrino, porque había estudiado primeras letras en el colegio de San Ildefonso. No podía negarse que había en su carácter cierta astucia disimulada, y en sus modales alguna afectación bastante notoria. Era hijo natural de un vidriero, que le reconoció al morir, dejándole pequeña fortuna; pero los albaceas testamentarios, a quienes el difunto dio amplios poderes, hicieron un inventario, del cual resultaba que el vidriero no había dejado en el mundo cosa alguna de valor. El Doctrino les pedía dinero, y ellos le solían decir: «Tome usted para un semestre». Y le daban una onza.

Pero sus amigos le ayudaban a vivir, le mantenían y le compraban algún levitón de pana. Era notorio (y aún llegó a tratarse seriamente del asunto) que poco antes de la época en que esta historia comienza, el Doctrino gastaba más dinero que de costumbre; y cuando sus amigos le preguntaban el origen de aquel caudal, respondía evasivamente y mudaba de conversación.

Estos tres jóvenes eran inseparables, sin que alteraran la paz las desventuras pasajeras del uno, ni las ganancias fortuitas del otro. La onza semestral del Doctrino perecía en Lorencini o en la Fontana en dos días de café, chocolate y jerez; pero después Javier escribía un artículo tremendo sobre la soberanía nacional para comprarle unas botas al poeta clásico, y el mismo Doctrino sacaba de un misterioso bolsillo un doblón de a cinco para atender a las necesidades amorosas de Javier, que tenía pendiente cierta cuestión con la hija de un coronel de caballería, hombre atroz y fiero como un cosaco.

Estos tres jóvenes vagaron juntos por las calles, acercándose a los grupos, preguntando a todos, contando noticias fraguadas por la fecunda imaginación del poeta hasta que, llegada la noche, se dirigieron al parador del Agujero, sito en la calle de Fúcar, a esperar a unos amigos de Javier, que llegaban aquella misma noche de Zaragoza.

Ni en la arquitectura antigua ni en la moderna se ha conocido un monumento que justificara mejor su nombre que el parador del Agujero en la calle de Fúcar. Este nombre, creado por la imaginación popular, había llegado a ser oficial y a verse escrito con enormes y torcidas letras de negro humo sobre la pared blanquecina de la fachada. Un portalón ancho, pero no muy alto, le daba entrada; y esta puerta, cuyo dintel consistía en una inmensa viga horizontal, algo encorvada por el peso de los pisos principales, era la entrada de un largo y oscuro callejón que daba al destartalado patio. Este patio estaba rodeado por pesados corredores de madera, en los cuales se veían algunas puertas numeradas.

En lo alto residía el establecimiento patronil de La Riojana, antonomasia imperecedera que se conservó por tres generaciones. Allí se servía a los viajeros, recién descoyuntados y molidos por el suave movimiento de las galeras, algún pedazo de atún con cebolla, algún capón si era Navidad o por San Isidro, callos a discreción, lonjas escasas de queso manchego, perdiz manida, con valdepeñas y pardillo. Esta comida frugal, servida en estrechos recintos y no muy limpios manteles, era la primera estación que corría el viajero para entrar después en el via crucis de las posadas y albergues de la villa.

Dos veces al día un ruido áspero y creciente aumentaba la normal algarabía del barrio. Se oían las campanillas, el chasquido del látigo y un estrépito de ruedas que de bache en bache, de guijarro en guijarro iban saltando. La máquina llegaba frente al portal, y aquí era donde se probaba la habilidad náutico-cocheril del mayoral: la máquina daba una vuelta, los machos entraba en el portalón, y tras ellos el vehículo, siendo entonces el ruido tan formidable, que la casa parecía venirse a suelo. El navío daba fondo en el patio, los brutos eran desenganchados, el mayoral bajaba de lo alto de su trono, y los viajeros, que aún se mantenían con la cabeza inclinada, y muy agachados, resabio de cuando atravesaron el portal, notaban al fin que no tenían el techo en la corona, se admiraban de verse con vida, y descendían también.

Aquí, si había parientes esperando, empezaban los abrazos, los besos, las felicitaciones. Era propinado con algún real mal contado el cochero, y cada cual se iba por su camino, siendo costumbre tomar allí mismo, en los aposentos de la Riojana, un preámbulo estomacal para poder subir la calle de Atocha, que era entonces algo más inaccesible que ahora.

Esta vez, cuando la nave hizo su parada definitiva en el patio, hubo una aclamación general. El Doctrino abrazó a sus amigos.

«¡Javier!».

—¡Lázaro!

Y se abrazaron con efusión. Después de los monosílabos de alegría y sorpresa, el segundo dijo al primero:

«¿Tú en Madrid?... ¡al fin! ¿Vienes de Ateca?».

—Sí.

—Bien. No podías llegar más a tiempo. ¿Y los amigos de Zaragoza? ¿Pero de dónde vienes?... ¿Y el club... y nuestro club?...

—Ya sabes que nos lo disolvieron. Hace seis meses que estoy en Ateca.

—¿Y estarás mucho aquí?

—¡Siempre!

—Bien. Aquí la juventud, la vida. Y si he de decirte la verdad... hacemos falta.

—Sí... ¿eh?

—Señores, aquí tenéis a mi amigo, al grande orador del club de Zaragoza, mi amigo y compañero.

Los demás jóvenes, tanto viajeros como visitadores, rodearon al aragonés.

Expliquemos. Cuando Javier estuvo en Zaragoza, trabó amistad muy íntima con Lázaro. En el club propagaron ambos las ideas democráticas (democracia de 1820), que entonces cundieron rápidamente por aquella noble ciudad. Privadamente estos dos jóvenes, afines por carácter y temperamento, se miraban como hermanos, tenían una misma bolsa, comían a un mismo plato, y confundían en un común sentimiento sus pesares y alegrías. Desde la salida de Lázaro para su pueblo no se habían visto.

«¡Cuánto me alegro de que vengas acá! —dijo Javier, abrazándole otra vez—. Hacen falta jóvenes como tú. La juventud de ayer se va corrompiendo: unos se enervan, otros retroceden y algunos se venden por falta de fe».

—Señores, vamos a Vicentini —dijo el Doctrino, llevándose a sus amigos.

—¿Qué Vicentini? A La Cruz de Malta. Allí hay muchos aragoneses, todos son aragoneses.

—Este no viene sino a la Fontana —dijo Javier, señalando a su amigo.

—¡Viva la Fontana, el rey de los clubs!

—Y el club de los reyes —dijo uno que se escurrió como si hubiera dicho una imprudencia.

—¿Quién ha dicho eso? —exclamó el Doctrino furioso.

—No hagas caso: es uno de los que creen esas calumnias —indicó Javier—. Vamos, señores: esta noche hay gran sesión en la Fontana.

—Mañana me llevarás allá —dijo Lázaro a su amigo con empeño.

—¿Cómo mañana? Esta noche misma, ahora mismo. ¿Vas a perder la más importante sesión que se ha visto ni verá?

—¿Pero cómo puedo ir esta noche? Si acabo de llegar. Tengo que ir a casa de mi tío.

—¿Tienes aquí un tío? ¿Es liberal?

—Presumo que sí: no le conozco.

—¿Y ahora vas allá?

—Naturalmente.

—¡Qué disparate! Déjate ahora de tíos. Vente a la Fontana. Son las ocho: ya va a empezar. A la salida irás a tu casa.

—Hombre... eso no me parece bien —dijo Lázaro suspenso.

—¿Pero cómo vas a perder esta sesión? Habla Alcalá Galiano, Romero Alpuente, Flórez Estrada, Garelli y Moreno Guerra. No habrá otra sesión como esta. ¿Qué más da que vayas a tu casa ahora o a las doce? Tu tío creerá que no ha llegado la diligencia.

—Hombre, no. Estoy cansado. Me esperan tal vez en su casa.

—No seas tonto. Vente a la Fontana. No hay más remedio sino que vas. ¿Dónde vive tu tío?

—Calle de Válgame Dios.

—¡Jesús, qué lejos! No vayas allá ahora.

Lázaro tenía un vivo deseo de llegar pronto a casa de su tío: ya se comprenderá por qué. Pero le era humanamente imposible, porque su cariñoso amigo le llevaba casi por fuerza al club. Además, las razones con que disculpaba aquella determinación tenían también algún peso en su mente. Aquel recibimiento caluroso, la noticia de aquella gran sesión de la célebre Fontana, estimularon el entusiasmo a que siempre propendía su carácter, y se dejó llevar.

Quién sabe si había algo de providencial en aquella extemporánea visita a la Fontana. Sería cosa de ver que sin sacudir el polvo del camino (esto pensaba él) le acogieran con aplauso en el club más ilustre y célebre de la monarquía. Tal vez le conocían ya de oídas por sus brillantes discursos de Zaragoza. ¿Cómo tal vez? Sin duda le conocían ya. A estos pensamientos se mezclaba el orgullo de que a oídos de Clara llegara al día siguiente su nombre llevado por la fama. Una apoteosis se le presentaba confusamente ante la vista. ¿Por qué no? Sin duda aquello era providencial.

Así es que la resistencia que al principio opuso fue disminuyendo a medida que se acercaba a la Fontana. No le tengáis por loco todavía.

Llegaron. La puerta estaba obstruida por un inmenso gentío. Pero el Doctrino con los suyos, y Javier con Lázaro y el poeta, tuvieron medio de entrar por un patio interior. La sesión era muy agitada. Un orador acusaba al Gobierno de la destitución de Riego. Contó lo que había pasado en Zaragoza, y acusó a los habitantes de esta ciudad por no haber defendido a su General.

«Poner la mano —decía— en un héroe como Riego, es la mayor de las profanaciones. ¿Y qué ha hecho Zaragoza? ¡Oh!, la ciudad en que tal cosa ha pasado permaneció muda y permitió que su Capitán General fuera destituido; dejó que un vil esbirro manchara la sagrada investidura de la autoridad, despojando de ella a Riego. (Grandes aplausos.) Se ha dado el pretexto de que Riego fomentaba el desorden en todo Aragón. Esto no es cierto: es una mentira fraguada en esos oscuros conciliábulos de cierto palacio que no quiero nombrar. (Rumores y risas.) Se le manda de cuartel a Lérida como un sospechoso, y se entrega el mando al jefe político. ¿Quién es ese jefe político? Siempre fue enemigo de la libertad. Todos le conocéis: es un enemigo encubierto de la libertad. ¡Abajo los disfraces! (Aplausos.) Lo que se quiere bien lo conocéis: es ir apartando poco a poco de los cargos públicos a los buenos liberales, para poner en ellos a esos hipócritas que se llaman nuestros amigos, y nos detestan en el fondo de sus corazones corrompidos. (¡Sí,¡sí!, ¡sí!) ¿Qué se pretende? ¿A dónde nos conducen? ¿Qué va a resultar de esto? ¡Ay de la libertad que hemos conquistado! Mucha atención, ciudadanos. No os descuidéis. Estad alerta, o si no, ¡ay de la libertad! (Bien, bien.)

»Pero lo repito, señores: ¡de quien tengo más quejas es del pueblo de Zaragoza, de ese pueblo que yo creí el más grande de la tierra y que no lo es!... ¡No, no lo es! (Rumores.) ¿Por qué permitió que Riego fuera destituido? ¿Por qué le dejó marchar? ¿Y es esta la ciudad de 1808? No, yo diré a esa ciudad: no te conozco, Zaragoza. Tú no eres Zaragoza. Ya no sabes levantarte como un solo aragonés. Has dejado atropellar a Riego. ¡Tú nos salvaste en otro tiempo; pero hoy, Zaragoza, nos has perdido!». (Grandes y continuados aplausos.)

Un joven se levantó (era aragonés).

«Protesto —dijo con la mayor energía— contra las acusaciones lanzadas a mi patria, a la noble capital de Aragón, por ese señor, cuyo nombre no sé... ni quiero saberlo. (Una voz dice: Alcalá Galiano.) Mi patria no ha olvidado su honor. ¿Qué queréis que hiciera contra lo mandado en un decreto del Gobierno Constitucional?...».

—Desobedecerlo —gritaron varias voces.

—Señores, dejadme continuar.

—¡Que siga, que siga!

—Protesto, en nombre de mis paisanos, y afirmo que es Zaragoza el pueblo de España que más ha hecho en todos los tiempos por la libertad. ¿No se le acusa de ser un foco de exaltación republicana? ¿No se ha dicho que de allí salen las ideas más disolventes, que allí se elabora una conspiración para sostener la República?

—Hechos quiero y no palabras —dijo el primer orador.

—Pues hechos tendréis. ¿No sabéis que existe en Zaragoza un club, cuya influencia y prestigio alcanzan a todo Aragón? Ese club, llamado democrático, ha sido en dos años la más entusiasta y eficaz asamblea de la nación. Lo que allí se ha predicado bien lo sabéis. Las voces elocuentes que allí han resonado bien autorizadas son. La propaganda que allí se ha hecho ha llegado hasta aquí. (Rumores.)

—No sabemos lo que es ese club. Siempre nos hablan ustedes los aragoneses del club de Zaragoza, y aún hoy no sabemos lo que es eso. ¿Qué es eso? Mucho discurso democrático, pero ningún acierto para hacer propaganda y formar un partido. Pero en último resultado, ¿cuáles son las teorías de ese club tan decantado? Yo desconfío de él. ¿Quién habla en ese club? Conozcamos a sus hombres. Creo que la mayor parte de los que estamos aquí reunidos miran a esa insignificante reunión con el desdén que merece. (Voces y algazara.)

Muchos aragoneses se levantaron apostrofando al orador. Lázaro escuchaba todo, inmutándose por grados. Sus amigos le decían en voz baja que defendiese al club de Zaragoza. De repente un aragonés se levantó en medio de la sala, y señalando al sitio donde se hallaba Lázaro con los demás llegados aquella noche, dijo:

«Presentes están algunos señores que han pertenecido a ese club».

Todos miraron a aquel sitio.

«Bien —dijo el orador—. Si están ahí esos señores, que hablen, que nos digan lo que es ese club y qué ha hecho. Queremos oírles: que hablen».

—¡Aquí está el orador más notable del club democrático de Zaragoza! —dijo en voz muy alta Javier, señalando a su amigo.

—¡Sí, sí! —dijeron todos los aragoneses que había en el recinto, reconociendo a su compatriota—. Defiéndanos usted, defiéndanos.

Todas las miradas se fijaron en Lázaro. ¡Cosa singular! En aquel momento una súbita transformación se verificó en el ánimo del joven. Se sintió turbado, se esforzó en saludar, quiso decir algo y no pudo. Pero le impelían hacia la tribuna, y no había remedio. Si no hablaba, ¿qué dirían de él? Lázaro había brillado en Zaragoza por su elocuencia; había aprendido a dominar la multitud, a sobreponerse a ella, a manejarla a su antojo. Pero en aquella ocasión se encontraba novicio, se desconocía, tenía miedo.

«¡Que hable, que hable!».

—Abrid paso —exclamó uno de los diputados más notables de las Cortes de entonces.

Lázaro tuvo una inspiración. El recuerdo de su joven y amable amiga le fortalecía; y a la manera de aquellos caballeros antiguos, que invocaban el auxilio soberano de su dama antes de entrar en combate, procuró evocar todas las imágenes de gloria y felicidad que le habían dado estímulo. Ensanchado el pecho con esto, subió a la tribuna. Desde arriba miró aquella multitud de cabezas apiñadas, y recibió de un golpe las miradas curiosas de tantos ojos.

Aquello le pareció un abismo. Su rostro, encendido por la turbación, se puso bruscamente muy pálido. Hubiera querido hablar con los ojos cerrados. Aquellos diputados, aquellos escritores, aquellos políticos eminentes que veía en torno suyo, le daban miedo. Pero él tenía mucho corazón, y logró dominarse un poco. ¿Pero cómo iba a empezar? ¿Qué iba a decir? En un supremo esfuerzo de inteligencia recogió sus ideas, formuló mentalmente una oración, miró al auditorio... El auditorio le miró a él, y observó que estaba pálido como un cadáver. Lázaro tosió; el auditorio tosió también. La primera palabra se hacía esperar mucho; por fin el orador tomó aliento, y desafiando aquel abismo de curiosidad que se abría ante él, comenzó a hablar.

Capítulo X. La primera batalla

Lázaro era un poco retórico en la augusta cátedra del club democrático de Zaragoza. Parece que allí tenían buena acogida ciertas fórmulas del decir que nuestro joven había aprendido con su maestro de Humanidades de Tudela, varón docto de la escuela pura de Luzán. El joven tenía, sin embargo, el instinto de la elocuencia tribunicia seca, rotunda, incisiva, desnuda. La Fontana, por desgracia, en aquella ocasión, era enemiga declarada de la retórica, y más enemiga aún de las frases hechas, de los lugares comunes y de esos preámbulos oficiosos, neciamente corteses y en extremo fastidiosos de la oratoria académica.

Lázaro tuvo la mala tentación (porque tentación del demonio fue sin duda) de empezar con aquello de su pequeñez en presencia de tantos grandes hombres, y lo escogido e ilustrado del auditorio, siguiendo después lo de su confusión y su necesidad de indulgencia, sus escasas fuerzas, etc., etc. El exordio fue largo: otra desventura. Algunas voces dijeron: «Al grano, al grano».

Pero a Lázaro le fue un poco difícil dar con el grano, lo cual no es de extrañar, porque no estaba preparado, ni había vuelto aún de la sorpresa. En vano hizo una sinécdoque de las más expresivas; en vano quiso dominar al público con cuatro lítotes y dos o tres metonimias: no era aquel su camino. Dijo algunas generalidades que a él le parecían muy nuevas, pero que en realidad eran viejísimas, y concluyó un párrafo con dos o tres sentencias plutarquianas, que a él le parecían encajar como de molde, pero que no produjeron sensación ninguna. Él esperaba un aplauso: nadie aplaudió.

Lázaro estaba acostumbrado a oír aplausos desde el principio: esto le daba estímulo. La frialdad que notaba en el auditorio en aquella ocasión, le desanimó. Quiso pensar en esto, y casi estuvo a punto de no saber qué decir. Y, sin embargo, él tenía fijos en la imaginación algunos magníficos pensamientos; pero ¡cosa singular!, no los podía decir. Le parecía verlos escritos delante; pero por un misterio, natural en aquellos momentos, no encontraba la forma oratoria para expresarlos. ¡Qué contrariedad! Poco a poco, hasta la voz se le enronqueció. Sin duda había en el espíritu de nuestro amigo una influencia maligna. Hablaba con frialdad unas veces; notábalo él mismo, y al querer corregirlo, gritaba demasiado. Las ideas le faltaban, las imágenes se le desvanecían, las palabras se le atropellaban en la boca.

¡Ah! ¿Dónde estaban aquellas peroraciones internas, llenas de vida, de vehemencia, persuasivas como una voz divina? ¿Dónde aquella lógica terrible, que en la profundidad de sus deliquios oratorios hervía en su cerebro, el cual parecía pequeño para tantas ideas? ¿Dónde estaban los pensamientos sublimes, la facundia descriptiva, la facultad pintoresca, la sentencia concisa y profunda? Sí: él sentía bullir todo esto allá dentro; dentro de aquel Lázaro solitario y apasionado que hablaba de la Naturaleza en el silencio de la noche, que hablaba a la Sociedad en lo profundo de un sueño. Las ideas, las formas, el lenguaje, todo lo tenía, todo lo sentía dentro de sí; pero no podía, no podía de ningún modo expresarlo.

En todo orador hay dos entidades: el orador, propiamente dicho, y el hombre. Cuando el primero se dirige a la multitud, el segundo queda atrás, dentro, mejor dicho, hablando también. Dos peroraciones simultáneas son producidas por un mismo cerebro. Una es verbal y sonora: dejémosla al público. Otra es profunda y muda: examinémosla. Lázaro describía, apostrofaba, rebatía, exponía, declamaba. Interiormente, la otra voz parecía decir esto: «¡Qué mal lo estoy haciendo! ¡No me aplauden! ¿Qué debo decir ahora?... ¿Trataré este punto?... No lo trato... ¿Y aquella idea que antes me ocurrió?... ¡Se me ha escapado!...». Y al mismo tiempo no interrumpía su oración; continuaba defendiendo el club de Zaragoza, explanaba su sistema democrático, y hacía además una breve historia de la República. Pero la voz de dentro seguía de este modo: «No sé qué hacer... ¿Por qué no me aplauden?... No me conozco... Yo tenía tantos argumentos... ¿Dónde están?... ¡Ah! Voy a emitir esta gran idea... Ya la he dicho... No ha hecho efecto... Procuraré ser esmerado en la frase... Esta oración va bien... ¿Cómo la terminaré?... ¡Qué apuro!... No doy con el adjetivo... ¡Demonio de adjetivo!... ¡Ah!, terminaré con un apóstrofe... allá va... No ha hecho efecto... no me aplauden».

Así hablaba el alma atribulada de Lázaro, mientras con los medios exteriores se dirigía al auditorio en un discurso, confuso, tortuoso, desigual y falto de lógica.

Empezaron las toses. Dicen los oradores que al oír las toses en las pausas de sus discursos, se les hiela la sangre. Lázaro las oyó repetidas y comunicadas a todo el auditorio, y resonaron en su corazón como siniestros ecos. Él tosió también. ¡Ah!, la tos le concedió cuatro segundos de descanso: hizo un esfuerzo desesperado, tomó algunas ideas en aquel depósito que tenía en la mente, se apoderó de ellas con firmeza y prosiguió hablando:

«Allá va eso, decía la lengua interior; allá van... las expondré de este modo... no... mejor de este otro... no... mejor del otro... de cualquier modo... ¡Oh!, hay allí uno que se está riendo... Y otro que cuchichea. Pero qué tos les ha entrado... No les gusta lo que digo ahora... ni esto tampoco... ánimo... Concluiré este párrafo con una cita... allá va... ¡Ah!, tampoco ha hecho efecto...».

Compréndase bien que estas frases que nadie oye y el discurso que oyen todos, guardan perfecto paralelismo.

¡Ah, qué misterios hay en la inteligencia humana, y qué fenómenos tan extraños en sus relaciones con la palabra humana!

¿Por qué fracasó el discurso del aragonés? ¿Fracasó por la reunión diabólica de mil accidentes, ajenos a la naturaleza de su notable ingenio y de su fácil palabra? ¿De quién fue la culpa, de él o del público? Aquí hay otro gran misterio. El público y el orador tienden a fascinarse mutuamente. El primero mira y oye: no sabemos lo que es más terrible, si la mirada o el oído. Las miles de pupilas dan vértigo. La atención de tanta gente dirigida a una sola voz confunde y anonada. El orador, por su parte, ve y oye: ve la serenidad anhelante o desdeñosa, y oye toser. Por eso Lázaro hubiera deseado en algunos momentos de aquella noche ser sordo y ciego. Pero el orador tiene sobre el público una ventaja; tiene un arma, además de la palabra: el gesto. Él también fascina, él también lleva en sus ojos aquel vértigo que confunde y anonada; él generalmente mira hacia abajo para ver al público; puede mover sus brazos y su cabeza cuando el público está como atado de pies y manos, inmóvil y viviendo solo de atención.

Aquella noche fatal, Lázaro y el público se fascinaron mutuamente, no se impusieron el uno al otro, no se comunicaron. Ni Lázaro persuadió al público, ni este aplaudió al orador. Un público no persuadido y un orador no aplaudido se rechazan, se repelen con energía. «Es preciso que calles», hay que decir a este. «Es preciso que te marches», hay que decir a aquel.

El joven aragonés había tenido la peor de las tentaciones: la tentación de ser largo y difuso. Un segundo más de lo regular basta a concluir la paciencia de un auditorio y a trocar su interés en hastío. Lázaro vio pasar este segundo sin notarlo. Indudablemente no se comprendieron el uno al otro. ¿Se despreciaron mutuamente? ¿Se temieron mutuamente? Tal vez empezaron por temerse; pero es lo cierto que acabaron por despreciarse.

Lo singular es que si se hubiera preguntado a cualquiera particularmente su opinión sobre el discurso, habría dado tal vez una opinión no desfavorable; pero la opinión de un público no es la suma de las opiniones de los individuos que lo forman, no; en la opinión colectiva de aquel hay algo fatal, algo no comprendido en las leyes del sentido humano. Decididamente, Lázaro fracasaba.

Veinte veces se le ocurrió que era preciso concluir. ¿Pero cómo? No se atrevía. Iba a concluir mal. ¡Qué horror! Y para terminar mal, valía más no terminar, seguir hablando, siempre, siempre, siempre. Buscaba el final y no podía encontrarlo. ¡Y el final es tan importante! Podía rehabilitarse en un momento de inspiración. ¡Oh!, la idea de concluir sin un aplauso le daba horror. Por eso temía el final y lo evitaba. Pero era preciso acabar: a las toses siguieron los bostezos, a los cuchicheos los murmullos. Buscaba sin cesar el remate; daba vueltas alrededor del asunto, procurando una salida airosa; pero no encontraba escapatoria; la palabra se deslizaba de su boca, y afluía continua, sin solución, infinita.

«Es preciso concluir», decía la voz interior. «¿Concluir? No hallo el fin, y el fin ha de ser bueno... ¡Dios mío, ampárame! Resumiré... recapitularé... pero ya no me acuerdo de lo que he dicho... ¿Pediré perdón al auditorio?... No: eso es rebajarme...». Al fin le ocurrió la oración final, y la empezó; pero al llegar al final, otra oración se enlazó con ella, y con ésta otra, y otra, y otra. Su discurso era una oscilación sin término; pero el público se impacientaba. Ni un minuto más: se apoderó del último período, resuelto a que fuera el último. Pronunció al fin el postrer substantivo; y después, alzando la voz, emitió con graduación los tres adjetivos que le acompañaban para darle fuerza, y calló.

La postrera palabra de aquel malhadado discurso vibró en el espacio, sola, seca, triste, con fúnebre resonancia. Ni un aplauso ni una exclamación satisfactoria la recogió. Su voz había caído en el abismo sin producir un eco.

Parecíale que no había hablado, que su discurso había sido una de aquellas mudas, aunque elocuentes manifestaciones internas de su genio oratorio. Estaba en un desierto; rodeábale una noche. ¿Qué había dicho? Nada. Y había hablado mucho. Aquello fue como si diera golpes en el vacío, como si hiriera en una sombra creyéndola cuerpo humano, como si hubiera encendido un Sol en un mundo de ciegos. Bajó con el alma atribulada, oprimido el corazón, ardiente y turbada la cabeza, bañado el rostro en sudor frío.

En vano Javier quiso rehabilitarle dando algunas palmadas tardías. El público, animal implacable, le mandó callar. Lázaro tuvo la presencia de espíritu suficiente para contemplar cara a cara aquellas cien bocas que bostezaban. Robespierre se desperezaba en el mostrador con suprema expresión de fastidio.

«Lo he hecho muy mal» dijo tristemente el orador al oído de su amigo.

—Ya lo harás mejor otro día. Eres un gran hombre; pero no has tocado en el quid. Con una lección mía estarás al corriente. Otro va a hablar: atiende ahora.

—No: yo me voy a casa de mi tío. No puedo estar aquí más tiempo. Me ahogo.

—Espera a ver lo que este va a decir.

Un segundo orador subió a la tribuna a disipar el fastidio que la peroración de Lázaro había causado. Mientras la multitud celebraba con aplausos maquinales las frases de su orador favorito, el otro se iba sumergiendo lentamente en profunda melancolía. Nada es más terrible que estos momentos de desencanto en que el alma yace atormentada por los dolores de la caída: el tormento de esta situación consiste en cierta ridiculez que rodea todos los recuerdos de las pasadas ilusiones. Todas las frases de íntimo elogio, de profundo orgullo con que antes se regaló la imaginación, resuenan con eco de burla en la pobre alma abatida, llena de vergüenza.

«Pero es preciso intentar una rehabilitación —decía Lázaro para sí—. ¿Y cómo? Todos murmuran de mí, y si mañana se ofrece hablar de mi discurso, dirán todos que fue detestable, malísimo. Correrá de boca en boca, llegará a oídos de todas las personas que me interesan. Ella lo sabrá, se reirá tal vez de mí. Todos se reirán ahora».

Lo más particular es que desde que bajó de la tribuna empezaron a ocurrirle grandes pensamientos, magníficos recursos de elocuencia, soberbios golpes de efecto, citas oportunísimas; y estaba seguro de que, diciendo aquello, arrancaría grandes aplausos. Pero ya era tarde: estaba allí mudo y perplejo, cubierto su espíritu de una nube sombría.

Entre tanto, el nuevo orador divagaba a sus anchas por el campo de la historia y de la política, y, por último, expuso la necesidad de la manifestación preparada para el siguiente día. Todos se levantaron unánimes gritando: «¡Sí!» Todos prometieron concurrir, y tres o cuatro, encargados del ceremonial, dieron cuenta del arreglo de la procesión; se fijó la hora, se designó el punto de reunión. Los bravos sucedieron a los aplausos, y los aplausos a los bravos, y al fin la sesión terminó.

Los socios comenzaron a salir; pero aquella fracción ignorante y turbulenta, que ocupaba siempre uno de los rincones del café, no creyó conveniente salir sin decir algo. Calleja subió a una silla y gritó, dirigiéndose a los suyos:

«¡Señores, serenata a Morillo!».

La idea fue acogida con estrépito. Morillo era el Capitán general de Castilla la Nueva. Enemigo de asonadas tumultuosas, había tomado sus medidas para impedir la procesión. Una parte del pueblo se agolpó junto a su casa en la noche del 17, atronando toda la calle con espantosa cencerrada.

«¡Serenata a Morillo!» dijo Calleja saliendo de la Fontana y reuniendo toda la gente dispuesta para el caso que por allí pasaba.

No sabemos por dónde vino; pero allí estaba Tres Pesetas. Nuestros tres amigos y Lázaro salieron de los últimos, y se acercaron por curiosidad al grupo que Calleja había formado.

Entre tanto, el barbero pasó en dos zancajos a la otra acera, y se acercó a la puerta de su casa. Su mujer salió a encontrarle.

«Ciudadano, ¿has hablado?» le dijo.

—No, ciudadanita mía. No pudo ser esta noche; pero lo que es mañana, o hablo o me corto la lengua. Ya tengo estudiado el principio, y no se me olvidará una letra. Cuando hable, me los como.

—Estoy por no dejarte entrar —le contestó gravemente su mujer—. Si yo llevara calzones, ya me habían de oír. Así y todo, si me pusiera a ello, los volvía locos... Si yo tuviera calzones, andaba por esos clubes a qué quieres boca. Porque tengo más verdades aquí en el buche...

—Ya verás mañana a la noche si hablo o no. Es que cuando voy a empezar me hace unas cosquillas la lengua... y me trabo. Pero no tengas cuidado, que los voy a dejar aturrullados.

—¡Serenata a Morillo! —dijeron cien voces.

—Señores —exclamó uno de los más célebres oradores de la Fontana—, váyase cada uno a su casa, que estos desórdenes nos van a desacreditar. Cada uno en paz a su casa; nada de gritos.

Estos discretos consejos fueron saludados con murmullo prolongado de reprobación.

«¿Quién es ese servilón?» dijo una voz aguardentosa, que no era otra que la del sin par Chaleco.

—A casa de Morillo —repitió Calleja—. Mujer, tráeme el almirez.

El gentío aumentaba con nuevas remesas enviadas de la plazuela de la Cebada y del barrio del Salitre. Los socios de la Fontana se habían marchado, cerrose el club y solo quedaron en la calle los tres amigos y Lázaro, que se despedía para ir a casa de su tío.

«Espera un instante para ver lo que sale de aquí» le dijo Javier deteniéndole.

A la sazón una persona daba fuertes golpes a la puerta de Calleja.

«¿Qué hay?» dijo este acercándose e interrumpiendo una patriótica y barberil alocución que había comenzado.

—Que vaya usted en seguida a sangrar a don Liborio, que está muy malito.

—Demonio de enfermo: mañana le sangraré.

—No puede esperar: vaya usted pronto —exclamó el criado.

—Señores, ¿qué hago? —preguntó el barbero a sus amigos.

—No vayas, Calleja; que se sangre él solo. Esta no es noche de sangrías. ¡A casa de Morillo!

—Señores... yo quisiera cumplir... porque ya ven ustedes... mi profesión. La ciencia es lo primero.

—No vayas, Calleja.

—Señores, volveré en seguida. A ver —añadió abriendo la puerta de su casa—, ciudadana, tráeme las lancetas.

La ciudadana salió muy afligida, y le dijo:

«A ver cómo le ponemos una ayuda a Joaquinito, que está muy malo. ¡Si vieras qué vomitona le ha dado! ¿Se la pongo de malvas?».

—Póngasela de demonios cocidos, hermana —exclamó Tres Pesetas furibundo.

—Poco a poco, señores —contestó Calleja—. ¿De malvas o de aceite? Déjenme ustedes ver cómo se arregla eso; porque para mí... ¿por qué lo he de negar?, la ciencia es lo primero.

Lázaro insistía en dejar a sus tres amigos: tan aburrido y melancólico estaba.

«Espera, hombre —le decía Javier deteniéndole aún—. Espera a ver lo que hacen estos bárbaros».

—¡Qué es eso de bárbaros! —exclamaron con furia los que más cerca estaban, volviéndose hacia los amigos con tanto interés, que hasta el mismo Calleja dejó la ciencia para salir en defensa de la corporación—. ¿Qué es eso de bárbaros, caballeritos?

—¿Quiénes son esos pelandingues? —dijo uno.

—Este es el aragonés que nos rezó el rosario esta noche. ¡Qué modo de hablar!

—Si parecía un sermón de Viernes Santo...

—El diablo me lleve si no les acaricio las muelas a esos catacaldos —dijo Tres Pesetas, dispuesto a hacer lo que decía.

Javier, el Doctrino, el poeta clásico, vieron una tempestad sobre sus cabezas; pero el poeta clásico, que era el mismo enemigo, no se acobardó y tuvo el antojo de llamar rapista al grandioso Calleja. La chispa saltó, y la lucha era inminente; pero tan desigual, que los cuatro mozos no quisieron arriesgarse a ella, volvieron las espaldas y apretaron a correr, unidos siempre, dirigiéndose a la calle de la Victoria. Muchos de los contrarios les siguieron dando voces y arrojándoles piedras; pero los fugitivos andaban muy ligeros y lograron refugiarse en la calle de la Gorguera, metiéndose en el portal de la casa en que uno de ellos vivía. Cerraron cuidadosamente por dentro. Un enorme canto, lanzado por las robustas manos de Tres Pesetas, chocó en

105

la puerta tan fuertemente, que si hubiera cogido a alguno le hace añicos. Felizmente los jóvenes estaban seguros, y los de fuera, al ver que la presa se les había escapado, retrocedieron, marchándose todos a dar una armoniosa cencerrada al Capitán general de Madrid.

Capítulo XI. La tragedia de los Gracos

Luego que sintieron alejarse a sus perseguidores, los amigos subieron. Allí vivía el poeta clásico.

«¿Tienes qué cenar?» le preguntó el Doctrino.

—Un magnífico festín —contestó el poeta—. Un cuarterón de queso manchego y una botella de Cariñena. Mandaremos por unos buñuelos a la taberna de la esquina.

Lázaro tenía un hambre espantosa. Desde de las nueve de la mañana no había probado cosa ninguna, y el cansancio del camino, los esfuerzos mentales y la gran fatiga moral de aquella noche le habían rendido hasta el punto de que no podía tenerse. Subió con los demás, sin fuerzas para emprender a aquella hora el viaje a casa de su tío. La comitiva, guiada por el poeta clásico, se internó en la escalera.

No hay viaje al polo Norte que ofrezca más peligros que una escalera angosta de casa madrileña cuando la oscuridad más completa reina en ella. Comenzáis dando tumbos aquí y allí; de repente tropezáis con la pared; chocáis con una puerta, y el ruido alarma a la vecindad. Dais con el sombrero en un candil que, aunque extinguido por falta de aceite, tiene lo bastante para poneros como nuevo. Y todo esto es llevadero cuando no se encuentra al truhán que baja o al galán que sube, cuando no sentís el retintín de la ganzúa que intenta abrir una puerta, cuando no resbaláis en las substancias depositadas por los gatos sobre los escalones, cuando no tropezáis con la amorosa conjunción de dos estrellas que pelan la pava en el último tramo.

Por fin la expedición llegó a las regiones boreales de la casa, a la elevada zona en que el poeta había hecho su nido. Tocaron, y, abierta la puerta, nuestros amigos se encontraron frente a frente de una mujer que, con soñolientos ojos y rostro avinagrado, alzaba la mano sosteniendo un candil, próximo a imitar la sabia conducta de los de la escalera. Este candil comunicó su luz a otro mejor acondicionado que había en el cuarto donde entraron los cuatro jóvenes. La dama echó el cerrojo a la puerta de la escalera, y dando las buenas noches con entonación de un responso, se fue. No había andado cuatro pasos cuando volvió, y arrebujándose bien en su manto, con honestos y recatados ademanes, dijo:

«Por Dios, don Ramón, no hagan ustedes ruido, que está alborotada la vecindad con la algarabía que se arma aquí todas las noches. Porque, ya ve usted... Una es comidilla de las gentes de abajo. La encajera ha ido diciendo que esto es una taberna, y que no se podía vivir en esta casa. Ya ven ustedes... como una es mujer de opinión...».

La señora que tan celosa se mostraba de la opinión de su casa era doña Leoncia Iturrisbeytia, vizcaína, como es fácil conocer por su apellido; patrona de aquel establecimiento, mujer de bien, como de cuarenta años mal contados, de buen aspecto, robustas formas, alta estatura, cara redonda y carácter bonachón y más que sencillo.

«Señora, déjenos usted en paz —le contestó Javier—. Si viniera don Gil con nosotros, no se incomodaría usted».

—Vaya, ya empieza usted con sus bromas, don Javier.

—¿Y cuándo se casa usted, doña Leoncia?

—¿Yo casarme? ¿Yo? —dijo doña Leoncia con mal disimulada satisfacción.

—Pues sepa usted que se lleva un buen mozo. Don Gil es hombre que hará carrera... está en buena edad...

Una carcajada de los otros dos y una sonrisa forzada de la patrona acogieron aquellas palabras. La vizcaína tenía un pretendiente, y este era don Gil Carrascosa, aquel individuo que fue lego, abate y covachuelista y cuanto hay que ser. Corrían por la vecindad rumores alarmantes respecto a la existencia de cierta buena concordia, parecida a la familiaridad, entre el poeta clásico y doña Leoncia la vizcaína. No penetremos en lo sagrado de estos clásicos y patroniles secretos.

Doña Leoncia notó la presencia de un desconocido y quiso darse tono. Se puso seria, y reprendió a los estudiantes por su poca formalidad. Después hizo un pomposo ademán, algunas cortesías, y se marchó.

«Adiós, Ariadna, Antígone, Sofonisba, Penélope» dijo cuando la vio fuera el poeta, que gustaba mucho de aplicarle aquellos nombres heroicos.

Poco después de esta despedida se sintieron ronquidos muy broncos y prolongados. Era Ariadna, Antígone, Sofonisba, Penélope, que dormía en el interior. ¡Cuán felices son las semidiosas!

Javier y el Doctrino tomaron en competencia posesión de la cama. Lázaro se acomodó lo mejor que pudo en una silla de tres pies y medio, y el poeta continuó en pie haciendo los honores del sotabanco. Del cajón de la cómoda sacó un pedazo de queso envuelto en un papel, que se había hecho transparente. Un cuchillo, una botella y un plato, en que había panecillo y medio, salieron de otro rincón, y el festín fue preparado en la mesa, para lo cual se hizo preciso apartar a un lado dos tragedias en verso heroico, un retrato de mujer roído de ratones, un ejemplar de la Constitución, un tintero de cuerno y una babucha, dentro de la cual había unas tijeras, una caja de obleas y medio tomo del teatro de Crebillon.

El cuarto aquel era curioso. La cama se ostentaba lo más horizontal que le era posible sobre dos banquillos, cuyas tablas sostenían un jergón de tan tortuosa superficie, que el durmiente rodaba en él de cima en cima antes de poder conciliar el sueño. Una estera de esparto, finísima en los tiempos de Carlos III, cubría las dos terceras partes del piso, siendo inútiles todos los esfuerzos de doña Leoncia para estirarla hasta cubrir lo que faltaba. Inmenso baúl alternaba con la cama, y a juzgar por lo corroído del cuero y la suciedad acumulada entre él y la pared, los ratones habían tomado por su cuenta la empresa de colonizar aquel recinto. Adornaban las paredes algunos cuadros: el más notable era un trabajo de pluma hecho por el tío del cuñado del abuelo de la vizcaína, que había sido insigne calígrafo, y toda la lámina estaba llena de rasgos, líneas, letras raras, rúbricas y floreos de pluma, trabajo ilegible por ser tan excelente. Por otro lado pendía de la pared un cuadrito de marco ex-dorado, que encerraba las habilidades juveniles de la abuela de doña Leoncia, bordadora de lo más fino. Al lado de estos monumentos de familia estaban un par de figurines del Directorio y una Virgen del Pilar, simplemente pegada en la pared con cuatro obleas.

Ramón echaba vino en un vaso que iba corriendo de mano en mano; el queso fue distribuido, y el pan desapareció en poco tiempo. Lázaro no se mostraba parco en comer, porque la verdad era que tenía buen apetito y se sentía desfallecer por momentos.

«Vamos, Ramoncillo —dijo el Doctrino—, léenos un poco de esa tragedia para llorar, que llamas Petra».

—¿Qué Petra ni Petra? —replicó el poeta—. No seas bárbaro: Fedra querrás decir.

—Lo mismo me da Fedra que Pancrasia.

—Ya he dejado ese asunto... eso no es nuevo. Ahora lo que conviene es un asunto patriótico.

—Eso me gusta.

—Al fin me decidí por los Gracos... Amigos, ¡qué hombres eran aquellos!

—A ver —dijo el Doctrino—. Léenos algo de esos grajos. Debe ser cosa graciosa.

—Pero ven acá, loco —dijo Javier—: ¿por qué no haces una tragedia de cosas del día en que salgan hombres como estos de ahora?

—No seas tonto —dijo el poeta riendo con la mayor buena fe—: ahora no hay héroes.

—Majadero, ¿pues cómo llamas a Churruca, a Álvarez y a Daoiz?

—Sí; pero esos son héroes de casaca.

Ramón tenía talento y facultades de poeta; pero había nacido en una época funesta para las letras. El frío clasicismo agostaba en flor los ingenios que, educados en la retórica francesa, y siguiendo los principios del prosaico Montiano, del rígido Luzán, del insoportable Hermosilla, no atinaban a utilizar los elementos poéticos que en aquel tiempo nuestra sociedad les ofrecía.

El pueblo, alimentador de los teatros, no comprendía el alto ditirambo de griegos y romanos; y al mismo tiempo, ningún poeta acertaba a poner héroes españoles en la escena. Nasarre en tanto llamaba bárbaro a Calderón, y La vida es sueño no era más que delirio. Aquella restauración clásica fue fecunda para la comedia, porque produjo a Moratín hijo. Pero el drama, la fábula patética que retrata las grandes conmociones del alma y pinta los más visibles caracteres de la sociedad, no existía entonces.

Se hacían algunas tragedias, obras pálidas y sin vida, porque no eran animadas por la inspiración nacional, ni nuestro pueblo vivía en ellas, ni nuestros héroes tampoco. Ya sabemos lo que son héroes tiesos, acartonados, de las tragedias clásicas: siempre los mismos. No se concibe el amor a la libertad sin Bruto, ni el odio al imperio sin Cinna. ¿Cómo puede haber pasión sin Fedra, y fatalidad sin Edipo, y parricidio sin Orestes, y rebelión sin Prometeo, y amor a la independencia sin Persas? En tiempo de nuestro amigo Ramón, los jóvenes creían esto; y había algunas personas graves que encontraban a Crebillon más inspirado que Lope, y a Rotrou más grande que Moreto.

El poeta de que hablamos escribió su correspondiente Alceste, con algún acto de un Bellerofonte y varias escenas de tragedia bíblica, también de cajón entonces. Tuvo una inspiración después, y quiso dejar tan trillado camino. Ideó un Subieski, un Solimán, un Arnoldo de Brescia, y, por último, un Padilla; pero no bien había escrito algunos versos, retrocedió por miedo a la antigüedad, y se fijó en los Gracos. Dio principio a la obra, y la remató poco antes de las escenas que estamos refiriendo.

Ya le tenemos sentado sobre la mesa, con el manuscrito en la mano y alumbrado por el candilejo. El Doctrino y Javier se disputaban la cama con nuevo furor, y Lázaro, que estaba sentado en la silla, había cedido al cansancio, y apoyado en la misma cama, esperaba la primera escena de los Gracos.

Javier tosió, y leyó las listas de los personajes de la tragedia, seguida de la retahíla de tribunos, lictores, centuriones, patricios, pueblos, esclavos. Después relató la decoración, que era la plaza pública, sitio de confidencias, de citas, de discursos, de secretos, de escándalos, de juicios, de todo. Luego empezó el acto. Salía el tribuno primero, y le decía al tribuno segundo si había visto a Cayo: el tribuno segundo le contestaba al tribuno primero que no; pero después venía el tribuno tercero, y decía a los dos anteriores que Cayo estaba en casa del sacerdote Ennio Sofronio, y que después vendría a confiarles sus planes en la plaza pública. Estos se van, y saliendo el hombre del pueblo primero, le dice al hombre del pueblo segundo que el pan está caro, y que los pobres se están comiendo los codos de hambre, lo cual exaspera al hombre del pueblo tercero, que jura por Neptuno y el hijo de Maya que aquello no ha de quedar así. Cada uno se va por donde ha venido, y sale después Cornelia, que se pregunta por qué estará tan agitado y triste Cayo; dice que rehúse las viandas ricas de opulenta mesa, para irse a vagar silencioso y abstraído por la margen que baña del lento Tíber la corriente undosa. Pero pronto viene a sacarla de dudas el mismo Cayo en persona, que, alarmado por unas palabras que le dijo el tribuno tercero allá entre bastidores, viene a dar con su madre y le manda que escuche y tiemble, con cuyo mandato Cornelia se hace toda oídos, y se pone a temblar como un azogado. Cayo le dice que los dioses le ayudarán en su empresa, con lo cual la otra se tranquiliza y se le quita el tembloreo. También dice que antes de faltar a su propósito se tragará el Averno a la tierra; beberá el ciervo (de capital ramaje) la mar salobre, y se criará la carpa en las crestas del más alto cerro de Trinacria. Después de estos desahogos, cae el telón, y cada uno se va por donde ha venido.

Pero ya cuando Cayo hacía estos juramentos, cerró los ojos el Doctrino, poco preocupado de que el Averno se tragara a Italia, y comenzó a roncar suavemente como un dios holgazán. El poeta no notó este incidente, y entró en el acto segundo; pero al llegar al delicado punto en que Cornelia le refiere a su confidente el sueño que ha tenido, empezó Javier a hacer lo mismo, y se durmió también. Y allá, cuando el poeta se internaba en los laberintos del acto tercero; cuando el senador Rufo Pompilio se le sube a las barbas al senador Sexto Lucio Flaco (el cual, sea dicho de paso, no miraba con malos ojos a la matrona Cornelia, aunque era dueña un poco madura); cuando todo esto pasaba, Lázaro, que había resistido por cortesía, no pudo más, y acomodándose en la silla y en el borde de la cama, dio algunas cabezadas, y se durmió también olímpicamente, comenzando a soñar dormido, que era cuando menos soñaba.

El poeta concluyó el tercer acto, en que había un motín; y antes de empezar la lectura del cuarto, miró en torno suyo y vio aquella escena de desolación. «Dormidos, ¡oh dioses!» exclamó, penetrado aún del espíritu clásico.

Pero era natural. ¿Quién soporta una tragedia con plaza pública, verdadero almacén de endecasílabos? ¿Quién soporta una tan grande ración de clasicismo a aquellas horas, después de oír veinte discursos, después de haber cenado?

Aún faltaba algo. El candilejo, que, sin duda era también poco amante de lo clásico y estaba empalagado de tanto endecasílabo, no quiso alumbrar más tiempo la plaza pública, y se apagó. Ramón cerró a oscuras su manuscrito; comprendió que lo mejor que podía hacer era imitar a sus amigos; bajó de la mesa, tomó la capa, se envolvió en ella, y tendiose de largo sobre el bendito suelo. Poco después estaba tan profundamente dormido como los demás. Así terminó la tragedia de los Gracos. Nos ha sido imposible averiguar si al fin el senador Rufo Pompilio dio al senador Sexto Lucio Flaco el bofetón que deseaba.

Capítulo XII. La batalla de Platerías

El Sol y doña Leoncia aparecieron con igual esplendor y hermosura en las primeras horas del siguiente día. La patrona, dejando las ociosas lanas, dio principio a su tocado, que era algo complicado, porque consistía en una restauración concienzuda de todos los deterioros que en su persona hacían lentamente los años.

Después de dar al viento la poca abundante cabellera, comenzaba a tejer un moño, que, a no recibir el refuerzo de unos hinchados cojinillos, no sería más grande que un huevo. Pasaba inmediatamente a adobarse el rostro, operación verificada tan hábil y discretamente, que no conociera la verdad de su mentira ni el mismo don Gil, que era la persona que más se acercaba a ella durante el día. A veces solía usar cierto pincelito; pero esto no era más que en los días clásicos, y no hacemos alto en ello por ahora. En estas ocupaciones estaba, mal ceñidas las faldas, sin corsé y descubiertas con negligente desnudez las dos terceras partes de su voluminoso seno, cuando una persona entró en la casa, y acercándose al cuarto de la diosa, dio un par de golpecitos en la puerta.

«¿Quién?» dijo alarmada la vizcaína.

—Yo.

—Por Dios, Carrascosa, no entre usted, que estoy...

Pero Carrascosa empujó la puerta, y la hubiera abierto a no impedírselo por dentro la asustadiza y honesta dama, que dejó el aceite y se ciñó el vestido rápidamente para acudir a defender la plaza.

«Leoncia, Leoncia, mira que soy yo, tu Gil».

—Don Gil, don Gil, no sea usted pesado. Siempre viene usted cuando está una arreglándose. Espere usted. Pase a la cocina, que tengo que hablarle.

—Yo también tengo que hablarte —dijo Carrascosa, aplicando el ojo a la cerradura por probar si veía algo.

Doña Leoncia no tardó en arreglarse: se ciñó el corsé, se puso las últimas horquillas, se aplicó dos o tres alfileres al pecho, se echó un mantón sobre los hombros y pasó a la cocina.

«Sabes que vengo muy incomodado —le dijo don Gil, mientras la dama, que se había acercado al hornillo, se esforzaba en encender con pajuela

113

unos carbones—; sabes que estoy muy incomodado, Leoncia, con lo que dice la gente, y vengo a que me saques de dudas; porque, en fin, tengo esto atravesado en el gaznate y no lo puedo pasar».

—¿Qué?, ¿a ver?... ¿a ver qué majaderías traes hoy?

—Nada, sino que la gente da en decir que tú... —aquí el ex-covachuelista se detuvo, como si efectivamente se le atragantara una cosa en las fauces.

—¿Que yo?... ¿a ver?, ¿qué? —dijo la patrona, soplando los carbones.

—Que tú... quiero decir... que ese jovencito que hace versos y vive en ese gabinete, está muy fino contigo, y te está cortejando... Me dijo la frutera que ayer te vio salir con él de paseo, y...

—No me vengas acá con majaderías —dijo doña Leoncia, alzando en su derecha mano una badila de cobre que en aquellos momentos le servía—: lo que hay es que como una es mujer de opinión, ha de estar todo el mundo ocupándose de una para decir lo que se le antoja. ¡Vaya, don Gil! ¿Y usted se anda en chismes con la frutera? ¡Buena está ella! No me vuelva usted acá con enredos. Lo que hay es que no puede una mover un pie sin que venga toda la vecindad a decir por qué sí y por qué no.

—Cepos quedos —dijo Carrascosa—, que yo no dudo de que seas una mujer muy principal; pero debe evitarse que la gente ande diciendo cosas... porque...

—No me hables de eso, Gil; Gil, no me hables de eso —dijo fingiéndose incomodada doña Leoncia—; que todos los hombres son unos engañosos, y está una muy escarmentada... no... digo... muy... Le han dicho a una lo que son los hombres... Y si no, miren al prestamista de abajo que todos los días desayuna a su mujer con cincuenta palos.

—¡Oh Leoncia de mis pecados! Y piensas que yo no te he de tratar como una dócil ovejuela que eres... Mira, no seas tonta: puesto que nos hemos de arreglar y es preciso mantener la opinión, bueno sería que echaras de tu casa a ese mozalbete, y que se fuera con sus versos a otra parte.

—Pues digo que no. Si hablan, que hablen; si enjurian, que enjurien. Yo soy mujer de opinión.

—Jesús, Leoncia: ¿y no me haces ese gusto?

Doña Leoncia empezó a reír con mucha gana; y el buen Carrascosa, que no estaba dispuesto aquel día a ponerse serio, se serenó y concluyó por reírse también.

«Mira que esta tarde voy con doña Petronila y Juliana a merendar a Chamartín. Doña Ramona vendrá también, y si tú vienes, cantarás aquellas seguidillas que sabes».

—Yo no estoy para seguidillas. Lo que me carga es que vaya ese don Ramoncito, que me tiene ya hasta aquí. Mira, mira, Leoncia: si lo echas, estaré cantando seguidillas cuatro días seguidos. ¡Ah! No me acordaba: ¿sabes que estamos arreglando una procesión en las Maravillas? Ya te proporcionaré un balcón para que la veas. Va a estar muy lucida, y salen más de veinticinco santos y todas las cofradías de Madrid.

—Mira, Gil, no te andes con procesiones, que es cosa que no me gusta. ¿Con que vienes a Chamartín?

—Sí: bueno es que nos vayamos allá, porque hoy hay jarana en Madrid, y se me antoja que habrá tiros por esas calles.

—¡Jesús y Santa Librada! ¡Otra jarana! —dijo la vizcaína con el rostro descompuesto y mudando de color—. Pero ¿qué hay?

—Ahí es nada. Que esos locos de la Fontana van a pasear el retrato de Riego con música y todo. La autoridad ha prohibido esa procesión, y ellos dicen que la habrá. Veremos quién gana. Ya anda la gente por ahí alborotada y pronto hemos de ver el tumulto.

En efecto, el ruido no se hizo esperar: un gentío inmenso ocupaba la vecina plazuela de Santa Ana, y hasta la tranquila mansión de doña Leoncia llegó el rumor de las voces. La criada, que venía de comprar, entró dando gritos de terror y diciendo que había sentido unos grandes cañonazos. A los gritos de la gallega despertaron los tres amigos y Lázaro.

«¿Qué hay? —dijo Javier—. ¿Qué algazara es esta?».

—¿Qué ha de ser sino la procesión? —dijo el Doctrino.

Lázaro se levantó dolorido, porque con la molesta posición que en el sueño tomó parecía que se le había roto el espinazo. Abrieron el balcón y miraron. Doña Leoncia entró en el cuarto del poeta dando alaridos y manoteando.

«¡Jesús, Jesús! ¡No abran ustedes el balcón, que se nos va a meter aquí alguna bomba! ¿No oyen ustedes los cañonazos? ¡Jesús, qué disparos tan fuertes!».

—Señora, usted está soñando con los cañonazos.

—No te alarmes, Artemisa, Electra...

—¡Cierren ese balcón!

Los cuatro jóvenes eran muy curiosos para contentarse con mirar desde el balcón. Bajaron a la calle con mucha prisa para unirse al gentío, aunque Lázaro pensaba dejar aquello y marcharse inmediatamente a casa de su tío, recogiendo de antemano su mezquino equipaje en el Parador del Agujero.

«¿Quién es ese joven?» dijo don Gil a la patrona, luego que los cuatro habían bajado.

—No sé quién es: le trajeron anoche.

Carrascosa creyó reconocer en aquel joven al sobrino de su amigo, a quien había tratado en Ateca; y queriendo cerciorarse, porque sin duda le interesaba, bajó tras ellos. Los cuatro jóvenes se mezclaron al gentío: no se podía dar un paso. La procesión estaba organizada, y pronto iba a emprender la marcha para salir a la calle de Atocha. Gran confusión reinaba en la multitud, y eran vanos los esfuerzos de dos o tres personas para poner en filas ordenadas al pueblo y dirigirle.

Lázaro trató de marchar a donde debía; pero tuvo una tentación, que le hizo detenerse meditabundo y preocupado. Al ver aquella multitud, su imaginación, abatida y exánime desde la singular escena del café, volvió a remontarse tomando su acostumbrado vuelo. Allí estaba reunido un pueblo, dispuesto a una gran manifestación. Confuso y como asustado de su empresa, la muchedumbre vacilaba, no tenía fijeza ni determinación; sin duda allí faltaba algo. Lázaro quiso dominarse rechazando la tentación. Se alejó del pueblo y volvió a acercarse a él. «Sí —pensaba—, aquí falta algo: falta una voz».

Había llegado aquel momento supremo de las agitaciones populares en que las turbas se paran silenciosas, alterados los miles de corazones por un solo y profundo temor, trastornadas las mil cabezas con una sola duda. Falta que una voz sola diga lo que todos sienten. En estos momentos solemnes es cuando vemos un cuerpo elevarse sobre miles de cuerpos y una mano temblorosa extenderse sobre tantas cabezas. Una voz expresa lo que en tantos cerebros pugna por adquirir formas orales; esa voz dice lo que una multitud no puede decir; porque la multitud que obra como un solo cuerpo con decisión y seguridad, no tiene otra voz que el rumor salvaje compuesto de infinitos y desiguales sonidos.

Cuando aquel hombre ha hablado, la multitud ha dicho lo que tenía que decir; la multitud se conoce, ha podido recoger y unificar sus fuerzas, ha adquirido lo que no tenía: conciencia y unidad. Ya no es un conjunto inorgánico de fuerzas ciegas: es un cuerpo inteligente cuya actividad tiende a un objeto fijo, bueno o malo, pero al cual se encamina con decisión y conocimiento.

Esto pensaba Lázaro. ¿Podría él ser ese medio de expresión? ¿Sería el Verbo revelador de aquel cuerpo ciego e inconsciente? ¿Hablaría o no hablaría? La masa en tanto se arremolinaba y se extendía por la plazuela del Ángel. Lázaro la siguió como fascinado; después se apartó con miedo de ella y de sí mismo. Pero no podía resolverse a retirarse. ¿Hablaría o no? Le oirían de seguro. ¿Cómo no, si había de decir cosas tan bellas? Él estaba seguro de que las diría. Las palabras que había de decir estaban escritas con letras de fuego en el espacio.

Ya el retrato avanzaba llevado por cuatro socios de la Fontana. Sonaba la música, el gentío rodeaba el lienzo, y todos se movían sin adelantar, oscilaban sin extenderse, se revolvían confundiéndose. Sin duda faltaba algo. Lázaro se mezcló en el torbellino. Sus ojos brillaban con extraordinario resplandor; su inquietud era una convulsión, su agitación una fiebre, su mirada un rayo. Cruzábanle por la mente extrañas y sublimes formas de elocuencia; latíale el corazón con rapidez desenfrenada; las sienes le quemaban, y sentía en su garganta una vibración sonora que no necesitaba más que un poco de aire para ser voz elocuente y robusta.

Vio que alzaban el retrato, que la turba se arremolinaba en circuitos sin fin y vio agitarse en el aire multitud de pañuelos blancos que salían de aquel torbellino como una espuma.

La comitiva desordenada siguió por la calle de Atocha y penetró en la Plaza Mayor. Allí se difundió un poco. Pero después trató de atravesar el arco de la calle de la Amargura para entrar en Platerías. El gran monstruo midió de una mirada el volumen de sus miembros multiplicados y la anchura del Arco por donde había de pasar. El camello iba a pasar por el ojo de la aguja. Hubo un movimiento convulsivo de codos, y los abdómenes se deprimieron, giraban los cuerpos, y algunos sombreros saltaron a impulsos de las repercusiones y choques de tantas cabezas. Algunas voces trataron de pronunciar una orden para vencer aquella dificultad, problema de obstetricia, sin duda.

«Delante el retrato. Dejen pasar el retrato» decían.

Era imposible: la gente se agolpaba de tal modo, que el retrato no podía pasar. Al fin, tras largos esfuerzos, el retrato pasó por el Arco. Detrás seguía con la mayor confusión la gran masa de gente. La multitud que llenaba la plaza se había parado y esperaba. El retrato y sus corifeos desembocaron en la calle Mayor; pero al llegar allí, una sorpresa sin igual detuvo la procesión. Dos filas de soldados formaban en las Platerías llegando más allá de la plazuela de la Villa. Las picas de un escuadrón de lanceros brillaban a lo lejos, y delante de esta tropa estaba el Capitán General de Madrid, a caballo, esperando con grande aplomo y entereza. Este hombre avanzó seguido de dos o tres, y señalando con el sable, intimó la orden de retirada a los del retrato. Hubo una rápida consulta de miradas entre estos. Una autoridad civil se acercó también, y con los mejores ademanes dijo que se fuera cada cual a su casa y renunciaran a aquella manifestación, porque el Gobierno estaba resuelto a que no dieran un paso más. El aspecto de la tropa impresionó vivamente a los del retrato; además, estos contaban con la ayuda del regimiento de Sagunto y el regimiento de Sagunto estaba encerrado y perfectamente custodiado en su cuartel.

Trataron, sin embargo, de pasar adelante, y dijeron que aquella manifestación era puramente moral; que no trataban de producir ningún trastorno, ni era agresiva su actitud, ni tenían más objeto que tributar un homenaje de admiración al héroe que había dado la libertad a su patria.

«¡Cada uno a su casa! Atrás el retrato», dijo resueltamente Morillo.

La defensa era imposible. La procesión no tenía armas. La supuesta debilidad del Gobierno se había trocado en inquebrantable firmeza. Algunos empezaron a desertar, desfilando por la calle de Milaneses y la plazuela de San Miguel. El retrato descansaba en tierra y se movía adelante y atrás, poco seguro en manos de sus portadores. Estos hablaron: pero todo fue inútil:

la gente empezó a retroceder, algunos a gritar, y hubo también quien quiso oponer resistencia a la tropa.

Entre tanto el gentío que ocupaba la plaza permanecía inmóvil. ¿Quién era aquel que entre tanta gente se elevaba y, agitando las manos, profería voces que la muchedumbre aplaudía? El orador hablaba bien, sin duda: grandes aclamaciones acogían sus palabras; pero los continuos empellones, los gritos de los pisoteados y estrujados no permitían a aquel expresarse con desahogo. Algunos pedían silencio; pero el silencio en toda la plaza era imposible. A lo mejor, los que en el arco discutían con la autoridad, retrocedieron al ver que la tropa resistía. La confusión entonces llegó a su término. El orador continuó su filípica; pero la continuó excitando al pueblo a que no cediera su empeño de verificar la manifestación. Estaba lívido, anhelante, y cada palabra suya era como un latigazo que estimulaba a la muchedumbre a seguir adelante.

En tanto las tropas avanzaban despejando la plaza; y algunos eran tan osados, que delante de los caballos oponían resistencia y vociferaban apostrofando a Morillo y a su gente.

«¡A esos que gritan!» dijo el que mandaba el piquete.

Arremolinose el gentío. Muchos corrieron a escape. Otros dieron vueltas, arrastrados por la oleada, o permanecieron turbados sin saber qué partido tomar. Lázaro calló.

«¿Quién gritaba? —dijo el capitán—. A los que gritan. Prended a los que gritan».

Lázaro quiso huir; pero el brazo vigoroso de un soldado le detuvo fuertemente.

«Prended a los que gritan. Este es el predicador. ¡A ese!»

Lázaro pasó de una mano fuerte a otra fuertísima. Apenas se daba cuenta de que le habían prendido. Creyó que le soltarían en seguida, e intentó desasirse, aunque inútilmente.

«¡Atrás, atrás! ¡Fuera de la plaza!» continuaba el capitán.

Y era bien obedecido, porque el gentío se desbandaba a toda prisa. La procesión fracasó. El retrato quedó hecho trizas en medio de la plaza; la tropa tomó todas las entradas.

¿Qué fue de Lázaro? Un cuarto de hora después entraba, honrosamente custodiado, por las puertas de la cárcel de Villa, y era introducido, también honrosamente en un tristísimo, oscuro y sucio calabozo.

Capítulo XIII. No llega el esperado. Llegada de un importuno

De todos los procedimientos que el espíritu emplea para atormentarse a sí mismo, el más terrible es esperar. Contra esto no hay remedio. Parece que ha de ser fácil resolverse a no esperar, apartar la imaginación de la cosa esperada, y vivir solo en un punto de la vida, en un momento del tiempo, sin esa dolorosa aspiración a lo venidero que desquicia el ser, sacándole de su centro.

Cuando se espera lo que ha de llegar, las horas son siglos; cuando se espera lo que debió llegar, las horas vuelan como segundos. Clara estaba a la hora de las diez con el alma suspensa, trémula y atenta, llena de inquietud y zozobra. Pasa de las diez y el viajero no viene; el reloj vuela de las once a las doce, y de las doce a la una. Pascuala tenía mucho miedo, porque el ruido de gentes que en la calle se sentía aumentaba a cada hora. Las dos estaban sentadas en el cuarto interior, y no decían cosa ninguna, ni la criada contaba aquellos cuentos de las ninfas y el dragoncillo, que había aprendido en su pueblo, ni la huérfana se reía con la franca expansión y natural sencillez de su carácter. Ambas estaban muy silenciosas: se miraban con ansiedad cuando algún ruido se sentía en la escalera; y al cerciorarse de que no era lo que aguardaban, caían la una en su abatimiento indiferente, la otra en su calmosa, melancólica y disimulada agitación.

Clara, a la madrugada, entró en el período de las conjeturas, forma con que el espíritu se da todos los tormentos imaginables. ¿Qué le había pasado? ¿Volcaría el coche? ¿Le habrían salido ladrones con aquellos tremendos trabucos que pintan en las estampas? ¿Habría desistido del viaje? ¿Tendría tal vez amores con alguna muchacha del pueblo? ¿Le detendría alguna partida de realistas? Todo se le ocurría menos lo cierto. En estos momentos fácil es tranquilizarse teniendo un poco de serenidad; pero nadie la tiene, y una ceguera profunda sustituye a la normal lucidez del entendimiento. Basta razonar en calma y decir: «¿No ha venido? Se habrá detenido casualmente. Mañana vendrá». Pero en vez de hacer este lógico razonamiento, lo que generalmente se piensa es esto: «¿No ha venido? Pues se ha muerto: le mataron».

Luego la noche contribuye a este tormento; la noche, que a todo da formas horribles, lo mismo a las cosas materiales que a las visiones internas. Clara, que no había podido ni podía dormir, no cesaba de percibir informes bultos, sangre, oscuridad, repentinamente opuesta a una gran luz que alumbra horrores. Da calentura esa situación. Impaciencia febril se apodera de la sangre que se agita y circula, como si la rapidez de su marcha acelerase la llegada de lo que se espera. Esta contrariedad de nuestro deseo es más horrible, porque es lenta, sin límites. Delante no se ve sino la eternidad. No vienen a la mente las modificaciones que puede traer el próximo día. Aquella noche y aquella soledad parece que no han de tener fin.

Las primeras luces del día no hicieron, sin embargo, otra cosa que aumentar su tristeza. ¡Ayer! ¡Desde ayer le había estado esperando! Deseaba salir fuera y correr, preguntando a todos por el desventurado joven. Abrió el balcón, miró a la calle, creyendo que iba a verle pasar, y examinó a todos los transeúntes. Entonces le llamó la atención una persona que, fija en la esquina, la miraba con tenacidad. Segura de que no era él volvió la cara, y no se cuidó más de aquella persona.

Cerró el balcón, porque sentía fatiga y mucha necesidad irresistible de dormir. Fue a su cuarto, y sentada en una silla, recostó la cabeza sobre la cama. Pero en vez de dormir empezó a cavilar con tanto desvarío y agitación como durante la noche. Elías tampoco había vuelto. ¿Qué sería de él? ¡Oh, qué luz! Tal vez le había encontrado y estarían juntos en alguna parte.

En esto entró Pascuala, que venía de la calle. La alcarreña se acercó a Clara, adornando la redonda y vasta fachada de su cara con impertinente sonrisa.

«¿Sabe usted lo que ha pasao?».

—¿Qué?, ¿qué hay? —dijo Clara con interés.

—Que aquel caballerito del otro día... pues... el señor militar... me paró en la esquina.

—¿Y a mí qué me importa eso?

—Que dice que viene acá.

—¡Jesús, acá! ¿Y a qué viene acá? Estamos solas.

—Pues es un caballero muy cumplido.

—¿Sí? Pues no me he fijado.

—¿No le vio usted el otro día aquí... cuando el señor vino malo?

—Sí: parecía una buena persona. ¿Pero a qué quiere volver aquí?

—Usted bien se lo malicia. ¡Ah, qué picarona es usted!

En aquel momento sonaron en el bolsillo de Pascuala las pesetas que el militar le había dado. Después se sintieron pasos en la escalera y sonó muy débilmente la campanilla.

«Es él» dijo la alcarreña.

Y antes de que Clara pudiera impedírselo, la moza corrió, abrió la puerta, y el militar, que ya conocemos, entró en el pasillo, se descubrió con respeto y se acercó a Clara.

—¿A quién buscaba usted? —dijo Clara—. No está: ha salido.

—Sí está, no ha salido —contestó el militar con aplomo.

—¿Quién? ¿Pero a quién buscaba usted?

—Fácil es comprender que no busco a ese viejo, cuyo trato aleja en vez de atraer a las personas.

—¿Pero qué quiere decir?, ¿a qué viene usted? —le preguntó Clara con ligera expresión de alarma—. Estoy sola: váyase usted.

—Por lo mismo no me voy.

—Si usted no se va, llamaré, gritaré —dijo Clara, resuelta sin duda a hacer lo que decía.

—Entonces reñiremos —afirmó el militar con sonrisa de amistosa franqueza, que desarmó en parte el enojo de Clara.

—¡Por Dios, que va a llegar! ¿Pero quién es usted? ¿A qué viene usted aquí? ¿Quién le ha dado licencia para entrar? Usted es el que vino el otro día con él. Ya le reconozco; pero no entiendo a qué viene hoy. ¡Pascuala, Pascuala!

—No me mire usted como enemigo. Mi entrada ha sido singular; pero no soy un ladrón ni un asesino. Vengo como amigo: traigo paz y amistad. No tenga usted miedo, Clara. Vengo como amigo. Ya nos conocemos de un solo día, cuando vine aquí sosteniendo a ese pobre señor.

—¡Oh!, y ahora puede venir —dijo Clara alarmada—. Márchese usted, por Dios. Yo no le conozco, ni me importa todo eso que me ha dicho. Si él llega...

—Lo que menos me importa es ese viejo —contestó el militar—. Antes me interesaba un poco. Creí que era de usted pariente, su esposo tal vez. Pero

123

después he sabido que es un tiranuelo que vive para martirizar a una pobre huérfana, que se muere de melancolía encerrada aquí. No puedo ver con indiferencia que una persona tan guapa, tan amable, tan digna de ser feliz, pase la vida en poder de esa fiera.

—¡Oh! Pues yo estoy bien así. Le agradezco a usted su bondad —contestó Clara—; pero no es necesaria. Váyase usted, por Dios.

—No me iré, no —dijo el militar, exaltándose un poco—. Hace algunos días que me preocupa la idea de los martirios que usted debe de sufrir. Siento un deseo muy grande de libertarla a usted de ese maniático, y creo que realizaré este propósito. He pasado por ahí cien veces al día y me ha dado horror el aspecto sombrío de esta casa, sepulcro en vida de tan bella criatura. Usted se reirá de mí, lo comprendo. Le parecerá extraño este interés que tomo por una persona a quien solo he visto una vez; pero de este misterio no hay que hablar ahora. Lo que importa es que usted se decida a hacer lo que yo le aconseje. Sepa usted que he jurado no permitir que muera aquí de hastío y soledad. Estoy seguro de que usted, que con tanta sencillez me comunicó la única vez que nos vimos parte de sus desventuras, tendrá hoy la confianza que necesito, sabrá apreciar la nobleza de mis propósitos y no se opondrá a que se realicen.

Clara no sabía qué contestar. Estaba confundida al ver el generoso y fraternal interés que tenía por ella una persona a quien había visto tan poco. Esto hubiera llenado de orgullo a otra mujer; pero Clara era muy modesta, y ante aquella manifestación afectuosa no tuvo más que gratitud y vergüenza. Nunca creyó merecer aquello.

«Yo le agradezco mucho, señor —dijo—; pero...».

La verdad es que no podía decirle que era feliz y que deseaba continuar aquel género de vida. Era cierto lo que el militar decía. Era imposible vivir en compañía de aquella fiera. ¿Pero acaso no esperaba su salvación de otra persona? Esta idea la indujo a rechazar con más energía las ofertas que aquel le hacía.

«Usted no conoce a la persona con quien vive —continuó el militar—. Usted no le conoce, yo sí: ya me he informado de su carácter y de sus ideas. No solo es un hombre extravagante e intratable, sino un fanático sin corazón, un hombre feroz de perversos instintos y cálculos terribles. No: usted no puede seguir más tiempo en manos de ese hombre, que no es su pariente ni su amigo; que se llama su protector, para hacer de usted una víctima de su orgullo brutal».

Clara comprendió, por la vehemencia con que el joven hablaba, que era cierto su interés, y conoció también que la pintura que del viejo hacía no era exagerada. El desconocido obraba con la mayor nobleza, sinceridad y buena fe. Era uno de esos caracteres inclinados a las aventuras difíciles y que implicaban la salvación peligrosa de los que sufrían. Su espíritu caballeresco, su corazón inclinado al bien, hallaron en aquel suceso un motivo de ocupación, y dedicó toda su actividad a la realización del más generoso propósito. Además, un sentimiento bastante enérgico de simpatía hacia aquella pobre huérfana le impulsaba a proceder con tanta diligencia. Más adelante conoceremos el nombre y los hechos de este noble caballero.

«Pero no esté usted más tiempo aquí —dijo Clara—. ¿Cómo quiere usted convencerme de que se interesa por mí, si precisamente estando aquí me prueba lo contrario? Si él viene y le encuentra en la casa...».

—No dirá nada. Ese hombre es tan miserable, que no le importa ni la felicidad ni el honor de usted: todo lo mirará con indiferencia. A usted no le queda más amparo que yo.

La huérfana, al oír estas palabras, sintió un frío en el alma. El momento en que eran dichas hacía que parecieran una gran verdad. Su único, legítimo y verdadero amigo no vendría. Ya no le quedaba más amparo que el de un advenedizo.

«Nada más que yo; pero es bastante —continuó el joven con afectada voz—. Siga usted el plan que yo le marque: no haga usted caso de ese viejo. Yo seré para usted todo lo que puede ser un hombre de corazón y honradez. Tenga usted en mí la confianza que se tiene en lo que nos ha de salvar... Y ahora, Clara, me voy. Pero no tardaré en volver a dar mis órdenes a la pobre prisionera cuya felicidad pende de mí. ¡Qué orgullo siento en esto! Yo estaré siempre alerta. Si le ocurre a usted una nueva desventura no necesita avisarme. Yo me hallaré aquí para socorrerla y animarla. No le queda a usted más amparo que yo. Piénselo usted bien. Adiós».

La decisión de aquel hombre desconocido, insinuado tan novelescamente en los secretos de la casa, era muy firme. Se había propuesto emprender una aventura generosa, a que le inclinaban al mismo tiempo un sentimiento de simpatía, y el deseo, inveterado en él, de hacer bien.

Si había un poco de egoísmo en él, después lo veremos.

Ya se marchaba, cuando Pascuala salió de la cocina asustada, y dijo: «¡El amo!».

—No abras —dijo Clara temerosa—. Espera: escóndase usted.

Pero Elías, que tenía llave, no necesitaba que le abrieran para entrar.

«No importa» dijo el militar, que trataba de serenar a Clara.

Coletilla abrió y entró. Venía cabizbajo y abstraído. Dio algunos pasos por el corredor sin ver al intruso; mas al llegar al extremo notó aquel bulto, alzó la cabeza, y vio al joven, que se inclinaba ante él con mucho respeto.

Capítulo XIV. La determinación

«¿Qué busca usted?, ¿quién es usted?, ¿qué hace usted aquí?»

—¿No me conoce usted? Soy el que hace unos días le trajo a usted muy mal parado a su casa, y venía a ver si estaba usted ya completamente restablecido.

—Sí, señor: estoy bueno —contestó bruscamente; y entrando en la sala, a donde le siguió el joven—: ¿no se ofrece nada más?

—Nada más, y me retiro: acabo de llegar —dijo con afectada naturalidad el militar—. Me retiro repitiéndole que me intereso mucho por su salud.

—Bien: ya me lo dijo usted el otro día —respondió Coletilla dirigiendo miradas recelosas a Clara y a Pascuala.

—¿Y no me manda usted nada?

—Nada más sino que me deje usted en paz. ¿No va usted a la procesión? Está muy lucida.

—No estoy para procesiones.

—¿Le gusta a usted saber lo que pasa en las casas de los realistas? —añadió el anciano con el acento amargo y receloso propio de su carácter—. Aquí no se conspira. Y si yo conspirara, lo haría de modo que no vinieran a sorprenderme los lechuguinos de la Milicia Nacional.

Clara estaba temblando. Le parecía que el militar, ofendido por aquel insulto, iba a desenvainar el tremendo sable que llevaba en la cintura y a descargarlo sobre la cabeza del realista. Pero aquel sonrió desdeñosamente, y dijo:

«Amigo, veo que me juzga usted mal. Puede estar seguro de que no me ocuparé en delatarle. ¿Qué daño puede hacer usted?».

—¿Yo?... daño... —respondió el fanático con una mueca feroz, que en él equivalía a la sonrisa.

—Poco será el que usted haga y por poco tiempo. Eso se lo juro a usted. Con que voy a hacerle el favor de marcharme. Adiós.

Dirigiose a la salida, no sin tratar de expresar a Clara con una mirada lo que antes le había dicho con muchas palabras, es decir, que confiara en él y esperara. Hubiera querido verse acompañado de la joven hasta la puerta;

pero la infeliz no se atrevió. Cuando el militar estuvo fuera, Coletilla se volvió a Clara, y con irritados ademanes le dijo:

«¿Hace mucho que entró aquí ese hombre?».

—No, señor: un momento antes de usted llegar —respondió temblando Clara.

—¿Y por qué le habéis abierto? ¿No dije que no abrierais a nadie?

—Venía a preguntar por usted.

—¿Por mí? Ya... —contestó Elías con furia—. Algún espía del Gobierno. Pero ya me figuro la verdad. Este es algún mozalbete que te hace la corte.

—¿A mí? No, señor. Si no le conozco, no le he visto nunca —dijo Clara temblando.

—Pues yo le he visto rondando esta calle. Sí, señora, le he visto. No me lo niegues. ¡Tú tienes tratos con él, tú le has hablado, tú le has dado cita aquí!...

Clara no había visto nunca a Elías tan encolerizado contra ella. Las inculpaciones que le hacía ofendieron tanto su inocencia, que en aquel momento sintió lo que nunca había sentido: una secreta aversión hacia aquel hombre.

«Yo he sido un padre para ti, Clara; pero tú no has sabido apreciar mi protección —continuó Coletilla con encono—. Tú eres una ingrata, una mujer sin juicio; abusas de la libertad que te doy, abusas de mi alejamiento de la casa. Pero yo te juro que te enmendarás. Es preciso que hoy mismo tome la determinación que había pensado. Sí, hoy mismo. Ahora mismo».

—Le digo a usted que no sé quién es ese hombre; que hoy ha entrado aquí a preguntar por usted. No sé quién es ni me he ocupado nunca de semejante persona.

—Hipócrita, ¿piensas que creo en tu aire de mosquita muerta? Fíese usted de las niñas apocaditas. Pero tus travesuras se concluirán, Clara. Ya no comprometerás otra vez mi reposo como hoy. Yo estoy siempre fuera, y no quiero que durante mi ausencia se convierta esta casa en un infame garito.

Clara no podía creer aquellas palabras. Ya sabemos que era poco ducha en contestar cuando el terrible anciano la reprendía. Y esta vez su honor ofendido no encontró tampoco las palabras que en aquella situación convenían. Negó y lloró tan solo, argumento que el realista tomó como la última expresión de la hipocresía y el engaño.

—Prepárate, Clara, a salir de aquí. No mereces los sacrificios que he hecho por ti. A ver si ahora compras florecitas y arreglas cintajos para coquetear en la ventana. Vas a vivir de aquí en adelante en compañía de unas personas cuya protección no mereces tampoco. Pero estas son tan caritativas, que te admitirán por consideraciones a mí. Prepárate. Esta tarde mismo voy a llevarte a casa de esas señoras, y allí vivirás. Ellas te enseñarán a ser mujer de bien, y allí veremos si vuelves a tus locuras, veremos si te apartas del buen camino. Vivirás con ellas; las ayudarás y servirás en sus labores, y te enseñarán lo que no puedes aprender en mi casa, sola y sin guía.

—¡Las señoras de Porreño! —pensó Clara con horror—; aquellas tan erguidas y finchadas, que le daban miedo siempre que le hablaban, dejándole una impresión de tristeza que no podía borrar en muchos días.

—Estas ideas del día —continuó Elías como hablando solo—, pervierten hasta a las muchachas más recatadas. ¡Estas ideas del día, esta lepra social!... ¡se difunde sin saber cómo!... ¡penetra en todas partes! ¡Quién lo había de decir!... Ya se ve... Sola en esta casa... Irás, Clara, en casa de esas señoras. Ten presente que no lo mereces, porque ellas son personas muy principales y virtuosas, libres del contagio del día. Haz cuenta que entras en un santuario.

No había remedio. La fatal determinación, que, sin conocerla, había asustado tanto a la huérfana, estaba irremisiblemente tomada. Clara se iba a vivir con aquellas misteriosas señoras, en cuya casa, según Coletilla decía, no habían penetrado las ideas del día. Hacía tiempo que él tenía este deseo para vivir más a sus anchas; pero nunca se hubiera atrevido a proponerlo a las tres venerables matronas, si estas, con una generosidad que él no se cansaba de admirar, no se lo hubieran indicado. Era ya cosa resuelta; así es que Coletilla, al ocurrir la escena que hemos referido, no quiso retardar ni un momento la determinación y partió a casa de sus amigas a darles aviso, dejando a Clara entregada al dolor más profundo.

Digamos algo de las relaciones que anteriormente había tenido Elías con aquellas tres nobilísimas damas.

A fines del siglo era Elías mayordomo mayor de la casa de los Porteños y Venegas. La ruina de esta histórica casa data de aquella misma época. Don Baltasar Porreño, Marqués de Porreño, que había sido consejero íntimo de Carlos IV, entabló un pleito con un pariente suyo, descendiente de los

Marqueses de Vedia. Este pleito duró diez años, y en él perdió Porreño casi toda su fortuna, contrayendo deudas espantosas. Después tuvo la desdicha de sostener a Godoy en la conspiración de Aranjuez, y caído Carlos IV, el Príncipe heredero no perdonó medio de hacerle daño. Su hermano don Carlos Porreño cometió el despropósito de afrancesarse durante la guerra, y la protección de Junot y de Víctor no sirvieron sino para que fuera después condenado a perpetua proscripción.

Aquella casa ilustre y poderosa llegó al extremo de la ruina con la muerte del Marqués; los acreedores embargaron sin respetar los preclaros timbres de la familia, y después de liquidadas las cuentas e inventariados los bienes muebles e inmuebles, no les quedó a los herederos sino una miseria. A la vuelta de Francia, Fernando olvidó que el Marqués de Porreño había sido su enemigo en la conspiración de Aranjuez, y concedió una pensión a su hermana. El hijo varón del Marqués había muerto en el viaje, navegando hacia América, y de la casa antigua y poderosa no quedaron más que tres señoras, a saber: la hermana y la hija del Marqués de Porreño, y la hija de su hermano don Carlos, que siguió a Napoleón, y murió, según se decía, en Praga, al volver de la campaña de Rusia.

Después del triste fin de la casa, Elías siguió fiel a sus antiguos amos. Al volver de la guerra, se presentó a aquellos tres gloriosos vestigios y les ofreció de nuevo sus servicios; pero las tres damas no tenían ya bienes que administrar. De su caudalosa fortuna no les restaba sino unas tierras de pan llevar en el término de Colmenarejo, y unos viñedos de muy poco valor junto a Hiendelaencina. La administración se reducía a tomar las cuentas cada trimestre a dos colonos que cultivaban aquellas heredades. Pero las señoras de Porreño, después de su decadencia, miraban a Elías como a un buen amigo, le trataban de igual a igual (¡lo que puede la decadencia!), aunque el antiguo mayordomo no traspasaba nunca, ni en sus conversaciones, el límite respetuoso que separa a un hijo de zafios labradores (frase suya) de tres damas pertenecientes a la más esclarecida nobleza.

Ellas no eran niñas. La hermana del Marqués, llamada doña María de la Paz Jesús, pasaba un poquito más allá de los cincuenta, aunque se conservaba muy bien. Su sobrina (hija mayor del mismo don Baltasar), que se llamaba Salomé, estaba haciendo constantemente intrincados cálculos para ver de qué manera, sumando sus años, podían resultar cuarenta tan solo. La tercera, llamada doña Paulita (nunca se pudo quitar este diminutivo), hija de don Carlos, el afrancesado, tenía treinta y dos, cumplidos el día de la Encarnación. Esta doña Paulita era una santa.

Vivían humildemente, casi pobremente, pero con mucho arreglo. Varias veces habían propuesto a Elías que se llevase a Clara a vivir con ellas, por la razón de que sola en su casa la muchacha se había de contaminar necesariamente con las ideas del siglo. Coletilla no accedió al principio por respeto; pero al fin acogió la idea, y ya hemos visto cómo se preparó a realizarla. Además, doña María de la Paz Jesús, que era mujer de gran iniciativa, había concebido el proyecto de un arreglo doméstico muy conveniente para Elías y para ellas. Este proyecto consistía en que Elías tomara el piso segundo de aquella casa, el cual ellas tenían como depósito de los muebles de la grandiosa casa antigua, de que no habían querido desprenderse. El mayordomo aplazó para más adelante este arreglo.

«Señoras, al fin traigo esa chica» dijo Coletilla, presentándose a las de Porreño.

—Bien, amigo —exclamó Salomé—; tráigala usted en seguida, esta misma tarde.

—Pero, señoras —continuó—, esa muchacha tiene muy mala cabeza. Es preciso que ustedes empleen con ella una severidad muy grande. De otro modo es imposible sacar partido.

—¿Pero qué ha hecho? —exclamó doña Paulita, la santa.

Elías contó la aparición del militar en su casa; contó los antecedentes peligrosos de Clara, su deseo de parecer bien, la compra de flores, las composiciones del vestido, y las tres damas comenzaron a hacer aspavientos. Salomé entonó un sermón, y doña Paulita se hizo cuatro cruces desde la frente al estómago y desde un hombro a otro.

«Descuide usted, amigo, que ya la enmendaremos» dijo María de la Paz Jesús.

—Bien se comprende esa desenvoltura... las muchachas del día —dijo Salomé quitándose los espejuelos—, son todas así. Y ya... como esa Clarita no tiene mala cara... sí... una carilla así... desvergonzada y graciosilla... pues... aquello no es hermosura.

—Pero, don Elías, ¿es cierto eso de que ha hablado con hombres? —exclamó Paz con una solemnidad arquiepiscopal, que era en ella muy frecuente—. ¿Pero qué basilisco es ese?... Mas no importa. Ya la enmendaremos nosotras. Ya la enseñaremos a portarse como una mujer de bien... ¡Ay!, la honestidad está por los suelos. ¡Qué siglo!

—¡Ah! —exclamó doña Paulita, después de concluir en voz baja un Padre nuestro—; estas ideas del día... ¡Jesús, qué sociedad! Pero todo se enmienda; y los más pecadores son los que más pronto salen de su error. Tráigala usted, don Elías, que yo confío en que esa desdichada entrará por el buen camino, y será una santa tal vez. ¿No lo fue María la Egipciaca?

Elías manifestó con repetidos movimientos de cabeza que estaba conforme con estas apreciaciones. Salió de la casa, y una hora después volvió acompañado de Clara.

Para hacer comprender lo que Clara encontró de terrible en la determinación del realista, conviene describir prolijamente la casa y sus extraordinarios habitantes.

Capítulo XV. Las tres ruinas

Las tres señoras de Porreño y Venegas vivían en una humilde casa de la calle de Belén: esta casa constaba de dos pisos altos, y aunque vieja no tenía mal aspecto gracias a una reciente revocación. No había en la puerta escudo alguno, ni empresa heráldica, ni portero con galones en el zaguán, ni en el patio cuadra de alazanes, ni cochera con carroza nacarada, ni ostentosa litera. Pero si en el exterior ni en la entrada no se encontraba cosa alguna que revelase el altísimo origen de sus habitadores, en el interior, por el contrario, había mil objetos que inspiraban a la vez curiosidad y respeto.

Es el caso que en la ruina de la familia, en aquella profana liquidación y en aquel bochornoso embargo que sucedió a la muerte del Marqués, pudo salvarse una parte de los muebles de la antigua casa (que estaba en la calle del Sacramento), y fueron transportados a la nueva y triste habitación, acomodándose allí como mejor fue posible. Estos muebles ocupaban las dos terceras partes de la casa y casi todo el piso segundo, que también era de ellas. Les fue imposible entregar a la deshonra de una almoneda aquellos monumentos hereditarios, testigos de tantas grandezas y desventuras tantas.

En el pasillo o antesala, que era bastante espacioso, habían puesto un pesado armario de roble ennegrecido, con columnas salomónicas, gruesas chapas de metal blanco en las cerraduras y bisagras, y en lo alto un óvalo con el escudo de la casa de Porreño y Venegas, el cual escudo consistía en seis bandas rojas en la parte superior, y en la inferior tres veneros relucientes sobre plata y verde, además de una cabeza de sarraceno, circuido todo con una cadena, y un lema que decía: En la Puente de Lebrija perescí con Lope Díaz. (No nos detendremos en la explicación de este sapientísimo lema, que aludía sin duda a la muerte del primer Porreño en alguna de las expediciones de Alfonso VIII en Andalucía.)

Las paredes de la misma antesala estaban todas cubiertas con los retratos de quince generaciones de Porreños, que formaban la histórica galería de familia. Por un lado se veía a un antiguo prócer del tiempo del Rey nuestro señor don Felipe III, con la cara escuálida, largo y atusado el bigote, barba puntiaguda, gorguera de tres filas de canjilones, vestido negro con sendos golpes de pasamanería, cruz de Calatrava, espada de rica empuñadura, escarcela y cadena de la Orden teutónica; a su lado una dama de talle estirado y rígido, traje acuchillado, gran faldellín bordado de plata y oro, y también enorme gorguera, cuyos blancos y simétricos pliegues rodeaban el rostro como una aureola de encaje. Por otro lado, descollaban las pelucas blancas, las casacas bordadas y las camisas de chorrera; allí una dama con un perrito que enderezaba airosamente el rabo; acullá una vieja con un peinado de dos o tres pisos, fortaleza de moños, plumas y arracadas; en fin, la galería era un museo de trajes y tocados, desde los más sencillos y airosos hasta los más complicados y extravagantes.

Algunos de estos venerandos cuadros estaban agujereados en la cara; otros habían perdido el color, y todos estaban sucios, corroídos y cubiertos con ese polvo clásico que tanto aman los anticuarios. En las habitaciones donde dormían, comían y trabajaban, las tres damas, apenas era posible andar a causa de los muebles seculares con que estaban ocupadas. En la alcoba había una cama de matrimonio, que no parecía sino una catedral. Cuatro voluminosas columnas sostenían el techo, del cual pendían cortinas de damasco, cuyos colores primitivos se habían resuelto en un gris claro con abundantes rozaduras y algún disimulado y vergonzante remiendo; en otro cuarto se veían dos papeleras de talla con innumerables divisiones, adornadas de pequeñas figuras decorativas e incrustaciones de marfil y carey. Sobre una de ellas había un San Antonio muy viejo y carcomido, con un vestido flamante y una vara de flores de reciente hechura. Frente a esto, y en unos que fueron vistosos marcos de palo-santo, se veían ciertos dibujos chinescos, regalo que hizo al sexto Porreño (1548) su primo el príncipe de Antillano, que fue con los portugueses a la India. Al lado de esto se hallaban unos vasos mejicanos con estrambóticas pinturas y enrevesados signos, que no parecían sino cosa de herejía. Según tradición, conservada en la familia, estos vasos, traídos del Perú por el séptimo Porreño, almirante y consejero del rey (1603), fueron mirados al principio con gran recelo por la devota esposa de aquel señor, que creyendo fuesen cosa diabólica y hecha por las artes del demonio, como indicaban aquellos cabalísticos y no comprendidos signos, resolvió echarlos al fuego; y si no lo hizo fue porque se opuso el octavo Porreño (1632), el mismo que fue después consejero de Indias y gran sumiller del señor rey don Felipe IV. Junto a la cama campeaba un sillón de vaqueta claveteado, testigo mudo del pasado de tres siglos. Sobre aquel cuero perdurable se habían sentado los gregüescos acairelados de un gentilhombre de la casa del Emperador; recibió tal vez las gentiles posaderas de algún padre provincial, amigo de la casa; quizá sostuvo los flacos muslos de algún familiar del Santo Oficio en los buenos tiempos de Carlos II, y, por último, había sido honroso pedestal de aquellas humanidades que llevan un rabo en el occipucio y aparecían constantemente aforradas en la chupa y ensartadas en el espadín.

No lejos de este monumento se encontraban dos o tres arcones de esos que tienen cerraduras semejantes a las de las puertas de una fortaleza, y eran verdaderas fortalezas, donde se depositaban los patacones, y donde se sepultaba la vajilla, la plata de familia, las alhajas y joyas de gran precio; pero ya no había en sus antros ningún tesoro, a no ser dos o tres docenas de pesos que dentro de un calcetín guardaba doña Paz para los gastos de la casa. Encima de estos muebles se veían roperos sin ropa, jaulas sin pájaros y, arrinconado en la pared, un biombo de cuatro dobleces, mueble que, entre los demás, tenía no sé qué de alborozado y juvenil. Eran sus dibujos del gusto francés que la dinastía había traído a España; y en los cinco lienzos que lo formaban, había amanerados grupos de pastoras discretas y pastores con peluca al estilo de Watteau, género que hoy ha pasado a los abanicos.

También existe (y si mal no recordamos estaba en la sala) un reloj de la misma época con su correspondiente fauno dorado; pero este reloj, que en los buenos tiempos de los Porreños había sido una maravilla de precisión, estaba parado y marcaba las doce de la noche del 31 de diciembre de 1800, último año del siglo pasado, en que se paró para no volver a andar más, lo cual no dejaba de ser significativo en semejante casa. Desde dicha noche se detuvo, y no hubo medio de hacerle andar un segundo más. El reloj, como sus amas, no quiso entrar en este siglo.

Un lienzo místico de pura escuela toledana ocupaba el centro de la sala, al lado del decimocuarto Porreño (padre feliz de doña Paz), pintado por Van-loo. Este gran cuadro representaba, si no nos engaña la memoria, el triunfo del Rosario, y era un agregado de pequeñas composiciones dispuestas en elipse, en cada una de las cuales estaba un retrato de un fraile dominico, principiando por Vicenzius y acabando por Hyacinthus. En el centro estaba la

Virgen con Santo Domingo, arrodillado; y no tenía más defecto sino que en el sitio donde el pintor había puesto la cabeza del santo, puso la humedad un agujero muy profano y feo. Pero a pesar de esto, el lienzo era el Sancta Sanctorum de la casa, y representaba los sentimientos y creencias de todos los Porreños, desde el que pereció en Andalucía con Lope Díaz, hasta las tres ruinosas damas, que en la época de nuestra historia quedaban para muestra de lo que son las glorias mundanas.

En el cuarto de la devota... (lo describimos de oídas, porque ningún mortal masculino pudo jamás entrar en él) había una Santa Librada, imagen de quien era especial devoto y fiel ahijado el tercer Porreño (1465). Con los años se le había roto la cabeza; pero doña Paulita tuvo buen cuidado de pegársela con un enorme pedazo de cera, si bien quedó la Santa tan cuellitorcida, que daba lástima. Junto a la cama (pudoroso y casto mueble que nombramos con respeto) estaba el reclinatorio, al cual no se acercaban ni sus tías. Sobre él se erguía un hermoso Cristo de marfil, desfigurado por un faldellín de raso blanco, bordado de lentejuelas, y una cinta anchísima y un amplio lazo que de los pies le colgaba. El reclinatorio era una bella obra de talla del siglo XVI; pero un carpintero del XIX le había añadido para componerlo varios listones de pino, dignos de un barril de aceitunas. El cojín donde las rodillas de la santa se clavaban por espacio de cuatro horas todas las noches era tan viejo, que su origen se perdía en la oscuridad de los tiempos; su color era indefinible; la lana se salía a prisa por sus grandes roturas.

Todas estas reliquias, recuerdo de pasadas glorias, de instituciones, de personas, de días pasados, tenían un aspecto respetable y solemne. Al entrar en aquella casa y ver aquellos objetos deteriorados por el tiempo, bellos aún en su miseria, el visitador se sentía sobrecogido de estupor y veneración. Pero las reliquias, las ruinas que más impresión producían, eran las tres damas nobles y deterioradas que allí vivían, y que en el momento de nuestra historia, correspondiente a este capítulo, estaban sentadas en la sala, puestas en fila. María de la Paz, la más vieja, en el centro; las otras dos a los lados. Una de ellas tenía en la mano un libro de horas, otra cosía, la tercera bordaba con hilo de plata un pequeño roponcillo de seda, que sin duda se destinaba a abrigar las carnes de algún santo de palo. Las tres, colocadas con simetría, silenciosas y tranquilamente ensimismadas en su oración o su trabajo, ofrecían un cuadro sombrío, glacial, lúgubre. Describiremos los principales rasgos de esta trinidad ilustre.

María de la Paz (quitémosle el doña, porque supimos casualmente que le agradaba verse despojada de aquel tratamiento), hermana menor del Marqués de Porreño, era una mujer de esas que pueden hacer creer que tienen cuarenta años, teniendo realmente más de cincuenta. Era alta, gruesa y robusta, de cara redonda y pecho abultado, que se hacía más ostensible por el singular empeño de ceñirse a la altura usada en tiempo de María Luisa. Su rostro, perfectamente esferoidal, descansaba sin más intermedio sobre el busto; y su pelo, negro aún por una condescendencia de los años y partido en dos zonas sobre la frente, le tapaba entrambas orejas recogiéndose atrás. Su nariz era pequeña y amoratada; su boca más pequeña aún y tan redonda, que parecía un botón encarnado; los ojos no muy grandes, la barba prominente, los dientes agudos, y uno de ellos le asomaba siempre cuando más cerrados tenía los labios. De la extremidad visible de sus orejas pendían dos enormes herretes de filigrana, que parecían dos pesos destinados a mantener en equilibrio aquella cabeza. En el siniestro lado tenía una grande y muy negra verruga, que asemejaba un exvoto puesto en el altar de su cara por la piedad de un católico. El cuerpo formaba gran armonía con el rostro; y en sus manos pequeñas, coloradas y gordas, resplandecían muchos anillos, en los que los brillantes habían sido hábilmente trocados por piedras falsas. Echemos un velo sobre estas lástimas.

Salomé era un tipo enteramente contrario. Así como la figura de Paz no tenía nada de aristocrático, la de ésta era de esas que la rutina o la moda califican, cuando son bellas, de aristocráticas. Era alta y flaca, flaca como un espectro. Su rostro amarillo había sido en tiempos de Carlos IV un óvalo muy bello; después era una cosa oblonga que medía una cuarta desde la raíz del pelo a la barba; su cutis, que había sido finísimo jaspe, era ya papel de un título de ejecutoria, y los años estaban trazados en él con arrugas tan rasgueadas que parecían la complicada rúbrica de un escribano. No se sabe cuántos años habían firmado sobre aquel rostro. Las cejas arqueadas y grandes eran delicadísimas: en otro tiempo tuvieron suave ondulación; pero ya se recogían, se dilataban y contraían como dos culebras. Debajo se abrían sus grandes ojos, cuyos párpados, ennegrecidos, cálidos, venenosos y casi transparentes, se abatían como dos compuertas cuando Salomé quería expresar su desdén, que era cosa muy común. La nariz era afilada y tan flaca y huesosa, que los espejuelos, que solía usar, se le resbalaban por falta de cosa blanda en que agarrarse, viéndose la señora en la precisión de sujetárselos atrás con una cinta. Y, por último, para que esta efigie fuera más singular, adornaban airosamente su labio superior unos vellos negros que habían sido agraciado bozo y eran ya un bigotillo barbiponiente, con el cual formaban simetría dos o tres pelos arraigados bajo la barba, apéndices de una longitud y lozanía que envidiara cualquier moscovita.

El despecho crónico había dado a este rostro un mohín repulsivo y una siniestra contracción que se avenía muy bien con las formas de la figura y su atavío. Desaparecían los cabellos bajo un tocado de tristísimo aspecto, y el cuello, que fue comparado al del cisne por un poeta quejumbrón del tiempo de Comella, era ya delgado, sinuoso y escueto. Marcábanse en él los huesos, los tendones y las venas, formando como un manojo de cuerdas; y cuando hablaba alterándose un poco, aquellas mal cubiertas piezas anatómicas se movían y agitaban como las varas de un telar. Debajo de toda esta máquina se extendía en angosta superficie el seno de la dama, cuyas formas al exterior no podría apreciar en la época de nuestra historia el más experimentado geómetra, y más abajo la otra máquina de su talle y cuerpo, inaccesible también a la inducción; máquina que a fuerza de ataques nerviosos había llegado a la más completa morosidad. Cubríala un luengo traje negro. Entre los pliegues de un vastísimo pañuelo del mismo color se destacaban dos manos blancas, finísimas, de un contorno y suavidad admirables. Pero no eran las manos la única cosa bella que se advertía en aquella ruina, no: tenía otra cosa mil veces más bella que las manos, y eran los dientes, que, salvados del general desastre, se conservaban hermosísimos, con perfecta regularidad, esmalte brillante e intachable forma. ¡Oh! Los dientes de aquella señora eran divinos: solo ellos recordaban el antiguo esplendor; y cuando aquel vestigio se sonreía (cosa muy rara); cuando dejaba ver, contrastando con lo desapacible del rostro, las dos filas de dientes de incomparable hermosura, parecía que la belleza, la felicidad y la juventud se asomaban a su boca, o que una luz aclaraba aquel rostro apagado.

Doña Paulita (nunca pudo quitarse ni el doña ni el diminutivo) no se parecía en nada ni a su tía ni a su prima. Era una santa, una santita. Sus ademanes estaban en armonía con su carácter, de tal modo, que verla y sentir ganas de rezar un Padre nuestro era una misma cosa. Miraba constantemente al suelo, y su voz tenía un timbre nasal e impertinente como el de un monaguillo constipado. Cuando hablaba, cosa frecuente, lo hacía en ese tono que generalmente se llama de carretilla, como dicen los chicos la lección; en el tono en que se recitan las letanías y los gozos. Examinando atentamente su figura, se observaba que la expresión mística que en toda ella resplandecía era más bien debida a un hábito de contracciones y movimientos, que a natural y congénita forma. No se crea por eso que era hipócrita, no: era una verdadera santa, una santa por convicción y por fervor.

Tenía el rostro compungido y desapacible, pálido y ojeroso, áspera y morena la tez, con el circuito de los ojos como si acabara de llorar; las cejas muy negras y pobladas; la boca un poco grande y con cierta gracia innata, casi desfigurada por el mohín compungido de sus labios, hechos a la modulación silenciosa de palabras santas.

El que fuera digno de gozar el singular privilegio de ser mirado por ella, habría advertido en sus ojos la inalterable fijeza, la expresión glacial, que son el primer distintivo de los ojos de un santo de palo. Pero había momentos, y de esto solo el autor de este libro puede ser testigo; había momentos, decimos, en que las pupilas de la santa irradiaban una luz y un calor extraordinarios. Y es que, sin duda, el alma abrasada en amor divino se manifiesta siempre de un modo misterioso y con síntomas que el observador superficial no puede apreciar.

Su vestido era recatado y monjil, no siendo posible certificar que bajo sus tocas hubiera algo parecido a una cabellera, aunque nos atrevemos a asegurar que la tenía, y muy hermosa. Su estatura no pasaba de mediana, y a pesar de la modestia, poca elegancia y ninguna presunción con que vestía, era indudable que un mundano topógrafo, llamado a medir las formas de aquella santa, no se hubiera encontrado con tanta falta de datos como en presencia de su ilustre prima la acartonada María Salomé.

Conocida esta trinidad ilustre, conviene recordar algunos antecedentes históricos. Allá por los años de 1790, los Porreños eran muy ricos, tenían gran boato y gozaban de mucha preponderancia en la Corte. Entonces Paz tenía diez y nueve años, y era tan fresca, robusta y coloradota, que un poeta de aquel tiempo la comparó con Juno. Decían sus primas por lo bajo que era muy orgullosa, y su padre, el decimocuarto de los Porreños, aseguraba que no había príncipe ni duque que fuera digno de aquella flor. Estuvo arreglado su casamiento con un joven de la ilustre casa de Gaytán de Ayala; pero aconteció que el tal no gustó de Juno, y la boda fue un sueño. Es imposible pintar el dolor que tuvo la infeliz cuando María Luisa, hallándose una noche en casa de la duquesa de Chinchón, se permitió hacer, con su acostumbrada malicia, algunas apreciaciones un poco picantes sobre la gordura y redondez de nuestra diosa.

Esto no fue, sin embargo, obstáculo para que, pasados cuatro meses, se ajustaran las bodas de Paz con un caballero irlandés que estaba en la embajada inglesa. Pero el diablo, que no duerme, hizo que ocurrieran a última hora algunas dificultades: el decimocuarto Porreño era cristiano muy viejo y muy temeroso de Dios; y cierto fraile de la Merced, que frecuentaba la casa y tomaba allí el chocolate todas las noches, dio en probar, con la autoridad de San Anselmo y Orígenes, que aquel caballerito irlandés era hereje y poco menos que judío. Alarmose la susceptible conciencia del Marqués, y después de echarle un sermón consolatorio a Paz, esta se quedó sin marido, con la triste circunstancia de que se ponía cada vez más gorda, y ni bajándose el talle podía disimular aquel mal. Por último, en Diciembre de 1795, Paz se casó con un pariente viejo y fastidioso, que cometió el singular despropósito de morirse a los siete días de casado, dejando a su mujer más gruesa, pero no en cinta. Por la rama femenina los Porreños se quedaron sin sucesión, lo cual hacía que el viejo Marqués, en sus accesos de melancolía, se pusiera a llorar como un niño, presagiando el triste fin y acabamiento de su gloriosa casa.

Entonces murió el viejo: heredole su hijo don Baltasar, padre de Salomé; y con esta, cuya belleza era notable, había formado el padre proyectos matrimoniales que remediaran la ruina que ya le amenazaba. El pleito comenzaba a aparecer formidable, siniestro, terrible, como un monstruo de múltiples miembros; habíase apoderado de la casa, la estrechaba, la devoraba, la consumía. Un pleito es un incendio; pero más terrible, porque es más lento. La casa ilustre comenzaba a desmoronarse: era inútil que le quisieran poner un puntal aquí, otro allá; la casa se venía al suelo, porque el monstruo terrible no cesaba en su actividad destructora. Lo único que logró don Baltasar fue disimular su ruina. Nadie creía que aquella casa poderosa estaba devorada por los acreedores. Solo Elías Orejón, que gozaba sin sueldo de las preeminencias de intendente, lo sabía. Don Baltasar fundaba su esperanza en Salomé, cuyo peinado de canastillo había seguramente gustado mucho al joven Duque de X..., que buscaba esposa en la tertulia de la citada Duquesa de Chinchón.

Salomé era entonces una sílfide. Ninguna le igualaba en esbeltez y delicadeza; vestía con suma gracia y sencillez, y bailaba el minueto de una manera tan sutil y ligera, que aparecía del modo menos terrestre que es posible en la figura humana.

El Duque se enamoró de ella como un loco: hizo que uno de los más enfadosos poetas de aquel tiempo escribiera unas estrofas amatorias, que el joven apasionado deslizó suavemente en la mano de Salomé a la salida de un baile. Sentimos no tener a mano estas estrofas, porque son un documento notable y digno de ser conocido. En prosa neta contestó la joven; pero no fue menos expresivo su estilo. Hicieron amistades; de las amistades pasaron al galanteo, y del galanteo al proyecto de boda. Don Baltasar creyó en el afianzamiento de su casa; pero se llevó un terrible chasco. De repente los Duques de X... se opusieron al casamiento de su hijo; Salomé estuvo siete días en cama con dolor de muelas; su padre oyó con sumisión la homilía que el fraile le espetó por vía de consuelo, y Elías Orejón le leyó enseguida unas terribles cuentas que le hicieron el efecto de un tósigo.

La joven empezó entonces a enflaquecer. Por un amigo de la casa hemos sabido que antes de que el peinado de canastillo impresionara tan enérgicamente al joven Duque, había indicios para creer que a Salomé no le era del todo indiferente un teniente de Húsares del Rey, que medía la calle del Sacramento lo menos cien veces al día. Es también seguro que Salomé pasaba muchas noches llorando, y que en aquel asunto intervinieron el fraile y el Marqués. El teniente fue mandado al Perú, y no se supo nada más de él.

Es imposible expresar lo que sufrió la pobre alma de la joven Porreño con el terrible golpe del rompimiento de la boda. Ella esperaba no sé qué de aquel enlace. ¡Misterios femeninos! Lloró por el teniente y rabió por el Duquesito. Desde aquellos días principió a advertirse en ella la modificación que la llevó al estado en que la conocemos. La displicencia atrabiliaria, el desdén amargo, la impasibilidad indiferente aparecieron entonces, y se apoderaron, por último, de su espíritu por completo. Llegó con los años a ser la persona más desapacible y de trato más fastidioso que pudiera concebirse, ella que había tenido un carácter tan flexible, un trato tan amable, una manera de insinuarse tan suave y halagüeña...

No así doña Paulita, que siempre había encontrado consuelo en la religión. Desde niña había sido reputada como un ángel; no hacía más que rezar y cantar a estilo de coro, remedando lo que oía en las Carboneras. Los domingos decía misa en un pequeño altar, que ella misma había formado, y también predicaba desde lo alto de una mesa con gran regodeo de toda la servidumbre, que acudía para oírla desde los cuatro polos de la casa. Ya más grandecita, manifestaba un vehemente horror a los saraos y a los teatros; lo único que pudo agradarla un poco fue una función de toros, a que la llevó su padre, gran aficionado. Solamente iba doña Paulita al teatro cuando se representaba algún auto en la Cruz por fiestas de Corpus, pero siempre iba con permiso de su confesor.

Entrada en los diez y ocho años, oyó con horror las proposiciones del decimoquinto Porreño, su tío, para que se casara.

«Yo —dijo— o seré hija de Jesucristo, o viviré en mi casa, ausente del mundo, buscando en ella un baluarte contra el demonio».

—Bien, hija mía: si es este tu gusto —dijo el tío—, sea.

Creció con los años su devoción, pero no hipócrita, sino devoción verdadera, legítimo fervor cristiano. Tenía grandes visiones, y en llegando la Cuaresma se disciplinaba, y decían los criados que en las altas horas de la noche sentían los azotes que se daba. En la época de la decadencia, cuando vivían en la calle de Belén, visitaba todos los días a las vecinas monjas de Góngora, conversando con ellas largas horas. Con ellas consultaba sus visiones y contravisiones, relatando sus deliquios y arrebatos de amor divino. Otros días llegaba muy apurada para contarles cómo había sentido unas terribles tentaciones, y que, bebiendo vinagre, se le habían quitado.

Así pasaba los días en sabroso comercio con lo desconocido, lo mismo en la época de su apogeo que en la de su decadencia.

Estos tres ángeles caídos llevaban una vida monótona y triste. Su casa era la casa del fastidio. Parecía que las tres se fastidiaban de las tres, y cada una de las demás.

Nos hemos olvidado de otro importante inquilino. Era un delicado ejemplar de la raza canina, un perrito que representaba en la casa el elemento irracional. Mas en este ser no se veían nunca la inquietud y el alborozo propios de su edad y de su raza; antes, por el contrario, era tan melancólico como sus amas. En los tiempos de prosperidad había en la casa muchos perros: dos falderos, un pachón y seis o siete lebreles, que acompañaban al decimocuarto Porreño cuando iba a cazar a su dehesa de Sanchidrián. Con la ruina de la casa desaparecieron los canes: unos por muerte, otros porque el destino, implacable con la familia, alejó de ella a sus más leales amigos. Mas, en su decadencia, las tres damas no podían pasarse sin perro; y es fama que un día, viniendo doña Paz de visitar a sus amigas las Carboneras, al pasar por la Puerta del Sol, vio a un hombre que vendía falderillos de pocos días. Acercose con emoción y cierta vergüenza, pagó uno con ocho cuartos y se lo llevó bajo el manto.

Instalado el perro en la casa, Salomé le puso nombre, y recordando las lucubraciones mitológicas y pastoriles de los poetas que en el tiempo de la Chinchón la obsequiaban con sus versos, le puso el nombre clásico de Batilo.

Este desventurado ser se hallaba en el momento de nuestra descripción echado a los pies de María de la Paz, semejando en su actitud a los perros o cachorrillos que duermen el sueño del mármol inerte a los pies de la estatua yacente de un sepulcro.

Las de Porreño se levantaban a las siete de la mañana, tomaban un chocolate del más barato, y se iban a las Góngoras. Oían tres misas y parte de una cuarta. Si era domingo confesaban, y después volvían a casa, quedándose generalmente doña Paulita en el locutorio a hablar de las llagas de San Francisco. A la una comían (no tenían criada) una olla decente con menos de vaca que de carnero, y algunos platos condimentados por el instinto (no educación) culinario de María de la Paz, que consideraba como la última de las humillaciones la de entrar en la cocina. Después hacían labor. Una vez al año visitaban a cierta condesa vieja, que les conservaba alguna amistad a pesar de la desgracia. Llegada la noche, rezaban a trío por espacio de dos horas, y después se acostaban. Al sumergirse en aquellas camas arquitectónicas, verdaderos monumentos de otros tiempos, los tres vestigios de la familia insigne de Porreño, vivos exóticamente en nuestros días, parecía que se hastiaban del mundo de hoy y se volvían a su siglo.

Concluyamos: la más inalterable armonía reinaba aparentemente entre ellas. Parecían no tener más que un pensamiento y una voluntad. La unción de Paulita se comunicaba a las otras dos, y la misantropía amarga de Salomé se repetía igualmente en las demás. La alegría, el dolor, las alteraciones de la pasión y del sentimiento no se conocían en aquella región del fastidio. La unidad de aquella trinidad era un misterio. En los momentos normales de la vida las tres no eran más que una: lo antiguo manifestado en un triángulo equilátero; el hastío representado en tres modos distintos, pero uno en esencia.

Capítulo XVI. El siglo decimoctavo

Estas eran las venerandas matronas con quienes iba a vivir nuestra pobre amiga Clara; y en la posición en que las hemos descrito se hallaban cuando Elías, trayendo de la mano a su ahijada, entró en la sala, y se paró ante las tres damas, haciendo una profunda reverencia. Las tres dirigieron a un tiempo los más impertinentes rayos de sus miradas sobre el semblante de la infeliz muchacha, que estaba con los ojos bajos, el alma oprimida y sin poder pronunciar una palabra.

«¿Es esta la niña que usted nos ha encargado, señor don Elías?» dijo María de la Paz Jesús.

—Sí, señoras, ya que son usías tan buenas que quieren admitirla aquí... Yo espero que ella será agradecida a tanto honor, y sabrá corresponder a él con su buena conducta.

—Pero es preciso corregirse, niña —dijo Paz—; y si es verdad lo que el señor Elías nos ha dicho de usted... y verdad debe ser cuando él lo dice... Siéntese usted.

Los dos visitantes se sentaron en dos taburetes, magníficas joyas del siglo decimoséptimo.

«Sí, es verdad —dijo Salomé con desdén y cierta fatuidad—: es preciso que usted se corrija. Esta casa, niña, impone, al que la habita, deberes muy sagrados. Nosotras no consentimos el menor escándalo, y cuando protegemos (recalcó la palabra protegemos) a una persona, principiamos por enseñarle lo que debe a sus protectores».

—Estas ideas del día —añadió Paz—, lo invaden todo, niña. No extraño que le haya alcanzado a usted su influencia pestilencial. Ya no hay religión: los hombres corren desenfrenados a su ruina; y si Dios no se apiada, se acabará el mundo. Pero en alguna parte se conservan los sentimientos de honradez y pudor. Haga usted cuenta, niña, que ha dejado un mundo de cieno para entrar en otro más perfecto. Dios ha iluminado a su buen protector para que la ponga entre nosotras, que la libraremos de la influencia infernal de las ideas del día.

Y siguió disertando sobre las ideas del día con argumentos tan fuertes y tal vehemencia de estilo, que Clara sintió picada su curiosidad; alzó los ojos y se puso a mirar con asombro la efigie porreñana, de cuya boca salía elocuencia tan terrible.

«¡Usías son tan buenas!... son las únicas personas que pueden ofrecer algún consuelo entre las borrascas del día —dijo Coletilla con voz menos áspera que de ordinario, pues solo era afable tratándose de las Porreñas—. Usías le harán comprender lo que han sido y lo que son todavía, porque aunque esto se ha desquiciado, aún quedan personas de aquel tiempo tan grandes y nobles como entonces. Clara, haz cuenta que habitas con las más dignas y elevadas señoras de la grandeza española, que, al par de la virtud, atesoran todas aquellas prendas del alma que distinguen a ciertas personas del bajo vulgo a que nosotros pertenecemos».

María de la Paz Jesús se irguió con toda la gallardía de que era capaz; respiró y miró a un lado y otro con majestad perfectamente regia. Salomé miró con angustiosa calma las colgaduras remendadas y raídas, los muebles desvencijados y rotos. Doña Paulita dio un suspiro místico y continuó en silencio.

Coletilla, cuando emitió tan gran pensamiento, se levantó y se fue, después de saludar a las damas y hablar algo en voz baja con la más vieja de las tres. Clara le miró partir, y aquel hombre, que le había inspirado tanto miedo, que había sido siempre un tirano para ella, le pareció un ángel tutelar que la abandonaba en tales momentos. Sintió impulsos de correr a abrazarle para salir con él; le miró en silencio, y cuando se hubo marchado observó a las tres viejas con terror, y dos lágrimas de desconsuelo y angustia corrieron por sus mejillas.

«No llores, niña —dijo Salomé—: esos sentimientos que manifiestas por tu bienhechor son saludables; pero ¿de qué valen esas lágrimas tardías, después de haber abusado de su bondad, poniendo en peligro la dignidad de su casa?».

—¡Yo, señora! —exclamó Clara con asombro.

—Sí, usted —afirmó doña Paz—; pero la juventud está desmoralizada: no me admira. Esperamos, sin embargo, que usted se corrija. Ya se ve... con estas ideas del día, ¡qué había usted de hacer!

—Es preciso perdonar —dijo doña Paulita con una voz agridulce y atiplada, que parecía salir de lo profundo de un cepillo de iglesia.

—Sí, perdonar; pero corregirse también —indicó Salomé con el aplomo de un legislador—. Si no, a dónde iríamos a parar; porque el perdón sin corrección produce peores efectos que el no perdonar.

—Ese es un punto —contestó la devota— difícil de resolver, y que ha de llevarnos a sostener una herejía. El perdón es bueno en sí y por sí, como me lo probó el padre Antonio el otro día.

—Pero, hermana, ¿de qué sirve perdonar si el malo no se corrige y sigue siendo malo? —dijo Salomé, interesándose en aquella controversia que alteró la soporífera armonía de la trinidad por algunos minutos.

—El perdón basta por sí para producir la gracia eficaz en el perdonado —contestó la devota—; y si es así, que el perdonado se corrige con la gracia tan solo, luego la corrección del perdonador es ineficaz para el perdonado.

Olvidábamos decir que doña Paulita sabía un poco de latín, y que en la época de la decadencia se había dedicado a leer el Florilegio sagrado y el Thesaurum breve Patrum ac sententiarum. Aquel argumento lo había leído la noche antes y por eso lo tenía tan a la mano.

La controversia concluyó, y María de la Paz, más dada al sermón que a la doctrina teológica, prosiguió arengando a Clara, que, sentada como un reo en el banquillo, estaba aterrada en presencia de tan severos jueces.

«La opinión de la mujer —decía la matrona—, es cristal finísimo que se empaña al menor soplo. Aquella que no se guarda a sí misma, no es guardada; y mujeres hemos visto muy honestas que por no cuidar de su nombre lo han visto manchado sin motivo. La opinión es lo primero: cuidad de vuestra fama, porque cuando se habla de una mujer, nada le queda ya, y su misma inocencia no la consuela».

Estas doctrinas sobre la opinión eran de la cosecha del fraile de la Merced, que in illo tempore frecuentaba la casa. A Paz se le quedaron presentes sus argumentaciones, y en lo sucesivo no perdonaba ocasión de sacarlas a cuento, creyendo que hablaba por su boca la misma sabiduría. La devota manifestó con un sin embargo que no estaba conforme con aquella doctrina; pero el sermón, turbado por este pequeño incidente, continuó después por mucho rato.

«Y si no, dígame usted, niña —dijo Paz—: ¿qué objeto tiene la mujer al dar oídos a las palabras de los hombres, que son los que el demonio elige para que propaguen estas ideas del día? ¿Usted a qué aspira en la tierra? Por su nacimiento, por su educación, no puede aspirar a ocupar un puesto en el mundo que la haga capaz de hacer bien a los inferiores. O si no, vamos a ver: trataré de averiguar cuáles son sus pensamientos sobre ciertas cosas, niña. ¿Qué espera usted, a qué aspira usted y de qué modo piensa conducirse en el mundo?».

Clara no sabía qué contestar a esta pregunta.

«Vamos, conteste usted» dijo Salomé con un tonillo que indicaba grandes deseos de oír un disparate.

—Diga, hermana —exclamó con la nariz la devota.

—Yo... —contestó Clara después de una pausa larga en que trató de dominar su turbación...—. Yo... les diré a ustedes... soy... una mujer.

Paz hizo con la cabeza un signo de asentimiento, y miró a sus sobrinas de un modo que indicaba el profundo acierto que había en la respuesta de Clara.

«Vamos, niña, ¿qué piensa usted hacer en el mundo? ¿Cómo cuenta usted vivir en lo sucesivo? ¿De qué modo? A ver», repitió Salomé con vehementes ganas de que Clara no acertara con la respuesta...

—Yo... —contestó Clara—, lo que deseo es vivir... pues.

Paz inclinó de nuevo la majestuosa cabeza en señal de aprobación.

«¿Y nada más?».

—Ser buena y...

—¿Y qué? —insistió Salomé, amostazada por el juicio y discreción que había mostrado la examinada en las cuestiones anteriores—. ¿Y qué más? ¿No se le ha ocurrido a usted alguna cosa para lo porvenir? ¿No ha esperado usted verse en otra posición, en otro estado del que hoy tiene?

Clara continuaba no comprendiendo.

«Pues queremos decir —añadió Paz—, que si a usted no le ha ocurrido ser feliz de algún modo; figurarse que podía ser útil al mismo tiempo... pues... porque las jóvenes del día tienen ciertos pensamientos sobre la vida y la sociedad que conviene examinar en usted».

—¿De qué manera —dijo Salomé— cree usted que deba vivir una mujer en el mundo? ¿Cómo espera usted vivir en la sociedad para servirla y serle útil?

—¡Ah!, sí —dijo Clara bruscamente, como si un rayo de luz repentina hubiera iluminado su entendimiento, sugiriéndole una idea que agradara a aquellas señoras.

—¿A ver cómo?

—Veamos.

Clara tenía un sentido natural muy grande. Evocolo todo, y pensó en lo que a ella le parecía ser los destinos de la mujer. Comprendió que si no hubiera matrimonio se acabaría el mundo, y recordó haber pensado varias veces que una mujer casándose sería lo que deben ser las mujeres. Con esta dosis de lógica se aventuró a dar una respuesta a sus jueces, segura de que las tres habían de quedar muy satisfechas y complacidas.

«A ver, niña, diga usted de una vez».

—¿Qué debe hacer la mujer en la sociedad para servirla y serle útil?

—Casarse —dijo Clara con la mayor sencillez; y en el momento que pronunció esta palabra, se aterró de lo que había dicho y se puso como la grana.

El lector habrá visto, si ha asistido a algún sermón gerundiano, que a veces el predicador, no sabiendo qué medios emplear para conmover al femenino auditorio, alza los brazos, pone en blanco los ojos, y con tremenda voz nombra al demonio, diciendo que a todas se las va a llevar en las alforjas al Infierno; habrá visto cómo cunde el pánico entre las devotas: una llora, otra grita, esta se desmaya, aquella principia a hacerse cruces, y la iglesia toda resuena con las voces alarmantes, el pataleo de los histéricos, el rumor de los suspiros y el retintín de las cuentas del rosario. ¿El lector ha visto esto? Pues el efecto producido en las tres damas por la respuesta de Clara fue enteramente igual al que producen los apóstrofes de un predicador endemoniado en el tímido y dueñesco auditorio de un novenario.

«¡Qué horror!» exclamó Paz juntando las manos.

—¡Jesús! ¡Jesús! —dijo Salomé tapándose los oídos.

—Et ne nos inducas —profirió la devota alzando los ojos al cielo.

Hubo un momento de confusión. Las tres se miraron con asombro. Doña Paulita se replegó, doña Paz se tambaleó en su asiento, y aun es fama que el amarillo rostro de Salomé se tiñó de una leve púrpura, para lo cual fue preciso sin duda que toda la sangre de su cuerpo se repartiera entre sus dos mejillas. Hasta se asegura que Batilo, el más taciturno de los perros conocidos, participó de la opinión general: se alzó sobre sus patas, alargó el hocico y ladró.

Pasados los primeros momentos de confusión, Paz recobró aliento, y dijo con voz entrecortada por la cólera:

«Niña, esas ideas no me llaman la atención. Ya la conocíamos a usted de oídas. Ahora me explico su conducta... Ya se ve... ¡Oh!, es preciso una educación fuerte».

—Pero, señoras... yo... ¿qué he dicho?... yo —balbució Clara muy turbada—. Una mujer... si se casa... ¿Pero casarse es ofender a Dios?

—No, señora, no —contestó la matrona—: el matrimonio es cosa muy principal; sin matrimonio no habría mundo. Pero lo que extrañamos es ver a una mozuela de diez y siete años pensando solo en casarse.

—Pero si yo no he pensado...

—No me interrumpa usted, niña... ¡pensando en casarse!... ¿Qué locuras no hará quien a esa edad no piensa mas que en el matrimonio? Así se comprende que sea usted tan amiga de los hombres... que los busque.

—Señora, yo no he buscado a ningún hombre —dijo la muchacha con angustia.

—Todo lo sabemos; pero se equivoca usted si piensa que aquí vamos a tolerar sus trapicheos.

El corazón de Clara se llenó de amargura al oír aquellas palabras; no se pudo contener, y rompió a llorar.

Las tres manifestaban horrible crueldad en martirizarla. No podemos explicarnos esto. ¿Era tal vez efecto de la reconcentración y sequedad de espíritu producidas por la falta de amor y de los goces de la vida? Sin duda las tres momias no podían sufrir en calma que hubiera en alguna persona aspiraciones a la felicidad.

Doña Paulita, que ya tenía la palabra en la nariz para reprender a Clara, se conmovió al verla llorar, y la tranquilizó diciéndole:

«La Magdalena pecó y fue perdonada. Lo que ahora le falta a usted es un sincero arrepentimiento».

—¿Pero de qué me he de arrepentir? —dijo Clara sollozando.

—¡Jesús!, ¡qué tono tan del día y tan... liberal! —exclamó Salomé, creyendo decir una gracia.

150

—El orgullo que usted ha manifestado en esa pregunta no tiene disculpa —dijo Paz con desdén.

—Cuando dicen las personas mayores que usted ha faltado... —añadió la otra—, ellas sabrán por qué lo dicen, y usted no tiene que hacer más que conformarse y callar.

—Pero ¡ay!, yo no sé en qué he podido faltar.

—Cuando a usted se lo dicen, sus razones habrá para ello.

—Pero si tengo la conciencia tranquila.

—Más tranquila queda no replicando cuando los superiores dicen una cosa.

—La autoridad, niña —exclamó Paz—, la autoridad es necesaria... Ya nos ha mostrado usted suficientemente la influencia fatal que en usted han producido las ideas del día. El orgullo satánico, al rebelarse contra los superiores; el contradecir... Esto es insoportable. De este modo camina la sociedad a su ruina. Pero nosotras le traeremos a usted al buen camino.

—Por de pronto —dijo Salomé—, cuidado cómo se asoma usted a la ventana.

—Queda terminantemente prohibido que se acerque usted a un balcón o ventana; que abra usted la puerta de la escalera.

—Y que hable usted cuando no le pregunten.

—Se ha de levantar usted a las cuatro de la mañana, que la pereza es madre de todos los vicios.

—Yo me levanto a la misma hora, hermana —dijo la devota—. Yo le proporcionaré a usted ocasiones a esa hora de entretener el entendimiento en cosas santas.

—A ver si de aquí en adelante tiene cuidado de no decir esos terribles despropósitos que ahora ha dicho.

—No volverá —dijo en un arrebato de amor al prójimo doña Paulita—. Yo sé que no volverá; yo confío en que será buena y obediente. Otros peores se hicieron santos.

—Cuidado cómo habla con nadie que venga a esta casa. Trabajará usted en cuanto se le mande —continuó Paz, añadiendo un artículo a aquel código fatal.

—Pero no con exceso —indicó oficiosamente doña Paulita—, que el trabajo es bueno para ahuyentar las ocasiones de pecar; pero con exceso es malo.

—No será con exceso. Además es preciso que procure desechar de su mente todas las cosas que ha pensado hasta aquí. ¡Cuidado con las ideas del día que trae usted a este santuario de los buenos principios! No se acuerde usted de lo pasado; y ahora que está usted encomendada a nuestra tutela para toda la vida, no debe pensar sino en portarse bien. Nosotras, ya que usted ha tenido la desgracia de perder a sus padres, procuraremos dirigirla y enmendarla, siendo la autoridad que tanto necesita.

La huérfana bajó los ojos y cayó en profundo abatimiento. ¡Para toda la vida! Hubiera querido morirse en aquel instante. No miró a las tres arpías, ni les contestó. Su terror era tan grande que se le secaron las lágrimas, y quedó en ese estado de perplejidad dolorosa que sigue a las grandes crisis del alma.

Dejémosla en su encierro para acudir a Lázaro, que gime en una prisión de otra clase.

Capítulo XVII. El sueño del liberal

Cuando Lázaro vio cerrarse la puerta de su prisión y sintió perderse en la galería los pasos de su carcelero, miró en torno suyo, y se halló rodeado de la más profunda oscuridad. Luz entraba por una reja que en lo alto de la pared había; pero él, viniendo de la calle, estaba deslumbrado y no veía más que tinieblas. Por un momento le fue difícil darse cuenta de su situación. Aquello le parecía un sueño. ¿Su viaje a Madrid había sido cosa real o visión percibida en aquel calabozo?

Los pensamientos que en desorden y confusamente se agolparon en la mente del joven no son para referidos. El primer sentimiento que en él se manifestó, fue una gran compasión de sí mismo, que emanaba de la ridiculez con que los hechos anteriores le presentaban a sus propios ojos. Él había creído que cada paso dado en la Corte sería un paso dado hacia su futuro engrandecimiento e inmortalidad. El club patriótico más célebre de España le había abierto sus puertas, ofreciéndole una tribuna, un pedestal; la fortuna parecía haberle allanado todos los caminos, y después... Pero no podía acusar a la fortuna. Esta le había dado ocasión, sitio, auditorio; había puesto a su servicio un trastorno popular; había dispuesto solo para él un inmenso grupo de oyentes trastornados y dispuestos a hacer la apoteosis del primer advenedizo. La fortuna había organizado para él una manifestación popular, pronta a improvisar un héroe en cada calle. La fortuna no debía ser acusada: él tenía la culpa, él, que había nacido para una vida oscura tal vez, para ser un buen artesano, un buen labrador, y nada más. Y aquel saber presuntuoso, aquellos conatos de pueril elocuencia, aquella vanidad prematura de grande hombre, eran quizás tan solo fenómenos nacidos de esa serie de fantasmagorías que acompañan siempre a la juventud hasta dejarla a las puertas de la virilidad.

Después de pensar estas cosas, se fijó en su situación. Estaba preso. Le formarían causa por alterador del orden público. ¿Qué sería de él? Además había cometido una gran falta en no visitar inmediatamente a su tío. ¿Qué pensaría Clara?

Al verse sumergido en una especie de sepulcro, su imaginación principió a divagar. Estaba débil y muy fatigado. En cuarenta y ocho horas había dormido apenas cinco; además la falta de alimento le extenuaba. Cediendo al cansancio, empezó a dormitar; mas no durmió con ese sueño que da reposo al cuerpo y al espíritu, porque su excitación le impedía un descanso profundo. Dormía con el letargo doloroso e indeciso que representa todas las visiones de la vigilia anterior de un modo incoherente y monstruoso.

En su sueño creía escuchar lamentos que resonaban en las bóvedas de la cárcel. La antigua Cárcel de Villa era un mal buhardillón, dividido en celdas donde los presos no tenían comodidad ni estaban seguros. La prisión no tenía aquel horror majestuoso con que los poetas nos han pintado todos los calabozos. Pero a Lázaro antojábasele un sombrío edificio, gigantesco sepulcro de vivos, de altísimas y negras paredes, de gruesos e inaccesibles torreones, con un gran foso lleno de aguas cenagosas y verdes, con largas filas de mazmorras, de las cuales la más lóbrega y subterránea era la suya. Se le figuraba estar muchos pies bajo tierra; creía que aquella reja daba a algún conducto misterioso, y que detrás de los muros habría una presa de agua. En su sueño creyó sentir el ruido de un torrente: el agua entraba con lentitud; enormes ratas corrían buscando entre los pies del preso refugio contra el naufragio. Todo se le representaba según las siniestras relaciones de las cárceles de la Inquisición que había leído en sus libros.

Después le parecía que los muros se apartaban: se encontraba en el interior de una gran sala, cuyas paredes estaban tendidas de negro; en el fondo había una mesa con un crucifijo y dos velas amarillas, y sentados alrededor de esta mesa cinco hombres de espantosa mirada, cinco inquisidores vestidos con la siniestra librea del Santo Oficio. Aquellos hombres le hacían preguntas a que no podía contestar. Después se acercaban a él cuatro sayones, le desnudaban, le ataban a la rueda de una máquina horrible, la movían, rechinaban los ejes, crujían sus huesos. Él lanzaba gritos de dolor, es decir, ponía en ejercicio sus órganos vocales; pero el sonido no se oía.

Después la decoración y las figuras cambiaban: se le representaban dos filas de hombres cubiertos con capuchón negro y agujereado en la cara en el lugar de los ojos. Por el fondo venían los mismos que le interrogaron, y uno de ellos traía enarbolado el mismo Santo Cristo que presidió al tormento. Cantaban con voz lúgubre una salmodia que parecía salir de lo más profundo de la tierra, y avanzaban todos, él también, en pausada procesión. Gentío inmenso le contemplaba impasible y frío: un fraile, también impasible, iba a su lado, pronunciando a su oído palabras santas que él no pudo comprender. Le hablaba de la otra vida y del alma.

Después le pareció que la comitiva se detenía. Frente a frente vio una claridad extraña, como toda claridad que brilla durante el día. Aquella claridad se convirtió en llama, que brotaba de un montón de leña. La llama crecía, crecía hasta llegar a una altura enorme; crujían los leños, saltaban chispas; una columna de humo negro subía hasta tocar el cielo. Después algunos hombres feroces, vestidos también con diabólico uniforme, le ataban fuertemente de pies y manos, le acercaban a la hoguera, le echaban en ella. En un momento de súbito e indescriptible horror sintió arder rechinando sus cabellos, consumidos en un segundo; sus ropas en otro segundo. Rechinó tenuemente el vello de toda su piel; hirvió su carne con el chirrido intenso y discorde de todo cuerpo húmedo que cae en el fuego. Respiró fuego, bebió fuego, se convirtió en fuego sensible y animado con los dolores de su propia combustión. Quiso gritar: la llama no conduce el sonido. Quiso huir: no tenía movimiento, no tenía cuerpo, no era más que una mecha. Quiso orar: no tenía pensamiento; no era ya más que una pavesa, una masa de ceniza. El viento le desmoronaba: se sentía difundirse en el espacio ardiente, se quemaba ya quemado. No era más que humo: se consideraba subiendo en espiral renegrida, y siempre quemándose, siempre quemándose y consumiéndose; difundido ya, aniquilado, evaporado, acabado... hasta que al fin despertó, cubierto todo con el sudor de la agonía.

Despertó, porque un ruido de voces resonaba a su lado. La puerta de la prisión se había abierto. Era la caída de la tarde. Un carcelero, que traía una linterna, alumbraba y guiaba a otro hombre que venía a visitar al preso. Este hombre era Coletilla.

Capítulo XVIII. Diálogo entre ayer y hoy

Elías se paró delante de su sobrino. Este balbució algunas palabras, le saludó de un modo incoherente, y le dijo al fin, después de comenzar muchas frases, que estaba seguro de tener delante a su buen tío; pero al ver que este no le daba contestación ni desarrugaba el ceño, se calló, quedándose cabizbajo y lleno de vergüenza.

Por último, el realista habló.

«No debiera venir a verte, ni acordarme de ti. Mereces lo que te pasa. No tengo lástima de tu miseria, y vengo a conocerte, nada más que a conocerte».

—Señor, yo...

Lázaro no encontraba la fórmula de una explicación. Coletilla sabía por el abate don Gil lo que había sucedido a su sobrino.

«Sé por qué te han puesto aquí. Un amigo que siguió tus pasos esta mañana me lo ha contado todo. Has levantado la voz en medio de una turba de charlatanes, y te han cogido preso. La Justicia te ha puesto donde debieran estar todos los charlatanes».

Lázaro estaba cada vez más confuso. Aquellas palabras, dichas cuando, más que represiones, necesitaba consuelo, concluyeron de abatirle. Representósele el carácter de su tío como el más áspero e inflexible que existía en la Naturaleza.

«Me contaron tu hazaña —continuó el viejo con su habitual entonación cavernosa—, y cuando supe que el delincuente era hijo de mi hermana, la indignación y la vergüenza se apoderaron violentamente de mí. No creí que fueras perturbador del orden público. Si tal cosa hubiera sabido, te habrías quedado en el pueblo. Después he averiguado más. Sé que llegaste, y en vez de ir a mi casa fuiste con unos badulaques al café de la Fontana, donde te hicieron hablar y hablaste... y por cierto que lo hiciste muy mal. Todos se han reído de ti. Estuviste después alborotando toda la noche con los que apedrearon la casa de Morillo...».

—¡Ah!, no, señor; yo no.

—De cualquier manera que sea, tu conducta es imperdonable. Pero dime: ¿desde cuándo te has metido a orador? No sabía yo que en Ateca hubiera tanta elocuencia. Te habrán aplaudido los segadores en las eras, y te has creído por eso un Demóstenes.

El fanático reía con tan maligno acento de sarcasmo, que a Lázaro le parecía tener delante un grotesco demonio. Cada palabra abría en el corazón del pobre prisionero una nueva herida, y le abatía y avergonzaba más.

«Pero no extraño tus desvaríos —continuó Elías—: el desorden cunde por todas partes. ¿Qué mucho que estos pedantuelos de aldea tengan tales humos, cuando los sabios de la ciudad ofenden el sentido común con sus ridículos debates? Sin duda algún garito de Zaragoza ha sido el primer teatro de tu petulancia».

La imaginación de Lázaro midió rápidamente el abismo que en ideas y sentimientos le separaba de su tío. Pero se sentía dominado por él, y no podía contradecirle.

«Aquí —continuó el fanático con su espantosa burla—, aquí puedes hablar a tus anchas: nadie te molestará. Lo que puede ocurrir es que te crean loco y te lleven a un manicomio. Allí debiera estar media España. Pero no, ¿qué digo media España?, una pequeña parte, porque casi todos los españoles conservamos el juicio. Solo una porción de hombres mezquinos, mezquinos de juicio, de carácter, de todo, manifiestan con su conducta todo el extravío de que es capaz nuestra naturaleza. Pero esto concluirá; yo te juro que concluirá, o es preciso creer que no hay Dios en el cielo, perder la fe y renegar del mundo y del alma. Mira, Lázaro —continuó con tono vehemente y apretándole el brazo con tanta fuerza, que le hizo retroceder inmutado y perplejo—; Lázaro, si tú eres de esos, olvida que por tus venas corre mi sangre; olvida que soy hermano de la que te dio el ser. Un abismo nos separa; no hay reconciliación posible. Es preciso que nos odiemos a muerte. Huye de mí; para mí no eres prójimo. Hay cosas que están por encima de los vínculos de la familia. La vida no se reconcilia con la muerte, ni la luz con la oscuridad. Adiós».

Iba a salir; pero Lázaro, trémulo de asombro, le detuvo, y le dijo con mucha turbación:

«Pero, señor, no me abandone usted, hábleme usted. Yo quiero que pensemos de la misma manera».

A pesar de todo, el anciano le inspiraba respeto y veneración; y al ver que reprochaba sus ideas, sintió ese impulso de subordinación tan natural en un joven de temperamento impresionable.

«Si eres de esos —continuó Elías—, vuelve a tu pueblo y no hables de mí; no digas que me has visto; no creas que existo; y es verdad: para ti he muerto».

—Pero deje usted que me explique...

—¿Qué vas a decir?

—Yo pienso... usted comprenderá que yo tengo mis ideas... he leído y tengo convicciones, sí, señor; estoy profundamente convencido...

—Tú, pobre niño, ¿qué puedes saber?... ¿qué convicciones puedes tener? No sabes otra cosa más que las falsedades leídas en cuatro libros que debieran arder en llamas alimentadas con los huesos de sus autores.

A cada palabra se hundía más Lázaro.

«¿Será posible —dijo con desconsuelo—, que usted me pueda arrancar mis creencias que yo he alimentado con tanto cariño y que me dan la vida? No, no podrá usted; y si al fin, con la fuerza de su talento, pudiera conseguirlo, yo le ruego que no lo haga y me abandone. Que nos separe ese abismo que usted dice; y si yo estoy en el error... Pero no lo estoy, yo sé que no lo estoy...».

—Iluso, fanático, vano... porque solo vanidad es eso, vanidad de Satán —dijo Elías con severidad; y después añadió con más fuerza—: Pero yo te sacaré de esa miseria.

Estas palabras fueron pronunciadas con tan profundo acento de convicción, que el sobrino no pudo contestarlas, y se hundió más.

«¿Qué intentas hacer? ¿Qué esperas? ¿Piensas que esto va a continuar así por mucho tiempo? Te equivocas, que España está a punto de reconocer su error. Mira cómo rebulle por todas partes. El odio a la Constitución late en todos los corazones honrados. Pronto verás al Rey recobrar sus sagrados privilegios, que solo Dios con la muerte puede quitarle».

—¡Oh señor! ¿Y lo que este pueblo ha conquistado con tanta sangre, será perdido por el orgullo de un solo hombre? Si así fuera, yo renegaría de nuestro linaje; y si España se dejara ultrajar de ese modo, sería digna de mejor suerte.

—¡Digna de mejor suerte! —dijo Elías con la más horrible expresión de que era capaz su rostro abominable—; digna de aniquilarse y desaparecer de la tierra si no lo hiciera.

—No, no lo puedo creer aunque usted me lo diga. Cuando yo no crea en la libertad, no creeré en nada, y seré el más despreciable de los hombres. Yo creo en la libertad que está en mi naturaleza, para que la manifieste en los actos particulares de mi vida. Yo, ciudadano de esta nación, tengo derecho a hacer las leyes que han de regirme; tengo derecho a reunirme con mis hermanos para elegir un legislador.

—Para darte leyes y obligarte a cumplirlas existe un hombre sagrado, ungido por Dios.

—No: yo y mis hermanos le ungimos. Es Rey porque nosotros queremos. Es sagrado para mí si cumple el pacto solemne que ha hecho con todos y cada uno. Si no, no. Pero lo cumplirá, lo ha jurado.

—Hay juramentos —contestó sombríamente Coletilla—, cuyo cumplimiento es un crimen.

Lázaro sintió frío en el corazón. El aplomo con que aquellas palabras fueron pronunciadas le anonadó más, y le hundió más.

«Y todos esos héroes —se atrevió a decir el preso después de meditar—, todos esos héroes, santificados por la Historia, que viven en el recuerdo de los buenos y serán siempre orgullo del género humano; todos esos que han vivido por la libertad, que han muerto por ella, mártires deshonrados en su último día por la mano del verdugo, pero enaltecidos después por la humanidad... ¿no quiere usted que yo los ame? Yo les venero; mi pequeñez no me permite imitarlos; pero por tener ocasión de parecerme a ellos diera toda mi vida, lo confieso. ¡Oh!, si la libertad no fuera la cosa más buena, sería la cosa más bella con la memoria de tantos héroes».

—¿Y esos son tus héroes? ¿Eso es lo que admiras? —dijo Elías.

—¿Pues a quién he de admirar?, ¿a quién he de admirar? ¿A los tiranos? ¿A Nerón, matando a Séneca; a Felipe II, asesinando a Egmont y a Lanuza; a Luis XV, descoyuntando a Damiens?

—Era preciso enseñar a los franceses que no debía haber otro Ravaillac.

—Pues la lección no hizo efecto, porque hace treinta años que un rey murió en un patíbulo.

—¡Esos son tus semidioses, esos! —exclamó Elías con furia.

—No: mis semidioses no son el exterminio, el terror ni el asesinato. Lamento los desvaríos de todos; mas no extraño que, al huir de las violencias de un extremo, se toque en las violencias de otro, pagando los crímenes de siglos enteros con el crimen de un día.

—No me hables más —dijo Coletilla con voz reposada y lúgubre—: ya sé que eres de esos, de esos a quienes no tengo palabras bastantes duras con que calificar. Tu Dios es un ciego espíritu de libertinaje; la norma de tu conducta es el escándalo. Dime, insensato, ¿cuál es tu fin? ¿Qué ves tú en ese porvenir? Supón que fueras un hombre notable entre los de tu calaña, el más ciego de los ciegos, el más loco de los locos: ¿qué harías, cuál sería tu aspiración?

—Yo no tengo aspiraciones bastardas; no quiero medrar a la sombra de un tirano que pague la adulación con dinero; yo no aspiro más que a la gratitud del género humano, a la gloria.

—¿Gloria por ese camino? La gloria no se consigue sino por el camino de la lealtad, sirviendo a Dios y al Rey. No hay más gloria que la que Dios da en su Paraíso, de la cual es simulacro e imperfecto remedo el culto que da en los altares el linaje humano a los escogidos de Dios. Además, la gloria en la tierra consiste en ser súbdito sumiso y obediente, no en vociferar por calles y plazuelas. De esa gloria que tú has soñado no pueden salir héroes, sino charlatanes y bandoleros. La gloria consiste en cumplir el deber.

—Pues yo cumplo mi deber tratando de emancipar a mis hermanos de una odiosa tiranía, diciéndoles y probándoles que son libres, iguales ante Dios y ante la ley.

—El primero de los deberes es obedecer lo que la ley te mande.

—¿Ciegamente?

—Ciegamente.

—Yo obedezco la ley que es tal ley, la que han hecho los que pueden hacerla, elegidos por mí y mis hermanos, elegidos por todos.

—A ti no te toca examinar la ley, sino obedecerla.

—¿Y si me mandan una infamia?

—No te la mandarán.

—¿Y si me la mandan?

—Te digo que no te la mandarán. Y si acaso Dios permitiera que tu Rey te mandara alguna cosa contraria a la justicia, hazla, que Dios le castigará a él y te premiará a ti en la otra vida. Serás mártir. ¿Qué mayor gloria? El martirio del deber es grande y sublime.

Lázaro se hundió más.

«Observa —continuó Elías—, el espectáculo de esta nación. Unos cuantos desalmados le dan leyes en nombre de un principio absurdo, contrario a la Naturaleza. Solo al Rey ha dado Dios soberanía. ¡Qué desorden! ¡El Rey obligado por una turba de soldados rebeldes a jurar aquel Código abominable! Lo juró; pero en el fondo de su alma lo detesta. No podía ser de otra manera. Está prisionero, prisionero de sus vasallos que juegan con él. El Rey se ve obligado a representar la más horrible farsa. Jamás la dignidad real ha descendido tanto. Pero él se librará de esta horrible tutela, porque Europa, si es preciso, se coligará para salvar a España. Ya España ha salvado a Europa».

—No, no puedo creer —contestó Lázaro—, semejante iniquidad. Esta invasión sería más odiosa que la de 1808, y también mejor castigada.

—No lo creas: el Rey será restituido a su trono. Además, España no se levantará; y si lo hace, será en favor de la intervención. ¿No ves cómo manifiesta su voluntad? ¿No ves las facciones que aparecen por todas partes? Todas las provincias se arman para proclamar al Soberano absoluto, y aún no han aparecido las principales facciones. España se alzará contra ese absurdo sistema, y Fernando volverá a ser nuestro Rey amado.

—¿Será posible? —dijo Lázaro con desaliento; y entonces se hundió más.

—Tan posible, que no pasará mucho tiempo sin que lo veas. Ahora se va a conocer el temple de las almas. Todos esos charlatanes que te han llenado la cabeza de desatinos huirán avergonzados, yendo a esconder su ignominia en tierra extranjera. Entonces se cubrirán de gloria los hombres de corazón recto; los leales y patriotas lucharán contra una plebe desenfrenada; lucharán por el derecho, por Dios y por el Rey; vivirán eternamente en la memoria de todos, y sus nombres serán en lo venidero un emblema de justicia y de honradez. Estos son los héroes, Lázaro; estos.

Lázaro se acabó de hundir. Las palabras de su tío le impresionaban de tal modo, que no tuvo aliento más que para decir tímidamente:

«¿Esos nada más?».

—Nada más. La gloria es muy divina para que pueda coronar otra cosa que la justicia y el deber. No esperes nada fuera de esto. El torbellino de esa turba ciega te arrastra: ve con él. No te digo más. Camina a la deshonra y a la muerte. Adiós. Algún día te acordarás de mí.

—No —exclamó deteniéndole—: yo quiero que usted me aconseje y me guíe... Yo... aunque tengo bastante fuerza de convicciones...

—¿Fuerza de convicciones? —dijo el fanático, deteniéndose y mirando a su sobrino con desprecio.

Sí —contestó este—, y no puedo perderlas, no quiero perderlas.

—Bien: sigue por ese camino. Lejos de mí no esperes otra cosa que deshonra, oscuridad. Yo te abandono a tu suerte. Hágome la cuenta de que no te conozco. Te pondrán tal vez en libertad, irás con ellos, serás vencido, y entonces... o huirás con ignominia, o te entregarás a la venganza de tus enemigos, que no tendrán perdón para ti, y harán bien.

—¿Pero usted me abandona?

—Sí: ya te he conocido. Vine solo por conocerte. Ya sé quién eres. En mi casa te espero; pero no vayas a ella sino convertido.

—¡Ah, imposible! No iré.

—Pues adiós —dijo Elías con decisión.

—Adiós —repitió Lázaro con angustia.

Coletilla salió. El joven no se atrevió a detenerle. No creyó que se marchaba hasta que le vio fuera, y sintió que el carcelero cerraba la puerta. Entonces tuvo impulsos de llamarle; gritó; no fue oído; lloró lágrimas de desesperación; golpeó violentamente con sus manos la puerta y el cerrojo, y al fin, cediendo a la fatiga y al trastorno mental, cayó de nuevo en aquel letargo extraviado y doloroso de que le sacara momentos antes la llegada de su tío.

Capítulo XIX. El abate

Al día siguiente, la casa de las tres ruinas contenía en su estrecha capacidad seis personas: las tres Porreñas, Clara y dos visitas.

Clara y la devota estaban encerradas en la habitación interior, destinada a las prácticas ascéticas. La santa, concluida la oración mental, se había sentado en un taburete, y poniendo un gran libro sobre sus rodillas, leía con la cabeza inclinada a un lado, arqueadas las cejas, bajos los párpados, y cruzadas las manos en ademán muy humilde. Clara estaba a su lado, y como no debía llegar, en su flaca naturaleza, a aquel alto grado de perfección, cosía como una pecadora, como una infeliz mujer no acrisolada por las inflamaciones de amor divino. La devota no se permitió otra expansión que referir a su compañera los gozos y visiones que aquella noche había tenido. Después empezó un examen de doctrina, y le hizo varias preguntas morales y teológicas, a que contestó Clara con sencillez, guiándose por lo poco que sabía positivamente y por lo que su buen sentido le sugería. Pero es el caso que a doña Paulita siempre le parecían mal las respuestas de su discípula. La reprendía, le explicaba con escolásticos giros y frases nada comunes, y, por último, la llamaba ignorante y hereje, causándole gran turbación y susto.

De repente interrumpe sus lecturas y sus reprimendas, y exclama:

«¡Ah!, se me olvidaba una parte de mi rezo. Ya se ve, me he distraído con los errores de usted, hija. Es preciso que usted piense de otro modo y deseche sus ideas... Pero digo que me olvidé de rezar... por...».

—¿Qué ha olvidado usted? —le dijo Clara.

—Me olvidé de rezar dos Padre nuestros por el sobrino de nuestro buen amigo don Elías.

—¡Jesús! ¿Qué le ha pasado? ¿Qué es de él? —exclamó vivamente Clara sin poderse contener.

—No se asuste, hermana, que no ha muerto —contestó fríamente la devota.

—¿Pues qué le ha pasado? —continuó Clara, que se había puesto pálida y temblorosa.

—Que está preso en la cárcel, y bien merecido.

—¿Pues qué ha hecho?

—Alborotar por esas calles y hablar en los clubs una serie de cosas tan pérfidas e infernales, que horroriza el recordarlas. Anoche nos contó don Elías todo lo que ese desalmado joven ha hecho, y pasé un mal rato.

Clara estuvo un momento sin poder articular palabra. La repentina noticia la turbó tanto, que no se atrevió a preguntar más.

«Hermana —prosiguió la devota—, ¡qué muchachos los del día! ¡Qué horrible corrupción! Ese joven debe de ser un monstruo. Pero ¡ay!, debemos tener compasión con los delincuentes que yerran. No es que crea yo, como Orígenes, que hasta el diablo se ha de salvar. Pero debemos compadecer y amar a los pecadores, aunque estos sean de los más empedernidos y rebeldes».

—¿Pero qué ha hecho? —repitió Clara, haciendo un gran esfuerzo para disimular su turbación.

—No lo sé punto por punto; pero son cosas tan horribles... Ha hecho lo que otros tantos desvergonzados que andan por ahí. Esta sociedad está perdida. A ver, hermana, si aprende usted pronto eso que le he dicho sobre la gracia eficaz.

—¿Pero está preso? —añadió Clara con más miedo.

—Preso, sí, y no le soltarán tan pronto. Pero está usted inmutada... Ya, le tiene compasión, y es natural. La compasión a los semejantes es una de las virtudes que más recomienda Tertuliano. Usted está pálida, hermana. Pero, ya: es efecto de la compasión. Voy a rezar.

Y dejando el libro, tomó el rosario y rezó.

Clara bajó la cabeza y siguió cosiendo. Era tal su congoja, que no daba punto a derechas; picose los dedos muchas veces, y la costura salió tan mal, que pronto fue preciso desbaratarla y coserla de nuevo.

Dejémoslas, y acudamos a las visitas. En la sala estaban María de la Paz, Salomé, y delante de ellas, en pie y respetuosamente, Elías Orejón y el exabate don Gil Carrascosa.

Nada hemos hablado hasta ahora de la amistad de este singular personaje con las venerables viejas. Carrascosa, en su calidad de abate entrometido, frecuentaba la casa de Porreño, lo mismo que otras de la más elevada jerarquía. Aún hemos oído contar a personas de toda veracidad que el intruso y audaz hombrecillo había tenido una parte principal en las misteriosas relaciones de Salomé con aquel joven militar, a quien enviaron al Perú después del rompimiento de la dama con el imberbe duque de X...

Carrascosa era hombre de mucha travesura y socaliña, sutil como el aire, capaz de urdir en el seno de las familias las más hábiles marañas; iba y venía sigilosamente, so color de preparar fiestas, de arreglar procesiones, y era, en resumen, un pícaro tercero. Así le llamamos por no darle otro nombre un poco soez, que alguien le aplicó oportunamente y conservó entre muchos con justicia.

La amistad de las tres viejas se interrumpió con la desgracia, y solo de vez en cuando las visitaba, recordándoles los tiempos pasados con una elocuencia y un calor que no agradaban a doña Paz. Últimamente, sus visitas eran más frecuentes y mucho más afectuosas sus demostraciones de amistad. El día en que los encontramos aquí había ido don Elías; y por algo extraordinario iba sin duda, porque su vestido era el más escogido y su cara estaba más lavada que de costumbre. Los puntiagudos faldones de la mejor de sus tres casacas se balanceaban al compás de las piernas en la parte posterior del cuerpo; el tupé había recibido doble ración de pomada, y la corbata, aumentada con nuevos pliegues, formaba un blanco follaje, una pechuga escarolada debajo de la barba. Cuando el abate se ponía este traje, había pronunciado ya la última ratio de su peculiar elegancia.

Coletilla se despedía ya después de haber saludado a las damas. No venía sino a ratificar un tratado que últimamente ajustó con Paz. Ya sabemos que las señoras tenían el segundo piso de la casa simplemente ocupado con los muebles de familia de que no habían querido deshacerse. Este piso era muy pequeño y abuhardillado, comunicándose con el principal por una escalera interior.

Las damas habían propuesto a Elías que se fuese a vivir a aquel sitio, comiendo con ellas en calidad de huésped, y al buen viejo le vino este arreglo como de molde, porque le producía un ahorro, y además le ponía en estrecho contacto con sus antiguas amas, que tenía siempre en tanto aprecio. Economía, comodidad, seguridad: estas tres ventajas vio en la proposición, y aceptó. Aquel día vino a darles la respuesta definitiva: sobre el precio no hubo disputas.

Cuando Coletilla se marchó, el abate se preparó a tomar la palabra: hizo mil muecas, sacando a la superficie de su cara todo su repertorio de sonrisas. No seremos indiscretos en decir, anticipándonos a la declaración expresa del mismo don Gil, que iba a invitar a las tres damas para una fiesta religiosa. También nos atrevemos a indicar, con todas las reservas imaginables, que aquello no era más que un pretexto que ocultaba otros fines.

Cuando rompió a hablar, lo primero que hizo fue preguntar por doña Paulita, y también por Clara, empleando algunas discretas reticencias. Después dijo:

«Pues yo venía a decir a ustedes si quieren honrar con su presencia la función que la Hermandad de la Pasión y Muerte celebra mañana en la iglesia de Maravillas. Yo soy el Secretario de la Cofradía, y gracias a mí se ha arreglado la fiesta. Yo les aseguro a ustedes que será de lo más lucido que se ha visto en la Corte».

—No será nunca como la que hicimos el año 98 en las Niñas de Loreto, cuando se trasladó la Virgen de los Dolores del oratorio del Olivar —dijo Salomé.

—No fue el 98, sino el 3; que me acuerdo como si hubiera sido ayer —dijo Paz.

—Te digo que fue el 98 —insistió la otra.

—Estoy segura de que fue el año 3 —dijo Paz—, cuando el primo vino de la guerra de Francia.

—Que el 98, Paz —afirmó Salomé—, el 98. Hace ya veinticinco años.

—Jesús, mujer: te aseguro que fue el año 3; me acuerdo bien. Yo tenía entonces... quince años.

—Señoras, no hace al caso la fecha —dijo Carrascosa, cortando aquella peligrosa cuestión.

Y después continuó:

«Gracias al petitorio que yo dirijo, se han reunido dos mil y pico reales. Tenemos misa con orquesta de capilla, y nos predica el padre Lorenzo de Soto, que es un orador que vale un Perú».

—¡Oh!, no me le nombre usted —dijo Salomé, apartando la cara y poniéndose delante de ella la mano abierta a guisa de pantalla—: es un clérigo pervertido, contaminado con las ideas del día. Después que los liberales le hicieron Provisor de Astorga, está en poder del demonio. Hube de caerme muerta cuando el día de la fiesta de la Virgen de la Leche y Buen Parto le oí decir en San Luis que era preciso reconciliarnos con los que habían trastornado a nuestra Patria. ¿Cómo puede haber llegado a ese extremo de perversión una persona tan docta como el padre Lorenzo de Soto?

—Señora, yo tengo para mí que es un gran predicador —dijo Carrascosa—. El año 12 fue, como ustedes saben, Diputado en aquellas Cortes; el 14 firmó la exposición de los persas. ¡Noble carácter! Después, la amistad del Rey le ha elevado a puestos muy altos; y para probar su mérito, baste decir que él fue quien descubrió la conspiración de Porlier. Después del 20 se ha hecho enemigo de la Constitución, lo cual es digno de alabanza, porque de otro modo hubiera perdido su prebenda. Pero nada de esto hace al caso, sino que predica mañana, y que esta tarde tenemos Completas, en que cantan los tiples de Ávila y el padre Melchor, franciscano de Segovia. Mañana oficiará el reverendo obispo de Mechoacán, y por la tarde habrá procesión, a la que asistirá la Cofradía del Paso, la del Santo Sudario, y también irán los niños del Hospicio.

—¡Ay, don Gil! —exclamó con acento de profundísimo desconsuelo María de la Paz—. ¿Cómo se atreven a sacar los santos a la calle con estas cosas? Más querrán ellos estarse en sus casas que no salir a ver todas la iniquidades que cometen los hombres.

—Puedo asegurar a usted —dijo el abate con sonrisa diabólicamente irónica—, que no se han quejado, ni se quejarán por el paseo. Lo mejor de la procesión es la comitiva que tenemos organizada. Irán catorce vírgenes vestidas de blanco, con coronas de rosas, velos, escapularios y cirios en las manos.

—Esas comitivas —dijo con muy mal humor María de la Paz—, no me hacen gracia. ¡Es una cosa tan mundana! Allí van los hombres solo por ver a las muchachas; y las muchachas que hacen de vírgenes, van solo a que las vean, y en lo menos que piensan es en los santos y en Dios. Esas son cosas de Francia, señor don Gil. Antes no se usaban aquí semejantes inmoralidades, y día vendrá en que se acaben costumbres tan escandalosas.

El timbre nasal de la voz de doña Paulita, que se hallaba en la habitación inmediata, resonó en la sala, trayendo la opinión de la santa, que no por estar rezando dejaba de prestar atención a cuanto en la sala se decía.

«¡Ah! —exclamó, alzando la voz para poder ser oída por don Gil—: no me nombren esas procesiones de vírgenes mundanas. ¡Qué vírgenes serán esas que salen con coronas de rosas y cirios en las manos! Una vez vi eso, y me entró tal grima, que tuve que confesarme en seguida de la cólera que me había dado. No me nombren eso. ¡Qué escándalo, Dios mío! ¿A dónde iremos a parar así?».

—Pues, señoras —manifestó don Gil, respirando fuerte, como si con el aliento adquiriera la fuerza que contra tantos y tales enemigos necesitaba—; yo, señoras, respetando la opinión de ustedes, encuentro que esas procesiones son muy patéticas, muy expresivas, muy religiosas. De todos modos, ya la procesión está arreglada, y hay que llevarla a cabo. Hemos estado buscando jóvenes, y ya hemos encontrado algunas; pero aún nos faltan cinco. La fiesta es mañana; y si no encontramos hoy esas que faltan, se va a deslucir la función. ¡Qué contratiempo! No saben ustedes cuánto he trabajado para buscarlas. Son muy guapas las que tengo ya.

—Señor don Gil, por Dios —chilló Salomé en el tono de una honesta dama que reprende el atrevimiento de su galán.

—Señoras, ¿qué tiene eso de particular? Si Dios las ha hecho guapas, ¿qué vamos nosotros a hacer? Pero ¡ay!, me faltan cinco. Por eso he venido aquí.

Y se detuvo como cortado.

«¡Ha venido usted aquí!» exclamó Paz abriendo mucho los ojos.

—¡Ha venido usted aquí! —murmuró Salomé con súbito cambio de color.

Las dos ruinas se miraron. Aquella mirada fugaz fue terrible. Un observador oculto e inteligente hubiera advertido tal vez que en aquel mutuo rayo por una y otra lanzado, se examinaron, se despreciaron, cambiando como una expresión de rencor que cada una lanzó para la otra. Pero Carrascosa, aunque era buen observador, no pudo advertir al breve resplandor de aquella mirada fugaz como un relámpago, los dos abismos que, abierto uno frente al otro, se contemplaron un instante, mostrándose todo su horror. No se crea por esto que tía y sobrina no se querían bien, no: se amaban, si cabe expresarlo así; se amaban como pueden amarse dos personas que se fastidian juntas. Sigamos.

Un profundo y lejano suspiro anunció la admiración de doña Paulita.

«Sí, he venido aquí a ver si ustedes consienten...» continuó el abate.

El retablo que en la persona de Paz hacía veces de rostro se puso de color de remolacha, y los ojos de Salomé miraron al cielo, no sabemos si por un movimiento natural o por una calculada combinación de ademanes.

«Eso no tiene nada de particular, señoras, nada de particular; al contrario...».

—¡Señor don Gil! —dijo Salomé con una cosa parecida al rubor.

—¡Señor don Gil! —exclamó Paz con toda la majestad de su carácter reunida en un solo gesto.

El que había sido abate y covachuelista comprendió que le habían entendido mal.

«Voy a rectificar» exclamó.

—A rectificar, como dicen en las Cortes —indicó Salomé en un arrebato de amabilidad repentina e inexplicable que no pudo contener; amabilidad rarísima en ella y que era sin duda signo de una gran agitación.

El buen humor de la segunda ruina era siniestro.

«Quiero decir —continuó el abate, después de toser dos o tres veces— que venía a ver si consentían ustedes en que esa joven... esa joven que ustedes protegen...».

A Salomé le entró una tos convulsiva, no sabemos si originada por una causa física o por la necesidad de disimular y no ofrecer a la contemplación de don Gil las arrugas triangulares y el color cárdeno que aparecieron en su cara al oír aquella proposición. María de la Paz se restregó un ojo como si le escociera. Oyose la voz de doña Paulita que rezaba un latinajo incomprensible.

«Esa joven —continuó Carrascosa—, que se llama... ya no me acuerdo de su nombre. Pues... esa que es tan guapita y tan modesta. De seguro no habrá en la procesión ninguna que la iguale».

—¡Señor don Gil! —exclamó María de la Paz Jesús con expresión de cólera repentina—. ¿Cómo se ha figurado usted que yo podía consentir en semejante cosa? Ya le he dicho a usted que esas comitivas me parecen muy indecentes, y si esa niña quisiera prestarse a ser escándalo de la Corte, no entraría más en esta casa. Por parte suya, no dudo que consintiera, porque es tan aficionada a coquetear por ahí, que si la dejaran habría de estar todo el día en la calle detrás de los hombres. Pero no... no me hable usted de eso.

—Yo sospechaba desde el principio a dónde iba usted a parar, señor Carrascosa; pero quise aguardar a que se explicase —dijo Salomé con mucho desdén.

—Señoras, veo que son ustedes inflexibles. Conozco mucho la noble entereza del carácter de ustedes y el tesón de sus principios para insistir más sobre este punto.

En aquel momento, doña Paulita, que, sin salir de la habitación interior, no perdía sílaba de lo que allí se decía, tomó parte en la conversación, variando de sitio para que la oyeran mejor.

«¡Oh, Dios mío! —dijo—. No consentiré yo tal cosa. ¡Hasta las personas más perfectas caen alguna vez! ¡Hasta de los hombres más de bien y de mejor conducta se vale el demonio para sus perversos fines! ¡Quién diría que usted, señor don Gil Carrascosa, había de ser instrumento de perdición para esta pobre muchacha!».

—¡Yo, señora mía!

—No: ya sé que es sin querer, que a veces Dios permite que una persona buena sea, sin saberlo, causa de la perdición de otra. No le echo a usted la culpa. Pero esta pobre niña tiene quien vele por ella. No caerá otra vez; que gracias a un buen ángel ha salido ya del abismo la pobrecita, y se ha salvado. Ya está hecho lo principal; de modo que ahora, con una vida ejemplar consagrada enteramente a la oración, su alma se purificará por completo. No temas, niña —añadió, volviéndose del lado en que estaba Clara—; no temas, que no volverás a caer, y si saliste del pantano del mundo, ha sido para continuar pura y sin mancha lejos de él. Y no desconfíes de ella —prosiguió, mirando a la sala y dirigiéndose a las dos esfinges—; no desconfíes de ella, porque es muy buena.

Salomé movió la cabeza en señal de duda.

«Es muy buena, muy buena compañera mía —continuó la devota—. Aunque el mundo trató de corromperla, ella tiene muy buen fondo, y el alma está santa: lo he conocido. Perderá la corteza de las viles pasiones que el mundo le ha enseñado. Estoy tan interesada en su salvación, que quiero unirme a ella para toda la vida y salvarla conmigo. ¡Os aseguro que así será! Amadla vosotras, que Dios manda amar a los pecadores, sobre todo cuando están arrepentidos. ¿No es verdad que estás arrepentida, hermana?».

No se oyó ninguna respuesta. Clara contestó sin duda que sí con un movimiento de cabeza. El sermón de la devota dejó un eco en la sala.

«Señoras: para concluir, me permitiré una observación —dijo don Gil—. Yo no veo un escándalo en que la señora doña Clarita salga en la procesión de las vírgenes. Al contrario, bueno es que ostente la hermosura, que es obra de Dios; y la mujer que se esconde y no sale, impide que se admire una obra de Dios, cual es la hermosura. Esa joven es un ejemplar prodigioso de las hechuras de Dios, y haciendo que todos la vean es como se publican las alabanzas del autor de tantas maravillas».

—Señor don Gil —objetó María de la Paz haciendo esfuerzos para aparecer serena—: no creía yo que fuese usted tan libertino. Vamos, nosotras teníamos de usted otra idea; creíamos que...

—Yo soy, señora, un hombre como los demás. Admiro las obras bellas de la Naturaleza, y una mujer hermosa es...

—Por Dios, señor de Carrascosa: en verdad tiene usted unas cosas... —dijo Salomé pasando la mano por el fragmento de cabellera que entre su apergaminada frente y su tocado aparecía.

—¡Jesús!, repórtese por Dios —dijo desde dentro la devota—. Me horrorizan sus palabras.

Algo más duró el importante diálogo; pero don Gil, viendo que no sacaría partido de las tres pécoras, varió de asunto, aunque con poca fortuna, porque sus amigas le mostraron mucho despego durante toda la visita. Al fin, determinó marcharse; se levantó, hizo mil cortesías, les reiteró su respeto y admiración, prometió volver pronto, y se fue.

Al llegar a la calle miró a todos lados como buscando a alguno, y al poco rato salió del portal de una casa inmediata el joven militar que hemos conocido desde el principio de esta historia.

«¿Qué hay?» preguntó a Carrascosa con mucho interés.

—Nada, no quieren. Esas viejas son unos demonios —contestó riendo de muy buena gana el abate—. Me parece que por ese camino no conseguiremos nada.

—¡Diantre de viejas!

—No la sacamos de esa casa si no ahorcamos a las tres arpías de los tres balcones, y al Coletilla del tejado.

—Estoy decidido ya a lo que te dije ayer. Si no la puedo sacar, me cuelo yo dentro.

—¡Hombre, qué empeño!... Eso ya pica en historia. Vámonos de aquí, que si Coletilla nos ve, de seguro cae de su burro; vámonos y hablemos del asunto.

—Eres lo más inútil... Verás si yo la saco.

—Quisiera verlo —contestó Gil; y los dos se alejaron en dirección a Santa Bárbara.

—Ya tú has olvidado tus antiguas mañas, diablo de abate; ya no sirves para el caso. A ver cómo puedo yo entrar ahí; discurre un medio, un ardid cualquiera: ¿para qué te sirve esa travesura?, a ver.

—Hay un medio magnífico —contestó Carrascosa.

—Pues explícate pronto.

—Voy a explicarlo.

Capítulo XX. Bozmediano

Antes de dar a conocer en toda su extensión el coloquio de estos personajes, conviene dar noticias de uno de ellos, ya harto conocido por el lector.
El militar que en el segundo capítulo de esta historia vimos prestando auxilio
a Coletilla y después introduciéndose furtivamente en su casa, se llamaba
don Claudio Bozmediano y Coello. Ya era tiempo de decir su nombre. Tenía
treinta y dos años, y servía en el ejército con el grado de comandante. Su
padre fue uno de los venerables legisladores de Cádiz. Hombre de talento,
de notoria probidad, de elevada cuna y agradable presencia, había sido
siempre muy amado de sus compatriotas. A la vuelta del Rey fue perseguido
como todos, y tuvo que emigrar. Pero, restablecido el sistema constitucional,
el viejo Bozmediano volvió a España y ocupó uno de los más elevados
puestos en la política.

(Con el nombre de Bozmediano conoceremos en esta historia al hijo de
aquel varón ilustre, cuyo verdadero nombre no podemos usar en nuestro
relato por ser un personaje contemporáneo de memoria muy reciente.)

Bozmediano, padre, era liberal de corazón. Trataba al Rey, y es seguro
que hizo todo cuanto cabe en fuerza humana para dirigir por camino recto
la torcida voluntad de aquel soberano falaz y perverso. Era rico, y jamás le
movió el interés en asuntos políticos. El amor a su hijo y el patriotismo eran
dos sentimientos profundos que, enlazados y confundidos, ocupaban todo
su corazón.

Bozmediano, hijo, que es el que más conocemos, era un joven de excelen-
tes prendas; pero tenía un defecto que la edad disculpaba. Era tan aficionado
a las muchachas, que el galantearlas entretenía la mayor parte de su vida, ro-
bando tal vez a la patria grandes servicios. No era un libertino: las quería con
toda la buena fe que el naciente siglo XIX permitía; y aunque él aseguraba
no haber encontrado la suya, entreteníase con las demás esperando. Pero al
fin, o la había encontrado o había encontrado una que de fijo le entretendría
más que las otras.

Después que conoció a Clara, había perdido el reposo. No solo la joven
aquella, por sus cualidades y encantos personales, le interesaba mucho, sino

que en su vida había encontrado un misterio, para él interesantísimo, por ofrecerle lo que siempre buscaba con más afán: una aventura.

La aventura se presentaba singularmente dramática, excitando al mismo tiempo el amor y la curiosidad de Claudio. La soledad de aquella huérfana que vivía en compañía de un viejo excéntrico, la tristeza y necesidad de desahogo que en ella había notado, eran causas bastantes para estimular un espíritu menos impresionable y caballeresco. Su intento, su gran aspiración, era descifrar el misterio de aquella casa, y después salvar la encantadora y desdichada muchacha de la odiosa tutela de su guardián.

«Hay varios medios de entrar en la casa —decía Carrascosa tomando el brazo del militar—: pero hay uno que es excelente. Esas viejas tienen un arrendatario que ahora debe venir a pagarles sus rentas, lo poco que tienen. Lo sé por Elías. Estamos al aviso, le compramos, le hacemos escribir una carta diciendo que está enfermo y que envía a su hijo con el dinero; usted se disfrazará de labriego, entra en la casa, y una vez allí, ¡cataplum!, le ha dado un desmayo, un accidente terrible. No tienen más remedio que dejarlo en la casa... le meterán en un desván, y durante la noche, cuando ellas duerman, se apoderará de la chica, y... a la calle».

—Calla, imbécil: eso no puede ser. No sé en qué comedia he visto eso, que es muy bonito en el teatro; pero en la vida... Yo quiero entrar con mi traje habitual, con mi nombre... pero es preciso un pretexto, porque supongo que esas viejas serán la misma desconfianza.

—Armarán un escándalo y será tal el vocerío, que se oirá en Getafe. Es preciso ir con tiento.

—Pero, hombre —dijo Bozmediano, que no tenía noticia de que semejantes tipos existieran en el mundo—, ¿qué gente es esa?... ¿Cuál es su carácter, su vida, sus hábitos, qué hacen y por qué está ahí esa pobre muchacha?

—Dichoso usted que no conoce a esas diablas de Porreño. Son los pájaros más raros que hay en el mundo. Cuando tengo mal humor voy a reírme con ellas, oyéndolas disparatar. Fueron ricas, pero han venido a menos; creo que el día menos pensado se comerán unas a otras.

—¿Y en qué se ocupan?

—En nada, mejor dicho, en rezar. Una de ellas es santa, y le aseguro a usted que cuando se pone a hablar de sus santidades, es cosa de morirse de risa. ¡Y qué impertinentes son! Cuando les propuse lo de la procesión, con objeto de sacar de allí a Clarita, se pusieron hechas unos grifos. Ya me figuré yo que no consentirían; y en verdad, amigo, que el proyecto que acaba de fracasar era atrevidillo.

—¿Y cómo ha venido aquí esa Clarita?

—Yo no sé: cosas de Elías.

—Hombre, hábleme usted de ese Elías. El día en que le conocí por primera vez me parecía lo más raro del mundo. Ya había yo oído hablar de Coletilla.

—Elías es un loco rematado, es realista; pero con un fanatismo que le llevará hasta el martirio.

—¿Y quiere a esa joven?

—No sé: yo lo dudo. Coletilla no ama más que al Rey, mejor dicho, al Príncipe real.

—Pues bien: a ver cómo me introduces en esa madriguera.

—Es preciso entrar de ocultis —dijo con la más maliciosa sonrisa el abate.

—¿Y qué sacamos de eso? —contestó en el colmo de la confusión Bozmediano—. Entro, por ejemplo, de noche: si alguna me ve, me creerá ladrón, chillará, y entonces... ¡bonita aventura! Además, Clara no está prevenida, no tiene relaciones conmigo. ¿Qué voy yo a hacer allí? Yo quiero introducirme sin que se sospeche nada, entablar amistad con ella.

—Tengo una idea —exclamó Gil golpeándose la frente.

—¿A ver?

—Usted va a entrar en un momento en que Clarita esté sola.

—¿Sola? Pues esos demonios, si salen alguna vez, ¿la dejarán allí?

—Sí.

—¿Y cuándo salen?

—Yo me encargo de averiguarlo y de arreglar eso.

—Explícate mejor.

—Lo primero que usted debe hacer, señor don Claudio, es escribir una carta a la niña. Yo también me encargo de eso.

—Bien: ellas salen; probablemente la dejarán encerrada. ¿Cómo entro yo? ¿Voy a estar descerrajando puertas?

No, señor: usted entrará cómodamente y sin ruido.

—A ver cómo es eso, diablo de abate.

—¿Recuerda usted aquel vestido de abate que yo tenía allá por los años 10 y 12?

—¿Qué he de recordar yo? —dijo Claudio, picado y curioso.

—Calma, amiguito —contestó don Gil, poniéndole la mano en el pecho—: ¿recuerda usted mi gorro y mis calcetas, un primor de costura y de corte?

—¿Y qué tiene eso que ver con la...?

—Vamos allá. Pues ese traje, ese gorro, esas calcetas, me las hicieron doña Nicolasa y doña Bibiana Remolinos, personas eminentes en el arte de coser, a quienes tendré el gusto hoy mismo de presentar a usted.

—¿Pero qué jerga es esa? ¿Qué demonios tiene eso que ver con lo que te pregunto?

—Usted no cae en la cuenta —contestó el socarrón del abate— porque no sabe que esas dos señoras viven en la misma bohardilla en que hace diez años vivió la hija del herrero, Josefina Pandero, de quien anduvo tan enamorado el conde de Valdés de la Plata; es decir, en el número 6 de la calle de Belén. Yo anduve en el asunto.

—Ya recuerdo haberte oído contar algo de eso. ¿Pero qué tengo yo que ver con Josefita Pandero ni con esas señoras Remolinos...?

—Usted no comprende lo que quiero decir, porque no recuerda que el conde de Valdés de la Plata, no pudiendo sonsacarle la niña al herrero, que la guardaba como si no fuera mujer, alquiló la casa inmediata, y no paró hasta abrir una comunicación que le permitió profanar el hogar de aquel testarudo Vulcano.

—Ya...

—Pues... mis amigas las costureras viven en el numero 6, donde vivió la hija del herrero, y mis amigas las Porreños viven en el 4, donde vivió el conde de Valdés de la Plata; y en resumen, si una puerta, hábilmente hecha, permitió a un caballero pasar del 4 al 6, también abrirá paso del 6 al 4 untándoles las uñas a esas costurerillas, que, dicho sea de paso y en honor de la verdad, tienen para el pespunte unas manos que son una gloria.

—Ya comprendo. ¿Y esa puerta existe?

—¡Pues no ha de existir! Yo la he visto, yo respondo de todo: me encargo de averiguar cuándo salen las arpías, de llevar la cartita y de facilitar el paso...

176

—No es mala idea —dijo el militar—, y, sobre todo, mala o buena, yo la he de llevar a cabo. ¿Y qué haremos para que esa lechuza de Coletilla no nos estorbe?

—Coletilla no nos estorbará. De lo menos que él se ocupa es de la muchacha, cuyo porvenir no le importa un comino. Él no se ocupa más que de...

—¿De conspirar, eh?

—Pues ya. Amigo don Claudio, Elías es hombre fuerte y tiene amistades muy altas. Puede mucho, y así con su humildad y su melancolía es persona que maneja los títeres. Le digo a usted que se va a armar una...

—¿Con que conspiran? Si conspiran los realistas, es seguro que tú estarás con ellos, ¿no?

—Hombre, yo... —contestó Gil maliciosamente—, yo soy hombre de orden, y nada más. Si ando con Elías y me trato con los suyos, es solo por enterarme de sus manejos, pues...

—Siempre el mismo truhán redomado: nadie como tú ha sabido navegar a todos los vientos.

—Ya sabe usted, señor don Claudio —contestó Carrascosa—, que me acusaron de realista y me quitaron mi destino. ¿Yo qué iba a hacer? ¿Iba a morirme de hambre? Las ideas no dan de comer, amigo. Usted, que es rico, puede ser liberal. Yo soy muy pobre para permitirme ese lujo.

—¡Solemne tunante!

—Lo que hago es estar al cabo de todo. ¿Quiere usted que acabe de ser franco? Usted es buen amigo y buen caballero. Voy a ser franco. Pues sepa usted que esto se lo va a llevar la trampa. Esto se viene al suelo, y no tardará mucho. Se lo digo yo y bien puede creerme. Dice usted que soy un solemne tunante. Bien: pues yo le digo a usted que es un tonto rematado. Usted es de los que creen que esto va a seguir, y que va a haber libertad, y Constitución, y todas esas majaderías. ¡Qué chasco se van a llevar! Le repito que esto se lo lleva Barrabás, y si no, acuérdese de mí.

—¿Ya empiezan las facciones, eh? Pues es cierto que les darán que hacer, porque los liberales no se maman el dedo, amigo Carrascosa.

—¡Ah! —contestó el otro, riendo como un diablillo—. ¿Que no se maman el dedo? Ya verá usted lo que va a salir de aquí. Usted, Bozmediano, arrímese a buen árbol... Mire que se lo aconseja quien sabe lo que son estas cosas...

177

Pero volvamos al otro asunto. En lo concerniente a Clarita, voy a darle a usted un dato muy importante.

—A ver.

—Este Elías tenía un sobrino en Ateca. Clara estuvo allá hace unos meses. El sobrino es joven, decidorcillo, medio galanteador... ¿Necesito decir más?

—Vamos, ya pareció aquello —dijo Bozmediano con mucho interés—. Apuesto a que es su novio.

—Pues ganará usted. Yo estuve en Ateca en aquellos días, y supe que los dos chicos se querían. Me parece que se quieren todavía.

—¡Hola, hola!, ¿esas tenemos? —dijo Bozmediano amostazado—. ¿Y cómo hasta ahora no me habías dado esa noticia?

—Porque hasta hoy no había sabido que ese chico llegó y está en Madrid.

—¿En Madrid?

—Sí; pero se las compuso de tal modo, que llegar aquí y ser metido en la cárcel, fue todo uno.

—¿Pues qué hizo?

—Es muy aficionado a la política. Allá en Zaragoza hablaba mucho en los clubs. El chico estaba envanecido; llegó a Madrid; sus amigotes le llevaron a la Fontana; habló; a la mañana siguiente se mezcló en el tumulto de la procesión del retrato de Riego: chilló en la calle, alborotó, vino la policía, le echó mano y le llevó a la cárcel, donde está.

—¿Y su tío no procura sacarlo?

—Usted no conoce a esa fiera. Su tío, al saber que el muchacho era exaltado y que la echaba de orador, se puso hecho un veneno, fue a la cárcel, le riñó de lo lindo y ha roto con él, diciéndole que mientras tenga aquellas ideas no parezca por su casa.

—Ese hombre es lo más excéntrico...

—Sí, señor. Pero la pobre muchacha está seguramente pasando las mayores amarguras, y tendrá el corazón tamañito al ver lo que le pasa a su pobre amigo.

Bozmediano permaneció meditabundo algunos instantes. Después dijo con mucha calma:

«Ya sé lo que tengo que hacer».

—¿Qué va usted a hacer?

—Todo lo posible para que pongan en libertad a ese joven. Estoy seguro de que lo conseguiré.

—¡Hombre, pues es usted lo más raro!... No se comprende —dijo sonriendo y con asombro don Gil—. ¿Con que está usted haciendo el amor a la chica, y le va a poner en libertad al novio? Si digo yo que usted es tonto, don Claudio.

—No tengo duda alguna: le pongo en libertad. Veremos cómo ella lo toma. Haremos que sepa que yo le he puesto en libertad, yo.

—Buena la va usted a hacer. Estos entes caballerescos son incomprensibles. Ese muchacho será un estorbo más para nuestro plan, para el escalamiento y...

—No importa: allá veremos. Sobre lo demás, lo dicho, dicho... La carta, alejamiento de las arpías, la puerta del desván...

—Todo presto, todo arreglado. No hay más que hablar. Dios se la depare buena.

Después de estas palabras se separaron. El ex-abate, al partir, se reía con muy buenas ganas del joven militar, a quien quería servir llevado de miras ulteriores, esperando un ventajoso arrimo en aquella situación política. El otro se dirigió a su casa, pensando a la vez en la repugnante astucia de don Gil y en los peligros de su aventura.

El ardid amoroso que pensaba emplear Bozmediano era cosa muy común a principios del presente siglo, en que se conservaba aún la rigidez de los principios domésticos que habían hecho en tiempos anteriores una fortaleza de cada hogar.

En el siglo XVII, cuando nuestra nacionalidad vigorosa, original y profundamente característica, no había recibido influjo extranjero, los españoles se componían de otro modo: iban a su objeto por medios más violentos, más decididos, más románticos, que indicaban antes la pasión que la intriga; más bien la resuelta actitud del valor que el ingenioso intento de la astucia. Aquel fue el siglo de los raptos del convento, de las escaladas por el jardín, de las fugas, de los atropellos, de los sublimes atrevimientos. Entonces hubo un galán, según dicen (el Conde de Villamediana), que quemó su casa por el placer de sacar en brazos a una dama.

La irrupción de costumbres francesas, verificada con la venida de la dinastía nueva a principios del siglo XVIII, modificó esta como otras cosas. La sociedad que se imponía a la nuestra era menos grande, menos valerosa, menos apasionada; pero más culta, más refinada, más hipócrita. Con ella vinieron los abates, y vino la literatura clásica, fría, ceremoniosa, falsa, hipócrita también. La poesía pastoril, último grado de la hipocresía literaria, tuvo un renacimiento funesto en el siglo pasado. Al compás de los madrigales, los abates hacían el amor callandito en los salones. Los amantes, que componían versos de casto e insípido pastorileo, no podían entrar en las casas como aquellos a quienes encubría su dignidad, y entraban disfrazados o empleando los más extravagantes y rebuscados medios.

Con la sociedad nueva vino la moda nueva. Esta trajo las pelucas blancas, los peinados complicados e hiperbólicos; y con el artificio de estos peinados se creó el peluquero de las damas, hombre gracioso que entraba en todos los tocadores, y era tercero en toda intriguilla de amor.

Ningún siglo ha visto, como el decimoctavo, la astucia sirviendo al amor. Veíase a los amantes arrostrando la ridiculez de situaciones muy raras para poder hablar con sus damas. La casa era invadida; pero no como la invadían nuestros caballeros del siglo anterior, espada en mano, batiéndose con una turba de criados y dos docenas de alguaciles, sino astuta y solapadamente, engañando a las familias, abusando de la confianza o encubriéndose con un disfraz ingenioso y a veces grosero.

En 1821 estos procedimientos estaban aún en boga, y Bozmediano era maestro consumado en el asunto. Conocía el resorte de los barberos, de las terceras, de los abates, siendo muy diestro en el uso de disfraces, engaños y supercherías amables, como entonces se llamaban a estas cosas. Si no pudo emplearlos en la aventura que le vemos emprender, a causa de las singulares costumbres de las tres señoras, no fue culpa suya; y solo a los obstáculos y dificultades que presentaba el terreno, se debió, como él decía, que empleara medios un poco más violentos.

Capítulo XXI. ¡Libre!

Ante todo, Bozmediano, guiado por un sentimiento fácil de comprender, resolvió firmemente hacer cuanto en su mano estuviera para poner en libertad al pobre Lázaro. Servir al que podía considerar como su rival, le parecía un acto que podía asegurarle la benevolencia de Clara; y esta benevolencia, bien y astutamente dirigida, podía convertirse en amor. No procedía este como los amantes vulgares, en quienes la pasión no es más que un egoísmo un poco espiritualizado. En Bozmediano los movimientos de delicadeza y generosidad eran espontáneos y vehementes.

No le fue difícil conseguir lo que apetecía. El secretario del jefe político, informado por la policía, le dijo que el preso era un agitador, pagado por los amigos de la reacción; pero Claudio le disculpó cuanto pudo, diciendo que era un joven sin experiencia ni juicio; y al fin, después de muchos empeños y recomendaciones, se dio la orden para ponerle en libertad.

Bozmediano se dirigió a la Cárcel de Villa. Lázaro, después de la visita de su tío, había caído en lúgubre abatimiento. Aquella fiebre angustiosa que llenaba la imaginación de alucinaciones terribles, haciéndole sufrir tan grandes tormentos, había degenerado en lento marasmo, en un letargo moral que le embrutecía. Su inteligencia, tan viva y brillante en otras ocasiones, estaba adormecida; y recostado en un rincón, con la vista fija en el ángulo opuesto, sus ojos buscaban la oscuridad como único descanso. El descuido, el abandono, la atonía y un sopor estúpido se pintaban en su actitud.

Cuando le notificaron que estaba libre, tardó mucho en adquirir la completa noción de aquel cambio. Rehaciéndose un poco, creyó que a su tío debía semejante favor, con lo cual la persona de Elías ganó momentáneamente su afecto. Pero al salir encontró a Bozmediano, que le saludó con mucha cortesía, repitiéndole que estaba libre y podía retirarse a su casa.

Sintiose conmovido ante la generosidad desinteresada de aquella persona; pero pronto empezaron las dudas y la confusión. ¿Quién era aquel joven? ¿Le había favorecido por generosidad o por miras ocultas? No le conocía. ¿Por dónde sabía su nombre y que estaba preso?

Lázaro no pensó mucho en esto. Hablaron al salir, y le pareció que Bozmediano era bueno y honrado, dispuesto a la amistad y a las buenas acciones.

Cuando marchaban juntos por la calle de Atocha, el aragonés escuchaba las palabras de su desconocido favorecedor con la tranquila atención de la inferioridad; admiraba sus maneras, su entendimiento, su fisonomía, su modo de expresarse, y en aquel momento le pareció el más cumplido caballero que había visto. Comprendió también que era un joven distinguido, rico e influyente, y su admiración tuvo mucho de respeto.

«¿Pero a qué circunstancias debo este gran favor que usted me ha hecho? —decía Lázaro—. Quiero saber cómo podré pagar...».

Claudio, que quería eludir el verdadero motivo de aquel acto, divagó, dando a Lázaro una porción de señas que aumentaron su confusión: le habló de don Elías, de su pueblo, del club de Zaragoza, de la Fontana.

«En fin —dijo, decidido a salir del atolladero—: no quiero llevarme el mérito de una acción que no debe usted agradecerme. Cada cosa en su lugar. Yo le he puesto a usted en libertad; pero no he sido más que un intermediario».

Lázaro comenzó a ver oscura la situación. Paráronse, y se miraron. La sonrisa que en aquel momento se dibujó en los labios de Claudio, le pareció al otro cosa de muy mal agüero, y empezó a bajar a su favorecedor del alto pedestal en que le había puesto.

«Sí —continuó el militar—: no es a mí a quien debe usted este favor; es a una persona que debe de querer a usted mucho, según las apariencias».

Lázaro iba a pronunciar el nombre de Clara; pero se contuvo, porque multitud de pensamientos que se le agolparon a la imaginación le hicieron detener un buen rato fija la vista en el militar. Aquel tropel de pensamientos fue una serie de rapidísimas nociones que se borraban unas a otras, sucediéndose con precipitado vértigo. Ella le conocía, le había visto; Bozmediano era una agradable persona: este le había puesto en libertad; ella se lo rogó tal vez; ella le tenía lástima; él quiso complacerla. ¿A qué precio? ¿Con qué fin? ¿Desde cuándo?...

Por fin el aragonés se atrevió a preguntar quién era la persona a quien debía su libertad.

«Vamos —dijo Bozmediano con cierta vocecilla impertinente—. Bien sabe usted lo que quiero decir. No es necesario pronunciar su nombre. Es natural que se haga usted el desentendido. Como halaga tanto su amor propio el ser querido por persona de tanto mérito... No sea usted ingrato, joven, que ella no lo merece».

—No sé lo que quiere usted decir —manifestó Lázaro en el tono de un examinado desaplicado que se hace repetir la pregunta por retardar la contestación que no sabe.

Bozmediano habló más; pero vino a decir lo mismo. A Lázaro le parecía un agravio inferido a Clara el publicar su afecto, el depositar tan honesta y delicada confidencia en el conocimiento de un intruso, sí; porque Bozmediano era un intruso que se había metido a darle libertad sin que nadie se lo pidiese.

«Bien sabe usted a quién aludo —dijo Claudio, dándole una palmada en el hombro con llaneza y confianza—; pero como usted está tan orgulloso con ser novio de esa joven, se da usted ese tono».

—¡Oh!, no —repitió el sobrino de Coletilla avergonzado—. La verdad es que no sé quién es esa persona que usted dice.

Bozmediano estrechó la mano del joven aragonés y le hizo muchos ofrecimientos y protestas de amistad. El otro estaba tan aturdido, que le contestó mal y con poca cortesía.

«Sé dónde usted vive —dijo Claudio retirándose—: nos veremos. Y si no en la Fontana, a donde voy con frecuencia».

Y se separó. Cuando estuvo a alguna distancia, Lázaro sintió impulsos de correr hacia él para darle las gracias con mayor respeto; pero en él luchaban el orgullo y los celos. Le dejó marchar sin decir nada.

Bozmediano iba diciendo entre sí con mucha satisfacción:

«Muy vulgar, muy vulgar...».

Capítulo XXII. El «vía-crucis» de Lázaro

Lázaro continuó andando sin dirección fija. Su brusca y misteriosa salida de la cárcel, el conocimiento de Bozmediano y el aturdimiento producido por sus palabras, le impidieron por algún tiempo darse clara cuenta de su difícil y rarísima situación. Pero cuando se vio solo y anduvo un buen rato, empezó a comprender que no tenía a dónde ir, ni a quién dirigirse, ni con quién vivir. Las palabras dichas por el viejo no le dejaban duda respecto a su carácter. Era un realista fanático, un ciego amante de la tiranía. Con los ojos encendidos de cólera y el habla venenosa y fuerte, le había dicho que no fuera a su casa mientras no cambiara de ideas. ¿Qué hacer? Era imposible vivir con aquel hombre misántropo y cruel, melancólico y feroz como un fanático musulmán. ¡Cuán contrarias las ideas de uno y otro! ¿Qué podía hacer? ¿Fingir y ser hipócrita? ¿Aparentar un amor a la tiranía que le parecía criminal? «No: eso no puede ser», pensaba Lázaro. Además, en la agitación actual de los partidos, fingir semejantes ideas era peor que profesarlas. El viejo no podía admitirle en su casa. Entonces, ¿qué determinación debía tomar? ¿A dónde iba? ¿Volvería a Ateca? ¿Y Clara?

Al acordarse de su infortunada compañera, los pensamientos del joven tomaron otro sesgo. La idea de los pesares de aquella infeliz, condenada a vivir con un ser tan antipático, principió a atormentarle. Era preciso ir allá y ver lo que pasaba en la casa. ¿Pero cómo, si era imposible visitar a su tío?

¿Iba o no iba? La necesidad le apremiaba. Estaba solo, agobiado de extenuación, hambriento y desnudo. Doce cuartos era toda su fortuna; porque en el camino había perdido un doblón, y los gastos de viaje consumieron el otro. Entre tanto se acercaba la noche y no tenía dónde dormir. Si acudía a casa de sus amigos, temía no encontrarlos tan benévolos como la noche anterior. Además, eran pobres, tan pobres como él, y no podían darle agasajo.

Era preciso ir. También se le ocurrió tomar el camino de su pueblo y volverse allá. Conocía un arriero en el parador, que le llevaría de fiado. Pero ¿y Clara?

Estos eran sus pensamientos cuando acertó a pasar por la Fontana. Sintió gran algazara, parose maquinalmente y tuvo intenciones de entrar. «No —dijo dominándose—, no entraré». Y al mismo tiempo dio un paso hacia la puerta.

Sin embargo, atracción fatal le arrastraba hacia aquel recinto, abismo de sus primeras y más bellas ilusiones.

Los sonidos que allí dentro se oían retumbaban en su cerebro como ecos infernales de singular fascinación.

Retrocedió, volvió a avanzar, se consultó, discutió mentalmente, y al fin, uniéndose la curiosidad a su instintivo deseo de entrar, no dudo más y entró.

Estaban en una discusión muy acalorada. Por todas partes se alzaban voces, lo mismo en la región turbulenta del público que en la del club. El que estaba en la tribuna logró dominar el ruido y pudo hacerse oír; pero bien pronto los gritos ahogaron de nuevo su voz. Trataba de la vergonzosa derrota que habían sufrido los exaltados ante la autoridad de Morillo, y algunos habían llevado esta cuestión a un terreno personal. Celosos del decoro de la sociedad y del buen nombre del partido, algunos oradores denunciaban a los infames que, disfrazados con el nombre de liberales, iban a corromper a aquella asamblea, a hacer vergonzosos tratos en nombre del Rey, a comprar la elocuencia exaltada y a promover alborotos que no tenían otro objeto que desprestigiar el liberalismo y dar armas a la Reacción.

«¡Lobos —decía el orador— disfrazados de cordero, que vienen aquí fingiendo un amor a la libertad que no tienen! ¡Ofrecen oro a los oradores en pago de un discurso que exalte los ánimos de la multitud ignorante!».

—Sí: esos infames —decía otro orador—, son los que preparan las asonadas y los que apedrean las casas de los Ministros. El objeto de esta asociación es sostener una cátedra permanente de las buenas ideas, dirigir los sufragios; pero nunca patrocinar el libertinaje, ni el escándalo, ni la anarquía.

—No —gritó otro orador, en quien se fijaban las miradas de todos, y que se levantó lleno de ira a protestar contra las palabras anteriores—. No: aquí no hay traidores. Los que tal hacen no pertenecen a la raza de los humanos: no creo en ellos, y si los hay, que se digan sus nombres. Sepamos quiénes son; conozcámonos.

—¡Que se digan los nombres! —repitieron cien voces.

—Es preciso —decía el primer orador— purificar esta noble asamblea. Merced a los infames que la han corrompido, corren por la Corte injuriosas calificaciones de nosotros y de nuestro club. ¡Que esos infames salgan de aquí!

—¡Que se digan sus nombres! —respondió la multitud con un rugido.

—No —decía otro—: esa especie de hombres no existe.

—Sí existe —exclamó exasperado el primero—. Frecuentan este sitio personas que vienen a pagar con el oro del Rey el frenesí oratorio que enloquece al pueblo.

—¡Quién! ¡Quién!

—¿Quién de nosotros —continuó el orador—, no conoce al llamado Coletilla? Es un realista fanático, un malvado agente de la casa grande. ¿No le conocéis? Este hombre es una culebra que se desliza entre nosotros para corromper a los oradores jóvenes. Yo sé que muchos han recibido dinero en cambio de discursos muy calurosos. Las asonadas absurdas que vemos todos los días, ¿a qué se deben? No lo dudéis: ¡abrid los ojos, ciegos! Se deben al oro de Fernando de Borbón, al oro repartido por ese hombre insidioso, por ese Coletilla.

—¿Quiénes son los venales? Sepámoslo.

—Desconfiad de los autores de asonadas.

—Ese es algún amigo del Gobierno —exclamó señalando al orador un individuo que estaba en la parte del público.

—¿Amigo del Gobierno? —dijo el orador indignado—. ¿Por qué? ¿Porque amo la libertad sin licencia, la petición sin escándalo? Vosotros amáis la anarquía y cedéis a la venalidad. Me dirijo a los aragoneses, que en este sitio se distinguen por su lenguaje procaz y su amor a los alborotos.

—¿Qué se atreve usted a decir? —exclamó Núñez levantándose como una furia y apostrofando al primer orador—. ¡Qué injuria dirige usted a mis amigos, a mí!

—Sí, señores —gritó el otro—: desconfiad de los aragoneses. Un aragonés agitó las turbas el día de la procesión del retrato.

Algunos miraron a Lázaro que, mudo y helado, presenciaba aquella escena.

«Y no lo dudéis —continuó el orador—. El que habló en aquella ocasión era un vil instrumento de los agentes del Rey».

—¡Es este! ¡Aquí está! —exclamó uno, señalando a Lázaro a la atención de toda la asamblea.

—Sí: el sobrino de Coletilla.

—¡Sobrino de Coletilla! ¡Sobrino de Coletilla! —repitieron muchas voces.

Tumulto espantoso resonó en todo el ámbito. Todos se levantaron y miraron a Lázaro.

«¡El que habló la otra noche excitando a la rebelión!».

—¡Alborotador de la Plaza Mayor!

—¡El sobrino de Coletilla!

Estas últimas palabras eran el mayor padrón de deshonra. Núñez se levantó a defender a su amigo; pero no pudo: su voz no fue escuchada. Muchos que temían verse acusados, en cuanto vieron el aluvión que sobre Lázaro caía, descargaron sobre él toda su ira.

«¿Cuánto te dieron por los gritos del día de la procesión, prendita?» exclamó desde el rincón el augusto Calleja.

—¡Afuera con él!

—¡Fuera los traidores, fuera!

—¡A la calle, a la calle!

Lázaro trató en aquel momento supremo de desesperación de reunir todo su aplomo para hablar, para defenderse, para gritar, para decir a todos que era inocente, que era un infeliz, un pobre diablo, el último de los seres. No le escuchaban. No podía hablar ni para defenderse, ni para despreciarles: se doblegó bajo el peso insoportable de tanta mirada y de tanta cólera. La multitud redobló su furia al ver el estupor y la postración de su víctima, y tras las palabras vinieron los movimientos: le mandaron salir, le empujaron hacia la puerta, le echaron. El círculo en que le tenían se estrechaba cada vez más; el desdichado joven vio cien manos sobre su cuerpo; se sintió cogido, como si una culebra se le enroscara echándole fuertes nudos y apretándole en sus robustos anillos. El vocerío, el calor, la angustia, la vergüenza, le aturdieron hasta el punto de hacerle perder la claridad del conocimiento. Sintiose arrastrar sin ver quién le arrastraba; fuerzas descomunales tiraban de sus puños, le golpeaban la espalda, le impelían hacia fuera, sintió abrirse la puerta con estrépito, sintió que su cuerpo recibía una fuerte sacudida, sintiose arrojado y libre de aquellos brazos terribles; cayó al suelo. El ruido continuaba en torno suyo, formado principalmente de carcajadas infernales; pero al fin el ruido se alejó poco a poco: el infeliz comenzó a experimentar el dolor de la caída y el frío de la tierra. Estaba en la calle.

Permaneció en el suelo algunos minutos sin darse clara cuenta de aquel hecho, y el sudor que le cubría su rostro le produjo una impresión glacial. Entonces adquirió conocimiento exacto de su situación, y vio que estaba en el suelo, con la espalda apoyada en la pared, inclinada la frente, caído y revuelto el cabello. El sombrero rodaba a su lado, su ropa estaba desgarrada y sentía un dolor agudísimo en el codo izquierdo, duramente estropeado en la caída. El ruido de la Fontana resonaba como enjambre lejano: a los gritos se unían las palmadas, y una voz agitada y sonora se elevaba a ratos sobre aquella tempestad de entusiasmo.

Lázaro vio en torno suyo a tres pilletes que le contemplaban con burla, y uno de ellos atisbaba una ocasión oportuna para quitarle el sombrero. Los transeúntes principiaron a formar corro, y alguno llegó a inclinarse con curiosidad para ver si el caído estaba difunto o simplemente desmayado. Levantose, porque aquella curiosidad impertinente le molestaba tanto como el rumor que de la Fontana salía, y se alejó de allí, dirigiéndose a la Puerta del Sol. Los gateras le seguían, acompañados de algunos más; los serenos le dirigían de lleno la luz de sus linternas, y los transeúntes se paraban mirándole alejarse, seguros de que no era difunto ni estaba desmayado, sino simplemente borracho.

Subió la calle de la Montera, y preguntó por la calle de Válgame Dios, porque había resuelto dirigirse a casa de su tío. Ya no dudaba: su determinación era fija, y en aquel angustioso trance, la casa del fanático, en cuya puerta había de dejar sus creencias, sus sentimientos, le pareció un refugio de paz.

Después de todo, los pocos días pasados en Madrid habían sido continuado martirio, y la idea de la apostasía que en casa del realista se le obligaba a hacer, no le molestaba tanto. Estaba herido de muerte en la imaginación, es decir, flaqueaba por su parte más poderosa. Ya no era aquel joven ardiente que se creía destinado a grandes fines; era un pobre desheredado sin vigor de espíritu, sin esperanza y sin ideas. No sabía lo que pasaba, no podía medir la inmensidad del trastorno que su pariente le exigía, no estaba resuelto sino a echarse en brazos del primero que fuera capaz de consolarle.

Llegó por fin, después de preguntar mucho, a la calle de Válgame Dios. Vio el número de la casa, miró a las ventanas del segundo piso y había luz en las habitaciones. Sin duda estaba allí Clara, cansada de esperarle, desconfiada de verle otra vez. Entró en el zaguán y subió la escalera tan agitado y palpitante, que al llegar a la puerta se detuvo porque apenas podía respirar. Después de algunos segundos, en que trató de reponerse, alargó la mano, tomó el cordón de la campanilla y tiró muy suavemente, porque le parecía que iba a incomodar a su tío y a alarmar a Clara si tocaba más de lo necesario para hacer constar en el interior la presencia de un forastero. Pero la suavidad con que tiró su mano temblorosa fue tal, que la campanilla no sonó. Quiso hacerlo con más energía, y como estaba tan nervioso, tiró tanto que la campana atronó la casa. Lázaro se asustó, creyendo que Elías iba a salir hecho una furia, clamando contra el que así alborotaba. Largo rato pasó sin que nadie abriera: pero al fin distinguió alguna claridad al través del ventanillo; sintió pasos; una mano descorría la tabla, abriose el agujero y aparecieron dos ojos.

No eran los de Clara.

«¿Quién?» dijo desde dentro la voz de Pascuala.

Lázaro preguntó por su tío.

«Sí; pero no está».

—¿Vendrá pronto? Soy su sobrino.

Pascuala abrió la puerta y Lázaro dio un paso hacia adentro, sorprendido de no oír la voz de Clara.

«No vendrá ni pronto ni tarde, porque se ha mudao» contestó la alcarreña.

—¿Cómo?

—Como que se ha mudao hoy mismo. Yo estoy aquí todavía porque quedan algunas cosillas y el ropero grande, y estoy aquí pa cuidarlo; pero mañana me voy.

—¿Y a dónde se ha mudado?

—Aquí cerca, en la calle de Belén, en casa de unas señoras que llaman de Porreño, que le han cedío el cuarto segundo pa que viva solo.

—¿Y Clara? —preguntó Lázaro con mucha ansiedad.

—Esa hace ocho días que está allá viviendo con las señoras. El amo la puso allí porque se enfaó con ella.

—A ver, a ver, ¿qué es lo que dices?

—¡Ah!, ¿pero usted es sobrino del amo?

—Sí.

—Usted es aragonés. Dígame: ¿conoce por casualidad en Cariñena a Ventura Palomino, hermano de Jusepe Palomino, que casó con Colasa Sanahuja?

—No —contestó Lázaro impaciente—: no soy de Cariñena.

—¿Y sabe usted si ha parío la mujer de Antón Telares, hermano de mi novio Pascual, con quien me voy a casar la semana que entra, si Dios me ayuda?

—No sé, hermana; no conozco a esa gente. Pero diga usted, ¿por qué ha ido Clara a vivir con esas señoras?

—¡Ah! —dijo la alcarreña riendo con mucha gana—: no me acordaba de que era usted su novio. El amo la mandó allá porque decía que no la podía aguantar... pues... le diré a usted... el amo es así, un poco... Decía que era una niña como las del día, que era muy sardesca... Pero ella es muy buena, y no sé cómo la pobre no se ha podrío de tristeza en esta casa.

—¿Y salió con gusto de aquí?

—A la verdad, caballero... el amo tiene un genio, así... vaya. Las dos nos quedábamos muertas de miedo siempre que le veíamos entrar. No nos hablaba nunca, y de noche, después de acostarnos, le sentíamos dando unas patadas...

—¿Y por qué la mandó a casa de esas señoras?

—Vea usted, yo le voy a decir la verdad, porque es de la casa. Había un melitarito que se metió un día en casa, porque vino acompañando al amo, que fue herío en la calle. Después pasaba todos los días por ahí, y siempre que me encontraba en la calle me paraba pa preguntarme por doña Clarita. ¡Ay!, un día me vio mi Pascual hablando con él y por poco... mi Pascual tiene un genio del demonio, y cuando se enfaa... usted no supo cómo le pegó de cachetines al carnicero de ahí enfrente... Luego, como es una así... tan guapetona...

—Siga lo que iba contando: después sabremos lo que hace el señor Pascual —dijo Lázaro, impaciente por las digresiones de la criada.

—Pues decía que el melitarito, ofreciéndome dinero, quería colarse aquí.

—¿Y entró?...

—Espere usted y seguiré contando. No pasaba de la esquina, y el amo le alcanzó a ver algunas veces. Porque el amo, aunque parece que no ve nada, lo oserva todo.

—Y ella, ¿qué decía?

—Espere usted... Él me decía que quería entrar.

—¿Y qué decía él de ella?

—Que era muy guapa para estar aquí encerrada sin ver el mundo; que era una lástima que una mujer así viviera en compañía de un viejo tan feo y tan... Decía: «yo la sacaré de aquí».

—¿Y ella sabía que él decía eso?

—Sí: él mismo se lo dijo.

—Luego estuvo aquí —exclamó Lázaro con mucha ansiedad.

—Espere usted.

—Y ella, ¿qué decía de él?

—Que era una persona amable y de muy buen trato; que era buen sujeto y caballero muy cumplido. Un día se nos metió aquí. ¡Jesús, qué susto!

—Y ella, ¿qué hizo?

—Le dijo que se fuera.

—¿Y se fue?

—Ca: aquí estuvo hablando mil cosas.

—Y ella, ¿qué le decía?

—Que se fuera, porque la iba a comprometer; que si era verdad que se interesaba por ella, se marchara al momento, no dando lugar a que le vieran allí.

—Y él, ¿qué dijo? —preguntó Lázaro, que no cabía en sí de zozobra.

—Mil cosas, mil monerías. Lo cierto es que el amo entró y le vio. Se enfadó mucho, nos riñó mucho.

—Y a él, ¿qué le dijo?

—Nada. A nosotras nos estuvo riñendo todo el día. Después le dijo a doña Clarita que era una loca; que ya estaba cansao de sus coqueterías... cosas de viejo, porque ella, la pobre... por fin le dijo que la iba a mandar a casa de esas tres viejas para que la corrigieran y la enseñaran a buen vivir.

—Pero ¿por qué causa mi tío la llama loca? ¿Qué ha hecho?

—Naa; pero el amo dice que las ideas del día...

—¿Y qué más le dijo? —preguntó Lázaro, que no se cansaba nunca de las terribles respuestas de aquel fatal interrogatorio.

—Que debía aplicarse a la oración y a una vida santa.

—¿Y ese militar no la ha vuelto a ver más?

—Estos días le he visto rondando por la calle de Belén, y yo... me figuro...

—¿A ver? ¿Qué se figura usted?

—Me figuro... El militarito es muy pillo... apuesto a que se ha colado allá.

—¿Y usted no conoce a esas tres señoras? —dijo Lázaro, tratando de disimular la mala impresión que la anterior respuesta le había producido.

—No: el amo decía que son buenas, y que una es santa.

—¿Dónde viven?

—En la calle de Belén, número 4. Su tío vive en la misma casa. Ya las conocerá usted.

—Diga usted —preguntó Lázaro, después de una pausa, en que dudó si marcharse o prolongar más aquel coloquio doloroso—; diga usted, ¿ese militar es un joven alto, con bigotes negros?...

—Sí: un poquito más alto que usted; tiene una voz muy clara, y anda con mucha gracia, y se ríe con mucha gracia.

—¿No sabe usted cómo se llama?

—No, señor: lo iba a averiguar; pero como mi Pascual es tan celoso, tuve miedo. ¡Ah, qué hombre! Cuando se enfaa...

Lázaro estuvo un momento silencioso contemplando la bárbara efigie de aquella mujer, oráculo de su desventura. Después se hizo repetir las señas de la nueva casa, y salió.

Ya la determinación de ir allí era inquebrantable, y antes hubiera muerto que dejar de hacerlo. La curiosidad, los celos, la necesidad de encontrar una solución a aquella serie precipitada de dudas, le impulsaban hacia la nueva casa. ¿Y la abjuración exigida? Casi no pensaba ya en tal cosa. Sin duda alguna podía asegurar que el militar, de quien le habló Pascuala, era el mismo que le acababa de poner en libertad. ¡Nuevo y doloroso misterio! Hubiera dado muchos días de vida por saber todo con claridad, y al mismo tiempo se horrorizaba al pensar que iba a saberlo. La idea de la deslealtad de Clara, de su deshonra, era demasiado grande en su horror, y no le cabía en la cabeza. Lo que más le confundía era la extraña rapidez, la fatal impaciencia con que se precipitaban sobre él tantas contrariedades, tantas amarguras, que no le daban tiempo para buscar aliento y esperanza en su inteligencia y en su corazón.

Entró en la casa, y subió lentamente la escalera de la casa del siglo decimoctavo. No pudo prescindir de una sensación de respeto hacia aquellas tres damas, desconocidas todavía para él, que le parecían tres perfectos modelos de virtud. Tocó, y le abrió una de ellas. La decoración le afectó un poco: los retratos históricos de la antesala le miraron todos con sus ojos apolillados. Lázaro tuvo miedo. Precedido por Paz, atravesó por entre aquellas sombras que la débil luz del pasillo hacía más misteriosas, y entró en la sala.

Capítulo XXIII. La Inquisición

Cuando Coletilla, después de instalado en el piso segundo, manifestó a las señoras la probabilidad de que su sobrino fuese a vivir con él, Salomé se quedó un poco pensativa; pero María de la Paz dijo que no había inconveniente, supuesto que el joven, bajo la vigilancia y tutela de su tío, habría de tener el comedimiento y la dignidad que aquella casa imponía a sus habitantes.

Lázaro, precedido por María de la Paz, entró en la sala. Lo primero que vieron sus ojos fue a Clara, que estaba sentada junto a la devota y cosía con la cabeza baja, sin atreverse a mirar a nadie. Vio su turbación y su empeño en disimularla. Después miró a todos lados y vio a su tío, respetuosamente sentado al lado de Salomé, cuyos reales estaban plantados al extremo oriental de María de la Paz. Lázaro los vio a todos inmóviles, como figuras de palo: todos le miraban, excepto Clara, la cual insistía en acercar tanto los ojos a su labor que era difícil comprender cómo no se sacaba los ojos con la aguja.

Elías miró a Lázaro con asombro. Paz con asombro; Salomé con asombro, todos con asombro, y él mismo llegó a creer que era fantasma evocado, el temeroso espectro del sobrino de Coletilla. Salomé le indicó una silla con el dedo en que tenía las sortijas, y Paz le dijo con el registro de voz más desdeñoso y augusto:

«Siéntese usted, caballerito».

Cuando el joven dijo «gracias, señora», su voz resonó débil y dolorida, anunciando tanto sufrimiento y postración, que Clara no pudo menos de alzar los ojos y mirarle con súbita impresión de interés. Le encontró muy pálido y abatido; comprendió lo que el infeliz había pasado en aquellos días, y necesitó todo el esfuerzo de que su alma valerosa era capaz para no echarse a llorar como una tonta en presencia de aquellas tres rígidas damas y del furibundo Coletilla.

«Ya estas señoras saben lo que has hecho al llegar a Madrid», dijo Elías a su sobrino con mucha severidad.

Paz y Salomé fruncieron el ceño para que nadie pudiera poner en duda su indignación, Lázaro no contestó, porque estaba muerto de vergüenza, y en aquel momento las dos damas le parecían las dos personificaciones más perfectas de la justicia humana.

«¿Recuerdas lo que te dije cuando fui a verte a la cárcel?».

—Sí, señor: no lo he olvidado.

—Ahora vivo aquí, en casa de estas señoras, que nos han ofrecido a mí y a Clara un asilo.

—Solo por usted, señor don Elías —dijo Salomé.

—Ya lo sé: solo por mí —contestó el viejo—. Pero yo —continuó dirigiéndose a Lázaro—, si te llamé estando en la otra casa, ahora no me atrevo a darte hospitalidad porque...

—Señor don Elías —dijo Paz—, de lo de arriba puede usted disponer a su antojo. Ya sabe usted lo que hemos convenido. Solo lo hacemos por usted.

—Yo no puedo —prosiguió Elías, haciendo una gran reverencia—, yo no puedo decir a este muchacho que se quede en esta casa. Su conducta ha sido tan escandalosa, que no me atrevo...

—No hay falta, por grande que sea, que no pueda corregirse —dijo Salomé, mirando con sublime protección al desdichado Lázaro, a quien parecieron aquellas palabras el colmo de la generosidad.

—Efectivamente —dijo Paz en tono de enfática indulgencia—. Hay faltas tan enormes, que por su misma enormidad necesitan indulgencia. Mi opinión es que este caballerito debe quedarse con usted, señor don Elías, porque si no, ¿qué va a ser de él?

Elías manifestó comprender.

«¿Qué va a ser de él si continúa abandonado y sin guía? —prosiguió la dama—. Por lo que ha pasado podemos colegir lo que pasará. Sin el amparo de una persona tan virtuosa y magnánima como usted, ¿qué será de este caballerito, en quien han germinado las semillas de todas las malas ideas del día?».

—Yo creo que aún es tiempo, porque, aunque ha brotado la cizaña en esa tierra malignamente fecunda, con un buen sistema de educación podrá ser arrancada de raíz esa mala hierba, y aun expurgar y purificar la mala tierra —dijo Salomé, que, desde el tiempo en que los poetas le dedicaban madrigales había conservado gran afición a las alegorías.

—¿Qué te parece, Paula? —dijo Paz, que creía a veces que en aquella casa no podía emitirse palabra ni consejo de ningún valor, sin ser refrendado por el exequatur ortodoxo de la devota.

—Ella, que es una santa, dirá lo que se ha de hacer —exclamó Elías.

Mientras todos le pedían su opinión, la devota contemplaba el rostro del estudiante, como si quisiera leer en él su delito. Expresión de lastima afectuosa y aun de admiración ingenua brillaba en los ojos de doña Paulita, que en aquel momento parecía manifestarse naturalmente. Pero en cuanto advirtió que le pedían un consejo, recordó su misión, arqueó las cejas, y dio al viento la metálica voz con estas palabras:

«¡Oh! ¿Qué hay que consultar sobre este punto? ¿Quién dice si se debe perdonar al que ha faltado? ¿Quién hay tan poco cristiano que haga semejante pregunta? ¡Perdonar! ¿Que es grave la culpa? Mejor: por lo mismo necesita perdón y olvido. Y si fuera más delincuente, más pronto le perdonaría».

Paz y Salomé miraron a la par a don Elías para complacerse en leer en sus ojos la admiración que había de causarle tanta sabiduría.

«¿Cómo me consultan ustedes eso? —continuó Paulita—. Digan dónde hay pecadores para perdonarlos a todos. ¿Y os priváis de la alegría de perdonar? No solo digo a todos que le perdonen, sino también que le amen como si nunca hubiera pecado. Acordaos del hijo pródigo. Hoy es día de júbilo en esta casa, porque ha vuelto el delincuente, ha vuelto el que se creía perdido para siempre. Voy a dar gracias a Dios por haberme proporcionado el favor inefable de recibir en mi casa un delincuente cargado de culpas, de poderle decir: «levántate y no vuelvas a pecar».

Era fácil conocer en la mirada de la santa que hablaba en aquel momento con profunda verdad y gran convicción. El pecador se sintió conmovido de gratitud. Clara no hubiera hablado con tanta elocuencia; pero de seguro pensaba y decía interiormente cosas parecidas.

La devota se sonrió al concluir su homilía, acontecimiento rarísimo que hubiera sorprendido a todos si la preocupación de aquellos momentos les hubiera permitido repararlo. El joven vio aquella sonrisa en la boca de la que juzgaba santa (y lo era), y le pareció la cosa más natural del mundo. Se sintió aligerado de un gran peso, respiró tranquilo ante aquella profesión de bondad e indulgencia, y creyó asistir al juicio supremo.

«Visto el admirable dictamen de esta santa —dijo Elías—, porque es una santa, Lázaro, entiéndelo bien, te quedarás conmigo; pero en expectativa, en entredicho».

—No admito entredicho: perdón definitivo —dijo la devota.

—Bien: perdonado, pero sujeto a vigilancia.

A pesar de la actitud severa de las dos damas y de su tío, Lázaro experimentó cierto descanso moral en aquella casa. Advirtió a Clara silenciosa y apartada: no alzaba los ojos, no decía palabra.

Lázaro, siempre que miraba hacia aquel sitio, encontraba los ojos negros de la devota fijos en él con tenaz atención.

La escena se hallaba dispuesta de este modo: Paz y Salomé estaban sentadas en la actitud ceremoniosa que les era habitual. A la derecha tenían a Elías, y Lázaro se hallaba frente a ellas en la postura de un reo. Detrás de las dos viejas, Clara y la devota formaban otro grupo junto a un pequeño velador que sostenía la lámpara, cuya débil luz iluminaba aquel cuadro. El resplandor daba de lleno en el rostro del joven: en la sombra quedaban Clara y la devota, y los ojos negros, profundamente negros de esta, brillaban en el fondo sombrío de la sala con vivacidad felina. Las dos viejas, que volvían la espalda al segundo grupo, no veían nada; pero Lázaro, que estaba de frente, notaba la expresión atentamente curiosa y fascinadora de aquellos dos ojos, y se preguntaba qué podía haber en su fisonomía y en su persona que pudiera excitar la curiosidad infatigable de aquella señora.

Elías entre tanto no hubiera creído que aquel concilio ecuménico era decoroso, sin hacer un pomposo elogio de las virtudes de los tres venerandos restos de la ilustre familia de los Porreños.

«En verdad, señoras —dijo—, que no sé cómo agradecer tantas bondades. No sé a qué debo yo, persona de tan humilde origen, el que usías me traten con tanta benevolencia y me colmen de favores. ¿Qué he hecho? ¿Quién soy? ¡Ah! Usías son la bondad y nobleza misma. ¡Cómo se conocen la alteza del origen y la excelencia de la sangre! ¡Ah! ¡Usías se han propuesto ser redentoras de todos los que en torno mío me abruman a penas, amargando mi vida! ¿Y qué sería de esa pobre niña sin el amparo de usías, cuando las ideas del día han echado en su corazón tan perniciosas raíces?».

La devota dejó de mirar al recién venido y dijo:

«No me la riñan más, que bastante ha padecido».

Lázaro advirtió que Clara se estremecía, poniéndose roja como una amapola.

«No me la riñan más, que bastante la han reñido —añadió compungidamente la devota—. Yo respondo de ella. Yo sé que tiene buen fondo, aunque al exterior aparezcan los defectos de las pestilenciales ideas del siglo. Yo sé que tiene buen fondo: ¿qué importan las faltas más graves, cuando van seguidas del arrepentimiento?».

Lázaro advirtió que Clara hizo un movimiento, como si tratara de contradecir aquellas palabras; pero en su ceguera no supo ver, no supo apreciar que en aquel instante el alma de su amiga pasaba por el más duro trance de dolor y paciencia de que es capaz la naturaleza humana.

«Yo sé que se corregirá —continuó la devota—. ¡No se ha de corregir! Grandes pecadoras han sido santas. Ánimo, amiga mía. Con la vista fija en Dios, ¿qué se puede temer? Yo sé cómo se curan los males del espíritu, y mi amiga Clara aparece ya bajo la benéfica influencia de una reacción feliz. Perdonémosla también; yo respondo de que se corregirá».

A Lázaro le llenaron de confusión estas palabras. ¿Qué había hecho Clara? Estuvo casi dispuesto a levantarse, acercarse a ella y decirle en alta voz: «¿Clara, qué has hecho?». La miró y la vio llorar; miró a todos, buscando en aquellas caras de pergamino la solución de tan gran misterio; pero ninguna le reveló la culpa de la muchacha, ni aun la cara de la devota, que, después del sermón, volvió a fijar en él, desde el fondo sombrío de la sala, el intenso rayo de su mirada escrutadora y ansiosa, suficiente a turbar a otro menos tímido.

Capítulo XXIV. Rosa mística

«Hoy no he rezado nada» decía la devota a Clara al día siguiente de la entrada de Lázaro en casa de las Porreñas.

Estaban sentadas las dos en el sitio de costumbre. Doña Paulita tenía en la mano nada menos que a San Juan Crisóstomo. Clara bordaba en un pequeño telar. Su cara expresaba la más calmosa y profunda melancolía. En cambio la otra parecía muy inquieta, contra su costumbre.

El observador hubiera visto moverse sus labios, deletreando en silencio la lectura mística, mientras dirigía con súbita mirada los ojos hacia la puerta, los tornaba en derredor, miraba a Clara sin fijeza, y, por último, se quedaba con la vista fija en el espacio, como cuando nos abandonamos a la contemplación de lo que no está junto a nosotros ni donde estamos nosotros. A veces parecía prestar atención a algo que pasaba fuera del cuarto: salía, se paraba en la puerta poniéndose en escucha, volvía a entrar, se sentaba de nuevo, cogía el libro santo, leía un poco, pasaba con la vista hojas enteras, miraba a Clara, murmuraba un rezo, cerraba in folio, lo volvía a abrir, y así sucesivamente. Sin duda su espíritu vagaba sobre San Juan Crisóstomo, sin penetrar, como de costumbre, en las entrañas de la teología.

«Clara —dijo, después de meditar un momento—; Clara, ¿sabes que me parece que el cuarto donde se ha puesto al sobrino del señor don Elías es un poco estrecho?»

—¿Estrecho? —dijo Clara, afectando indiferencia—. No: para un hombre solo...

—¡Ah! —exclamó la devota—. ¡Cómo se pervierte la juventud del día! Porque un joven como ese, que parece tener buenos instintos... ¿No?

—Sí —contestó la otra sin levantar la cabeza.

—¿Usted no le conocía antes?

Clara, que quería guardar la más absoluta reserva, se decidió a decir una mentira. Se avergonzaba de una denegación; pero en aquellas circunstancias y en aquella casa, la verdad no solo la avergonzaba, sino que le daba miedo. Así es que dijo:

«¿Yo? No...»

—Es una lástima que se perviertan jóvenes así. ¡Ah! Pero no faltarán buenas almas que oren por ellos y les ayuden a salir de la miseria. ¿No?

—Es verdad —contestó Clara.

—Y cuando se tiene buen fondo como ese joven, es cosa fácil. ¡Ah! Pero usted me dijo que estuvo en el pueblo de donde es ese joven. ¿No estaba él allí entonces?

Clara, que no tenía costumbre de mentir, se vio muy apurada con aquella pregunta; pero evocando toda la poca malignidad de su carácter se dominó y mintió otra vez diciendo:

«No, no estaba».

—Y allí, ¿qué decían de él? —preguntó la devota, abriendo a San Juan Crisóstomo.

—¿Qué decían? —contestó la huérfana, mirando la labor lo más cerca que le era posible—: decían que era un joven muy leal, muy generoso, muy bueno y de mucho talento.

—Sí: ya se conoce que es un joven de buenas prendas —dijo la de Porreño, abriendo a San Juan Crisóstomo—. ¿Y tiene padres?

—Tiene a su madre —contestó Clara, bajándose para recoger una cosa que no se le había caído—; su madre, que es una cariñosa mujer, muy santa y muy buena.

—Pues ya... Bien se conoce que así había de ser —afirmó Paula, hojeando al santo—. Me figuro que será una mujer excelente.

—Así es.

—Bien merece ese joven que se le proteja. Cuando el alma es buena... ¿Quién no pecará alguna vez?

Al decir esto arqueó las cejas, miró el libro, hizo todos los esfuerzos imaginables para leer medio renglón, y después de emplear cinco minutos en tan importante tarea, volvió a hablar diciendo:

«¿No tiene ninguna hermana?».

—No, señora.

—¡Oh! —exclamó Paulita, dejando definitivamente a San Juan Crisóstomo—; me olvidaba de mi rezo. Hermana, con la conversación de usted, me he distraído. Vamos a rezar.

Pero en lugar de tomar el libro de oraciones, tomó un libro de Santa Teresa, y lo abrió maquinalmente. Clara tomó el rosario, mientras la devota empezó la salmodia con la vista fija en el libro y equivocándose a cada momento. En lugar de decir un Padre nuestro, decía una Salve, y se trastornó de tal modo el rezo, que al cabo de un momento se encontraron perdidas en un laberinto sin saber en qué parte del rosario se hallaban.

«¡Ah, qué cabeza la mía! —dijo la santa deteniéndose—; pero ¡ay!, con la conversación de usted me he distraído. Sigamos».

Pero en vez de pronunciar el Pater noster fundamental, que es lo que procedía para empezar de nuevo, clavó los ojos en el libro y maquinalmente leyó:

«De dos maneras de amor quiero yo ahora tratar: uno es espiritual, porque ninguna cosa parece le toca la sensualidad ni la ternura de nuestra naturaleza; otro es espiritual, y que junta con él nuestra sensualidad y flaqueza... —¡Qué distracción!» observó después.

Y apartó el libro con desdén, miró al techo y se estuvo quieta un buen rato, sin dar señales de vivir en este mundo, permaneciendo tanto tiempo inmóvil y con tal profundidad extasiada, que Clara se alarmó, y tuvo al fin que decidirse a tirarle de la manga, con lo cual la devota bajó del cielo.

«¡Ay, hermana! —dijo vivamente—; usted no sabe rezar el rosario; deme acá».

Y le quitó a Clara el rosario de las manos, lo tomó y empezó a contar las cuentas una por una con tanta escrupulosidad, que empleó lo menos diez minutos en tan difícil operación. Después rezó una *Salve*, a la que contestó Clara con un Pater noster: las dos se miraron. Clara tembló, porque creía que la devota la iba a reprender duramente, como de costumbre, por su equivocación; pero ¿cuál fue su asombro al ver que la santa desplegó suavemente los labios, se sonrió con una expansión inefable que nadie, absolutamente nadie, había observado jamás en aquella casa, y acabó por reír con franqueza y desahogo, cosa fenomenal y nunca vista en tan ejemplar mujer?

Pero Clara, aunque se sorprendió mucho, no dio importancia al hecho. La otra se sonrojó ligeramente, y tomando de nuevo el libro de Santa Teresa, dijo:

«Voy a ver si encuentro un pasaje que hay aquí recomendando la penitencia».

Hojeó el libro, y leyó:

«Sostenedme con flores y acompañadme con manzanas, porque desfallezco de mal de amores. ¡Oh, qué lenguaje tan divino es este para mi propósito! ¿Cómo, esposa santa, mátaos la suavidad? Porque, según he sabido algunas veces, es tan excesiva, que deshace el alma de manera que no parece ya la hay para vivir y pedir flores. —No, no es esto; a ver esto otro —dijo hojeando más—: Es, pues, esta oración una centellica que comienza el Señor a encender en el alma del verdadero amor suyo, y quiere que el alma vaya entendiendo qué cosa es este amor con regalo. —Vamos, tampoco es esto. No he de encontrar hoy el pasaje. Sigamos, hermana, en nuestro rezo».

Empezó formalmente el rosario. Paula dijo un Dios te salve el número de veces necesario; pero al llegar al sitio del Padre nuestro siguió diciendo Dios te salve hasta treinta veces, con tanta prisa, que no esperaba a que la otra concluyera su Santa María. Clara contestaba también muy a prisa para no quedarse atrás: así es que, por último, apresurándose una y otra, resultaba que aquello parecía una apuesta de velocidad en la pronunciación. Llegaron al fin sin aliento y muy cansadas. Paulita tuvo necesidad de respirar el aire libre, abrió el balcón y miró a la calle; hecho inusitado, cuya gravedad no comprendió Clara tampoco.

«¡Ay, que he abierto el balcón! —exclamó, comprendiendo la atrocidad que había cometido—. ¡He abierto el balcón!».

Y lo cerró con sobresalto como una monja que hubiera sorprendido abierta la reja del locutorio.

«Hermana —dijo después—, ¿sabe usted que he decidido no ayunar mañana?».

—Hará usted bien: es usted una santa; pero no ayune tanto, señora: eso no es bueno.

—Tienes razón, Clarita, y yo creo que esto que tengo es causado por el excesivo celo. Bien me decía el padre Silvestre que la piedad en demasía es perjudicial, porque mata el cuerpo, sin el cual el alma no puede tener fortaleza.

—Pero ¿qué tiene usted? —preguntó Clara un poco alarmada.

—No estoy buena —dijo la mujer mística restregándose entrambos ojos, como si los tuviera doloridos por la vigilia o cansados de mirar—. Siento un calor aquí dentro... y una agitación... Pero es del ayuno, hermana; es del ayuno.

—Pues debe usted moderarse. Descanse unos días.

—Sí, lo haré, y esta semana no rezaré oración doble como hasta aquí, y suprimiré horas por la noche.

—Ya lo creo. ¿No es bastante rezar una vez? Si es usted una perfecta santa.

—¿No le parece a usted que es bastante una vez? —preguntó Paula con mucha ansiedad.

—Sí; y debe usted tratar de reponerse.

—¿Cómo ha dicho usted, Clarita? ¿Reponerme? Veo que sabe usted dar muy buenos consejos.

—Reponerse, sí... Distraerse un poco... Salir...

—¡Salir! —exclamó la mística tan asustada, que Clara se arrepintió del consejo—. ¡Salir! y ¿a dónde?

—Pues... quiero decir... que usted debe procurar... pues... Cuando se está mucho tiempo encerrada en la casa la salud se quebranta... así es que... siempre es bueno... salir un poco...

—¡Clara! —dijo doña Paulita con la expresión de estupor y gravedad del que hace un gran descubrimiento—. ¿Sabe usted que su consejo es muy sabio? No creí yo... Es verdad. Eso ¿por qué ha de ser malo? Yo siento ahora que tengo necesidad de... salir, de andar, de respirar... Sí, es preciso.

Estaba inmutada. Parecía que en su espíritu y en su organismo se verificaba una crisis muy trascendental. Toda ella se dilataba, como si aquel día hubiera perdido de una vez la fuerza de concentración, la ligadura interna que la comprimía desde el nacer. No podemos explicarnos todavía nada de lo que por ella pasaba.

«Debe usted cuidarse, debe usted vivir» dijo Clara.

—Sí: debo cuidarme, debo vivir —repitió Paula en el tono de estupefacción que emplea el que oye por vez primera la solución concisa de un problema en que ha estado trabajando infructuosamente toda la vida—. ¡Debo vivir!

En aquel momento sus ojos miraban en derredor, asombrados, asustados, con melancolía y vaguedad, como el que no ha visto nunca un horizonte y lo ve por primera vez.

Pero de repente la dama se levantó agitada, se dirigió a su reclinatorio, se arrodilló, abrió el libro de horas, inclinó el rostro hacia él, ocultándolo entre las manos, y allí quedó sumergida en profunda y concentrada meditación. Reposaba sin duda en el seno de Dios, que tenía reservado a su santa el goce inefable de vagorosos y celestiales deliquios.

Durante el éxtasis, ¿quién podrá saber lo que pasó en aquella cabeza? Dios tan solo.

Capítulo XXV. Virgo Prudentísima

Visitemos a los dos huéspedes del cuarto segundo en la noche siguiente a la de su instalación. Prodigioso esfuerzo del genio doméstico de María de la Paz Jesús había podido acomodar dos camas en la habitación alta.

Lázaro acababa de acostarse en la suya, tratando de reparar las fuerzas perdidas; su tío velaba sentado en el sillón de vaqueta que junto a la cama tenía, y se ocupaba en hojear unos papeles, leyendo a ratos y escribiendo un poco algunas veces.

De repente el viejo se volvía; miraba a su sobrino, que no podía librarse de cierto temor cuando veía, dirigidos hacia él, aquellos dos ojos de lechuzo. Parecía querer hablar al joven de alguna cosa importante, y no atreverse por no tener confianza en su discreción. Después de la llegada de Lázaro a la casa, tío y sobrino no habían hablado nada de política. El fanático creyó que su protegido no era capaz de tener entereza y tesón para sostenerse en sus creencias. En tanto el exaltado liberal tuvo tanto que pensar en otras cosas, que relegó a segundo término aquella cuestión, y se acordaba poco de la apostasía que su tío le había exigido.

Lázaro cedía a la fatiga, se dormía lentamente, cuando el viejo dijo con voz fuerte:

«Lázaro, ¿duermes?».

—¿Qué? —contestó el muchacho, despertando sobresaltado.

—Voy a preguntarte una cosa. ¿Conocías en Zaragoza a un liberal que se llama Bernabé del Arco?

—Sí, señor —contestó Lázaro, que conocía y apreciaba mucho a aquella persona, orador y escritor de nota.

—Era de los exaltados, ¿eh? —indicó el fanático con mordaz ironía.

—Sí, señor: es de los que sostienen las ideas más avanzadas —contestó el sobrino, temeroso de pronunciar una palabra que ofendiera a su tío.

—Es... no: era, debes decir, porque pasó a mejor vida.

—Cómo, ¿ha muerto?

—Le han matado —dijo Elías con glacial indiferencia—. Mira la suerte que aguarda a los locos, depravados, ilusos y perversos. ¿Ves? ¡Así castiga el pueblo a los que le engañan! ¡Oh! Así deberían perecer los habladores.

El sobrino se calló; volvió el tío a su lectura, y no había pasado un cuarto de hora cuando se dirigió de nuevo al lecho del joven que, vencido por el sueño, dormía ya profundamente, y gritó:

«¡Despierta, Lázaro!».

Y despertó dando un salto, aterrado y convulso, como debemos despertar el último día, cuando suene la trompeta del Juicio. Aquel viejo le había de quitar también los únicos momentos de reposo que sus desventuras le permitían.

«¿Conoces aquí a un jovencito que se llama Alfonso Núñez, y a otro que se llama Roberto, conocido generalmente por el Doctrino?».

—Sí, señor —contestó Lázaro atemorizado, por creer que también le iba a participar la muerte de sus dos amigos.

—Buenos chicos, ¿eh? —dijo Elías, riéndose como deben de reír los brujos en el aquelarre.

El sobrino no contestó, contentándose con encomendar mentalmente a Dios a su buen amigo Alfonso Núñez.

«¡Tengo un plan!... —añadió el fanático con cierta satisfacción de sí mismo—, plan soberbio. Si supieras, Lázaro. Pero tú eres muy tonto y no puedes comprender esto. Son buenos chicos esos que te he dicho, ¿no? Así... muy exaltados, muy amigos de embaucar al pueblo y pronunciar discursos... pues, así como tú».

Lázaro se asustó más y comprendió menos.

«Esos chicos valen mucho. ¡Si supieras qué útiles son! Amantes de la libertad, habladores, impetuosos, entusiastas. ¡Ah!, no temo yo a estos... Lo harán bien. ¡Plan magnífico!».

Después, como si se arrepintiera de haber dicho demasiado, apartó la vista de su sobrino, murmuró algunas voces incoherentes, y volvió a hojear sus papelotes, escribiendo algo y gruñendo siempre, sin dejar de gesticular como si hablara con alguien.

Lázaro miró un buen rato la lívida faz del viejo realista, que, iluminada de lleno por la luz, ofrecía fantástico e infernal aspecto. Las orejas se le transparentaban, los ojos parecían dos ascuas, y el cráneo le lucía como un espejo convexo. Los singulares objetos que le rodeaban, o los que cubrían las paredes de la habitación, aumentaban el terror del estudiante. Aquel sillón de vaqueta, testigo mudo del paso de cien generaciones; aquellos cuadros viejos; los muebles de talla, exornados con figuras grotescas y de rarísima forma, daban a la decoración el aspecto de uno de esos destartalados laboratorios en que un alquimista se consumía devorado por la ciencia y las telarañas.

Después de cerrar los ojos, entregado por fin al sueño, el joven Lázaro continuó viendo a su tío con los objetos que le rodeaban. Representáronsele además las siniestras figuras de las señoras de Porreño; y en su soñar disparatado le parecía que aquellas tres figuras crecían, crecían hasta tocar las nubes y ocupaban todo el espacio: Salomé, como una columna que sustentaba el cielo; Paz, como nube gigantesca que unía el Oriente con el Ocaso. Después le parecía que menguaban, que disminuían hasta ser tamañitas: Paz como una nuez, Salomé como un piñón, Paula como una lenteja. Oía la frailuna voz de la devota; veía extraños y complicados resplandores, partidos de la lámpara del viejo; veía la rojiza diafanidad de sus orejas como dos lonjas de carne incandescente; veía la enormidad de su calva iluminada como un planeta; y por último, todos estos confusos y desfigurados objetos se desviaban, dejando todo el fondo oscuro de las visiones para la imagen de Clara que, no desfigurada, sino en exacto retrato, se le representaba, alzando la vista de una labor interrumpida para mirarle. En tanto le parecía escuchar siempre una voz subterránea que clamaba: «Lázaro, ¿duermes? Despierta, Lázaro».

A la madrugada su sueño fue más profundo. Despertó a las ocho, y en los primeros momentos tuvo que recoger sus ideas y meditar un poco para saber dónde estaba y qué cosas le habían sucedido. Su tío había salido. Levantose y se vistió. No sabía qué hora era; pero el hambre le hizo comprender que era hora de almorzar. Abrió la puerta, dirigiendo una mirada a lo largo del pasillo y a lo profundo de la escalera, y el primer objeto que encontraron sus ojos fue la figura de doña Paulita que subía lentamente.

«¿Ha descansado usted?» le preguntó con voz menos nasal e impertinente que de ordinario.

—Sí, señora: muchas gracias.

—¿No le falta a usted algo?

—Nada, señora.

—Pero querrá usted comer alguna cosa. Aquí acostumbramos desayunarnos a las siete. Es lo mejor. Pero son las ocho; mi tía es muy rigorista y ha dicho que puesto que usted no estuvo a las siete en la mesa, no puede almorzar. Esto es una disciplina necesaria. Bien sabe usted que sin disciplina no puede haber orden. Ahora no puede usted tomar cosa alguna hasta las dos de la tarde.

—Señora, no importa: yo... —dijo Lázaro, que era cortés, aunque estaba muerto de hambre en aquel momento.

—Pero no tema usted —continuó la devota, bajando la voz y mirando a todos lados—. Yo conozco que está usted desfallecido, y es preciso darle de comer. No salga usted de su cuarto.

Dicho esto, bajó muy ligera, procurando no ser vista. El joven sintió más encendida su gratitud hacia aquella señora, que ya había hablado en su defensa la noche anterior.

Al poco rato volvió la devota trayendo un desayuno que, aunque escaso, bastó para reponer el hambriento.

«Mi hermana no lo llevará a mal —dijo—; pero no se lo diga usted. Yo hago esto por usted, porque comprendo que en un cuerpo débil no tiene fuerzas el espíritu».

—Señora, no sé cómo pagarle tantos favores —contestó el mancebo sin mirarla.

A las siete de aquella mañana, mientras Lázaro dormía rendido de cansancio, se suscitó una gran cuestión en el comedor sobre si sería conveniente y disciplinario llamarle para almorzar. María de la Paz decía que no; Salomé dudaba, y la santa opinaba que sí. Las razones de la primera eran: que puesto que prefería el sueño a la comida, era preciso hacerle el gusto, con lo cual se iría acostumbrando a la disciplina. En vano quiso oponerse Paulita con gran copia de razones teológicas y morales, fundadas en el principio de mens sana in corpore sano: todo fue inútil. Sus palabras, oídas con respeto, no produjeron efecto. Elías decidió la cuestión, diciendo que su sobrino, además de liberal, era holgazán, y que había de renunciar a hacer de él nada bueno. Todos callaron y comieron. Clara no era admitida en la mesa común.

Volvamos arriba. Lázaro se comía la ración con gran apetito. La dama le hacía mil preguntas, y él le contestaba procurando ser lo más cortés que el hambre le permitiera. Las preguntas eran de esta clase:

«¿Creyó usted que no almorzaría hoy?».

—¡Ah, señora!, no...

—Porque yo no me olvidaba de que usted estaba sin comer.

—Yo le doy a usted las gracias.

—Pero usted no se lo figuraba —decía Paulita, ansiosa de apurar aquella cuestión hasta el fin.

—No, señora; de ningún modo... yo... sí... Pero... ya.

—Y su tío se opuso a que almorzara.

—¡Ah!, mi tío —dijo Lázaro, dejando de comer— es un... No: es un excelente hombre.

—¡Oh, sí! —dijo la devota mirando al cielo—, es un hombre ejemplar... un santo.

—Sí, sí: un santo.

Lázaro, nuevo en aquella casa, no había tenido ocasión de penetrar el carácter de la persona que tenía delante en el momento de su desayuno. Por este motivo nada le llamó la atención; por eso no supo que nunca sus bellos ojos habían tenido un resplandor tan vivo, ni que jamás voz de monja alguna entonó salmodias con tan melodioso timbre como el de la voz de Paula al decir: «¿Usted creyó que no almorzaría hoy?». En ella, sin embargo, había gran naturalidad; y no es aventurado afirmar que en ningún tiempo se cruzaron sus manos blancas y finas con menos afectación, a diferencia de aquellos crispamientos de dedos que usaba tanto para acompañar y adornar sus peroraciones.

«Aquí no será permitido que le hagan a usted daño alguno —dijo en el tono de quien hace una importante revelación—. No tema usted. Si ha cometido alguna falta...».

—¿Falta? —dijo el joven con tristeza.

—¿Pues no decían que era usted un gran pecador?

—¡Yo un gran pecador, señora!

—No será tanto como dicen... —continuó doña Paulita, con una sonrisa tan mundana, que no parecía puesta en boca de una santa.

—No —replicó el joven con efusión—; no es tanto como dicen, es verdad. Y si he de decirlo todo...

—Acabe usted —dijo la otra con mucho interés.

—Yo no sé qué falta he cometido —añadió Lázaro con melancolía—. Pero sí, faltas he cometido, no lo puedo negar...

—¿A ver, a ver, qué faltas? —preguntó con mucha ansiedad la favorita de Dios.

—Le diré a usted... —repuso él, preparándose a confesar.

—Comprendo: algún extravío de joven. La juventud está llena de peligros, y los jóvenes, si se les deja solos...

—Es verdad.

—Cuénteme usted. Yo quiero que usted se corrija. Tal vez la falta es mucho menos grave de lo que usted mismo piensa. Tal vez no pasa de ser una ligereza trivial —dijo con más ansiedad e interés Paula—. Dígame usted; yo le daré consejos... Cuénteme usted.

Lázaro permaneció pensativo un instante, y ya abría la boca para formular una contestación o una excusa, cuando Elías se presentó en la puerta. La devota se turbó un poco; pero un momento le bastó para reponerse. El realista se quedó muy sorprendido al ver a la dama y al observar los restos del almuerzo, mientras su sobrino se avergonzaba de haberlo probado.

«Pase usted, señor don Elías —exclamó ella con su unción acostumbrada—; pase usted: aquí estoy suplicando por amor de Dios a su sobrino que no le dé más disgustos. ¡Oh! Pero él se va arrepintiendo ya de los errores de su juventud. ¿Qué extraño es que la juventud peque, entregada a sí misma, sola por espinosos caminos? Le estoy recomendando la moderación, la cortesía, la prudencia. Pero veo que usted se admira de que le haya traído de comer. ¡Ah!, confieso mi falta. Pero no he podido resistir los impulsos de la compasión. He sido débil; no he nacido para el rigor, y confieso que no tengo carácter, como debiera, para sostener la rigidez de la disciplina. Si he cometido una falta, perdóneme usted».

Elías estuvo un rato sin saber qué contestar; pero tenía muy alta idea de la cristiandad de aquella señora para vacilar en probar cuanto hacía. Aquel acto le pareció una sublime prueba de caridad.

«¡Señora, qué buena es usted!» dijo.

—No es bondad, es debilidad. Conozco que hice mal.

—¡Señora, usted es una santa! Aunque él no merece lo que usted ha hecho, esto sirve para hacer resaltar más las virtudes de usted.

—¡Oh! —exclamó la elegida del Señor—, confieso que mi deber era seguir el dictamen de usted; pero no he podido resistir a un poderoso impulso de indulgencia. ¡Oh!, si siempre pudiera una salir victoriosa de sí misma...

—Mira, aprende —dijo Elías, volviéndose hacia Lázaro—; mira a esa santa; aprende lo que es nobleza, generosidad, virtud.

—No —dijo ella bajando los ojos—. Que no tome por modelo a esta pecadora.

—Aprende, Lázaro —exclamó con exaltación el fanático—. Aquí tienes a la misma virtud.

La santa hizo una gran reverencia y se marchó, dejando solos al tío y al sobrino.

Capítulo XXVI. Los disidentes de la Fontana

Aquella mañana no ocurrió más incidente que el que hemos descrito. Lázaro subió y bajó varias veces furtivamente y con pasos de ladrón, tratando de ver a Clara; pero le fue imposible. Esperaba verla en la comida; mas también, como el día anterior, se frustraron sus deseos.

Pusiéronse a las dos los manteles, y cada cual ocupó su sitio. La mesa era para doce cubiertos: ocupó un extremo María de la Paz, teniendo a su derecha a Salomé y a su izquierda a Elías, mientras la devota estaba erigida a la derecha de su prima. Al joven le pusieron enfrente, a tanta distancia del grupo principal, que para alcanzar su ración tenía que descoyuntarse los brazos. Sirviose primero una sopa que, por lo flaca y aguda, parecía de Seminario; después siguió un macilento cocido, del cual tocaron a Lázaro hasta tres docenas de garbanzos, una hoja de col y media patata; después se repartieron unas seis onzas de carne que, en honor de la verdad, no era tan mala como escasa, y, por último, unas uvas tan arrugadas y amarillas, que era fácil creer en la existencia de un estrecho parentesco entre aquellas nobles frutas y la piel del rostro de Salomé. Terminó con esto el festín, durante el cual reinó en el comedor un silencio de refectorio, excepto cuando Elías dijo que tanta esplendidez le parecía dispendiosa, y elogió la sobriedad como fundamento de todas las virtudes.

Después se rezó un poco, y las señoras se retiraron. María de la Paz había adquirido en el periodo de la decadencia el hábito de dormir la siesta, y ya durante los últimos Agnus Dei del rezo estaba haciendo cortesías con los ojos cerrados. Lázaro subió con el mayor desconsuelo, por no haber logrado tampoco aquella vez el objeto de su constante afán. Aventurose a bajar sin ser visto de su tío, recorrió lleno de zozobra y ansiedad el pasillo; pero nada consiguió. Todo estaba cerrado y en silencio, y sin duda los habitantes de la casa estaban sumergidos en el agradable sopor de la siesta o en el letargo espiritual de la contemplación religiosa. Solamente Batilo, el melancólico perro, que había perdido los hábitos de su raza y no sabía ni ladrar, estaba paseando su hastío por el comedor, rasguñando de cuando en cuando la puerta de un armario, donde probablemente yacían los exiguos despojos de la carne servida en la mesa aquella tarde.

Subió Lázaro desesperado; pero al ver a su tío medio dormido en un sillón no pudo resistir la influencia letal que en todos sus habitantes ejercía aquella región del fastidio; preparose también a dormir, y se tendió en su cama. No habían pasado diez minutos, cuando sintió fuertes campanillazos en el piso de abajo, y después la voz de Salomé unida a otras voces de hombre, entre las cuales creyó reconocer alguna. Levantose y se asomó a la escalera.

Eran cuatro personas que le buscaban, y la dama las dirigió al piso alto con muy mal humor. El joven reconoció entre aquellos a su amigo Alfonso y al Doctrino. Estos y otros dos, que Lázaro no había visto nunca, subieron. Coletilla los había sentido en su sueño de lechuzo, y despertando súbitamente se adelantó hacia la puerta.

«¡Hola, ustedes!... —exclamó de repente; pero mudando de tono en un instante brevísimo, dijo con afectada frialdad o indiferencia—: ¿Qué se les ofrecía a ustedes?».

Como Lázaro estaba puesto de espaldas a su tío, no vio que este puso el dedo en la boca e hizo una imperceptible seña al Doctrino. Después dijo haciendo un esfuerzo para aparecer complaciente:

«Ya comprendo: ustedes venían en busca de mi sobrino».

El joven estudiante tembló al pensar cuánto irritaría a su protector verle en compañía de aquellos exaltados.

«¿Por mí?» preguntó, estrechando la mano de su amigo.

—Sí —contestó el Doctrino, que comprendió lo que debía hacer.

—Sí: veníamos por ti —dijo Alfonso—. Tenemos una reunión esta tarde y queremos que vengas a ella. Es la reunión de los disidentes de la Fontana.

Lázaro creyó que su tío se iba a poner hecho una furia al oír hablar de las reuniones de fontanistas. Pero contra lo que esperaba, le vio tan sereno como si oyera hablar de un concilio ecuménico. Tampoco tuvo la suficiente perspicacia ni la suficiente memoria para hacerse cargo de que podía haber alguna relación entre las preguntas que el fanático le había hecho la noche anterior, y la visita de aquellos amigos.

«Sí, que vaya; ve» dijo Elías.

La confusión de Lázaro aumentó; pero antes de que saliera de su estupor, Alfonso le tomó del brazo, le condujo a la escalera y poco después estaban en la calle.

Los otros dos jóvenes nos son hasta ahora desconocidos, si bien es probable que les hayamos visto en el departamento bullicioso de la Fontana, precisamente en la noche fatal en que Lázaro fue arrojado del club. El uno de ellos, nacido en Algodonales, era de los contertulios más asiduos del barbero Calleja; y no es aventurado afirmar que intervino en la cuasi-trágica escena que en el primer capítulo referimos. Se llamaba Francisco Aldama, y por ser andaluz y bastante aficionado al trato de los lidiadores de toros, se le llamaba Curro Aldama, o el Curro. Doña Teresa Burguillos, feliz consorte del barbero, era un poco torpe para la pronunciación de los nombres propios, y solía llamar Aldaba al amigo y comilitón de su esposo. Era Curro Aldama o Aldaba exaltado fontanista, de crasa ignorancia, y con aquella osadía que acompaña siempre a los necios. Se la echaba de gran patriota, y no sonaba cencerro en Madrid sin que él tomara parte en la danza.

El otro era de muy diversa condición y figura. Sus aficiones literarias le habían hecho amigo del poeta clásico que hemos conocido habitando en el Olimpo de doña Leoncia, la semidiosa de la calle de la Gorguera. Allí conoció a Alfonso Núñez, con quien trabó amistad; y bien pronto, aunque las musas le fueron propicias (se estrenó en la Cruz, con buen éxito, un sainete pastoril suyo, titulado Anfriso y Cenobia), dejó las musas por la política, escribió en El Universal y en El Labriego, charló en los clubs, y se decidió por el partido exaltado.

Tenía mucho ingenio, dotes de orador y periodista; pero muy poca instrucción y una ligereza invencible. Frecuentaba la tienda de Calleja y el club de la Cruz de Malta; pero últimamente se aseguraba que pertenecía a la tenebrosa sociedad de los Comuneros, aunque él lo negaba. Lo cierto es que en la Fontana sospechaban de él, no sabemos si con fundamento. Se decía que era de los alborotadores pagados por la reacción; hasta que una noche, viendo que se le miraba con desconfianza, y aun se le hicieron alusiones picantes, desertó para no volver. Este era Cabanillas, joven de educación y talento, a quien no se podía ver sin repugnancia alternando con hombres desalmados como Tres Pesetas, Chaleco y el Maturero, que hemos tenido el gusto de conocer al principio de esta puntual narración.

«Chico —decía Núñez—, ¿sabes que hemos reñido con los de la Fontana? El lance de la otra noche nos ha obligado a romper con esa canalla. Estamos agraviados: también a nosotros nos han querido acusar como a ti; pero hemos alzado el vuelo y estamos fuera. Vamos a formar otro club».

—Me calumniaron —exclamó Lázaro—: yo no sé qué demonio me tentó a mí para hablar aquella noche.

—Si son unos mentecatos. Nada: allí se han figurado que no hay más liberales que ellos —afirmó Núñez—; y a los que defendemos la libertad verdadera y completa, nos llaman exaltados, alborotadores, y dicen que estamos vendidos.

—Ya les arreglaremos las cuentas —dijo el Doctrino.

—Pues oye —continuó Alfonso—, nosotros vamos a fundar otro club, el verdadero club revolucionario. A esos necios de la Fontana les ha dado ahora por predicar el orden. ¡Qué orden ni qué ocho cuartos! Nosotros predicaremos la violencia, porque sin violencia no hay revolución; sin extirpar los obstáculos y arrancarlos de raíz, no se puede transformar este pueblo. Nosotros vamos a predicar la democracia; vamos a proclamar la soberanía suprema, absoluta del pueblo, a combatir el trono y a señalar los que en la gran purificación que se prepara deben ser arrancados de raíz, exterminados y concluidos. Tú vendrás a nuestro club, ¿no es verdad?

—Veremos —contestó Lázaro muy preocupado.

—Nuestra idea —continuó Alfonso—, es combatir a esos republicanos tibios que van a las Cortes y a los clubs para sermonear sobre el orden y la moderación. Exterminio a esa canalla, a esos hipócritas.

—Sí —dijo el Curro—, porque si uno se deja dominar por esos tibios, se queda uno atrás; y no están los tiempos para quedarse uno atrás. Mucho tino, que el que ahora no saca algo...

Con esta conversación llegaron a la calle de la Gorguera y a la casa de doña Leoncia; subieron al cuarto del poeta, que era el punto designado para las reuniones preparatorias del naciente club. Conoceremos el cuarto del poeta con el nombre de La Fontanilla, calificación oficial con que le designaron aquellos jóvenes.

Acomodáronse como pudieron en las tres sillas y en la cama del poeta, mientras este se hallaba en el interior de la casa, al lado de doña Leoncia, poco atento a la política. El Curro se sentó junto a la mesa y mostró desde el principio gran deferencia hacia una botella que allí había, puesta sin duda por la previsora mano del poeta clásico.

«Vamos a ver —dijo Alfonso desde la presidencia, que era la cama—: a ver qué hacemos con esos liberales que nos calumnian y dicen que somos ebrios y agentes ocultos de la reacción».

—Combatirlos con razones —observó Lázaro—; demostrar que no somos agentes de la reacción. ¿Pero en qué se diferencian sus ideas de las nuestras? ¿No son ellos liberales? ¿No aman la Constitución?

—Pero la aman a medias —dijo el Doctrino—, porque no aman el verdadero sacerdocio de la revolución, que es destruir.

—Ya se ha destruido bastante —indicó Lázaro—: hagamos lo posible por llevar aunque no sea más que una piedra cada uno al gran edificio que se ha de levantar.

—Nada de eso: sin destruir es inútil pensar en edificar. Debemos señalar al pueblo cuáles son los enemigos, sus enemigos de siempre —dijo el Doctrino.

—Pues eso es lo que yo decía —afirmó Aldama, decidiéndose, después de grandes vacilaciones, a probar el contenido de la botella.

—Digo lo mismo —repitió Cabanillas—. Hoy estamos peor que antes: no hay otra diferencia sino algunas palabras más en nuestras bocas. Los ministros hablan de libertad, los diputados hablan de libertad, los de los clubs hablan de libertad; pero la libertad no se ve, no existe: es una farsa. Digo, señores, que prefiero a esta farsa los frailes de antes y el rey absoluto de antes.

—¿Pues eso qué duda tiene? —dijo Núñez—. No hemos conquistado más que unas cuantas fórmulas. ¿Y de eso quién tiene la culpa sino los liberales, que nos hablan del orden y vuelta con el orden?...

—¡Eso mismo decía yo! —exclamó el Curro, probando de nuevo la botella, que sin duda le había gustado.

—Enseñar al pueblo a pedir justicia; y si no se la dan, a hacerse justicia por sí mismo es lo que conviene —dijo el Doctrino.

—¡Cuánto han hablado esos hipócritas del hecho del cura de Tamajón, acusando al pueblo de que se hacía justicia por sí solo! ¿Pues qué había de hacer el pueblo, si veía que el Gobierno permitía la conspiración constante del Palacio real, y encarcelaba a los buenos liberales porque cantaban el Trágala?

—Es claro: lo que quieren es engañar al pueblo, infundirle miedo con su orden, y siempre con su orden...

—Mientras vivan ciertos hombres— dijo el Doctrino sombríamente—, nada adelantaremos. No conviene ahora decir quiénes son esos hombres que deben desaparecer; pero a su tiempo se nombrarán.

El Doctrino tenía algo de lúgubre, hablaba poco, y siempre con una lentitud melancólica que anunciaba en él pensamientos ocultos y un frío y siniestro cálculo que no quería dejar traslucir.

«Eso mismo digo yo» repitió Aldama, que estaba resuelto a no desairar la botella mientras tuviera dentro alguna cosa.

—Pues lo primero, señores —dijo Alfonso—, es constituirnos de cualquier modo que sea. Veremos si se encuentra un buen local donde podamos reunirnos en mayor número.

—Nos reuniremos al aire libre si es preciso. Lo que nos importa es buscar gente, y de eso yo respondo. Pasado mañana nos congregaremos aquí, y yo traeré a dos o tres amigos, que es como si trajera medio Madrid. ¡Verán ustedes qué mozos!

—Pues bien, hasta pasado mañana; tú vendrás, Lázaro —dijo Alfonso—. Yo mismo iré a buscarte. Quiero que no te desanimes ni te aburras. El porvenir es para nosotros, chico. Hay que hacerse lugar, porque esto está perdido. Las ideas van en baja, y fuerza es que la juventud sea lo que debe ser: la iniciadora y la reveladora de los grandes principios.

—Vendré —dijo Lázaro con poca determinación.

Levantáronse Alfonso y Cabanillas, y se despidieron. Lázaro hizo lo mismo, y los tres se marcharon. El Doctrino y el Curro quedaban allí. No es aventurado conjeturar que, al quedarse solos, la botella, a que tanta afición había mostrado Aldama, estaba completamente vacía.

Cuando se vieron solos y sintieron bajar la escalera a los otros, el de la botella dijo:

«¿Cuánto te ha dado ayer el tío Coletilla?».

—Mira —dijo el otro sacando cuatro onzas y algunos doblones de un bolsillo grasiento.

—¡Ah, marrajo! —exclamó Aldama, mirando con brillantes y ávidos ojos el oro—: dame siquiera una. Debo cuatro meses de casa y más de seis duros de prestado.

—Poco a poco: no hay que despilfarrar el tesoro del Rey —dijo el Doctrino, guardándose majestuosamente en el bolsillo el erario revolucionario.

—Vamos, Doctrinillo, dámela. Ya sabes que tengo apalabrado a Perico Tinieblas, el del Portillo de Gilimón, que es hombre pintado para estas cosas. Y lo que es en la Plaza de la Cebada, no hay chalán que no sea capaz de comerse al Gobierno a una orden mía.

—No: las cosas han de ir en regla. No puedo pagar sino a su tiempo: tengo esa orden. Pero no tengas cuidado que cuando esta asamblea principie a dar frutos...

—Dime: ¿y Alfonso Núñez, está en autos?...

—No, no sospecha nada. Es un inocente y un visionario. Es de los que se dejan matar por las ideas. Estos son los hombres que nos hacen falta: muchachos de talento y de buena fe que hablen al pueblo y le llenen de agitación.

—¿Y ese otro bobalicón que hemos ido a buscar hoy?

—Ese es chico listo también, pero de una inocencia angelical. Tenemos muchos de estos que son los que han de hacer la mejor parte sin costar nada. Cabanillas vale; pero ese no es tan barato: está el pobre muy mal, y hay que favorecerle. Ayer le encontré llorando en la casa; me dio mucha lástima. Él trabaja con repugnancia en nuestro asunto; pero no tiene otro remedio, porque está sin un cuarto.

—Pues mira que yo estoy también...

—Verás qué bien va a salir esto —dijo el Doctrino bajando la voz—. Y para entonces ya podemos contar con fondos. Los tiempos están malos, Currillo; y si uno no se agarra a los buenos faldones...

—Eso mismo digo yo. Pero ¿me das o no esa oncilla?

—Espérate a pasado mañana. Tengo orden de no repartir todavía.

El Curro y el Doctrino bajaron después de haberse despedido desde la puerta y a gritos del poeta clásico.

La Fontana de Oro sirvió al Rey y a la reacción más que los frailes y los facciosos, porque en ella había un cáncer que en vano trataban de cortar algunos hombres prudentes, expulsando a quien no era culpable. El cáncer de la venalidad continuó corrompiendo aquella asamblea, que no tenía un rival, sino una sucursal en la Fontanilla.

Capítulo XXVII. Se queda sola

Cuando Lázaro volvió a su casa, tembló en presencia de Coletilla. Pero bien pronto su terror se trocó en sorpresa al ver que, lejos de mostrarse indignado el viejo por haberle visto en compañía de los frenéticos de la Fontana, estaba un poco menos adusto que de ordinario, y hasta llegó a manifestar cierta benevolencia, que era en él cosa muy rara.

Aquella noche y a la mañana siguiente volvió Lázaro a intentar la difícil empresa de ver a Clara. Era cosa imposible, porque el sistema de clausura empleado en la joven por sus tres carceleras, por aquel Cerbero femenino de tres cabezas y tres cuerpos, era inexorable. Clara vivía peor que un cenobita, peor que esos prisioneros de que hablan las historias antiguas, sepultados en vida, cuerpos vivos para el dolor y los horrores de la soledad. ¡Dios tenga piedad de este infeliz!

Pero si Lázaro no podía verla, el abate Carrascosa pudo aquel día, con permiso de la devota, entrar a enterarse de la salud de su señora doña Clarita; y al hallarse con ella, sacó un papel del bolsillo y haciéndole señas de que callase, se lo dio a la joven furtivamente. Sin decirle una palabra, salió.

Clara se puso como la grana: su primer pensamiento fue romper la carta; pero se le ocurrió que podía ser de Lázaro. Tal vez el pobre muchacho se había decidido a escribirle, no pudiendo verla, y se valió del abate, que era sin duda su amigo. Guardó en el seno la carta, y esperó.

La devota no tardó en venir, y se sentó junto a ella.

«¿No sabe usted —dijo— que vamos esta tarde a la procesión del Divino Pastor?».

—¿Sí? —contestó Clara maquinalmente.

—Sí; pero usted no va. Han resuelto que se quede usted aquí, porque las jóvenes que están en penitencia no deben salir nunca de casa. ¿No piensa usted lo mismo?

—Lo mismo —dijo Clara, temblando por miedo de que le conocieran en el semblante que tenía una carta escondida.

—Vamos al balcón de una amiga nuestra, desde donde se ve todo perfectamente. Estará muy vistoso. De San Antón salen tres imágenes, y dicen que es también muy probable que salga el Cristo de las Llagas de la capilla de Santa María del Arco. Todo esto pasa por la calle de San Mateo, a donde vamos nosotras.

No dijo más. Ya estaba arreglada para salir. Su vestido era el de las grandes solemnidades, el mismo de otras veces; pero ¡cosa singular!, su toca estaba plegada en la frente con cierta presunción de monja novicia, presunción que no carecía de gracia. Su mantón, cuyo velo impenetrable le cubría otras veces completamente el rostro, aparecía ahora echado hacia atrás con una franqueza que el rígido dominico de la antigua casa de los Porreños habría calificado de desenvoltura.

Si Clara hubiera estado menos preocupada en aquel momento y tenido un carácter más observador, sin duda se habría de admirar al ver a doña Paulita afectada de distracciones intermitentes; habría notado que se sonreía con frecuencia, moviéndose sin cesar; que después se ponía muy triste, permaneciendo quieta y como abstraída; que luego le daba una especie de acceso de despecho, crispaba los nervios y cerraba los ojos, erguía el cuello y parecía atenta a ruidos lejanos, no escuchados de otro alguno. Aún hay más: si Clara no hubiera tenido el rostro tan inclinado sobre la costura como de ordinario, habría reparado que la devota se levantó, y acercándose a un pequeño espejo de cristal de roca (obra admirable del siglo XVII, adquirido en Venecia por el undécimo Porreño), se estuvo mirando por espacio de tres minutos con singular atención. Hay pruebas irrecusables de que jamás, en ningún tiempo, había reflejado la histórica superficie de aquel espejo la faz de la dama. También sabemos que aquella no era la primera vez que se miraba; que la noche anterior y el día anterior se había mirado también, observándose, sobre todo por la noche, con gusto y calma. Es indudable que medio cerró los ojos para verse no sabemos con qué grado de luz, y que recogió después los labios, mostrando a la curiosidad insaciable del cristal lisonjero las dos blancas y nacaradas filas de sus hermosos dientes. Este fenómeno nos ha obligado a trabajar mucho para descifrar ciertos misterios, cuyo conocimiento es necesario para la continuación de esta historia.

En el otro cuarto, María de la Paz y Salomé habían exhumado de las profanas gavetas unas vetustas vestiduras de seda valenciana, que habían sido en mejores tiempos elegante ornato de sus personas. Suspendieron en sus cabezas sobre solidísimas peinetas la mantilla negra de pesados encajes, y

Paz abrió una pequeña caja de cartón en figura de ataúd, que aún conservaba el perfume fiambre de las guanterías de 1790, y de esta caja sacó un abanico de doscientas varillas que, al desplegarse como la cola de un pavo real, hacía más ruido que una perdigonada. Salomé se colgó en la muñeca de la mano izquierda un ridículo, donde puso, además de sus espejuelos, un frasquito de esencias y otras baratijas.

«¿Y dejamos aquí a ese joven?» dijo Paz, mirando a su hermana con estupor.

—¿Cómo? No es posible —contestó la del ridículo con espanto—. Si queda Clarita en casa...

—¡Qué horror! Hay que llevar con nosotras a ese joven. Pero ¿qué dirán?... En esto entró la devota. Elías andaba por allí cerca.

«¡Qué dirán si llevamos con nosotras a ese joven!...» continuó Paz.

—¿A ese joven?... —repitió Paulita.

—Sí: ¿qué dirán? ¡Jesús! —exclamó Salome.

—Nada dirán —manifestó la devota, mirando para otro lado—. Es un servidor, un caballero que nos acompaña. Y, sobre todo, el mal está en las intenciones, no en las apariencias. ¿Qué pueden decir? Nosotras, es verdad que no necesitamos caballeros; pero no es indecoroso que ese joven nos acompañe. ¡Oh! No atendamos tanto a las preocupaciones del mundo.

—Pero si a ese joven le conocen por libertino —dijo Paz—, y le ven con nosotras...

Ante este argumento vaciló un momento la mujer mística, y casi no supo qué contestar. Pero no era persona que se dejaba vencer fácilmente en una disputa, y tomando fuerzas, prosiguió:

«¡Oh fragilidad de las cosas mundanas!... No temamos al qué dirán. Sobre todo, yo no creo que ese hombre sea un libertino. (Elías había entrado y escuchaba con mucha atención a la devota.) Tiene buen corazón, y si ha cometido algún error es por falta de experiencia y de guía. Pero yo le he comprendido bien, y sé que se enmendará, si ya no se ha enmendado, y está derramando lágrimas ocultamente por sus yerros pasados. Que venga».

Elías no la dejó concluir. Arrebatado de entusiasmo, alzó los brazos y gritó:

«¡Lázaro, Lázaro!».

Antes que Lázaro llegara, el realista se lanzó fuera, y le trajo o, más bien, le arrastró.

«Arrodíllate ahí —le dijo con voz fuerte, presentándole ante la devota—. Arrodíllate delante de esa santa. Ha dicho que tienes buen corazón».

Lázaro estaba perplejo, las dos viejas absortas, la devota satisfecha y Elías entusiasmado. Que quieras, que no, el joven tuvo que hincarse.

«Híncate, hombre, híncate —dijo el tío—. Ahora, bésale la mano».

Lázaro, que sin darse cuenta obedecía las órdenes violentas de su tío, besó respetuosamente la mano de la santa, y la tuvo estrechada un momento entre las suyas.

«Prostérnate ante la virtud —decía Elías—; tú, pecador indigno de ser perdonado. Ha dicho que tenías buen corazón. No, señoras: no lo tiene».

Doña Paulita hizo esfuerzos heroicos para aparecer con cierta dignidad arquiepiscopal en el momento en que Lázaro le besaba la mano, arrodillado ante ella; pero su decoro de santa fue vencido por lo mucho que empezaba a tener de mujer. Cuando sintió los labios del joven posados sobre la piel de su mano, tembló toda, se puso pálida y roja con intermitencias casi instantáneas, y una corriente de calor ardientísimo y una ráfaga de frío nervioso circularon alternativamente por su santo cuerpo, no acostumbrado al contacto de labios humanos.

Después de una pausa, principió a recobrar su aplomo y dijo:

«¡Qué locura! ¡Santa yo! Levántese usted, caballerito (no se atrevió a decir joven.) No he dicho más sino que confío en que tendrá buen juicio y se enmendará».

—¿Pues no ha dicho que te perdona las faltas que has cometido? ¡Qué virtud! ¡Qué heroísmo cristiano! —exclamó Elías—. ¿No te anonadas? Pero, hombre, levántate: ¿qué haces ahí de rodillas?

El joven se levantó, mientras Paz ponía fin a esta vehemente y conmovedora escena, diciendo fríamente y con desdén: «Vámonos».

—Prepárate a acompañar a estas señoras —dijo Coletilla.

Al estudiante le contrarió mucho este mandato. Él había oído decir en la mesa aquella mañana que Clara no iría a la procesión, y había formado sus proyectos para verla aquel día. La obligación de acompañar a las tres señoras le pareció la mayor desgracia que podía ocurrirle aquel día. ¿Pero cómo era posible resistir a las órdenes de aquel tirano? Lleno de despecho tomó su sombrero y bajó con las tres ilustres ruinas, que se llevaron una de las llaves de la casa, dejando a Clara la consigna de no salir del cuarto. Elías, que quedaba también en la casa, tenía la otra llave.

No hacía cinco minutos que las Porreñas navegaban hacia la calle de San Mateo, cuando llegó el abate Carrascosa muy presuroso y tocó a la puerta.

Elías bajó a abrirle.

«Venga usted, amigo; venga usted al momento» le dijo con agitación.

—¿Pero a dónde, hombre, a dónde? Está la casa sola. No puedo salir.

—¿Que no puede usted salir? —dijo el abate asombrado—. Pues buena la hace usted si no sale al momento y viene conmigo a donde yo le lleve.

—¿Pues qué hay, Carrascosa?

—Venga usted, y hablaremos por el camino.

—Hombre, la casa...

—Qué casa ni qué ocho cuartos. Cierre usted, y vámonos.

—Queda aquí esa muchacha.

—Pues déjela usted encerrada y venga, porque esto no es cosa para andarse con peros...

—¿Pero qué hay? Sepámoslo.

—Hay que si usted no viene ahora mismo conmigo a la Fontanilla... ya sabe usted... el club de esos muchachuelos... Si usted no viene conmigo, va a haber un conflicto.

—¿Pero qué es ello, hombre?

El abate no había inventado de antemano la mentira que necesitaba emplear para salir de la casa de Elías: así es que se vio aturdido por un momento; pero su astucia frailesca no le faltó.

«Pues parece que esos chicos están alborotados, y dicen que usted los ha engañado; que usted no tiene poderes de... de aquella persona; que usted...».

—¿Que no tengo poderes? —dijo Elías—. Cuidado con los niños. ¡Liberalitos al fin!

—Y parece que quieren armar un alboroto esta noche —dijo Carrascosa, seguro ya de la mentira que había de encajarle.

—¡Esta noche! —exclamó Elías, llevándose las manos a la cabeza—. ¡Esos chicos están locos! Lo van a echar todo a perder... Pero quién les ha dicho que esta noche... ¡Vaya con los niños! Pero voy allá al momento.

—Venga usted, porque si tarda...

—Voy, voy al momento. Cerraré la puerta y me llevaré la llave. No importa. Las señoras tienen otra.

—Vamos.

El abate había conseguido su objeto, que era alejar a Coletilla de la casa aquella tarde, pará que Clara se quedase sola. En tanto las esfinges se acercaban al término de su viaje, y Lázaro las seguía, revolviendo en su mente el plan que en un momento de colérica inspiración había concebido. Consistía este plan en dejar a las tres ruinas, en medio de la calle, cuando ellas estuvieran más distraídas con la procesión, y volver atrás. Pero esto tenía sus inconvenientes. ¿Cómo entraba en la casa? ¿Rompiendo la puerta? ¿Y su tío que estaba dentro? Terrible era aquella situación. ¡Vivir con ella y no verla! Oír que continuamente imputaban a aquella infeliz faltas y crímenes inauditos, y no poder acercarse a ella y preguntarle: «¿Qué has hecho?».

Las tres Porreñas marchaban acompasadas y pomposamente, sin proferir una palabra. Así llegaron a la casa desde donde habían de ver pasar la procesión, que era la casa de un clérigo llamado don Silvestre Entrambasaguas y de su hermana doña Petronila Entrambasaguas.

Capítulo XXVIII. El ridículo

Era don Silvestre un clérigo carilleno, bien cebado, grasiento, avaro, de carácter jovial, algo tonto, mal teólogo y predicador tan campanudo como hueco. Su hermana era una dueña quintañona, gruesa y muy pequeña, con la nariz del tamaño de una almendra y del color de un tomate, abultadísimo el pecho y el talle y las caderas tan voluminosas que le daban el aspecto de un barril. Las tres ruinas aristocráticas no hubieran nunca descendido en sus buenos tiempos a tratarse con aquel par de personas de baja extracción (porque eran hijos de un tocinero de Almendralejo, y él cuidó cerdos en las dehesas de Badajoz hasta que entró en el Seminario); pero en los tiempos de decadencia podían visitarse y tratarse, aunque siempre con cierto decoro, y estableciendo tácitamente la diferencia de las antiguas jerarquías. Se habían conocido en el locutorio de las Góngoras, en cuyo convento existía una monja perteneciente al linaje de los Entrambasaguas. La amistad de las Porreñas y don Silvestre y su hermana llevaba ya cuatro años de mutuas cortesías, de mutuas fórmulas urbanas y de confianzas decorosas.

Tomaron asiento las tres, y enteraron a sus amigos de quién era aquel joven que decorosamente las acompañaba. María de la Paz, en su afán de decirlo todo, expuso, con su lucidez acostumbrada, que aquel caballerito había estado en el camino de la perdición a causa de las malas compañías; pero añadió que ellas le protegían, y esperaban lograr traerlo al buen camino.

«¿De dónde eres, muchacho?» dijo el padre, que era muy brusco, muy francote, y trataba de tú a todo el mundo.

—De Ateca, en Aragón.

—¿Ateca? ¡Buena tierra! ¡Buenos torreznos! ¡Buena fruta!... ¿Y no estudias, hombre, no estudias?

—Sí, señor: estudio para abogado.

—¡Bueno está eso! —dijo el clérigo con risa brutal—. ¡Abogado! ¿De qué sirve eso? ¿Por qué no estudias Teología y Cánones?

—Algo de esto estudié en Zaragoza.

—¡Zaragoza! ¡Buena tierra! Buen carnero, buen lomo; pero no como en mi tierra, en Extremadura... porque yo soy extremeño. Dime, ¿por qué no has estudiado para cura?

—Porque no tengo vocación para esa carrera.

Doña Paz hizo un gesto de sorpresa y reprobación, como si el joven hubiera dicho una gran irreverencia. Después, acumulando en su rostro todos los rasgos de desdén y acritud de su gran repertorio, dijo:

«¡Ah!, señor don Silvestre, con mucha razón le sorprenden a usted los despropósitos de este joven; pero no tiene usted en cuenta que ha vivido hasta hace poco en el más lamentable extravío. Ya se corregirá; hay una persona que ha tomado a cargo su educación, y creemos que logrará el intento».

—¡Que no tenía vocación! —exclamó Entrambasaguas con voz de trueno—: eso es una irreverencia.

El estudiante bajó los ojos aturdido e indignado. Después miró como único consuelo a la devota, por ver si, como otras veces, salía a defenderle; pero la devota, que miraba también con atención contemplativa, pensaba en otra cosa que en defenderle.

«Mi señora doña Paulita —dijo el clérigo dirigiéndose a la rosa mística—, ¿sabe usted que he leído el libro De albigensium erroribus, y estoy conforme con lo que dice el padre Paravicino, que pietas in pietate contra ecclesia nulla contemnere pios? ¿Qué le parece a usted esta opinión? Porque a dæmonio numquam salus inveniatur. Vamos, diga usted que es gran teóloga».

Paulita no contestó; y otro menos bruto que el Padre Silvestre hubiera comprendido que aquella extemporánea consulta teológica la contrariaba mucho en tal momento. El instinto femenino se sublevó allí contra toda la unción consuetudinaria de la santa. No contestó, y ¡cosa singular!, la que siempre se había ruborizado cuando en presencia de los curas le hablaban de cosas mundanas, se ruborizó ahora porque le hablaban de Teología.

«Yo no sé... yo no entiendo... yo no he leído ese libro» contestó al fin, viendo que el majadero de Entrambasaguas repitió su pregunta, adornada con dos o tres festones más de latín.

—¿Pues no me lo recomendó usted aquel día que hablamos en el locutorio de las monjas con el obispo de Calahorra, cuando dijo usted aquello de San Dionisio Areopagita, que empieza...? ¿A ver cómo empieza? ¿No se acuerda?

—Yo no —dijo la devota muy colorada y muy inquieta por no hallar pretexto para mudar de conversación.

—¿Pero no me recomendó usted ese libro De albingensium erroribus? Si me dijo usted que era lo mejor que se había escrito... —insistió el majagranzas del clérigo.

Un rumor popular y el áspero tañido de los fagotes vinieron a sacar de apuros a nuestra amiga anunciando la procesión. Se dispuso ocupar inmediatamente los dos balcones: en uno se colocó el clérigo con María de la Paz y Salomé; en otro se colocó la gorda, doña Paulita y Lázaro. Un enorme tiesto, donde crecía con extraordinaria lozanía una adelfa, estorbaba la comodidad de estas tres personas. La gorda estaba en medio y era imposible acomodarse con holgura a causa de doña Petronila y de la adelfa. Pero al fin, después de mil cumplimientos, la devota se encontró en medio, teniendo a la derecha a Lázaro y a la hermana del clérigo a la izquierda.

La procesión empezó a desfilar. El clérigo hablaba por los seis, y hablaba tan fuerte que los transeúntes se quedaban mirando a los balcones. Algunos de los curiosos notaron en el rostro de doña Paulita una muy grande agitación, y el autor de este libro, que era uno de los que pasaban, notó con sorpresa (porque conocía de oídas su carácter) que entre la frente de la dama y los cabellos del joven, no había otra cosa que algunas hojas y una flor de la adelfa criada en el balcón. Lázaro no atendía al gentío ni a los santos ni a nada. El despecho por encontrarse allí mal de su grado le ocupaba todo.

En el otro balcón hacía don Silvestre detallado relato de las cofradías, pendones, estandartes, imágenes y corporaciones que iban desfilando. Salomé ostentaba en su muñeca el ridículo, que caía sobre el antepecho del balcón, ofreciendo al asombro del numeroso público los vivos colores de sus mostacillas azules y de sus lentejuelas doradas. Era el tal ridículo primorosa obra, en cuya elaboración tomaron parte las delicadas manos de su dueña; obra del siglo pasado y del año 94, en que la dama lo lució en los paseos de la Florida los días de invierno, con gran aceptación de la juventud de entonces. Salomé profesaba mucho cariño a aquella prenda, porque le parecía que al ceñirla a su muñeca llevaba consigo un amuleto de perpetua juventud.

«Se te va a caer» le dijo su tía, viendo cómo se balanceaba la prenda sobre el antepecho del balcón.

—No se cae —dijo Salomé, que gustaba mucho de lucir en las grandes solemnidades aquel mueble hereditario, y creía que desde la calle hacía un efecto magnífico.

La ordenada turba de monagos, clérigos, cofrades, archicofrades y penitentes seguía desfilando. La gorda y su hermano se hacían lenguas cada vez que pasaba un estandarte, una cruz. El codo de Lázaro tocaba el codo de la devota, y esta tenía cruzadas las manos, y la cabeza inclinada a un lado, porque sin duda le halagaba el suave roce de las adelfas. Después se pasó la mano por los ojos como si apartara un velo imaginario.

Cuando la procesión estaba en su lleno, digámoslo así, un grito resonó en el balcón inmediato. ¡Oh dolor! El ridículo de Salomé había caído a la calle.

«¡Y está en él la llave de la casa!» dijo Paz con terror.

Lázaro no necesitó oír más; su determinación fue rapidísima. Se quitó del balcón, y dijo vivamente:

«Voy a buscarlo».

El ridículo cayó sobre las cabezas de los transeúntes; pasó de mano en mano, y fue arrastrado por la multitud de tal modo, que un momento después de caído estaba a gran distancia. Lázaro, que vio esto, bajó rápidamente, llegó a la calle y atravesó, con mucho trabajo, por entre la multitud. Su determinación era decisiva.

«¡Qué feliz coincidencia! —decía para sí—. Allí está la llave: la tomo, corro a la casa, abro; el viejo debe estar arriba durmiendo la siesta: entro, la veo, la hablo, la digo... qué sé yo lo que le voy a decir... y me vuelvo a escape. Si las viejas sospechan, inventaré cualquier mentira. No hay más remedio».

Al fin llegó jadeando y con mucha fatiga al extraviado ridículo. Lo tenía una mujer que lo estaba registrando, y viendo que no contenía cosa de valor, no parecía mostrar gran empeño en conservarlo. Lázaro lo tomó. El oleaje del gentío le había llevado a gran distancia de la casa de Entrambasaguas. Desde el balcón no podían verle. No dudó más, y echó a correr por una de las calles transversales hacia la casa.

La ansiedad propia de la situación y la marcha precipitada le agitaron de tal modo, que tuvo que detenerse para respirar. Por fin la vería sin duda. Llegó a la casa, entró, subió la escalera; pero antes de resolverse a abrir se detuvo, y necesitó apoyarse en la pared, porque la agitación le había quitado las fuerzas. Pensó que ella se asustaría al verle entrar tan descompuesto, al sentir abrir la puerta. Por fin, con la mayor cautela, puso la llave en la cerradura, le dio vueltas y abrió muy quedo. Entró, volvió a cerrar y dio algunos pasos. Era ya tarde: la casa estaba oscura; no veía nada. Anduvo a tientas un rato. Al fin distinguió los objetos, y siguió por el pasillo.

Silencio sepulcral reinaba en la casa. «Sin duda don Elías duerme arriba» pensó y siguió andando hasta acercarse a la puerta del cuarto donde Clara debía estar. «Para que no se asuste —pensó Lázaro, trémulo de emoción, como quien va a cometer un crimen—, lo mejor será acercarme a la puerta y llamarla muy quedito. Así no se asustará». Avanzó más, llegó a la puerta, y tomando aliento para pronunciar las dos sílabas de aquel nombre que amaba tanto, se paró, y con voz baja y conmovida dijo: «Clara».

Pero en el instante mismo en que pronunció esta palabra, se estremeció de sorpresa y terror. Un frío intenso circuló por todo su cuerpo; toda la sangre se le agolpó al corazón, que latía con violencia desenfrenada, y quedó inmóvil como estatua junto a la puerta. En el momento de pronunciar el nombre de Clara, había sentido dentro de la habitación una voz de hombre, una voz de mujer y pasos precipitados.

Pronto veremos lo que hizo.

Capítulo XXIX. Las horas fatales

A las cuatro de aquella tarde, cuando, después de salir las tres damas, Clara se encontró sola, quiso satisfacer su curiosidad leyendo la carta que le había dado el abate; pero observó que Elías andaba por el pasillo: tuvo miedo, y la guardó. Media hora después, habiendo Coletilla salido con Carrascosa, se quedó sola, enteramente sola y encerrada. Entonces abrió la carta. Era sin duda de Lázaro, y casi sabía punto por punto lo que había de decir. Pero su sorpresa fue grande cuando miró la firma y vio: Claudio.

«¡Claudio!, ¿quién es Claudio?» exclamó con la mayor confusión.

La carta decía así:

«Ya te he devuelto, amiga mía, a ese joven prisionero a quien tanto quieres. Yo le he sacado de la cárcel donde el infeliz estaba a punto de morirse de hambre y de frío; le he sacado tan solo porque es tu amigo. Ya sabes que tú y yo somos también verdaderos amigos. Ese joven parece que te quiere bien; pero no como yo, que te idolatro; y tan desventurado soy ausente de ti, que hoy voy a intentar verte y hablarte entrando por una casa vecina. No te llame la atención: estoy decidido. Por mí han salido esas tres viejas; por mí ha salido Elías; por mí ha salido Lázaro. Estás sola y encerrada; encerrada para todos menos para mí, que te veré esta tarde. No tengas miedo: solo quiero verte y hablarte. Te lo asegura, te lo promete el que te adora.— Claudio».

«¡Claudio! —dijo Clara, doblando la carta—: ¿quién es este hombre? ¡Y quiere entrar aquí! ¡Jesús, qué miedo! ¿Qué debo hacer? ¿Cerrar las puertas?».

Clara empezó a temblar de miedo; no podía tomar resolución ninguna. Por fin evocó todo su valor: se dirigió a la puerta que daba al pasillo, y le echó el cerrojo; después corrió a la puerta que comunicaba con la habitación inmediata con intento de cerrarla también; pero ya era tarde, porque Bozmediano entró muy tranquilo en el cuarto.

«¡Jesús! —exclamó Clara, retrocediendo con espanto—. Váyase usted, por Dios. ¡Qué atrevimiento!».

Pero no pudo seguir, y se echó a llorar.

«Váyase usted... Si vienen... Por Dios, señor caballero (no se acordaba del nombre.) Váyase usted... Usted es muy bueno y me dejará sola. Si vienen ahora, ¿qué van a decir?».

—No vendrán: tranquilízate —dijo Bozmediano, algo contrariado por aquel recibimiento—. Somos ya verdaderamente amigos. Hoy vengo a hablarte, a verte. Ya sabes que me he declarado tu protector.

En el sistema amatorio de Bozmediano estaba el tutear a las muchachas a la tercera entrevista.

«Yo no quiero que usted me proteja. Si estoy muy bien aquí» afirmó Clara con angustia.

—¿Bien aquí? —dijo el militar, cerrando los puños—. ¿Bien aquí? Como que voy a ahorcar a esas tres arpías que te están martirizando. Cuando pienso que un viejo fanático y tres mujeres ridículas están hoy en el mundo solo para mortificarte y asesinar lentamente a la más noble y amable criatura que ha nacido...

—Si a mí no me atormentan —dijo Clara, cuya atroz inquietud se manifestaba en un llanto entrecortado, que acobardó por un momento al galán aventurero—. Váyase usted, por Dios, yo se lo ruego, se lo pido por Dios y todos los santos.

—¿Irme sin ti? Eso no puede ser.

—Jamás consentiré yo en salir con usted —exclamó la joven con resolución—. Váyase usted, señor caballero (otra vez no se podía acordar del nombre): usted es muy bueno, yo lo sé. Pero si tarda un momento más en marcharse, le odiaré toda mi vida. Váyase usted, por piedad.

—Y si me voy, ¿qué va a ser de ti, pobrecilla? —dijo Bozmediano con melancolía—. Si yo te abandono, ¿qué va a ser de ti en poder de esos cuatro demonios? ¿Cómo he de consentir el crimen espantoso de este encierro, de esta soledad, de este marasmo, de esta tortura lenta que te aplican esas infames? No, Clara: tú me conoces muy bien en las pocas veces que me has tratado para saber que yo no puedo consentir tal cosa. Si yo te abandono pasará un día y otro día sin que nadie se atreva a hacer cosa alguna para salvarte. Este joven, a quien yo he sacado de la cárcel, tiene una imaginación disparatada; pero no resolución ni ánimo para sacarte de penas. Esta es la verdad: no esperes nada de quien nada puede ni nada sabe hacer por ti.

Créeme: no tienes más esperanza que yo. Y por mi parte, seguro estoy de que no te opondrás a mi resolución, que no tiene más objeto que tu felicidad.

—Pero si yo no quiero que haga usted mi felicidad —dijo Clara más inquieta.

—Pues entonces, ¿quién la va a hacer? Huérfana, sola en el mundo, rodeada de enemigos y de malvados, sin que haya nadie que se interese por ti...

—¡Oh! —dijo la huérfana vivamente, creyendo encontrar un gran argumento—: sí, sí tengo quien se interese.

—No, no lo creas, no. Ese joven no hará nada: le conozco, conozco su carácter. La prueba es que vive aquí hace días, que sabe tus sufrimientos y nada ha hecho por aliviarlos. ¿Ha intentado algo? No: yo sé que no. No se atreve.

—¿Que no se atreve? Sí, sí... Pero váyase usted, por Dios. Si vienen... No se detenga usted un momento más; yo se lo ruego. Me va usted a perder.

—Clara, Lázaro no hará nada por ti. Su imaginación está embebida en la política. No esperes nada de él.

—Sí, sí espero: me salvará. Estoy segura de ello —dijo dolorosamente la joven.

—¿Por dónde lo sabes?

—Él mismo me lo ha dicho.

—¿Él? No puede ser. Yo dudo que haya podido verte, según me han dicho.

—Pero me verá, me salvará. Yo no necesito de usted.

—Sí necesitas de mí. Tengo esa vanagloria, única recompensa del grande amor que te tengo —dijo Bozmediano con expresión clarísima de verdad.

—Pero si yo no le quiero a usted ni le puedo querer. No le he visto más que dos veces, y eso sin mi licencia.

—Ese poco tiempo ha bastado para que te quiera yo.

—Yo se lo agradezco a usted; pero cuando se vaya —dijo la huérfana—. ¡Qué modo tan raro tiene usted de favorecerme, asustándome de esta manera y comprometiéndome! ¡Ah! Váyase usted, por Dios. Van a llegar y le van a ver aquí. ¡Jesús, qué hombre!

—No vendrán. La procesión es larga.

—¿Pero si viene él?

—¿Quién es él?

—El viejo.

—Ese primero muere que venir.

—¿Pero si le ve a usted la vecindad? Y, sobre todo, aunque no le vean... Yo no quiero que esté usted más tiempo aquí; no le quiero ver.

Clara estaba tan consternada y era tan resuelta su actitud, que Bozmediano empezó a dudar del éxito de su aventura, y estuvo un rato indeciso.

«Clara —prosiguió sentándose con familiaridad—, tú no me conoces. No sabes de lo que yo soy capaz. Yo soy capaz hasta de sofocar mis sentimientos haciendo por tu felicidad el sacrificio de la mía. Tú no me conoces, ni aciertas a juzgarme, ni ves en esta empresa que acometo otra cosa que una intención dañada y vil. Si viera junto a ti a alguna persona capaz de sacarte de esta miseria, no me opondría a que me dijeras, como has dicho, que no me quieres ver. Yo dejaría entonces a otro el orgullo de quererte y hacerte feliz; pero esto no es posible. Tu situación es tan desesperada, que quiero salvarte a pesar tuyo, arrostrando hasta tu ingratitud, que es lo que más temo. Si me ves aquí, es porque nadie existe en esta casa que pueda ampararte».

—Bien: yo lo agradezco, señor caballero; pero déjeme usted. ¡Ay! Si Lázaro sabe que ha estado usted aquí...

—Si lo sabe, nada le importa. Él no piensa más que en política; ni en aquella cabeza hay la discreción y la astucia que tú necesitas para salir de aquí. En aquel corazón no caben más que las desenfrenadas y vulgares pasiones del pueblo, capaces tal vez de un hecho notable, pero inútiles para consolar a un ser débil y delicado.

—Sí, él me salvará: yo lo sé —repitió Clara un poco menos asustada y más triste.

—No, no lo esperes.

—Sí, lo espero. ¿Por qué no lo he de esperar? ¿Por qué me dice usted eso? ¿Qué sabe usted lo que él puede hacer por mí?

—¿Pero es posible que le quieras tanto? —dijo Bozmediano, que no creía encontrar tanta firmeza.

—Sí, le quiero. Pero usted, ¿a qué me pregunta esas cosas?

—Lo pregunto por saberlo —dijo con mucha calma el militar—. Ahora repito que tú no sospechas de qué acciones soy yo capaz. ¿Creerás que es posible, si me pruebas que le quieres tanto, que yo le comprenda en esta protección generosa que te consagro, y me interese por los dos tanto como ahora me intereso por ti? Pero falta una condición para esto. Dudo mucho que él te quiera como tú mereces, y si es como yo sospecho, le creeré un hombre indigno y le apartaré de ti cuanto pueda. Le saqué de la cárcel para probarte que procedo en estas cosas, como en todo, con buena fe y caballerosidad. Cuando te vi por primera vez, y comprendí lo que era tu vida, la poca esperanza de tu porvenir y la bondad de tu corazón, me dio tanta lástima, que... no sé... casi te amé desde aquel momento como ahora. Para mí fue entonces el amor tan poco egoísta, que no entraba para nada mi persona en las cavilaciones que día y noche ocupaban mi imaginación. Después supe que existía un joven a quien tú querías mucho; supe que este joven estaba preso y le puse en libertad por ti y para ti. Nunca tuve intención de apartaros a los dos; al contrario, mi deseo era uniros si él lo merecía. Pues bien: yo me he convencido de que él no merece tal cosa y es indigno de ti.

Clara no supo qué contestar a estas palabras.

Y a la verdad que no era fácil conocer si tan elocuente expansión de bondad y afecto era verdadero o simplemente un ardid galante de los que también usan los seductores.

«Sí; pero entre tanto —dijo la muchacha—, usted me compromete; usted me pierde para siempre. Si viene alguno de la casa y lo ve, o descubre que ha entrado aquí...».

—Nadie lo puede descubrir... ¿Pero es cierto, Clara, que quieres tanto a ese muchacho? —dijo Bozmediano, queriendo imprimir a sus palabras cierto tono de jovialidad, que estaba muy lejos de tener en aquel momento.

El joven galanteador había errado el tiro; el aventurero de amor creyó que había deslumbrado a Clara con la conversación de sus dos primeras visitas. Y era que tenía muy alta idea de sus propias dotes personales para dudar de que una muchacha sencilla, educada por un fanático, y sin conocer otras pasiones que las vulgares inclinaciones de aldea, pudiera resistir a ellas. Creyó asimismo que el hecho de poner en libertad al que podía considerar como rival influiría mucho en el ánimo de la huérfana. Él había empleado otras veces con mucho éxito procedimientos parecidos. Además, Lázaro le había parecido algo brusco, poco amable, poco digno de ser amado, poco interesante.

«Sí —contestó Clara—, le quiero. Se lo juro a usted, que dice que me tiene amistad».

—¿Y le quiere usted mucho?

—Mucho. Vaya, ahora se puede usted marchar.

El militar se quedó muy pensativo. Viose un poco ridículo en aquella situación; pero siempre triunfaba de su amor propio la bondad de su corazón. En aquel momento pensaba en renunciar por completo a todo y tratar por cualquier medio de contribuir a la felicidad de los dos muchachos.

«¿Pero no se marcha usted?» dijo Clara, volviendo a su inquietud.

—Sí, me marcho ya. Pero... no —añadió con determinación—, no puedo consentir que te quedes en este sepulcro. Me parece que si te dejo aquí no he de verte más. Pero ese hombre, ese exaltado, ¿en qué piensa?, ¿qué hace?, ¿cómo tiene alma para verte en poder de esas arpías, y no pegar fuego a esta casa maldita?

—Él me quiere —dijo Clara resuelta a decir todo lo que pudiera determinarle a marcharse.

—No: te dejará morir de hastío en esta cárcel. Lo sé; conozco bien a ese loco.

—¡Oh!, se interesa por mí: estoy segura de ello.

—¿Nada más que eso? ¡Se interesa!

—Padece mucho al verme así —exclamó Clara con dolor.

—¡Oh! Las tres pécoras de esta casa me la han de pagar. ¿Pero es cierto que te mortifican?

—¡Oh!, me consumo —dijo Clara, sin poder contener una triste franqueza.

—¡Malditas! ¿Pero ese hombre, qué hace?

—Hará mucho, hará lo que pueda. Es pobre...

—¡Pobre! —dijo él muy pensativo—. ¿Y qué esperas de una persona que solo podrá hacerte más infeliz? ¡Oh, juro que si ese joven no te corresponde, me la ha de pagar!

Bozmediano se levantó. En aquel momento la palidez de Clara aumentó súbitamente porque creyó que sentía abrir la puerta de la escalera; pero Claudio la tranquilizó diciéndole que se equivocaba.

«No temas nada —dijo prestando atención—: nadie puede venir».

—¿Pero a qué está usted aquí más tiempo? —dijo ella, repuesta del susto—. ¿No le he dicho ya lo que quería saber?

—Sí, y me voy. Ahora sí, me voy; pero es para volver.

—¿Otra vez?

—Sí: insisto en creer que no hay para ti más esperanza que yo. El marcharme ahora no quiere decir que te abandone, no. Me voy para ocuparme de ustedes; yo me enteraré de lo que vale ese muchacho. Si no es digno de ti...

En este momento una voz apagada, trémula y conmovida pronunció distintamente en el corredor la palabra «Clara».

La joven se quedó petrificada de espanto, y la mirada que dirigió a Bozmediano hizo comprender a este cuánto la había comprometido. El galán creyó que el mejor partido que podía tomar era marcharse muy quedo, seguro de que la persona que había dicho «Clara», con voz que no conoció no podía haberle sentido. Hizo señas a la huérfana de que callara, y se dirigió rápidamente, y con mucha cautela, a la puerta por donde había entrado. La joven no se movía, y solo en sus facciones se podía conocer su gran turbación.

Bozmediano salió. La voz dijo más fuertemente: «Clara, Clara, abre». Era la voz de Lázaro. Él sintió desde fuera que había un hombre en el cuarto; sintió sus pasos al huir. Después oyó en lo más interior de la casa ruido como de un mueble que cae, y corrió allá frenético de indignación y sobresalto. Entró en el comedor, luego en un pequeño pasillo que daba a un patio, subió la escalera que conducía al piso segundo y a la buhardilla; pero al llegar arriba, ya Bozmediano había desaparecido, y solo pudo ver un bulto que se ocultaba, cerrando vivamente una puerta desconocida. También le pareció ver la figura diabólica del abate en el momento brevísimo en que la puerta estuvo abierta.

«¡Bandidos!» gritó con voz terrible.

Nunca había sentido impresión tan fuerte. Trató de derribar aquella puerta misteriosa; pero manos muy fuertes lo impedían de la otra parte. Bajó como un loco, volvió al comedor, entró en la alcoba de la devota por donde mismo había entrado Bozmediano, y pasó al cuarto donde estaba Clara. Encontrola temblando, con los ojos llenos de lágrimas.

Cuando le vio entrar, la infeliz dijo, casi sin poder articular las palabras: «¡Ah! Lázaro, Lázaro, oye... te diré, espera».

Pero la voz se le anudó en la garganta, y no pudo hacer otra cosa que llorar como un niño.

«¿Qué me vas a decir? Calla —exclamó Lázaro con voz colérica—. Calla, y no hables más delante de gentes. ¿Aquí quién estaba...? ¡Ese militar...! ¿Pero es cierto lo que dicen...? Yo no lo había querido creer, aunque lo creían todos. Clara, Clara, ¿qué ha sido de ti, qué has hecho? ¡Yo no lo quería creer! Si todos los santos del cielo me lo hubieran jurado hace un mes, les hubiera dicho que mentían. Pero ya lo he visto, ya lo he visto».

La huérfana lloraba como si fuera culpable... Por fin pudo decir:

«Por Dios, escúchame. Yo te contaré».

—¿Qué me vas a contar? —dijo él más colérico—. Pero si voy a matar a ese hombre... ¡Oh! Clara —añadió transformando su ira en intenso dolor—. ¿Cómo has podido tú...? Yo estoy loco, sin duda. Lo que he visto es una locura.

—No... yo te explicaré —le dijo ella recobrando su valor—. Ese hombre, yo no le conozco... Un día entró en casa... me dijo...

—No me hables, no me mires... Todo lo he sabido. ¿Por qué mi tío te puso en esta casa? ¿Qué hiciste allá? ¿Por qué estas señoras te tienen encerrada y sin ver a nadie? ¿Qué has hecho? No te puedes disculpar, no. Soy un necio si hago caso de las disculpas que me vas a dar. Bastantes pruebas he tenido. ¡Y fui tan ciego que nada quise creer!... Nada más debo decirte... ¿Por qué te he conocido? Mía es la culpa; no tengo derecho para acusarte. Eres libre. Adiós.

Y salió muy a prisa sin esperar respuesta. Salió como un demente, y dio muchas vueltas por la casa sin saber a dónde iba. Si en aquel momento se le hubiera presentado su tío, reprendiéndole con su impertinencia acostumbrada, Lázaro le hubiera atropellado, le hubiera maltratado, hiriéndole tal vez. Al fin llegó a la puerta, trató de recobrar su serenidad, abrió y bajó. Una vez en la calle, sintió el corazón tan oprimido, que le fue imposible dejar de llorar.

Pero no le faltó calma hasta el punto de olvidar que las viejas le esperaban, y que su ausencia podía aumentar la gravedad de aquella aventura. Dirigiose a la calle de San Mateo, procurando por el camino dominar su agitación y disimular todo lo posible. Después de atravesar varias calles sin acertar con lo que buscaba, llegó a la casa de los Entrambasaguas. Felizmente aún duraba la procesión. Entró en la casa, subió y halló a Salomé en extremo impaciente, mientras María de la Paz se hallaba en un estado de irascibilidad terrible.

«Ha tardado usted más de una hora: ¿dónde ha ido usted?» exclamó mirando al joven con recelo.

—Señora... señora... —dijo Lázaro balbuciente—: no he podido... Se ha agolpado la gente en la calle... y me he encontrado entre la multitud sin poder volver. Después una mujer cogió el ridículo y echó a correr por esas calles. Ya se ve: tuve que seguir tras ella, y casi no la alcanzo.

—Vamos, caballerito... Si ha estado despejada la calle desde hace una hora.

Salomé se apoderó de la prenda que creía perdida y registró a ver si faltaba algo.

«Sin duda se ha ido a perorar a algún club» dijo cuando vio que nada faltaba y que le era imposible reprender a Lázaro por otro motivo.

—¡Hombre, hombre! —dijo Entrambasaguas—: ¿también tú charlas en los clubes? Eso es una iniquidad: mira que te condenas.

La devota no dijo nada: pudo su admirable instinto, que recientemente había adquirido extraordinaria fuerza, comprender que a Lázaro le había pasado algo durante su ausencia. No llegó a sospechar lo que fue, ni dónde fue; pero pensó mucho en aquello, mientras las últimas figuras de la procesión desfilaron por la calle.

«¡Ay!, vámonos que es tarde» exclamó María de la Paz.

—¿Ya se van ustedes? —dijo el clérigo, que no veía la hora de que se marcharan, porque desde la cocina llegaban a sus narices los olores de la olla de carnero que estaban preparando.

—Mi señor don Silvestre —dijo Paz—, no podemos detenernos, porque ahora no somos libres. Nos hemos echado encima una carga muy pesada: la tutela y educación de una joven que nos dará muchos disgustos.

—¿Qué es eso?

—Es una joven desamparada —continuó Paz—, que estaba en casa de un amigo nuestro, soltero grave, el cual no podía sufrir sus travesuras. Parece que ella es algo levantada de cascos; y viendo que no la podía sujetar, nos la entregó para que la corrigiéramos... Todo por amor de Dios.

—¿Y les da a ustedes disgustos? —preguntó con oficiosidad la hermana de don Silvestre Entrambasaguas.

—Todavía —contestó Paz—, la verdad sea dicha, no se ha portado mal; pero yo nunca me equivoco, y cuando a mí se me fija una persona aquí... (y señaló la frente) y aquella me parece que es una buena pieza.

Lázaro oyó esta apología de su infeliz amiga con toda la atención de que era capaz. Pero no se agitó más de lo que estaba, porque era imposible.

«¿Qué tienes, Paula?» dijo Paz a la devota, que estaba muy pálida y con muestras muy claras de no encontrarse bien.

En efecto: todos la miraron, y notaron en ella las señales de un malestar creciente. Tenía los ojos encendidos y el aliento penoso.

«Nada» dijo la devota, queriendo animarse.

—Sin duda se ha constipado en el balcón.

—Sí: corre esta tarde un airecillo, que ya, ya... —indicó el clérigo—; conque váyase usted a su casa, y abrigándose bien...

—Eso no será nada —dijo doña Petronila Entrambasaguas, que estaba muy impaciente porque ciertos olores, venidos en mensaje de la cocina, le anunciaban que el carnero se estaba quemando a toda prisa.

Las damas se dirigieron a la puerta. El clérigo se dio un golpe en la frente como quien recuerda una cosa importante, y dijo a doña Paulita:

«¡Ah!, señora mía, si tuviera usted la bondad de hacerme un favor...».

—¿Qué, señor don Silvestre?

—Que se dignara usted repasar un sermón que he escrito y voy a predicar en San Antonio el 17 de Enero. Usted que es gran teóloga y muchas veces me ha dado su opinión sobre otros grandes sermones míos, deseo que vea ahora este.

—Yo no entiendo de eso —replicó la santa con repugnancia.

—Sí entiende —dijo Paz complacida.

—¡Qué modestia! —exclamó Entrambasaguas—. La santidad unida al talento. Pero yo sé, aunque usted quiera ocultarlo, que es una gran teóloga. Si a veces la he estado oyendo con la boca abierta, como si oyera a todos los padres de la Iglesia...

Deje usted eso —murmuró la devota con visible disgusto—. Yo no entiendo de esas cosas.

—Es sobre el tema de la tentación quinta de San Antón. Bien sabe usted aquello, cuando el demonio se le presentó en figura de... de muchacha, pues...

Y corrió presuroso a su gaveta, cogió un legajo y se lo entregó a doña Paulita, que lo tomó del peor humor del mundo. Cayósele de la mano, recogiolo con presteza el predicador, y se lo volvió a dar, diciéndole:

«¿Pero está usted mala de veras? Veo que no puede usted tenerse en pie. Le tengo dicho que es bueno hasta cierto punto el ayuno, y nada más... y usted siempre en sus trece...».

—Esta niña, con sus ayunos y sus penitencias... —dijo María de la Paz.

—¿Quiere usted una taza de caldo? —preguntó el clérigo; y se interrumpió antes de concluir, porque su hermana, con tanta presteza como disimulo, le tiró del manteo, indicándole la indiscreción de la oferta que acababa de hacer.

—Gracias, no es preciso: esto no es nada.

—Recójase usted temprano —dijo la gorda—. No le conviene a usted tomar ahora caldo ni cosa ninguna. A casa —y poniéndole la mano en la frente, continuó—: Tiene usted mucha fiebre: a casa pronto.

La comitiva salió. El clérigo cogió el velón en sus robustas manos, y alumbró la escalera. Cuando ya estaban abajo, Entrambasaguas gritó desde arriba:

«Fíjese usted, señora doña Paula, en aquel pasaje que dice: 'Cuando en diluvio de soles con corpulenta, corpórea efigie al mundo vino...'. Por aquello de corpus corporum in corpore uno... Fíjese usted bien en este pasaje, que tengo algunas dudas sobre si...».

Doña Paulita no contestó ni miró siquiera al ramplón Gerundiano. Salieron a la calle, y Lázaro estaba tan enfrascado en sus pensamientos, que empezó a andar, dejando atrás a las dos señoras.

«¡Eh, caballerito! —dijo Salomé, que estaba muy biliosa aquella tarde—, ¿qué manera de portarse es esa? ¿Nos deja solas en medio de la calle?».

—¡Oh!, qué caballero tan cumplido hemos traído —dijo Paz, cuyo temperamento sanguíneo tenía aquella tarde, sin causa conocida, una irritabilidad inusitada.

Lázaro retrocedió y moderó el paso.

«Y bien podría usted —añadió la dama— portarse mejor delante de las personas extrañas. Ni siquiera ha saludado usted a aquellas... gentes (Paz usaba esta denominación general y vaga para designar a todas las personas que por su progenie estaban un escalón más bajo que ella en la jerarquía social.) ¡Qué dirán de nosotras! ¡Ah! Paulita, no puedes andar. Vamos, don Lázaro, dé usted el brazo a mi sobrina. Apóyate en don Lázaro, Paula, que estás muy mala. ¡Ah! Triste cosa es llevar por acompañante a un caballerito como este».

El aragonés balbució algunas excusas, y dio el brazo a doña Paulita. Andando, sintió que la devota pesaba en su brazo como si fuera de plomo. Iba muy arrebujada en su mantón y caminaba con dificultad.

«Va usted muy a prisa», dijo, pesando más fuertemente en el brazo del joven.

Lázaro moderó el paso.

«Ande usted un poco más» dijo después, aligerándose de peso, hasta el punto de que él se sintió arrastrado.

Lázaro avivó el paso.

«¡Qué noche tan clara!» exclamó ella deteniéndose y mirando al cielo.

Lázaro se detuvo y miró al cielo. Las otras dos marchaban detrás a alguna distancia.

«Nunca he visto una noche así. Nunca he visto las estrellas brillar de ese modo, ni moverse así... con esa vibración que parece que están hablando».

—¡Hablando! —dijo Lázaro muy sorprendido del símil de la santa.

—¿Usted extraña eso? —dijo ella, mirándole con tal fijeza e intensidad, que el mancebo creyó que dos estrellas habían bajado a esconderse en los ojos de Paulita.

—Sí: ¿no le parece a usted...?

—Señora, yo las veo; pero...

—Pues a mí me parece que las oigo.

En esto se cayó al suelo, desprendido de las manos de la dama, el manuscrito de Silvestre Entrambasaguas.

«Señora —dijo el joven, inclinándose para recogerlo—, observe usted que oo ha caído ese sermón».

—Déjelo usted —exclamó ella con mucha viveza; y tirándole del brazo para impedirle que recogiera el manuscrito, avivó después el paso.

—No hay duda —dijo Lázaro para sí—. Esta mujer tiene mucha fiebre; ya empieza a delirar.

Y entonces la mujer mística andaba tan a prisa, que bien pronto alcanzaron a las dos ruinas mayores. Mas pronto hubo de moderarse su ímpetu, y tan despacio iba, que tardó mucho para avanzar veinte pasos. Cada vez pesaba más la teóloga en el brazo del estudiante: al llegar a la casa, la enferma no podía ya dar un paso, y Lázaro le rodeó con su brazo la cintura para impedir que cayera. Érale imposible subir, porque la dama se inclinaba a uno y otro lado sin poderse tener. En tanto, el joven observaba que tenía demudado el semblante, cerrados los ojos, flojos y caídos los brazos; hizo un esfuerzo heroico, la cogió en sus brazos y la subió. La cabeza de la enferma descansó sobre sus hombros, y Lázaro notó que el contacto de su frente le quemaba el cuello.

«Tiene mucha fiebre» dijo, depositándola en el pasillo, porque Paz no le permitió que llegara a la alcoba. Entráronla en su cuarto las otras dos, bastante alarmadas con tan repentina desazón; pero pronto volvieron más tranquilas, y se fueron al comedor a cenar un salpicón que habían dejado preparado.

Reinaba en la casa profundo silencio. Lázaro subió escalera interior para irse a su cuarto; y al subir no pudo menos de detenerse, porque sintió una voz que le hería el corazón. Era la voz de Clara, que preguntaba o contestaba no sabemos qué cosa a la devota. El joven apresuró el paso para huir de aquella voz que no quería oír más.

Capítulo XXX. Virgo Fidelis

Lázaro no encontró arriba a su tío. Estaba el infeliz mancebo sumamente impresionado por el incidente ocurrido, y no cabía en sí de cólera, de amargura, de sobresalto. Imposible le era tranquilizarse, tanto más, cuanto que tenía siempre ante la imaginación la figura de Clara, de rodillas, con los ojos llenos de lágrimas y los brazos cruzados. Dábale compasión y después ira, sucediéndose tan atropelladamente estos dos sentimientos, que creyó sentir como una ebullición en el pecho y un vértigo en la cabeza. A los arrebatos del encono sucedía el abatimiento del desengaño, ignorando al mismo tiempo si amaba aún a aquella infeliz o si la despreciaba.

Pasaron las horas; la noche avanzó, y él continuaba en la agitación. No pensaba acostarse, ni sentía sueño, ni necesidad de reposo; antes al contrario, los impulsos de su naturaleza eran hacia la zozobra, la inquietud, el movimiento. Silencio lúgubre, no interrumpido por ruido alguno, reinaba en la casa. Parecía que todos dormían: él tan solo velaba sin duda; y saliendo al corredor, donde le causaba algún alivio el aire fresco de la noche, se paseó allí mucho tiempo. Dieron las nueve, las diez, las once. Al fin se detuvo, aturdido por su propio vaivén: apoyose en el antepecho, y ocultando entre las manos su cabeza estuvo de este modo un largo rato devorando su agonía. De pronto creyó sentir un rumor extraño, alzó la cabeza, y en el fondo del corredor creyó ver una figura humana que avanzaba. El corazón le latió con tal violencia, que creyó que el pecho se le rompía. La forma aquella, que sin duda era de mujer, avanzó, destacándose en la oscuridad. Venía cubierta de una cosa enteramente blanca, que la hacía más fantástica, y el reflejo de la Luna parecía despedir de sí cierta luz misteriosa. Cuando estuvo cerca, Lázaro la reconoció: era la devota, cuyo semblante traía las señales del insomnio y la fiebre.

«¡Lázaro!» dijo con voz muy débil y muy conmovida.

—Señora —contestó con mucha sorpresa—. ¿Usted aquí a estas horas?... con esa fiebre... ¿No está usted enferma?

—¿Yo?... —murmuró ella con una especie de extravío—; ¿yo?... no... yo estoy buena. Estoy mejor.

—Creí que estaría usted durmiendo. Le conviene el reposo.

—Yo —contestó ella con una singular entonación que alarmó a Lázaro—, yo... yo no duermo, yo no puedo dormir. Hace muchas noches que no cierro los ojos.

—¿Pues qué tiene usted? —preguntó Lázaro mirándola con mucha atención—. Usted no está buena. Usted es una santa; pero la santidad con exceso es perjudicial, señora.

—Yo no soy santa —dijo la dama—: soy una pecadora.

—No diga usted eso, por Dios. Usted es una santa, ¡qué felicidad! ¡Tener tranquila la conciencia! Dirigir todo su amor al que no engaña ni es falso, ni desleal: a Dios... Esta es la mayor de las felicidades.

—Hable usted bajo —dijo la devota.

—Y luego —continuó él—, estar libre de odios, de rencores, de desengaños...

—Más bajo —indicó la dama, y su voz parecía un suspiro.

—Estar libre de rencores —prosiguió Lázaro en voz muy baja—; ¡amar sin recelo, sin temor; despreciar el mundo, las traiciones, las asechanzas; hallar regocijo en las persecuciones, y sacar consuelo hasta de las desventuras!... ¡Oh, qué feliz es usted...!

Después de una pausa, la voz de la mujer mística resonó como un eco lejano para decir:

«No, amigo mío: yo no soy feliz; soy muy desgraciada».

Solo estando muy cerca de ella, como estaba el sobrino de Coletilla en aquel momento, era posible oír aquellas palabras.

«¡Soy muy desgraciada!» repitió con un rumor débil, sordo, apagado, como esos murmullos de rezo que turban en las horas de tranquilidad el profundo silencio de las catedrales.

—¿Qué mayor consuelo —dijo Lázaro—, que vivir con el espíritu en regiones de paz, donde no hay infamias ni perfidias? Elevarse con exaltación y amor, disfrutar con toda pureza de las dulzuras de una comunicación con Dios, y vivir orando, confiada en el pago de tanto amor, en la gratitud infalible del objeto amado. ¡Oh, qué felicidad!

El joven aragonés tenía tan ocupado el ánimo con sus propias amarguras, que no atendió, con la observación y la curiosidad que el caso exigía, a las raras señales de alteración física y moral que otro menos abstraído hubiera visto en la santa y edificante faz de doña Paulita.

«¡Vivir en la oración! —continuó—. ¡Vivir orando con los ojos del alma fijos en el eterno y leal amor! ¡Repetir incesantemente su nombre y sus alabanzas! ¡Eso sí es felicidad!».

—No —dijo del mismo modo la mujer perfecta—; yo no rezo, yo no puedo rezar.

—¡Ay! —exclamó él—. Eso lo dice usted porque en su modestia le parece que aún no es bastante perfecta. Si usted conociese la miseria de otros, comprendería a qué inmensa altura se halla sobre los demás.

La devota bajó los ojos, y con gran melancolía y tierna voz dijo:

«¿Y qué miseria hay mayor que la mía?»

—Es usted demasiado buena. Todo el mundo sabe muy bien que usted es una santa, una verdadera santa.

—¿Quiere usted que le haga una confesión? —dijo Paula, mirándole como se mira a un confesor—. Pues yo también lo creí; yo también creí que era una santa; pero ya no lo creo.

—¡Ah! —exclamó Lázaro—: yo no necesito que nadie me diga lo que usted es para saberlo. Yo mismo lo he comprendido. Cuando una criatura tan perfecta ha descendido hasta mí para defenderme y disculpar mis faltas, es indudable que no es como los demás. Yo me veía acosado por todas partes, me trataban todos aquí con acritud o menosprecio. Usted sola alzó la voz, y la ha alzado varias veces después en favor mío para decir que no era yo tan malo como creían. ¿Cree usted que yo he olvidado, que podía olvidar eso? No, señora. Yo seré todo lo que quieran; pero no soy ingrato. Yo tendré siempre grabadas en mi memoria las palabras que usted ha pronunciado en defensa mía. Usted es una santa: yo lo diré a todo el mundo.

—¡Oh! —dijo la devota con la misma plañidera voz—: nunca creí que fuera usted tan malo como decían. En la cara conozco yo esas cosas. No me equivoco nunca, y estoy casi segura de que le han calumniado, de que quieren agobiarle y confundirle con acusaciones impertinentes.

—¿Eso pensó usted de mí?

—Sí: segura estoy —contestó ella—, de que su corazón es bueno y recto; que si alguna falta ha cometido, fue por ligereza y falta de previsión. Creo también que no le aman a usted como se merece.

—Señora, ¿qué ha dicho usted? —preguntó el estudiante vivamente—. Eso me parte el corazón, porque es una verdad en que estaba yo pensando ahora.

—Sí: no le aman a usted como se merece —repitió Paulita—. Su tío es demasiado duro.

Un observador despreocupado hubiera advertido que la santa se acercó unas pulgadas más a Lázaro, el cual, impresionado por la verdad que oyó de boca de aquel oráculo, estuvo a punto de abrazarla, y lo hubiera hecho a no impedírselo el respeto de la jerarquía y decoro evangélico que la teóloga le infundían.

«Su tío de usted, el señor don Elías —continuó la mujer mística—, observo que trata a su sobrino con demasiado rigor.»

—Y otros también —dijo Lázaro, volviendo el rostro.

—¿Y cómo quieren que sea buena una persona que no es amada? —dijo con admirable misticismo la dama—. Cuando un ser recibe ingratitudes y desprecios, sus sentimientos se agrian, se esteriliza la fuente del bien y del amor que hay en todo pecho humano. Cuando un ser no es amado, ha de ser malo por precisión.

—¡Qué discreción, qué discreción, señora! —exclamó el joven con entusiasmo—. Ya fue usted mi consuelo otras veces. La consideraba a usted santa; pero ahora veo que su sabiduría iguala a su virtud, y a su lado me encuentro tan pequeño, que me da vergüenza.

—Sí: una persona a quien se trata con tanta dureza no puede ser buena —dijo Paula—. El amor hace prodigios; hace de los hombres incultos y malos, hombres mansos y buenos; hace de los melancólicos y descreídos, seres felices, creyentes y cariñosos.

—¡Qué ciencia la de usted! Esa es la ciencia que solo pertenece a la santidad. ¡Dichosa quien pueda ver las miserias de la tierra desde tan grande altura, y puede juzgar serenamente de todo! Usted sí que conoce el mundo.

—No, Lázaro: yo no sé lo que es el mundo.

—¡Oh! Entonces es usted más feliz todavía.

—Yo —dijo la mujer perfecta, después de una pausa en que miró al cielo fijamente como quien lee alguna cosa—, yo pasé mi niñez en la austera casa de mis tíos, recibiendo de personas devotas la más ejemplar educación. Desde que tuve uso de razón aprendí a orar; mis primeras palabras fueron el rezo. Los primeros años de mi vida pasaron en un convento, donde me vi rodeada de Madres santas y cariñosas que me enseñaron el camino de la perfección. Mi juventud fue pasando de este modo en ocupaciones devotas. Hace quince años que estoy rezando sin cesar, y casi sin notarlo. He vivido en Dios desde la cuna: no sé lo que soy, no sé si he vivido.

—¡Dios mío, qué ángel es usted! —dijo Lázaro—. ¡Qué perfección! Yo la admiro a usted y la venero, señora.

—No soy digna de veneración, sino de lástima —contestó con mucha amargura.

Y dio un suspiro profundísimo que parecía sacar al espacio los misterios encerrados en el Sancta sanctorum de su pecho.

«¡Digna de lástima! —exclamó el aragonés, sorprendido—. ¿Pues qué puede usted apetecer? ¿Qué le preocupa? Algún escrúpulo de conciencia, el deseo de mayor perfección. Yo sí que soy desgraciado; yo, señora, no debiera estar en el mundo».

—¿Pero qué tiene usted? —preguntó Paula con mucho interés—. Dígamelo usted todo. ¿No dice usted que le he consolado otras veces? Ahora consolaré si me descubre una nueva desventura. Cuénteme usted.

—Mis desdichas no son para contadas. Además, usted es demasiado buena para oírlas. Se horrorizaría usted y se turbaría la paz serena de su espíritu.

—¡Oh!, no: cuénteme usted. Tal vez alguna falta muy grave. No importa: cuéntemela usted, que yo se la perdono antes de saberla.

—Falta mía no es.

—¿Falta de otro? ¿A ver? —dijo la mística con ansiosa curiosidad.

—Deje usted para mí todas esas amarguras, señora. Eso es para mí; es un triste patrimonio, de que solo puede disfrutar mi corazón, hecho para eso.

—¿Qué es, Lázaro?... ¡Ah! Todo lo comprendo: su tío de usted es muy cruel. No lo quiere a usted. Mas no hay que apurarse por eso, amigo mío. No todos le tratarán a usted con el mismo rigor. Alguien le amará.

—No, no me importa —manifestó Lázaro, cuyas penas se recrudecieron en aquel momento—; no me importa que me traten con desdén, que me aborrezcan todos, que me detesten. Yo no he nacido para otra cosa.

—Está usted muy agitado. ¿Y delante de mí se desespera usted de ese modo? —dijo la devota con suave acento de reprensión.

—Perdóneme usted, señora; no sé lo que digo. Usted es demasiado buena, y no comprende estas cosas. Usted no conoce el mundo. Usted no conoce cuánta iniquidad, cuánta perfidia, cuánto desengaño, cuánto cinismo hay en él. Usted no conoce más que lo bueno, no conoce más que a Dios.

—Esa desesperación que usted manifiesta, Lázaro, no es nada buena. Eso le llevará a usted al infortunio y a la muerte.

—Quiere usted, con su inmensa bondad, aplicarme a mí los consuelos de la religión: eso no es para mí, no lo merezco.

—Usted lo merece todo: consuelo, amistad, amor. Yo sé lo que merece, y, por lo tanto, lo tendrá. Sentimientos como los de usted no han de estar olvidados tanto tiempo.

—¡Bendita sea usted mil veces! Pero se equivoca, eso no es para mí.

—Usted merece amor y todo lo que el corazón puede dar. Usted se llama desventurado, y su agitación, Lázaro, no tiene fundamento alguno. Hay males peores, males que nacen de repente en el corazón y crecen con tanta rapidez, que no dan esperanza de remedio. Todo lo que a la persona rodea entonces, todo lo que está dentro y fuera de sí, se vuelve en su daño. La vida es un peso insoportable: le molesta lo presente, le da hastío lo pasado y terror lo porvenir.

La devota hablaba con voz muy baja, y con grave y tristísimo son. La noche había oscurecido, y los ojos de Paulita, que siempre en momentos dados habían tenido brillo extraordinario, resplandecían aquella noche como dos ascuas fosforescentes, cuya luz hacían más penetrante y siniestra la oscuridad de sus párpados, ennegrecidos por el insomnio, la fiebre y la excitación moral de que estaba poseída.

«¡Ay de aquellos que no se han conocido, que se han engañado a sí mismos y han dejado torcerse a la naturaleza y falsificarse el carácter sin reparar en ello! Esos, cuando lo callado hable, cuando lo oculto salga, cuando lo disfrazado se descubra, serán víctimas de los más espantosos sufrimientos.

Se sentirán nacer de nuevo en edad avanzada; notarán que han vivido muchos años sin sentido; notarán que el nuevo ser originado por una tardía transformación se desarrolla intolerante, orgulloso, pidiendo todo lo que le pertenece, lo que es suyo, lo que una vida ficticia y engañosa no le ha sabido dar; pidiendo sentimientos que el viejo ser, el ser inerte, indiferente y frío, no ha conocido. ¡Qué luchas tan terribles resultan de este despertar tardío! ¡Oh, esto es espantoso!».

Tenemos datos para creer que la devota no dijo esto con las mismas palabras empleadas en nuestro escrito. Pero si el lector lo encuentra inverosímil, si no le parece propio de la boca en que lo hemos puesto, considérelo dicho por el autor, que es lo mismo. Ella dijo algo parecido a esto, siendo el mismo pensamiento, aunque distintas las frases.

Indudablemente estas confesiones de la devota son, como habrá el lector comprendido, bastante oscuras, y no dan todavía ninguna luz acerca de la crisis que indudablemente agitaba aquel purísimo y perfecto espíritu. Lo cierto es que una gran transformación se verificaba en su carácter. Lázaro, la verdad sea dicha, no entendió muy bien las solemnes y como sibilíticas palabras que oyó de los trémulos labios de la santa: y él atribuyó la oscuridad de tal explicación a la influencia de las lecturas místicas en la manera de expresarse aquella señora y a los hábitos de un estilo más discreto que claro, como acontece generalmente en las personas absorbidas por la contemplación. Así es que se limitó a contestar:

«Sí, señora: es espantoso».

—¡Qué terrible es el amor en sus exigencias! —dijo la santa—, sobre todo cuando se cree ofendido, cuando pide el pago de una gran deuda que con él se ha contraído, cuando no transige ni espera, sino que se presenta exigiéndolo todo de una vez.

—¡Sí: qué terrible es esto! —contestó Lázaro—. ¡Feliz es usted, que no lo conoce más que de oídas!

—¿De oídas? —dijo ella—. Sí —añadió después de una breve pausa—, he oído lo que dicen los amantes; pero la mayor parte de ellos encuentran en los accidentes del mundo mil medios para poder conservar la vida en la lucha terrible. Solo algunos, según dicen, por circunstancias especiales de carácter y posición, tienen el triste privilegio de morir irremisiblemente sin victoria y sin defensa.

—¡Oh, cómo lee en mi corazón! —pensó el estudiante muy conmovido, y sin comprender la profundidad psicológica de aquellas palabras, ni su aplicación y significado en aquel momento.

—Usted no comprende esas cosas, Lázaro.

—¿Que no? —dijo este—. ¿Que no? Desgraciadamente las comprendo. Para usted, sí; para usted, que es una criatura perfecta, una escogida de Dios, están veladas estas dolorosas miserias. Usted no ve estos horrores. ¡Dichosa ceguera la de aquellos cuyos ojos cerró Dios al venir al mundo!

—Es verdad... no lo sé... —dijo Paula con una ironía tan marcada, que fue preciso todo el extravío de Lázaro para no notarlo—. No lo sé, no entiendo de eso. Soy una tonta devota.

Estas últimas palabras, dichas con cierto despecho, fueron bastante a fijar la atención del interlocutor. Este no contestó ni preguntó más sobre el asunto que trataban; acercose a la dama, que se había apartado de él retrocediendo, y notó que lloraba. ¡Oh confusión de confusiones!

«Pero ¿qué tiene usted, señora?» le dijo.

—Nada, nada, nada —contestó con una graduación descendente. El último nada solo lo oyeron los labios con que fue pronunciado.

—¡Usted está enferma y ha salido usted de su cuarto a esta hora! Eso no es bueno, señora. Se va usted a poner peor.

—Es verdad, estoy enferma —dijo ella acercándose—, ¡enferma para siempre!

—¡Enferma para siempre! Usted padece, y es, sin duda, por efecto de su excesiva devoción. Usted aspira al cielo: ¿a qué otra cosa podía aspirar un alma tan bella?

—Sí —dijo Paula con voz muy triste—: no quiero más que reposar en paz.

—¡Qué bella es la muerte! —dijo Lázaro patéticamente—: solo ella nos puede consolar. Por mi parte, señora, le digo a usted con franqueza que quisiera morirme en estos momentos.

—¡Morir! —exclamó la devota con repentino arrebato de interés, y acercándose más, mucho más al joven—. ¡Morir, no! Usted debe vivir. Quién sabe lo que Dios le tiene a usted reservado en el mundo.

—¿A mí?

—Sí: tal vez días de felicidad al lado de personas que le amen. ¡Oh, cuántos seres existirán tal vez que se crean felices solo con que usted lo sea! Yo sé que los habrá.

—¡Qué buena es usted, señora! —repitió Lázaro—. Para mí no puede haber nada de eso. O no merezco otra cosa, o estoy maldito de Dios.

—¡Ay!, no diga usted tales cosas —exclamó ella, juntando las manos.

—Perdóneme usted, señora: no sé lo que me digo. A pesar de todo, usted me consuela, y hallo en su presencia no sé qué grata expansión. No podré nunca olvidar que solo usted se atrevió a defenderme cuando todos me acusaban.

Al decir esto, Lázaro no pudo menos de advertir que la santa dejó caer pesadamente los brazos, y miró al cielo. Su rostro, de color suavemente moreno y sin ningún matiz rojo en las mejillas, estaba en aquellos momentos pálido y sombreado por la proyección de sus cabellos, cuya magnitud, belleza y negrura no era comparable sino a la intensidad tenebrosa de sus ojos negros, que, después de la metamorfosis, habían adquirido una expresión desconocida. No sabemos si fue efecto de la casualidad o si lo hizo de intento; pero es lo cierto que, contra su costumbre, tenía simplemente la cabeza cubierta con un pañuelo, y que durante el diálogo sus magníficos cabellos, tesoro disimulado por el misticismo, se desataron y cayeron gradualmente por la espalda. Nunca había visto Lázaro una cabellera igual: parecía en la oscuridad de la noche una toca negra que descendía hasta la cintura. Mientras hablaba, la santa solía apartarse a un lado y otro de la frente las dos ramas principales de aquel encanto, que nació en aquella noche en el calor de una confidencia apenas intentada. Lázaro, que observó largo rato a la dama, notó que lloraba, y que, apartándose de él lentamente, se apoyó en la pared con muestras de gran postración y abatimiento.

«Pero usted llora —dijo, arrepentido de haber hablado tanto y deteniéndola—; usted está muy agobiada. ¿Por qué no ha reposado usted?».

—Yo no puedo reposar, yo no puedo dormir —murmuró la devota con voz más bronca y grave que de ordinario.

¿Por qué salió usted a estas horas estando así?

—Me ahogaba, y he tenido que salir a respirar el aire.

—Pero usted llora. Por Dios, ¿qué tiene usted?

La enferma no contestó.

«¿Está usted muy enferma, muy enferma?» continuó Lázaro.

—Sí —dijo ella de un modo imperceptible.

—¿Hace mucho?

—Hace poco.

—Señora, retírese usted, yo se lo suplico. Sus manos parecen de fuego, su frente quema.

Lázaro le tomó las manos, y notó en ellas un calor excesivo; se atrevió a ponerle la mano en la frente, y creyó tocar un cuerpo inflamado. Al mismo tiempo la santa temblaba, como si su cuerpo recibiera la impresión del hielo.

«Usted tiene frío, tiene convulsiones —dijo—; retírese usted».

Ella continuaba en la misma actitud; cerró los ojos como quien siente un pesado sueño, e inclinó la cabeza, buscando apoyo. Lázaro tuvo miedo; estuvo por llamar; la asió por un brazo, y dispuesto a hacerla retirar, le dijo:

«Vamos, señora, es muy tarde. Usted no se encuentra bien aquí. Vamos, ¿quiere usted que se llame a algún médico?».

—No —dijo ella, abriendo los ojos y mirándole con cierta ironía— No: ¿para qué un médico?

—Su salud es muy preciosa —dijo Lázaro, por cuya cabeza pasó rápidamente una sospecha—. Consérvela usted bien; será siempre mi mayor alegría saber que usted está buena y disfrutando de la salud necesaria para hacer el bien. No me voy de aquí sin la seguridad de que queda usted enteramente buena.

—¡Marcharse usted! —exclamó ella con un repentino movimiento que la animó.

—Sí, marcharme.

—¡Usted se va! —continuó con otro movimiento que tenía algo de salto y poniendo siniestro brillo en sus ojos.

—Sí, naturalmente.

Al oír esto, la devota, con instantánea fuerza, le asió con su mano convulsa el brazo, y estrechándole violentamente, dijo:

«No, ¡no se irá usted!».

En el mismo momento en que esto decía, se sintió que abrían la puerta de la calle. Era Elías que entraba; se le sentía subir. Venía alumbrado por una linterna, y como de costumbre, hablando solo.

«Retírese usted» dijo con viveza la mística.

—¿Y usted se queda aquí?

—Retírese usted a su cuarto. Que no le vea levantado. Échese usted en la cama. Finja que duerme.

—¿Pero usted?...

—Vamos. Entre usted en su cuarto. Que ya llega... Pronto.

Lázaro se retiró, empujado por ella precipitadamente. Entró corriendo en su cuarto antes de que Coletilla llegara, y arrojándose en el lecho, fingió que dormía. El fanático entró poco después y se acostó murmurando. Cuando apagó la luz, Lázaro se incorporó en su lecho con mucha cautela, y asomándose por una ventana que daba al corredor, miró hacia afuera. Aún estaba allí la dama con el rostro vuelto hacia la ventana. Lázaro se volvió a acostar, y pasado un cuarto de hora en que caviló cuanto puede cavilar cabeza humana, se asomó de nuevo y vio la misma figura blanca, inmóvil en el mismo sitio y con los dos terribles ojos negros fijos en la ventana. Aquello le acabó de confundir. Pasó mucho tiempo mirando cada cinco minutos, y siempre veía la misma figura, hasta que al fin ya no miró más porque le daba miedo.

Capítulo XXXI. La reunión misteriosa

Al anochecer del siguiente día salió Lázaro de su casa. Había pasado toda la mañana averiguando dónde vivía Bozmediano, y en las pocas horas que permaneció en la casa de las tres nobilísimas damas oyó decir que doña Paulita estaba muy mala, y que Clara no estaba buena. Salomé se le presentó varias veces, más impertinente que de costumbre, para recordarle que la tarde anterior no había saludado a Entrambasaguas; y María de la Paz Jesús hizo todo lo posible por encontrar pretextos para reprenderle, lo que su admirable instinto de inquisidora logró repetidas veces.

Lázaro salió, y ya entrada la noche penetraba en los solitarios barrios de la Flor Baja, donde está la habitación de los Bozmedianos.

Entró en el portal y preguntó por don Claudio. El portero, que era hombre de mal genio con los humildes, le contestó con muy desagradable talante que no estaba.

Lázaro se quedó parado un buen rato, mirando al portero, como si le pareciera inverosímil la declaración de aquella sibila con gabán galonado. Este creyó que no lo había dicho bastante claro, y repitió: «No está».

Pero el joven tenía mucho interés en ver a Bozmediano aquella noche; así es que no se dio por satisfecho y preguntó:

«¿Cuándo vendrá?».

El otro creyó que esta pregunta, hecha por un joven que no parecía ser de la primera nobleza, que no había venido en coche, que no era militar ni tenía botas a la farolé, era una pregunta muy inconveniente y falta de sentido común. Se sonrió con aire de superioridad, y metiéndose las manos en los bolsillos, dijo:

«¿Cómo quiere usted que sepa yo cuándo viene? Vendrá... cuando venga».

—Es que tengo precisión de verle esta misma noche. ¿A qué hora suele venir?

—No tiene hora fija —dijo el portero volviendo la espalda y dirigiéndose a la portería.

Después volvió y dijo:

«Si usted quiere dejarle algún recado...».

—No —repitió Lázaro—; necesito verle yo mismo.

—Pues mañana temprano... —dijo el criado en un tono que era fácil de traducir por «váyase usted».

Lázaro comprendió que era imposible sacar más partido de aquel cancerbero, y salió; pero tenía vivos deseos de ver a Bozmediano aquella misma noche. Parecíale que a cada hora que pasaba después del fatal momento en que le vio desaparecer por la buhardilla, añadía nueva intensidad a su agravio. Para él era Bozmediano entonces el ser más odioso y repugnante que había nacido. Creíale inspirado tan solo por las ideas más bajas y groseras, y veía en él un cobarde seductor incapaz de nada generoso ni bueno. Se contemplaba como superior, muy superior a aquel hombre insidioso, y creía que solo con verle el criminal conocería toda su bajeza. A veces le daban arrebatos de súbita cólera, tan fuerte y violenta, que a tener al militar ante sí, se lanzaría sobre él dispuesto a arrancarle por cualquier medio la vida. Con esos sentimientos, el estudiante decidió no apartarse de la casa para esperar a que entrara, si estaba fuera, o cogerle al salir, si estaba dentro. Pasó a la acera de enfrente y empezó a pasearse, resuelto a no abandonar su puesto en toda la noche, esperando con la inquebrantable paciencia que da el deseo de venganza.

Las diez serían cuando Lázaro vio que salían de la casa tres personas. Acercose con disimulo, y vio que una de ellas era Claudio. Apoyado en su brazo, y andando con lentitud, iba un anciano, que juzgó sería su padre. La otra persona era un militar; los tres hablaban con calor. Lázaro les siguió a alguna distancia, comprendiendo que no era aquella la mejor ocasión para hablar a Bozmediano; pero se decidió a seguirlos hasta ver dónde paraban. Anduvieron varias calles, y al fin llegaron a la plazuela de Afligidos; se detuvieron ante una puerta enorme, de las que en aquel antiquísimo sitio dan entrada a las vetustas casas del siglo XVII, y Bozmediano, el joven, tocó. No tardaron en abrirles, y entraron. Lázaro, que los observaba desde lejos, notó que parecían recatarse, procurando no ser vistos. El militar entró el último, después de mirar a todos los rincones de la plazuela. Bien pronto se vio luz en una de las ventanas de la casa; pero una mano cerró las maderas y no se vio más claridad.

Sin saber por qué, la imaginación del estudiante no pudo menos de atribuir a la entrada de aquellas personas en tal casa cierto misterio: se acercó, miró el número, y cuando se alejaba, dispuesto ya a retirarse, vio que venían otras dos personas embozadas hasta los ojos. Pasó junto a ellas Lázaro, fingiendo que seguía su camino, y refugiándose tras la esquina de la calle de las Negras, observó que tocaron, que les abrieron sin tardanza, y que entraron. Tal vez será casualidad —pensó el joven—; pero algo tiene de extraño la reunión de aquellas personas en el mismo sitio.

No pasaron diez minutos, cuando Lázaro vio aparecer, viniendo del Portillo de San Bernardino, a otros tres personajes, igualmente embozados; observó que se detenían para ver si los miraban, y por último, después de tocar, entraron en la casa. «Ya van ocho», dijo para sí, y esperó a ver si venía otra remesa.

Poco después uno solo, que desembocó por la calle de Osuna y marchando muy a prisa. Detrás de este aparecieron dos, que no necesitaron tocar, y, por último, llegaron uno tras otro cinco más, que entraron sucesivamente y separados.

«Sin duda hay aquí algo —dijo Lázaro—. Han entrado diez y seis. Es un club secreto, una conspiración, tal vez una logia de masones». A las once se retiró viendo que hacía una hora que no entraba nadie; pero se retiró resuelto a volver la noche siguiente para observar si aquello se repetía. Era evidente para él que allí se verificaba una reunión de personas graves, sin duda con algún fin político. Odiaba de muerte a Bozmediano, y este sentimiento le llevó a sentar el principio de que lo que allí se trataba no podía ser cosa buena.

Retirose a la calle de Válgame Dios, muy pesaroso por no haber podido tener con su enemigo la terrible entrevista que él se había imaginado.

No es descriptible la ira que de María de la Paz se había apoderado con motivo de la tardanza del joven. Baste decir, para dar una idea de la irascibilidad de la dama a quien los poetas del tiempo de Cadalso compararon con Juno, que se levantó, no diremos que en paños menores, pero sí menos pomposamente vestida, cubierta y ataviada que de ordinario, para decir al caballerito que si se figuraba que aquella casa era suya (de él), y que si tenía propósito de pasar la noche, mientras ella viviera, en los clubs y en los garitos de Madrid. Añadió que estaba cerciorada de que su conducta (la de Lázaro) no cambiaría nunca, y que era preciso desistir del empeño de hacer entrar un rayo de luz en tan oscura y desorganizada cabeza. Dijo asimismo que solo a un exceso de su caritativa bondad (de ella), debía (él) el gran favor de ser admitido en aquella santa casa, aunque presagiaba que no estaría mucho tiempo más en ella a causa de sus maldades y abominables calaveradas... que deshonraban aquella santa casa. Y siempre con la santa casa. Así se lo dijo, y siempre con voz muy alta. El joven le contestó muy quedo:

«Señora, he tenido que hacer...».

Pero ella no le dejó concluir, y dando gritos exclamó:

«No alce usted la voz, caballerito. ¿A qué grita usted de ese modo? Está mi sobrina muy mala, y viene usted a incomodarla. Si no ha venido aquí más que para incomodar...».

—¿Que está muy mala doña Paulita? —dijo con voz casi imperceptible el muchacho.

—Sí, señor; y usted, con esas voces, no la deja reposar.

—Pero si yo no he alzado la voz...

—Calle usted, señor don Lázaro, calle usted, y no me desmienta.

En esta disputa estaban cuando Salomé apareció, diciendo:

«¡Por Dios, que está Paula con el recargo, y con este ruido se va a agravar!».

—Este caballerito da unos gritos... —dijo Paz, alzando mucho la voz—. ¿Ves? Ha venido a las doce. ¿Qué te parece, Salomé? Habrá estado en algún club de gente perdida. ¡Bonita alhaja hemos metido en casa! ¿Y dice usted, caballerito, que ha tenido que hacer?

—Sí, señora: he tenido cierto negocio —contestó Lázaro un poco amostazado con las impertinencias de las dos viejas...

—¡Buenos negocios serán esos! —indicó Salomé—. Pero a ver si baja la voz, que mi prima no puede sufrir esos gritos. Apenas entró usted... yo no sé como pudo sentirle. Lo cierto es que le sintió entrar, le conoció en los pasos, despertó con mucho sobresalto, y cuando escuchó su voz se incorporó en el lecho con mucha agitación, manifestando que le molestaba mucho su voz. Con que calle usted, y procure no hacer ruido con esos taconazos... Vamos, ya puede usted retirarse...

—Señoras, buenas noches.

Aún no había dado un paso, cuando Clara apareció muy alterada, diciendo:

«Señoras, vengan ustedes, que se quiere salir de la cama... No la puedo sujetar. En cuanto sintió esta conversación, se levantó muy a prisa, diciendo que venía acá».

—¡Ah! Vamos a ver —dijo Paz, entrando en la habitación.

—Empieza a delirar —dijo Salomé, entrando también con Clara.

Lázaro subió pensando en aquel nuevo misterio de la mujer santa.

Capítulo XXXII. La Fontanilla

No encontró a su tío, que aquel día no había parecido por la casa. Si hemos de verle nosotros, tenemos que dirigirnos al naciente club de La Fontanilla, donde el buen realista conversaba muy calurosamente con el Doctrino y con el otro joven llamado Aldama, de quien ya tenemos noticias.

Indiquemos la variación que había ocurrido en aquella casa. El poeta había volado. Por fin consiguió Carrascosa el objeto de sus afanes; la vizcaína se decidió a echar al poeta con todo su bagaje de Gracos, musas y ninfas clásicas. Pudo mucho en la conciencia de la jamona la opinión del vecindario, que se mostraba cada vez más explícito en cuanto a las supuestas relaciones entre la semidiosa y su cantor. Conjeturas podrían hacerse sobre la desaparición del joven, y hay indicios para creer que pocas horas antes de la partida estuvo la patrona hablando muy por lo bajo con su huésped.

Ausente el poeta y desocupado el parnasillo, don Gil trajo de la calle de las Urosas el baúl, que contenía sus tres casacas, su peluca del tiempo de Esquilache, sus cuatro camisas con chorrera, su capa y su espadín enmohecido, y se instaló donde había estado el autor de Los Gracos. Colgó en la pared un cuadro de familia que representaba las postrimerías del hombre en diabólicas y extravagantes alegorías, y allí quedó, huésped de su adorada. Creemos oportuno advertir que la causa de la afición de don Gil a la vizcaína era que él tenía conocimiento, por papeles que tuvo ocasión de ver mientras fue covachuelista, de un derecho a ciertas tierras y casas de labor en Oñate, el cual había recaído en aquella doña Leoncia sin que ella misma lo supiera. El abate pensaba realizar un buen negocio, ya haciéndose por cualquier medio poseedor del derecho, ya pleiteando por cuenta de ella, con esperanza de sacar un buen bocado. Su hambre era tanta como su ingenio, razón por la cual había probabilidad de que saliera adelante con su empresa. Dejémosle allá dedicado a la ardua tarea de conquistar a la semidiosa, y asistamos a la sesión de La Fontanilla.

El Doctrino decía a Coletilla:

«Mucho me temo que eso no salga bien: yo cuento con gente decidida; pero el golpe es demasiado terrible, amigo don Elías, y temo que se alborote la opinión pública».

—Si ya la opinión pública se ha presentado contra ellos; si les señala con execración —observó Elías con mucha vehemencia—. Parece que no conoce usted al pueblo. ¿No ve usted cómo están La Fontana, Lorencini, La Cruz de Malta y Los Comuneros? ¿No ve usted cómo los liberales exaltados truenan contra los que llaman tibios, es decir, contra los que apoyan al Gobierno y forman la mayoría llamada sensata en las Cortes? Pues bien: el pueblo está furioso contra esos tibios; ya usted sabe cómo se ha logrado encender esa ira. El pueblo está pidiendo su destrucción, porque cree que es el mejor medio de conseguir la libertad. Cumplamos la voluntad del pueblo.

Indescriptibles son el sarcasmo y la diabólica malicia con que Coletilla pronunciaba estas palabras. Ya comprenderá el lector la marcha que llevaban los planes de aquel viejo demonio del absolutismo. Él caminaba seguro hacía su fin: la paciencia, la constancia, la reflexión madura, la astuta discreción le guiaban; era hombre hábil y con facultad portentosa para idear y poner en práctica proyectos como el que le vemos desarrollar ahora.

«Bien —contestó el Doctrino—: yo convengo en que es preciso hacer eso que usted dice, y ver el modo de que el pueblo bajo satisfaga su sangriento deseo. Él no sabe lo que quiere ni por qué le quiere. Ha adquirido por distintos medios esas ideas, y es preciso llevarle a su realización. Pero me parece que aún no es tiempo, señor don Elías. Los hombres señalados para víctimas conservan aún mucho prestigio. El pueblo no les quiere, es cierto, porque al pueblo se le ha extraviado y se le ha engañado; pero tienen apoyo en la clase media y en una parte de la aristocracia. Creo que no ha llegado aún el golpe de mano que usted viene preparando».

—¡Qué niño es usted! —dijo el realista—; ¿qué importa que esa gente tenga algún prestigio? ¿Y no significa nada el apoyo de aquella persona tan alta... de aquel que todo lo puede?...

—Del Rey, dígalo usted de una vez.

—Ya sabe usted cuál es el pensamiento del Rey. Ante el público, ante la Europa, esos hombres son sus amigos: algunos son sus ministros, otros son sus consejeros de Estado, otros los diputados que apoyan sus decretos en las Cortes. Aparentemente el Rey les ama; pero en realidad les odia, les detesta. Por ellos se entroniza el sistema constitucional; ellos dan fuerza al liberalismo. Ya veis cómo, para acabar con el liberalismo, hay que acabar con ellos.

Esto lo dijo con una resolución tan cínica y tan descarada veracidad, que el mismo Doctrino, que era un infame, sintió cierta repugnancia.

«Pues bien —continuó Coletilla—: toda la execración del atentado caerá sobre los liberales exaltados, que son los que lo perpetran; el golpe va a herir directamente al liberalismo. Se verá que el liberalismo se mata a sí mismo; que los más exaltados de sus secuaces devoran a los más prudentes. ¿Qué ha de hacer la Patria aterrada en presencia de este horror? Renegar del liberalismo, facilitar el santo propósito del Rey de restablecer el antiguo sistema. El golpe está muy bien preparado: una parte de los liberales arde en deseos de aniquilar a la otra parte. El suicidio del liberalismo es inminente. Favorezcámoslo, impulsémoslo. Tal vez mañana será tarde; tal vez, si nos detenemos, puede verificarse una reconciliación, y entonces...».

—Reconciliación no: eso es imposible —dijo el Doctrino preocupado—. Los exaltados de la Fontana y de los otros clubs han llegado ya a un estado de intransigencia tal... Al pueblo se le ha predicado mucha doctrina de intolerancia y de exterminio para que se detenga en su aspiración. No hay remedio: esos que se oponen en las Cortes y en los clubs a las exageraciones de la libertad, van a ser atropellados por ella. No es posible reconciliación; por lo mismo creo que debe y puede esperarse un poco a ver si esos hombres pierden de una vez la poca popularidad que les queda.

—Esas cosas se han de hacer con decisión; si no, no se hacen —dijo Elías—. Veo que usted no ha nacido para los golpes de circunstancias. Yo creo que esta semana debe verificarse el desenlace de mi plan, y lo tendrá, aunque usted no quiera ayudarme.

—Ayudarle a usted, eso sí. Hemos hecho un pacto: usted es el que ha de mandar. Aunque disintamos en un punto, no por eso nos separaremos. Yo obedezco, y la responsabilidad del éxito cae sobre mí. Pero en la desgracia, usted no me ha de abandonar: así lo hemos pactado.

—Eso no: respecto a lo que he dicho a usted, no hay que insistir. Tendrá lo que desea, más aún.

—Pues no espero más que las órdenes de usted.

—Es indudable —dijo Elías, después de una pausa—, que ellos se han propuesto marchar de acuerdo y destruir las pequeñas diferencias que entre ellos había. Martínez de la Rosa y Toreno se dan la mano con el ministro Felíu y con el mismo Argüelles.

—¿Y qué?

—Que eso es lo que conviene a nuestro plan.

—Excepto Argüelles, todos son muy odiados del pueblo, y no creo que exista hombre alguno a quien más aborrezcan los exaltados que al ministro Felíu.

—Pues bien —dijo Coletilla—: yo estoy seguro, segurísimo de que esos que he nombrado, y además Valdés, Álava, García Herreros, el poeta Quintana, el consejero de Estado Bozmediano y otros, se reúnen, no sé si de día o de noche, con todos los ministros y algunos generales. Sin duda tienen algún proyecto entre manos, algún complot, quién sabe si contra el Rey.

—¿Y no sabe usted dónde se reúnen?

—No lo sé; estoy rabiando por averiguarlo. Figúrese usted qué ocasión. Precisamente son los que... Le diré a usted cómo he sabido que esos pájaros se reúnen algunas noches, no sé si todas las noches. Hace algunos días estaba Felíu en el cuarto del Rey. No había consejo; estaba el conde de T. contando chascarrillos. El Rey se reía mucho, y el ministro también para que no le acusaran de irreverente. Después Su Majestad dijo que quería ver el decreto de la beneficencia que Felíu tenía preparado, porque estaba delante el obispo de León, y el Rey quería mostrárselo. Sacó del bolsillo su excelencia el manuscrito, y al mismo tiempo se le cayó un papel muy pequeño, sobre el cual Su Majestad, que es más ladino que Merlín, puso inmediatamente el pie. El ministro notó la caída del papel, pero no se dio por entendido. Leyó su decreto, dijo el prelado que no le gustaba, y el Rey que estaba complacidísimo. Grande era su curiosidad por saber si aquel papel decía algo interesante, y apresuró la despedida del ministro. Quedose solo y me llamó; juntos leímos el papel, que decía: A las diez; van por fin, Argüelles y Calatrava. No falte usted.

Esto nos aumentó la curiosidad. Mandamos a las diez a una persona que fuera a espiar la salida del ministro de su casa para observar dónde iba. Pero Felíu no salió; tampoco salieron de las suyas Argüelles ni Calatrava, y fue que el maldito, como notó que Su Majestad había puesto el pie sobre el papel, quiso desorientarle y no fue a la cita, avisando a tiempo a Argüelles y a Calatrava para que no fueran tampoco.

—¿Y después no ha tratado usted de averiguar?

—Sí: a la noche siguiente fue una persona a casa de Felíu a preguntar por él, y le dijeron que no estaba. Quedose por aquellos alrededores; pero no le vio entrar ni salir en toda la noche. Yo sospechaba que Toreno, Martínez de la Rosa, Valdés, Álava y Bozmediano entraban en aquel cotarro, y después de las diez mandé a sus casas a personas que preguntaran por ellos con cualquier pretexto: ninguno estaba. He sabido que Quintana, que va al Príncipe con frecuencia, ha salido antes de las diez; he sabido que Bozmediano y su hijo, que asistían a la tertulia del marqués de las Amarillas, se marchaban a eso de las diez los tres juntos. Esto se ha repetido varias noches.

—¿Y no se les sigue para saber dónde van?

—Sí; y se ha observado que cada uno entra en su casa: esto lo hacen para desorientar al que los sigue. Algunas noches se les ha visto dirigirse a otros sitios; pero nunca se ha notado que todos vayan a uno mismo. Pero ya lo averiguaremos, descuide usted.

—Pues si esa reunión es cierta —dijo el Doctrino—, es un complot sin duda: ¡qué ocasión!

—¡Y quería usted dejarla pasar! Es preciso que esa gente aparezca a los ojos del pueblo como urdiendo un plan de golpe de Estado contra la Constitución. El pueblo es fácil de engañar.

—El pueblo creerá eso y todo lo que sea preciso.

—Vamos, ¿y qué ha hecho usted esta mañana? —preguntó Coletilla—. ¿Ha hablado usted a los de Lorencini?

—Estamos de acuerdo.

—Y los Comuneros, ¿se deciden a marchar con ustedes?

—Ya vio usted lo que dijo el otro día el jefe de los exaltados allí. Estamos convenidos.

—Bien —dijo Elías.

—Grandes turbas de gente obedecen ciegamente nuestro mandato. Eso bueno tienen las ideas exaltadas: que es muy fácil llevar al pueblo al terreno de los hechos, incitándole con ellas. El pueblo se deja llevar, y le gusta que le lleven.

—¡Bendita la nación! —dijo Elías con una mirada igual a la del demonio cuando tentó a Jesús—; bendita la nación que tiene un pueblo tan impresionable y dócil, porque si bien puede extraviarse, puede servir también de instrumento para volver al buen camino, y luego con un sistema de represión el pueblo no volverá a ser impresionado por nadie.

Apenas había pronunciado Coletilla estos terribles aforismos, cuando se sintió ruido en la escalera. Eran algunos jóvenes socios del club naciente.

«Escóndase usted ahí —dijo el Doctrino a Coletilla—. Estos no le han de ver».

Escondiose el realista en una alcoba inmediata, y entraron Alfonso Núñez, Cabanillas y otro que hasta hoy no conocemos, y era Juan Pinilla, gran orador de los Comuneros, apóstol de las ideas más disolventes y extravagantes. Estaba ya en autos con el Doctrino; ambos servían a Coletilla mediante respetables sumas y la promesa, solemnemente asegurada, de un destino en las Intendencias de Cuba o Filipinas. Otros muchos entraban en el infame complot, y entre ellos una gran parte sin interés, guiados solo por patriotismo mal entendido, por la ignorancia o la ambición. Estos eran los más desdichados.

«¿Qué hay? —dijo Núñez—. ¿Te has convencido ya de que esto no puede retardarse? Mañana será tarde. He tenido ocasión de ver cómo están los ánimos perfectamente preparados para nuestro objeto. Los ministros, los diputados de la fracción sensata, son detestados: la tempestad ruge sobre sus cabezas. Hay que hacerla estallar. Salvamos la libertad, ¿sí o no?».

—La salvamos —dijo el Doctrino—. Cuando contamos nuestras filas y vemos que la mayoría de España está con nosotros, ¿no hemos de tener confianza?

—Eso mismo digo yo —manifestó Aldama, que en presencia de Coletilla no hablaba nunca; pero sabía recobrar, cuando él no estaba, el uso de su muletilla.

—¿No ha venido Lázaro? —preguntó el Doctrino a Alfonso.

—No estaba en su casa. Tal vez venga más tarde.

—Esta noche vendrá Jorge Bessières, el gran republicano francés —dijo Juan Pinilla, comunero y republicano.

Era Pinilla un hombre de gran talla, casi tan corpulento como el barbero Calleja, pero de más claridad en la mollera. Abogado sin pleitos, más por la violencia e informalidad de su carácter, que por falta de talento; era gran terrorista, y su mayor afán era desempeñar el papel de acusador el día en que la Junta de salud pública decretara el exterminio de una gran porción de ciudadanos, empezando por el Rey. Fernando estaba ya sentenciado en los papeles de Pinilla, con otros menos dignos que él de la guillotina. Poco después de este furibundo demagogo otro personaje entró en escena.

«¿Quién será? —dijo el Doctrino sintiendo los pasos—. Apuesto a que es el mismo Lobo en persona».

Un hombre alto, flaco y vestido de negro entró en la habitación. Era don Julián Lobo, célebre republicano que después fue faccioso y uno de los más sanguinarios chacales del absolutismo. No es fácil decir si en la época en que lo presentamos era verdadero demagogo o simplemente un absolutista disfrazado, como otros muchos. Lo cierto es que hacía alarde de las más exageradas opiniones, y sus discursos, pronunciados en Lorencini, eran elocuentes y fanáticos. Conspiró mucho con los liberales exaltados contra el gobierno de Felíu, y después contra el gobierno de Martínez de la Rosa. Hay quien asegura que tomó parte en las primeras facciones con Misas y el Trapense, y es indudable que al fin de los tres años constitucionales se presentó descaradamente con una partida en Moncayo, donde hizo estragos. Entronizado de nuevo el absolutismo, se ordenó de mayores (ya lo era de menores antes de 1821); obtuvo el arcedianato de Ciudad-Rodrigo con asiento en el coro de Salamanca, y lo disfrutó muchos años.

«Señores —dijo con mucha solemnidad—, albricias: la Fontana es nuestra».

—¿Qué hay? Cuente usted —dijeron todos con gran interés.

—Que nos han dejado libre el campo. Los últimos que quedaban del partido tibio se han marchado viendo que la opinión se va tras nosotros. Anoche les han dado una silba horrible. Han acordado marcharse todos, y el amo del café, Grippini, ha venido a decirme que si queremos continuar nosotros las sesiones...

—¿Pues no hemos de continuar? Esta noche misma —dijo Alfonso con entusiasmo.

—Bien por la Fontana. La Fontana es nuestra —gritó el Doctrino.

—Lo mismo ha pasado en Lorencini. Se han marchado esos señores con su orden y su cordura.

—El campo es nuestro. Convocad a la gente para esta noche.

—¡Todo el mundo a la Fontana!

—A la Fontana, a las diez.

En la sesión preparatoria de la Fontanilla no ocurrió nada de notable. Los principales cabecillas del complot se dieron cita para una conferencia secreta que tendría lugar aquella noche en el salón interior de la Fontana, a las nueve, y se despidieron para retirarse, quedando allí Aldama y el Doctrino. Cuando se vieron solos llamaron a Elías que apareció con cara de júbilo, la cual en aquel hombre era la cara más diabólica y repulsiva del mundo.

«¿Qué le parece a usted?» dijo el Doctrino.

—Bien, bien.

—Vamos a echar un trago —añadió el joven, tomando de manos de Aldama una botella que este había sacado, no sabemos de dónde, al desaparecer los compañeros.

—Yo no bebo, no —dijo Elías tomando la botella y echando vino en el vaso de los otros dos—. Yo no bebo.

—Esta noche en la Fontana. ¿Va usted?

—Sí, iré... pues no —respondió Coletilla con mucha ironía—. Yo también soy liberal.

Capítulo XXXIII. Las arpías se ponen tristes

Mucho le asombró a Lázaro lo que pasó en la casa de la calle de Belén el día después de su excursión a la plazuela de Afligidos, que fue el día mismo de la sesión que hemos referido. Serían las tres de la tarde cuando entró su tío; las dos arpías se abalanzaron hacia él, y con la hiel propia de sus caracteres emponzoñados, le dijeron, disputándose a cuál hablaba primero:

«¡Ah, señor don Elías: no sabe usted lo incomodadas que nos tiene este mozalbete! ¿No sabe usted a qué hora entró anoche? ¿Lo creerá usted? ¡A las doce!... ¡Qué escándalo! ¡En una casa como esta, en una casa de paz, de decoro, de virtudes! A las doce entró este caballerito, que sin duda pasó la noche en alguno de esos clubes, como dicen, quizás alborotando y aprendiendo todas esas herejías que andan ahora por ahí. ¿Qué le parece a usted? ¿Pero no se irrita usted, señor don Elías? Y lo peor es que entró haciendo un ruido con esos taconazos... y dando unas voces... Porque como está Paulita tan mala, es el caso que se alteró con el ruido y quiso salirse de la cama. ¡Ay, qué hombre! Crea usted que ya nos tiene consumidas su sobrinito, señor don Elías, y es preciso que tome usted una determinación, porque esta casa... ya ve usted... esta casa...».

Todo lo dijo casi en su totalidad Paz, aunque a Salomé pertenecieron algunas palabras. Pero viendo las dos que la filípica no hacía efecto ninguno en Coletilla (y esto era lo que asombraba a Lázaro), tomó la palabra Salomé sola para decir:

«¿Y no sabe usted que este... joven es de lo más mal educado que he visto? Pues el otro día estuvimos en casa de don Silvestre Entrambasaguas, y se portó tan groseramente que nos dio vergüenza de ir en su compañía. Luego por la calle andaba con unas carreras... En fin, si usted no se decide a sacarlo de los clubes...».

(Advertimos, para que el lector no extrañe la singularidad de este plural, que la dama, para explicarla, aseguraba que no decía clubs, por lo mismo que no decía candils, ni fusils, en lo cual no andaba del todo descaminada.)

Lázaro sintió impulsos de agarrar por el moño a uno y otro basilisco, y dar allí un ejemplo del vejamen que podía sufrir la aristocracia histórica en la ilustre familia de los Porreños; pero su indignación se calmó al observar que su tío, lejos de escuchar con ira aquellas acusaciones, se sonrió, y pasándole la mano por el hombro casi cariñosamente, si es permitido usar esta palabra, dijo:

«No se incomoden ustedes por tan poca cosa. Si llegó tarde, fue sin duda porque tuvo alguna ocupación: eso no tiene nada de particular. Lázaro se porta bien: yo se lo aseguro a ustedes».

—¡Jesús, señor don Elías! —exclamó Salomé como si oyera una obscenidad—. ¡Jesús, señor don Elías: yo esperaba de usted algún miramiento para con nosotras!

—Pero, señoras, digo tan solo que si mi sobrino llegó tarde, fue porque tuvo algo que hacer.

—No esperaba yo de usted semejantes palabras —indicó Paz, poniendo los ojos, la boca y la nariz en la misma disposición compungida que si fuera a llorar.

—No sé en qué podemos nosotras haber faltado —observó Salomé, poniéndose verde y haciendo también un gran esfuerzo para hacer creer que si no lloraba era por no faltar a las conveniencias sociales—. No sé en qué podemos nosotras haber faltado para que usted nos diga eso.

—Como está una en desgracia... —murmuró Paz bajando la cara para que se creyera que devoraba una humillación.

—Pero, señoras —dijo Coletilla con mucha seriedad—, yo no he agraviado a ustedes; he disculpado a mi sobrino solamente...

—Como está una en desgracia... —añadió la dama continuando la queja interrumpida—, ya no se nos guardan ciertas consideraciones, y se nos desmiente cuando afirmamos una cosa.

—¡Yo, señoras mías! —balbució Elías.

—En otro tiempo —dijo Salomé, respirando fuerte y acumulando en la mirada todo el desdén de su carácter—, en otro tiempo no pasaba así. Cada persona se mantenía en su lugar, y el que estaba obligado a acatarnos, no llegaba nunca hasta nosotros sino con el mayor respeto y cortesía. Hoy todo ha cambiado.

—¡Hoy todo ha cambiado! ¡Cómo ha de ser! —exclamó Paz, que después de incalculables esfuerzos consiguió su objeto, el cual consistía en que una lagrimita rodara por sus mejillas atomatadas.

—Adiós, señor don Elías —dijo Salomé, hecha un veneno porque el realista no se arrodilló a sus plantas como esperaba.

—Adiós, señor don Elías —repitió Paz, viendo que su lagrimita no ablandaba el duro corazón del antiguo mayordomo.

—Pero vengan ustedes acá, señoras...

Las dos volvieron rápidamente.

«Yo estoy confuso; no sé por qué toman ustedes ese tono. No sé en qué puedo haberlas ofendido. ¿Qué he dicho?».

—Ha dicho usted lo que no quiero recordar —dijo Paz, limpiándose la consabida lagrimita.

—Ha dicho usted que su sobrino se enmendará. ¡Oh!, no puedo creer que usted... —exclamó Salomé.

—Adiós, señor don Elías.

—Adiós, señor don Elías.

Se fueron. El fanático volvió pronto de su estupor, y después, dando poca importancia a aquel asunto, se dirigió a su sobrino y dijo:

«Vamos, Lázaro: esta noche se reúnen tus amigos en la Fontana. Hay gran sesión: no faltes. Yo no me opongo a que cada cual manifieste sus opiniones; tú tienes las tuyas: yo las respeto. Sé que tienes talento y quiero que te conozcan. Ve a la Fontana, ve esta noche».

Lázaro se quedó absorto, y apenas creía que lo dijera aquello el hombre intransigente que tantas recriminaciones le había hecho por sus ideas liberales; pero acostumbrado ya a las cosas raras e inverosímiles, no se preocupó mucho.

Llegó la hora de comer, y la santa ceremonia del pan de cada día fue tan silenciosa que aquella casa parecía de duelo. Baste decir que a Salomé se le olvidó pasarle los garbanzos a Lázaro, y que este, por no dar lugar a un nuevo conflicto, ni los pidió ni los tomó. Tampoco en la ración del realista estuvo muy pródiga doña Paz, pues se le olvidó ponerle carne, en lo cual aquel grande hombre, que solo vivía de espíritu, no hizo alto. La otra vieja hizo cuanto en ser humano cabe para dar a entender que no tenía apetito; pero de todos los medios que se conocen para probar tal cosa dejó de emplear el mejor, que es no comer. A tanto no llegaron sus esfuerzos. Paz dio algunos suspiros entre bocado y bocado. El único suceso importante que turbó la calma de aquella comida melancólica y callada fue una ligera disputa suscitada entre las dos arpías, porque Salomé decía que el estofado se quemó por culpa de Paz, y esta aseguraba lo contrario. Al concluir, Elías dio tregua a sus meditaciones para preguntar:

«Pero ¿no está mejor doña Paulita? ¡Bah!, supongo que no será nada».

Salomé se apresuró a llevar a la boca una uva, que tenía entre sus delicados dedos para poder decir:

«¿Que no será nada? Crea usted que está bastante grave».

Al decir esto, los movimientos de la delgada piel y los huesos angulosos de su gaznate indicaron que la uva había pasado.

«¿Pero es cosa de gravedad?» dijo Elías.

—¿Qué, tanto le interesa a usted? —preguntó con mucha hinchazón María de la Paz, que sentía renacer en sí todas las fuerzas de su antigua habilidosa elocuencia de salón.

—¿Pues no me ha de interesar? —dijo Elías sintiendo herido su amor propio de mayordomo—. Pero voy, si ustedes me permiten, a verla.

—No puede usted ahora, porque está durmiendo.

—La va usted a molestar.

Las dos se sonrieron satisfechas de la humillación que creían arrojar sobre Elías retirándole momentáneamente su confianza.

«Pues si no puede ser, me retiro».

—Vaya usted con Dios.

—Si se ofrece algo, señoras... —dijo el realista.

Y contra lo que ellas esperaban, el realista se marchó, dejándolas muy contrariadas.

«¡Ay! —exclamó Salomé—, ¿será posible?».

—¿Qué? —dijo Paz alarmada.

—Que las ideas del día hayan también...

—¿Será posible?...

—¡También él!...

El ámbito del comedor resonó con la vibración de dos suspiros que eran dos poemas. Pero ningún suceso grave resultó de aquel singular estado de sus caracteres, a no ser que quiera considerarse como tal el gran puntapié que se llevó el perrito Batilo sin motivo serio que lo explicara.

Capítulo XXXIV. El complot. Triunfo de Lázaro

Lázaro no pudo tampoco aquel día encontrar a Bozmediano. Su deseo de hablarle, de pedirle cuenta de su infamia, de demostrarle la deslealtad de su conducta y de castigarle sin lástima ninguna, aumentaba a cada hora. Buscole con afán, porque ciertos agravios dan una paciencia y una tenacidad que las más grandes empresas inspiran rara vez al hombre.

En la casa le decían constantemente que no estaba; paseaba de largo a largo la calle sin verle aparecer; llegó la noche, y a eso de las diez vio salir a las mismas tres personas de la noche anterior. Eran ellos. Bozmediano, padre e hijo, y el otro militar salieron por una puerta que se abría a un callejón oscuro, y se encaminaron a la plazuela de Afligidos, dando un gran rodeo. Apostose el joven otra vez detrás de la esquina de la calle de las Negras, y les vio entrar en la propia casa. Al poco rato entró otra persona, después tres, después dos; en fin, los mismos de la noche anterior. Reflexionando entonces Lázaro que su grande objeto, hablar y confundir a Bozmediano, no lo podía conseguir, viendo entrar desconocidos en una casa desconocida, se retiró, dirigiéndose a la Fontana para asistir a la gran sesión de que su tío le había hablado.

Desde el anochecer estaban en el café de la Carrera de San Jerónimo el Doctrino, Pinilla, Aldama y otros dos individuos de los que más trato tenían con el bolsillo del intendente revolucionario Elías Orejón.

«No hay otro medio mejor que el que Coletilla nos ha propuesto —decía el Doctrino—. Indudablemente ese zorro tiene talento».

—Pero es preciso tomar antes buenas medidas —indicó Pinilla—, porque esos golpes, si salen mal, son terribles... Escojamos buena gente, y que todos nos sigan y vayan al mismo objeto sin decir nada hasta no estar sobre ellos. Que solo sepan la verdad del objeto treinta o cuarenta hombres probados.

—Eso ha de ser así: yo respondo de ello.

—Ellos también parece que ven venir la lucha y se preparan para la defensa. Hoy lo dijo Toreno en las Cortes —observó Pinilla—. Pero les va a ser difícil escapar. El pueblo está irritado contra ellos; el pueblo quiere libertad, y ha de atropellar a los que intentan no permitirle llegar hasta el fin.

—La gran dificultad consiste en no poderlos coger reunidos en un solo punto. Lo bueno sería invadir el Congreso; pero el de la casa grande no quiere tal cosa. Hay que ir cazándolos guarida por guarida, y esto hace más difícil y complicado el asunto... Pero concretemos. En resumen, ¿qué es lo que se debe hacer?

—La cuestión es muy sencilla —dijo el Doctrino, echándose atrás el sombrero y bajando la voz—. Todo se reduce a lo siguiente: Hay un partido, unos cuantos hombres que se llaman liberales sensatos, que predican el orden y el respeto a las leyes. Todo esto es muy bueno. Pero el pueblo ha cobrado gran odio a esa gente, que es, según cree el Rey, el apoyo de la Constitución. El pueblo ha llegado tras largas sugestiones a desear vivamente, con razón o sin ella, la... desaparición de esos hombres. Bien: conduzcamos al pueblo al logro de su deseo. El pueblo lo quiere, cúmplase la voluntad nacional.

Después de estas irrisorias y diabólicas palabras, el Doctrino se detuvo para leer el efecto de su exposición en las caras de los oyentes.

«Bien —continuó—: hay veinte o treinta hombres señalados ya en la opinión como víctimas».

—¿Como víctimas? —interrumpió Pinilla.

—Sí, ha de haber un atropello. Hasta dónde llegará este atropello, es lo que no puedo decir a ustedes. Ya sabemos lo que es este pueblo.

—¿Pero este atropello parará en una matanza? —preguntó uno de los dos desconocidos.

—Esto es lo que no sé. Atropello ha de haber. Las personas que lo han de sufrir están aquí apuntadas en mi cartera. No son solo los ministros.

—Y después, ¿qué pasará? —dijo el otro—. Verificado el hecho (y supongo que llegue al último extremo, a un sacrificio horrible), ¿qué tendremos? Se apoderará del poder el partido exaltado; tendremos un período de dictadura, de terror y represalias espantosas. ¿A dónde iremos a parar? A la anarquía más horrible.

—No importa —dijo el Doctrino—. El Rey cuenta con eso, y lo desea. De esa anarquía ha de salir triunfante un absolutismo, que es su objeto. Y lo conseguirá; eso es indudable.

—¿Y contra quiénes se dirige el motín?

—Contra muchos: ya conocéis quiénes son. Los políticos que se llaman de talla, los que guían la marcha de las Cortes, los influyentes. No se olvidará al presuntuoso Argüelles ni al célebre, más que célebre, Calatrava.

—Hombre, sentiría que se escapara el bueno del consejero Bozmediano, que tuvo la desfachatez de decir en las Cortes que si el Gobierno no tenía a raya a los exaltados, peligraban la libertad y la Patria.

—¿Cómo se había de escapar ese pez? Ese es de los primeros. Pues si es el que inspira al Gobierno... ¿Quién clama todos los días porque se cierren los clubs? Él. ¿Quién es el autor de aquellos decretos sobre imprenta? Él. ¿Quién indujo al Gobierno a la destitución de Riego? Él.

—¡Pues no digo nada de su hijito el señor don Claudio Bozmediano, que al principio era socio de la Fontana! —dijo uno de los desconocidos.

—¡Oh! —exclamó vivamente el señor Pinilla, como si sintiera una herida en el corazón—. ¿Ese perro había de escapar? Le odio, le detesto, no le tendría compasión aunque le viera asado en parrillas. Solo por acabar con ese condenado, entraría yo en la conspiración.

—¿Pues qué te ha pasado con él? —le preguntaron.

—¿Qué me ha pasado? —dijo Pinilla, lívido de cólera—. Hace algún tiempo iba ese señor a Lorencini. Una noche hablaba yo en contra del absolutismo y de los frailes: todos me aplaudían, y él también. Después dije no sé qué cosa contra los militares: él calló; pero al concluir mi discurso vino a hablar conmigo y me expresó con algunas palabras su disgusto. Yo no esperé más: hacía tiempo que me cargaba aquel hombre, le tenía ojeriza sin saber por qué; le dije que me importaba poco su opinión. Me contestó, le contesté yo más fuerte, hasta que al fin, de palabra en palabra, le dije cierta cosa, sabida de todo el mundo, respecto a su madre, que fue muy levantada de cascos. Él no esperó más, y de repente... no lo puedo contar, porque se me sube toda la sangre al rostro. Él puso su pesada mano en mi cara, y la oprimió con tal fuerza, que desde entonces la siento siempre aquí... aquí... quemándome como un hierro candente. Reñimos: él es mucho más fuerte que yo, y me venció. Después nos desafiamos, y me hirió; he vuelto a tener otro altercado con él, y me volvió a... En fin, le odio de muerte. Uno de los dos tiene que destruir al otro: no hay remedio.

—Pues no escapará, ni su padre tampoco.

—Lo mismo digo yo —exclamó Aldama, que estaba muy pesaroso porque el amo del café no le había querido fiar una botella de Málaga.

—Chitón, que viene alguien. ¿Quién es? ¡Ah! Lázaro.

Lázaro entró y saludó a su amigo.

«Buenas noches, buena pieza —le dijo el Doctrino—. Ya estamos otra vez en la Fontana; ya somos dueños del club, de nuestro club; ya se fue aquella horda de necios. Esta noche hablará usted y será aplaudido. Sabrán apreciar lo que usted vale».

—¡Ah!, ya no hablo más —replicó Lázaro con cierta amargura, porque se había llegado a convencer de que no había nacido para la tribuna.

—Mire usted —dijo Pinilla al Doctrino, continuando la conversación interrumpida—, ese Bozmediano es además un hombre inmoral, de detestable conducta; un libertino, como lo fue su padre, escándalo en la Corte de Carlos III.

Lázaro prestó mucha atención.

«No se ocupa más que en seducir muchachas. ¡Cuántas familias son hoy desgraciadas a causa de sus hazañas! ¡Oh!, los bandidos de esta clase deben ser quitados de entre los hombres».

—Hablan ustedes de una persona que me ocupa mucho en estos momentos —dijo Lázaro—. ¿Usted le conoce? ¿Usted sabe cuáles son los hábitos de ese malvado?

—¿Pues no lo he de saber? —manifestó Pinilla.

—Yo le he buscado ayer —dijo Lázaro—; le he buscado hoy sin poderle encontrar, porque tengo que ajustar ciertas cuentas con él. Yo le encontraré, aunque tenga que andar toda la tierra...

—Cuidado, joven, que ese maldecido maneja bien las armas. Tiene una mano admirable.

—No me importa: ya nos arreglaremos.

—¿Y le ha buscado usted?

—Sí: no le he podido encontrar; es decir, sí le he encontrado, le he visto; pero no en disposición de hablar con él. Iba con dos más, al parecer a una reunión secreta, a que concurrían otros hombres, que aparecían sucesivamente y entraban en una casa.

—¿Dónde? —preguntó con vivo interés el Doctrino.

—En una plazuela; según después he averiguado, se llama de Afligidos.

—¿En la plazuela de Afligidos? —dijo el otro con asombro—. Es en la casa de Álava... ¿Y eran muchos? ¿A qué hora?

Lázaro contó detenidamente todo lo que había visto en la citada plazuela dos noches seguidas y a la misma hora.

«No necesito más» dijo el Doctrino al oído de Pinilla.

Esto pasaba en una pequeña sala interior de la Fontana, donde el amo tenía algunos centenares de botellas vacías, y dos o tres barriles, vacíos también, con gran sentimiento de Curro Aldama. Cuando Lázaro concluyó su relato, se sintió el ruido de aplausos y las voces entusiastas que resonaban en el recinto del café. Hablaba con mucha elocuencia Alfonso Núñez. Más de doscientos jóvenes exaltados, lleno el espíritu de pasión expansiva, le aplaudían con entusiasmo. El joven orador comunicaba su indiscreta fe a aquella masa de juventud inocente y soñadora, cuando cuatro infames, a dos pasos de allí, preparaban un sangriento desastre. Estas iniquidades, proyectadas por pocos y llevadas a cabo por muchos con la sencillez propia de las turbas engañadas, son muy frecuentes en las revoluciones. El gentío obra a veces obedeciendo a una sola de sus voces, cualquiera que sea: se mueve todo a impulso de uno solo de sus miembros por una solidaridad fatal.

La Fontana estaba aquella noche elocuente, ciega, grande en su desvarío. Iba a perpetrar un crimen sin conocerlo. Su elocuencia era la justificación prematura de un hecho sangriento; y para el que conocía su próxima realización, las galas de aquella oratoria juvenil eran espantosas y sombrías.

Lázaro entró en el café: aún no se atrevió, aunque tenía la persuasión de ser recibido con benevolencia, a presentarse en el centro del club. Se quedó en un rincón, dispuesto a ser simple espectador; pero algunos pidieron que hablara; Alfonso le empujó hacia la tribuna; el mismo dueño del café se lo suplicó con insistencia, y la mayor parte de la juventud, que formaba el público, le aplaudió tributándole una ovación anticipada. No pudo eximirse: se resolvió a hablar, subió a la tribuna y empezó. Felizmente no le aconteció aquella vez lo que en la desgraciada noche de su llegada; no perdió la serenidad al encararse con las mil cabezas del público y ver abierto ante sí el atisbo de tanta atención, expresada en tantos ojos. Sin dificultad ninguna encontró el asunto de su discurso, y desde las primeras frases vio desarrollarse ante su imaginación en serie muy clara todas las ideas que habían de constituir la disertación. A cada palabra sentía presentarse la siguiente; pero sin atropellarse, con la calma de la verdadera inspiración que afluye al espíritu y no se precipita. La elocuencia muda de sus horas de silencio y soledad, salía por primera vez a su boca, sorprendiéndole a él mismo, que se oía con tanto gozo como podía oírle el público. Aquellas páginas no escritas, aquellas oraciones no emitidas por voz humana, salían a sus labios con tanta facilidad que parecían aprendidas de memoria desde largo tiempo. Sin darse cuenta de ello, dejó de ser retórico aquella vez. Su instinto de orador se alejó de aquel peligro, y expresándose a veces con demasiada sencillez, no ocurrió tampoco en el desaliño ni la vulgaridad. La espontánea brillantez de sus medios oratorios, la profunda entonación de verdad y sentimiento que daba a sus afirmaciones, la habilidad con que sabía explotar la pasión y la fantasía del auditorio, le ayudaron en aquella empresa, en la cual su ingenio apareció en altísimo lugar, grande, espontáneo, robusto de ideas y formas, como realmente era.

«¿Cómo queréis que haya libertad —decía—, si unos cuantos se erigen en sacerdotes exclusivos de ella, cuando ese gran sacerdocio a todos nos corresponde y no es patrimonio de ninguna clase? Pasó el monopolio de la riqueza, de la ilustración, del predominio y de la influencia. ¿Hemos de consentir ahora el monopolio de las ideas? (Grandes aplausos.) Por este camino vamos a tener aquí una cosa parecida a las castas del Oriente. (Risas.) Entre los millones de ciudadanos que pertenecen a la sagrada comunión del liberalismo, vemos surgir una casta privilegiada, que se cree única conservadora del orden, única cumplidora de las leyes, única apta para dirigir la opinión. ¿Hemos de consentir esto? ¿Hemos de ser siempre esclavos? ¿Esclavos ayer del despotismo de uno, esclavos hoy del orgullo de ciento? Mil veces peor es este absolutismo que el que hemos sacudido. Prefiero ver al tirano desenmascarado y franco, mostrando su torva, sanguinaria faz de demonio; prefiero la insolencia desnuda de un bárbaro abominable, abortado por el infierno, a la hipócrita crueldad, al despotismo encubierto y disfrazado de estos hombres que nos mandan y nos dirigen escudados con el nombre de liberales, haciendo leyes a su antojo, para después obligarnos con el respeto a la ley; seduciéndonos con el nombre de libertad para después ametrallarnos en nombre del orden; llamándose representantes de todos nosotros para después insultarnos en las Cortes llamándonos bandidos. (Aplausos.) No puede durar mucho tiempo el imperio de la injusticia. Felizmente aún no han puesto mordazas en todas nuestras bocas; aún no han atado todas nuestras manos; aún podemos alzar un brazo para señalarles; aún tenemos aliento en nuestros pechos para poder decir: 'ese'. Están entre nosotros, les conocemos. Esta gran revolución no ha llegado a su augusto apogeo, no ha llegado al punto supremo de justicia: ha sido hasta ahora un paso tan solo, el primer paso. ¿Nos detendremos con timidez asustados de nuestra propia obra? No: estamos en un intermedio horrible: la mitad de este camino de abrojos es el mayor de los peligros. Detenerse en esta mitad es caer, es peor que volver atrás, es peor que no haber empezado. Hay que optar entre los dos extremos: o seguir adelante, o maldecir la hora en que hemos nacido». (Grandes y estrepitosos aplausos.)

Lázaro notó, mientras pronunciaba estos párrafos, que entre las mil figuras del auditorio, y allá en lo oscuro de un rincón, había una cara en cuyos ojos brillaban el entusiasmo y la ansiedad. Las manos flacas y huesosas de aquel personaje aplaudían, resonando como dos piedras cóncavas. Le miraba sin cesar mientras hablaba, y a no encontrarse el orador muy poseído de su asunto y muy fuerte en su posición respecto al auditorio, se hubiera turbado sin remedio, dando al traste con el discurso. La persona que así le miraba y le aplaudía era su tío. Aquello era incomprensible, y el joven hubiera pensado mucho en semejante cosa, si las cariñosas y ardientes manifestaciones de que fue objeto no le distrajeran mucho tiempo después de concluido su discurso.

Otro habló después de él, y al fin, después de tantos discursos, el público empezó a desfilar. Alfonso y Cabanillas se fueron a la calle, llevados por los grandes grupos en que se descompuso aquella masa de gente. Agitada fue aquella noche en todo Madrid, y es positivo que la autoridad, ordinariamente bastante descuidada y débil, tomó algunas precauciones. En la Fontana quedaban a la madrugada el Doctrino, Pinilla, Lobo, Lázaro y otros.

«¡Bien lo ha hecho usted! —le decía el Doctrino a Lázaro—. Yo me lo esperaba. Esta noche nuestro partido adquiere con la palabra de usted una fuerza terrible. Don Elías, puede usted estar orgulloso de su sobrino».

—Sí que lo estoy —dijo Coletilla, sonriéndose como acostumbran hacerlo los chacales y las zorras, a quienes ha puesto la Naturaleza una contracción diabólica en el rostro—. Sí que lo estoy: no creí yo que fuera este chico tan listo, que, a saberlo, ya hubiera yo hecho lo posible para que...

Lázaro comenzó a ver oscuro en aquella intrusión de su tío en las sesiones de los exaltados. Cruzó por su imaginación una sospecha horrible. Cuando se marchó a la casa iba recordando la acusación en que la noche de su expulsión le habían dirigido en aquel mismo sitio; recordó el diálogo que con su tío había tenido en la cárcel; recordó todas sus palabras, expresión del más ciego fanatismo; y cuanto más meditaba y recordaba, menos podía explicarse que su tío permitiera el ser llamado gran liberal. Aunque algunas sospechas vagas le atormentaron, no vio el gran abismo en todo su horror y profundidad; no presagió el movimiento a que había dado impulso con su palabra, ni comprendió el ardid tenebroso, la colisión sangrienta que de las cabezas aturdidas de la Fontana y de las voluntades agitadas de algunos jóvenes, hacía su arma más terrible.

Pero al llegar a la casa esperaba a Lázaro una sorpresa que había de hacerle olvidar su discurso, a su tío y a la Fontana. Al entrar, ya cercano el día, encontró a doña Paz muy alborotada, a Salomé rondando la casa con luz y a las dos tan coléricas y destempladas, que no pudo menos de reír a pesar del estado de su espíritu.

«¡Gracias a Dios que viene usted! Estamos solas» le dijo temblando la más vieja.

—¿Qué hay, señoras?

—Tememos que alguien se entre por esos tejados.

—¿Cómo, quién se va a atrever?

—¿No sabe usted lo que ha pasado, caballerito? —dijo Paz—. Esa Clarita... ¡Qué horror, qué perversión!...

—¿Para cuándo es el patíbulo? —exclamó Salomé—. ¡Un hombre, un hombre ha entrado aquí por esa niña, un seductor! ¡Y nosotras tan ciegas que la recogimos!

—¡Ay, mi Dios!, ¡qué horrible atentado!

—¿Y cuándo entró ese hombre? —preguntó, comprendiendo que habían descubierto la entrada de Bozmediano.

—El domingo, aquella tarde que estuvimos en la procesión.

—Y ella, ¿dónde está? —preguntó el joven, creyendo que había llegado el momento de aclarar aquel asunto.

—¡Qué horror! ¿Y usted pregunta dónde está? ¡La hemos arrojado, la hemos echado! —dijo Paz, con expresión de venganza satisfecha—. ¿Habíamos de consentir aquí semejante monstruo?

—¡Qué degradación! ¡Y en esta casa! —exclamó Salomé, poniéndose ambas manos sobre la cara—. Señor, ¿qué expiación es esta? ¿Qué pecado hemos cometido?

—¿Y dónde está?

—¿Que dónde está? ¿Qué sé yo? La hemos arrojado.

—¿Pero dónde ha ido?

—¿Qué sé yo? Vaya a la calle, que es donde siempre ha debido estar. ¡Oh! Ella se habrá ido muy contenta por ahí.

—Si esa gente ha nacido por la calle —dijo Salomé, con un gesto de repugnancia— ¡Qué ignominia!

—¿Pero ustedes la han arrojado así...? ¿Dónde ha de ir la pobrecilla? —preguntó Lázaro, que, a pesar de su agravio, no podía ver con calma que se injuriara y se maltratara de aquel modo a un ser desvalido.

—¿Qué sé yo dónde ha ido? ¡Al infierno! —dijo María de la Paz riendo.

—Señor, ¿es posible que haya tanta infamia en el mundo? ¡Oh! Las ideas del día... —murmuró Salomé, alzando las manos al cielo en actitud declamatoria.

Antes de decir lo que hizo Lázaro al encontrarse con tan estupenda novedad, contemos lo que pasó aquella noche en la vivienda de las tres damas. Coletilla había salido diciendo que no volvería hasta dentro de tres días, por tener que ocuparse fuera de cierto asunto; y ellas estaban comentando esta rara determinación, cuando aconteció un suceso que dio por resultado la expulsión definitiva de la huérfana.

Capítulo XXXV. El bonete del Nuncio

La sastrería clerical fue industria muy socorrida y floreciente en el siglo pasado. Había muchos clérigos, y además, gran cosecha de abates, gente toda que vestía con primor y coquetería. Los que a tal industria se dedicaban obtuvieron pingües ganancias, y esto fue causa de que se dedicaran a explotarla muchos menestrales de ambos sexos, educados al principio en la sastrería profana. En el presente siglo la industria en cuestión estaba muy decaída, no sabemos si porque había menos clérigos o porque había más sastres. En el quinto piso de la casa de Tócame Roque, situada en la calle de Belén, tenían su nido dos hermanas, sastras de ropas sagradas, que habían venido muy a menos. En sus mocedades habían cosido muchos manteos y sobrepellices para los canónigos de Toledo y para los clérigos de la corte; pero en la época de nuestra historia, por razones sociales que no es oportuno consignar, solo consagraban su mísera existencia a remendar las verdinegras hopalandas de algún escolapio o de algún teniente cura pobre y andrajoso. Hacían de peras a higos un bonete para un capellán de Palacio o para el señor fiscal de la Rota, y nada más. Eran muy pobres, pero soportaban con paciencia la desgracia sin exhalar una queja. Solo una de ellas decía de vez en cuando con un suspiro, mientras revolvía los escasos trapos negros de su santa industria: «Ya no hay religión».

No tenían otro amigo que el abate don Gil Carrascosa, que, según ha llegado a nuestra noticia, tuvo en sus tiempos ciertos dimes y diretes con una de ellas. Él las visitaba, les proporcionaba algún trabajo y solía darles algún rato de tertulia, contándoles las cosas de Madrid. Pero si las de Remolinos (que así se llamaban) no tenían más que un amigo, en cambio tenían un enemigo implacable, sanguinario, feroz. Este enemigo era otra sastra, que vivía pared por medio, y que, por la natural divergencia de opiniones entre los que se dedican a una misma industria, les había declarado guerra a muerte. Para martirizarla, además de sus improperios y apodos, tenía un gato, que creemos nacido expresamente para entrarse en el cuarto de las dos hermanas y hacer allí cuantas inconveniencias puede hacer el gato de un enemigo. Tenía además la doña Rosalía un amante del comercio, que la visitaba todas las noches, en compañía de una guitarra; y era este amante un ser creado de encargo por el infierno para cantar y tocar toda la noche en aquella casa y no dejar dormir a las dos sastras de ropas sagradas.

Doña Rosalía tenía más trabajo que sus vecinas las de Remolinos (o las Remolinas, como generalmente las llamaban), y además hacía cuanto puede hacer una mujer envidiosa para quitarles a sus rivales el poco que tenían. Aconteció que un paje de la Nunciatura, feligrés antiguo de doña Rosalía, y muy admirador de su buen color, se atrevió a aspirar a no sabemos qué honestas confianzas: picose la dama, picose más el paje, y al día siguiente, al traer el bonete del Nuncio para que le echaran un zurcido, en vez de dárselo a doña Rosalía se lo entregó a las dos hermanas.

Cuando doña Rosalía supo que el bonete de la Nunciatura estaba en manos de sus rivales, le pareció que había recibido la más grande ofensa: rompió relaciones con la Curia Romana, dijo mil improperios al paje, encargó a su gato ciertas sucias comisiones cerca de las dos vecinas (comisiones que el animal cumplió con gran puntualidad), se acercó a la puerta de las dos infelices, y les dijo mil cosas estupendas, que hicieron proferir a la más vieja de las dos en su lamentación acostumbrada: «Ya no hay religión».

Pero Rosalía buscaba una venganza terrible. ¿Cómo? Mucho le asombró ver entrar al abate con un militar desconocido. La casa estaba dispuesta de tal modo, que acercándose a la puerta se oía cuanto en los cuartos inmediatos se hablaba. Todos sabemos los fines de la visita de Bozmediano a las de Remolinos. Doña Rosalía lo adivinó también, cuando, poniéndose en acecho, le vio pasar a la casa inmediata por una puerta condenada que daba al desván antiguo. Se calló y esperó. Comprendió la taimada que allí había aventura amorosa, y en esto supo hallar un medio feliz para su venganza. Vio entrar y salir a Bozmediano, y calculando que aquella entrada fraudulenta se repetiría, esperó a que se repitiera para ir inmediatamente, y mientras el joven estuviera dentro, a la casa contigua a denunciar el hecho. El joven sería sorprendido, habría un gran escándalo, se harían averiguaciones, ella declararía por dónde había entrado, y cátate a las Remolinas camino de la cárcel en castigo de su complicidad en aquel delito de escalamiento y abuso de confianza.

Esperó un día, dos, tres, hasta que viendo que la escena no se repetía, resolvió en su alto criterio denunciar el hecho de una vez a la familia interesada, no sea que, retardándolo, pudiera ser puesto en duda.

Pensado y hecho. Púsose su mantón, bajó, entró en casa de las Porreñas, tocó, le abrieron, y se encaró con la faz majestuosa de María de la Paz Jesús, que de muy mal talante le preguntó:

«¿Qué quiere usted?».

—Venía a ver al amo de esta casa para decirle una cosa —dijo Rosalía entrando.

—¡Qué irreverencia! —pensó María de la Paz, viéndola entrar de rondón—. Salomé, una luz.

Anochecía, y con la oscuridad no podía la dama ver claramente el rostro de la que le visitaba. Salomé trajo un quinqué a la sala, donde las dos se personaron.

«¿Qué se le ofrece a usted?» preguntó Paz, midiendo con una mirada el cuerpo de doña Rosalía.

—¿Quién es el amo de esta casa?

—Yo soy —dijo Paz un poco alarmada con el misterio que parecía envolver aquella inesperada visita.

—Pues vengo a decirla a usted... ¿usted no sabe lo que pasa?

—¿Qué pasa? —dijo Salomé, creyendo que se hundía el techo.

—No se asuste usted, señora, porque al fin y al cabo, sabiéndolo, se puede evitar que vuelva a suceder.

—¡Por Dios, explíqueme usted, señora! —dijo Paz, en el tono de la impaciencia y la superioridad.

—Pues han de saber ustedes —dijo con misterio doña Rosalía—, que esta casa... Pues... les diré a ustedes: yo vivo en la casa de al lado en el cuarto piso, y soy sastra, con perdón de ustedes, y coso toda la ropa de casa del señor Nuncio del Papa, y la del Patriarca de las Indias; coso a todo el arzobispado de Toledo, y a veces coso a la capilla de Palacio.

Esta relación de las altas jerarquías que servía la aguja de doña Rosalía, le dio cierta importancia a los ojos de María de la Paz Jesús.

«Yo vivo allá arriba y he visto... ¿Pero ustedes no han caído en ello?».

—¿En qué?

—En ese hombre que ha entrado aquí.

—¿Qué hombre?, ¿qué dice? —exclamaron a una las dos ruinas en el tono del que siente estallar un volcán.

—Pues yo venía a avisárselo a ustedes para que evitaran que otra vez pasara. Es el caso que en la buhardilla de la casa en que yo vivo hay una puertecilla que da a la buhardilla de esta casa.

La cara que pusieron las Porreñas no cabe en ninguna descripción.

«Sí —continuó la sastra—, y un joven militar se metió una tarde por esa puerta de que hablo; se metió aquí... Yo me malicié, cuando le vi, que había aquí alguna jovencita».

—Pero, señora —dijo Paz, poniéndose en pie—, ¿está usted segura de lo que dice? ¡Un hombre ha entrado aquí... aquí, en esta casa!

—Sí, señora: yo lo he observado. Se coló por el cuarto de unas vecinas... amigas mías. Yo lo he visto.

—¿Cuándo? —preguntó Salomé tomando aliento, porque ya el aliento le faltaba.

—El domingo por la tarde.

—¿A qué hora?

—A eso de las cinco.

—¡Cuando estábamos en la procesión! ¡Qué escándalo! Esa niña desvergonzada... esa muchachuela... Bien me lo sospechaba yo —dijo Paz, con las manos puestas en la cabeza y paseándose por la sala como una loca.

—¡Ay!, no sirvo para estas cosas... ¡Yo me descompongo! —balbució Salomé, inclinándose sobre el sofá con muestras de experimentar un vahído.

—Pero, señoras, no se alarmen ustedes —dijo doña Rosalía, queriendo calmar a las dos damas—. ¿Tienen ustedes alguna hija?

—No, señora; nosotros no tenemos ninguna hija —contestó con mucho enfado María de la Paz—: es una mozuela, una loca que admitimos aquí por compasión, esperando que se corrigiera; pero... ya me lo sospechaba yo. ¡Qué alhaja! ¿Ves lo que yo decía? Dios mío, ¿para qué admitimos aquí a semejante mujerzuela?

—Señora —manifestó Salomé, oprimiéndose el estómago y rehaciéndose de su vahído—. Cuente usted, aclare usted eso. ¡Ay! Es demasiado horrible.

Nosotras no estamos acostumbradas a esas cosas, y tales hechos nos confunden; yo, sobre todo, no puedo soportar...

—Pues no lo duden ustedes. El joven se coló en la casa el domingo por la tarde, y estuvo aquí como una hora. Averígüenlo ustedes y verán como es cierto.

—Si parece increíble —dijo Paz, sentándose otra vez—. Esta casa, esta honrada casa... ¿Y cómo existe esa puerta? ¿Cómo es posible...?

—Existe de muy antiguo, solo que estaba condenada. Si ustedes quieren verla pueden subir a la buhardilla, y examinando bien, la encontrarán.

—Pero él, ese monstruo, ¿por dónde pudo llegar?

—La tal puerta —continuó doña Rosalía— da al cuarto de unas costureras amigas mías. Las pobrecillas no cosen más que a sacristanes y curas de aldea, y cosen mal. Ellas quieren darse tono, y dicen que cosen a la catedral de Segovia; pero es mentira. No las crean ustedes.

—Y él, ¿entró por ese cuarto?

—Sí: es un militar alto, buen mozo.

—¡Jesús, qué horror! Yo no puedo oír esto —exclamó Salomé, estirándose con muestras de un segundo ataque.

—Les dio dinero a esas mujeres —continuó doña Rosalía—, porque ellas están muy pobres: no ganan nada. Como lo hacen tan mal... No cosen más que al teniente cura de San Martín.

—Es preciso tomar una determinación, Paz; una determinación pronta —dijo Salomé volviendo en sí—. Porque si no, la honra de la casa está comprometida. —Señora —añadió, volviéndose a doña Rosalía—, no extrañe usted esta congoja; no estamos acostumbradas a golpes de esta clase. Nosotras, por nuestro nacimiento, nuestra educación y nuestra religiosidad, hemos estado siempre por encima de todas esas miserias. ¡Ay! Nosotras hemos tenido la culpa por nuestra excesiva caridad. Figúrese usted que acogimos sin recelo a una víbora en nuestra casa, aunque teníamos malos informes de su conducta; la acogimos creyendo que se enmendaría. ¡Pero ya ve usted qué almas tan perversas! ¡Qué sociedad! ¡Qué siglo! Bien me lo figuraba yo, a pesar de lo que decía mi sobrina, que es una santa, y se empeñaba, guiada por su buen corazón, en que esa muchacha se iba a corregir. ¿Cómo puede corregirse un monstruo semejante? ¡Qué deshonra, que vilipendio! ¡Ay!, yo no sirvo para estos casos; me confundo, me descompongo y no puedo tomar ninguna determinación.

—Sí, hay que tomar una determinación —afirmó con mucho encono María de la Paz—. Si no, ¿qué va a ser de la honra de nuestra casa? Hay que poner inmediatamente a la puerta de la calle a esa mozuela, sin consultar a don Elías. Él ha de aprobarlo; y sobre todo, aunque no lo apruebe. ¿Pues no se ha atrevido a decirnos esta mañana que su sobrino se enmendará? ¡Si está una viendo unos horrores!... ¡Qué siglo, qué costumbres! ¡Hasta él...!

—Haz lo que quieras, Paz —dijo Salomé, afectando mansedumbre y cierta postración, que ella creía sentaba muy bien en su nervioso cuerpo—. Haz lo que quieras, sin reparar en lo que pueda opinar ese señor mayordomo, que él nada tiene que mandar aquí. Despide a esa muchacha; que se vaya con las de su calaña. ¡Oh! No quiero recordar lo que esta señora ha contado.

Hasta el perro, que no ladraba; el melancólico Batilo estaba consternado. Habíase plantado frente a doña Rosalía, y miraba, con la atención de un can preocupado, el buen color de la costurera que había traído la desolación a aquella casa.

«Señora —dijo Paz con un poco de cortesía—, le agradecemos a usted el aviso que nos ha dado, mostrando, como es natural, su celo e interés por la honra de nuestra casa. Cuando despidamos a esa muchacha, nos mudaremos de aquí. ¡Ay, y yo le había tomado cariño a este santo retiro! Aquí vivíamos tranquilamente y en paz, no con la comodidad que en nuestra antigua casa; pero, en fin, tranquilas y... Señora, usted nos ha librado de la deshonra, porque ¿qué hubiera sido de nosotras, solas aquí y expuestas a las asechanzas alevosas de ese militar? ¡Oh!, no lo quiero pensar».

—Es un militar joven, alto, buen mozo, y parece ser persona muy distinguida.

—¡Joven, buen mozo y de buen porte! —dijo Salomé disponiendo su cuerpo para el tercer paroxismo.

—¡Joven, buen mozo y de buen porte! —exclamó Paz en el colmo de la indignación—. ¿Es esto creíble? ¡Qué circunstancias tan agravantes!

—¡No siga usted, por Dios! —dijo Salomé ya medio desmayada.

No siga usted, que mi sobrina es muy impresionable y no puede oír ciertas cosas. Estamos acostumbradas...

Doña Rosalía se levantó para marcharse, porque creía haber cumplido satisfactoriamente su misión. Entonces pasó una cosa singular: cuando la sastra se acercaba a la puerta, Batilo, el perro misántropo, que en aquella mansión había olvidado los hábitos propios de su raza, corrió tras ella, se agitó convulsivamente como quien hace un gran esfuerzo, y ladró, ladró como un mastín ante un salteador; persiguió a la mujer dando agudos aullidos, y hasta llegó a pillarle entre sus inofensivos dientes el traje y el mantón. Paz se alarmó y Salomé se tapó los oídos, como si oyera el aullido de un chacal. Defendieron entre las dos a doña Rosalía de la agresión inesperada del animal; fuese la sastra, y las dos arpías se miraron cara a cara, comunicándose mutuamente su respectiva bilis.

Es indispensable apuntar que en su afán de llegar pronto a donde estaba Clara, se aturdieron, sin poder tomar la puerta, y al fin chocaron una con otra con gran confusión.

«Mujer, que me echas al suelo» dijo una.

—Mujer, qué cosas tienes —gruñó la otra.

Entraron en el cuarto donde estaba acostada la devota... Esta reposaba tranquilamente, pero no dormía; tenía clavados los ojos en el techo con muestras de meditación profunda. Sentada junto a la cama estaba Clara, que hacía de enfermera y acompañante de la santa. Cuando las dos Porreñas entraron, Clara les conoció en las caras que se preparaba una escena terrible. Asustose mucho, y se acercó más al lecho, como buscando refugio al lado de la sagrada persona de doña Paulita.

«¡Niña! —dijo Paz con la lengua turbada y muy alterado el rostro—. Ya sabemos todas las infamias de usted. Merece usted ir a la cárcel por comprometer la honra de una casa como esta. Si no temiera rebajar mi dignidad...».

—Señoras —murmuró Clara temblando—, ¿pues yo qué he hecho?

—¿Pues yo qué he hecho? —dijo, remedándola con gesto grotesco, Salomé—. Miren la hipócrita, ¡qué monstruo, Dios mío! Paula, no te asustes —añadió, acercándose a la cama—; no nos des un nuevo disgusto. Ya sabemos qué clase de persona hemos recibido en nuestra casa.

—Todo se ha descubierto, niña —continuó Paz—. Ya no nos engañará usted más con su cara de mosquita muerta. Pero ¡qué atrevimiento, qué iniquidad! Debiera usted morirse de vergüenza.

—Señora, yo no sé de qué habla usted —dijo Clara, perdiendo por completo la serenidad.

—¡Insolente!, y aún se atreve a disimular, después de tanta desvergüenza. ¿Cree usted que está tratando con personas como usted? ¡Miren la necia!, tan necia como perversa. Ahora mismo va usted a salir de esta casa.

El primer sentimiento de Clara al oír esto, fue una repentina alegría. ¡Salir de allí! Ya había perdido esa esperanza. Pero la situación aquella no era para alegrarse. Pronto lo conoció, y esperó resignada el fin de su sentencia.

«Dile, dile la causa» indicó Salomé afectando gran respeto al procedimiento.

—La causa bien la sabe ella —dijo Paz—; pero puedo contener la cólera. De veras digo que si no fuera porque soy persona... ¡qué horror! La causa es... no te asustes, Paula; la causa es que mientras nosotras salimos de casa a alguna visita, se entra aquí un hombre por los tejados; sí: un militar, buen mozo, alto, persona... ¿cómo dijo?, de buen porte... pero no te asustes, Paulita: esto hay que aceptarlo con resignación.

Sí no temiera asustar a su prima, que estaba enferma, a Salomé le hubiera dado un cuarto conato de vahído. Pero se contentó con mirar a la devota con ojos muy aterrados. La santa no hizo más que mirar a Clara con cierta perplejidad; y contra lo que sus parientes esperaban, no citó ningún texto latino, ni predicó ningún sermón sobre la inconveniencia e irreligiosidad de que entraran por los tejados los militares buenos mozos, altos y de buen porte. Clara, a pesar de su inocencia, se quedó aterrada como una culpable.

«¿Se atreve usted a negarlo?» dijo Paz, dando algunos pasos hacia ella con el resplandor de la ira en los ojos.

—Yo... no —dijo Clara, retrocediendo con espanto—. Sí... sí lo niego —después añadió, haciendo un esfuerzo por calmarse y calmar a su juez—: Óigame usted, señora: yo le contaré la verdad; le diré lo que ha sido. Yo soy inocente; yo no he permitido...

—¡Jesús, Jesús! Yo no sirvo para estas cosas —clamó Salomé volviendo el rostro—. No puedo, no puedo oír esto.

—¿Qué usted no ha permitido...? ¿Todavía tiene atrevimiento para negarlo?

—Yo... yo no niego —contestó la huérfana muy consternada—. Pero yo, ¿qué culpa tengo de que ese hombre...?

—¿También le quiere usted disculpar a él? Esto nos faltaba que ver. No puede haber perdón para tanta alevosía. ¡Pagar de este modo el asilo que le hemos dado sin merecerlo! Pero bien dije yo que de usted no podíamos sacar cosa buena.

—Señoras —dijo Clara deshaciéndose en lágrimas—, yo les juro a ustedes por Dios y por todos los santos, que por mí no ha entrado ningún hombre; que yo no soy culpable de todo eso que ustedes dicen. Yo se lo juro por Dios y por la Virgen.

—¡Insolente! Aún se atreve a disculparse.

—En verdad, esto es más de lo que puede sufrir mi débil constitución —dijo la otra arpía—. Paulita, no te asustes: procura tomar esto con indiferencia, que puedes agravarte.

—¡Dios mío! ¿Cómo lo he de decir? —exclamó Clara con la mayor amargura—. ¿Qué haré, qué diré para que me crean? ¿A quién me volveré? Yo no quiero vivir así. No tengo padres, ni hermanos, ni amigos, ni nadie que me defienda y me proteja. Señora, yo se lo juro a usted. No me diga otra vez esas cosas que me ha dicho, porque yo no las merezco.

—Vamos, prepárese usted a marcharse al momento —dijo Paz con crueldad espantosa.

—¡Marcharme! Sí, me marcharé. Yo no quiero molestarlas a ustedes; pero ¡ay!, esas cosas que han dicho de mí... Yo no he deshonrado la casa, yo no he deshonrado a nadie. Pero yo soy muy desgraciada; soy huérfana, pobre y sola; y como no tengo a nadie que me proteja, por eso nadie me guarda consideración y todos me tratan con desprecio. Yo no merezco eso; yo no he hecho nada de eso que usted dice; yo soy inocente.

—No sé cómo me contengo —dijo Paz—. Ni un instante más. Se marcha usted de aquí, y vaya donde quiera. Yo sé que usted se alegra. Usted no desea otra cosa que andar sola por esas calles; usted ha nacido para la calle. Vamos, pronto. Y nada me importa que don Elías se oponga o no. Lo aprobará. Él sabe que interesarse por tan despreciable criatura es cosa inútil. Váyase usted pronto.

—Señora —dijo Clara, poniéndose de rodillas junto al lecho y estrechándole las manos a la devota—. Señora, usted me defenderá; usted que es tan buena, que es una santa; usted que ya me defendió otra vez. ¿No es verdad que usted sabe que yo soy inocente? Dígalo usted: me están calumniando. ¿Qué va a ser de mí si usted no me defiende?

La devota no había hablado palabra; continuaba como distraída y ajena a todo aquello. Cuando sintió las manos de la que había sido, aunque por poco tiempo, su compañera y amiga, volvió hacia ella la cara cubierta de palidez, y expresando cierta atonía, la miró, y con voz tenue y como indiferente, dijo: «¿Yo?». Calló en seguida. Salomé separó a Clara con un ademán desdeñoso del lecho de su prima, diciendo:

«Nuestra paciencia nos va a perder. Cuidado, Paz, que somos demasiado condescendientes. ¿Cómo es que está todavía aquí esta mujer?».

—Al momento a la calle. Vamos, pronto —dijo Paz—. Recoja usted sus bártulos, y al momento. Haga usted un lío de su ropa.

—Señora, por Dios, no me eche usted así —dijo Clara, poniéndose de rodillas y cruzando las manos—. A estas horas... sola... yo no conozco a nadie... ¿Qué va a ser de mí? ¿A dónde voy? Espere usted, por la Virgen Santísima, a que venga don Elías, que, siendo huérfana, me recogió... Él no me abandonará de este modo... Estoy segura.

—Nada, nada. ¿Aún espera usted engañarle otra vez? Salga usted al momento de nuestra casa.

—Pero, señoras —continuó Clara—, ¿a dónde voy? Sola, de noche... yo tengo miedo... yo tengo mucho miedo... yo no conozco a nadie...

—¿Que no conoce a nadie? ¿Y tiene valor para decir...? —exclamó Salomé, apartando el rostro y persignándose con sus afilados dedos—. ¿Pues y el caballero joven, alto, buen mozo?

—Señora, espere usted por Dios a que venga mi protector: yo se lo ruego por la gloria de su madre.

La idea de que viniera Coletilla e impidiera la expulsión de la huérfana, puso a Salomé en grave peligro de que le diera el quinto ataque.

«¡Qué agonía! —dijo sentándose—. Francamente, nuestra excesiva benevolencia nos trae a estos extremos».

—No tarde usted un instante —dijo Paz, con la satisfacción de la venganza—. Márchese usted inmediatamente.

La desventurada huérfana se dirigió otra vez, como última esperanza, a la santa, que reposaba en su lecho con la inmovilidad y la pesadez de la estatua yacente de un sepulcro. Clara tomó una de sus manos que colgaba fuera de las ropas y la besó con efusión, regándola con sus lágrimas; llanto de la inocencia provocado por la crueldad de aquellos verdugos.

«Señora, otra vez se lo pido —exclamó con voz apenas inteligible—; no me abandone usted, usted es una santa. No permita que me echen así... a estas horas... yo tengo miedo. No me abandone usted».

La mujer mística retiró lentamente su mano y la escondió entre las sábanas. Volvió el rostro, miró a la víctima, y sin inmutarse, dijo con la misma voz helada: «¿Yo?».

«No se puede resistir tal insolencia» afirmó Paz asiendo a Clara por un brazo y apartándola violentamente de la cama.

—Si usted no se marcha ahora mismo de aquí, llamo a un alguacil para que le haga entender sus deberes.

Ya Salomé se había acercado a la cómoda donde Clara guardaba su escaso ajuar, y recogía todo formando un lío.

«No tengas cuidado, Paz —decía entre tanto—: yo estoy registrando su ropa, no sea que se lleve alguna cosa. No se lleva nada».

—¡Señoras de mi alma! —dijo Clara en el colmo de la desesperación—. No me echen así: yo no he cometido falta ninguna; yo no he hecho lo que ustedes dicen; yo soy inocente. Que lo diga esa señora que es una santa y me conoce. Yo estoy segura de que lo dirá.

La devota volvió a moverse, y con la voz que atribuyen a los espectros evocados, repitió otra vez: «¿Yo?».

«No me echen ustedes —continuó Clara sin saber ya a quién suplicar—. Yo no lo merezco. ¿A dónde puedo ir a estas horas sola? No conozco a nadie. Tengo miedo... me voy a perder».

—Vamos, aquí tiene usted su ropa —dijo Salomé poniéndole el lío en la mano.

—No, no lo puedo creer. Ustedes no serán tan inhumanas. Esperarán a mañana; esperarán a que venga él.

—Ha dicho que no vendrá hasta dentro de tres días. ¿Cree usted que él no se ocupa de otra cosa que de proteger a mozuelas como usted?

Diciendo esto, Paz tomaba por un brazo a Clara y la llevaba con grande esfuerzo hacia la puerta. La pobre huérfana tenía, sin duda mucha fuerza de espíritu cuando no cayó allí mismo sin sentido; y sin duda era también harto angelical y delicada, cuando no contestó con injurias a las injurias de la euménide aristocrática, baldón de los Porreños. Aún creía la infeliz que sus ruegos podían ablandar a aquellos dos energúmenos de corazón empedernido por el hastío, la insociabilidad y la amargura de una vida claustral. Aún les suplicó; otra vez se volvió a arrodillar delante de María de la Paz, y le tomó las manos, aquellas manos nacidas sin duda para un puñal. La vieja las retiró con violencia; su brazo se alzó; y a pesar de la dignidad que procuraba imprimir siempre a su carácter; a pesar de la nobleza de su raza, a que parecía deber igualarse la nobleza de sus sentimientos, maltrató a una huérfana infeliz a quien antes había calumniado. La vieja ridícula, presuntuosa, devota, expresión humana de la mayor necedad que puede unirse al mayor orgullo, puso su mano en el rostro de la doncella abandonada y débil, que ofendía sin duda con su juventud y su sencillez el amor propio de aquellos demonios de impertinencia.

«¡Ay, ay, ay! Paz, por Dios, no te arriesgues— dijo Salomé chillando con horror, como si la inofensiva Clara tuviera un puñal en la mano—. Déjala, déjala».

—¡La mataría! —dijo Paz apretando los puños y ahogada por cólera.

Salomé puso sobre los hombros de Clara el mantón, que al entrar en la casa había traído. Después extendió sus brazos de esqueleto y la empujó hacia la puerta con tal violencia, que la desdichada huérfana estuvo a punto de caer al suelo. En tanto decía:

«No sirvo para estas cosas. Me descompongo. Váyase usted pronto, niña. No dé lugar a que la tratemos con rigor».

Clara salió; fue arrojada por los brazos robustos de la vieja Paz, y por los brazos entecos y nerviosos de la vieja Salomé. Aún es probable que esta, al darle el último empuje, crispó sus dedos de gavilán, haciendo presa con sus uñas en un brazo de la víctima. La puerta se cerró con gran estrépito, y las voces destempladas de los dos demonios sonaron por mucho tiempo en el interior. La huérfana bajó con el corazón oprimido; no tenía fuerzas ni voz; casi no tenía conocimiento claro de su situación. Bajó y se encontró en la calle; sola en la calle, sola en el mundo, sin asilo, el cielo encima, desolación en derredor, ni un rostro conocido. ¿A dónde iba? En el portal sintió ruido y volvió la cara: era el perro melancólico que la seguía. El pobre animal había salido de la casa por primera vez, y parecía decidido a no volver a entrar, pues saltaba y chillaba con un gozo, una travesura y un aire de expansión desconocidos en él.

Capítulo XXXVI. Aclaraciones

Al oír Lázaro de boca de las dos esfinges la noticia de la expulsión de su antigua amiga, sintió deseos de coger por el moño a entrambas nobilísimas damas y darles allí el castigo de su crueldad. A pesar de su agravio, y de que no conocía las razones que habían tenido para echarla a la calle, un gran interés por aquella infeliz se despertó en su corazón. Indudablemente, a él le tocaba ampararla en aquel trance, apartarla del vicio a que su soledad podía conducirla, socorrerla, en fin, porque había sido su amiga, le había amado, y en tales casos es de corazones generosos y buenos olvidar las injurias y pagarlas con nobles acciones. Viendo que no le daban razón de su paradero, bajó y salió dispuesto a buscarla. Pero ¿dónde, dónde la iba a encontrar? Clara no conocía a nadie en Madrid. Sí: conocía a Bozmediano. Esta idea enfrió repentinamente la generosidad del joven. «Tal vez —pensaba—, se marchó, porque Bozmediano la indujo a ello; tal vez ya la tenía consigo». Esto avivó los celos y el rencor del estudiante, que resolvió no descansar hasta descubrir el misterio de aquella salida y pedir cuentas a Claudio de su grande traición.

Con esta idea se dirigió a casa de este, dispuesto a dar un escándalo en la casa si no le permitían verle. Lo probable, según él, era que Clara estuviera allí. Los celos le cegaban al pensar que aquella joven, que algunos meses antes se le había aparecido con todo el encanto de la sencillez y de la gracia, de la virtud doliente y de la tranquilidad doméstica, había cedido a las sugestiones de un libertino sin conciencia. Era preciso no dejar sin castigo aquella infamia. «Aún me interesa mucho —decía—; aún la quiero mucho para que perdone yo esta injuria, que me parece hecha a una persona mía; injuria que cae sobre mí, que iba a ser...».

Llegó a la casa de Bozmediano y esperó, paseando en la calle, a que avanzara el día. Cuando sintió las ocho, entró y preguntó al portero. Este, que ya le conocía de verle allí los días anteriores, no le puso tan mala cara como antes, porque recordó cierto diálogo que con su amo había tenido a propósito de aquella visita. Le había dicho que un joven vino a preguntar por él sesenta veces seguidas. Al amo picole la curiosidad, y quiso saber las señas; dióselas el portero con mucha exactitud, y sospechando Bozmediano que podía ser Lázaro, advirtió al doméstico que si volvía estando allí le introdujera inmediatamente. Claudio sospechaba a qué podía venir el joven, y lejos de rehuir la visita, la deseaba.

Pero el portero, a pesar de lo terminante de la orden, creyó que era un desacato recibir a aquella hora a un joven que no era militar, ni venía en coche, ni traía botas a la farolé. Hízole esperar un buen rato, y por fin le introdujo, después de avisar para que despertaran al señorito. Este tardó un cuarto de hora en salir de su cuarto.

«Ya debe usted suponer a lo que vengo —dijo Lázaro sin saludarle—: usted me conoce, usted me dio la libertad. Yo creía que desde entonces podía haber entre nosotros la amistad que a mí me imponía la gratitud; pero usted no ha querido; usted ha seducido y deshonrado a una pobre muchacha, a quien considero yo como mi hermana. Si usted me sacó de la cárcel por hacer más grande la injuria que he recibido, hizo usted bien, por mi parte, porque estoy libre para pedirle cuenta de su acción, que es la acción más infame que puede cometer un hombre».

—Yo no cometo acciones infames. No le dejo pronunciar una palabra más sin que antes se apresure a desdecirse. Sí, usted se desdirá. Todo eso es una calumnia. Yo no he seducido ni he deshonrado a joven alguna. Usted está ciego de furor y extraviado por la pasión. Le han engañado a usted, y solo por saber que está usted engañado, tolero las palabras que he oído. Pero me será muy fácil sacarle a usted de su error.

—Eso es lo que quiero —dijo Lázaro—. Si usted me convenciera de lo contrario... Pero no podrá usted convencerme. Yo le he visto a usted, le he visto salir como un ladrón de la casa en que Clara estaba recogida. Usted ha entrado allí por ella, ha entrado llamado tal vez por ella.

—¡Oh, no! —exclamó Claudio, interrumpiéndole—. Siéntese usted; hablemos con calma. No anticipe usted juicios temerarios. Yo los voy a desvanecer.

—Hable usted. No habrá palabras, no habrá nada que pueda desvanecer el juicio que se forma al ver a un hombre que penetra a hurtadillas en la casa en que una joven está sola, y mucho más cuando estos juicios están formados después de antecedentes muy claros. Yo no he venido aquí a que usted me explique nada. No tengo duda, sino certidumbre, de la infamia que usted ha cometido. He venido tan solo a tener el placer de decirle a usted que es un mal caballero y un hombre corrompido; a sufrir las consecuencias de esta acusación, porque yo no temo a adversario ninguno, por temible y fuerte que sea, cuando me creo obligado a vengar un agravio.

—Pues yo, que jamás he tratado de evadirme de las consecuencias de un asunto semejante —dijo Bozmediano con mucha energía—; yo, que no me dejo castigar de nadie, ni he permitido que jamás hombre alguno pronuncie contra mí una voz injuriosa, una reticencia, una alusión cualquiera, voy ahora a explicarme con usted en esta cuestión, esperando que se convenza y retire todo eso que ha dicho usted al entrar aquí. Todo lo comprendo, es natural: por lo mismo lo olvido hasta ver si, después de lo que yo digo, insiste usted en repetirlo.

—Hable usted; yo lo deseo.

—Yo no he visto a Clara más que tres veces —continuó Bozmediano—. Ella no sabe ni cómo me llamo, ni quién soy. Me ha visto poco, y le soy tan indiferente, que puedo asegurar que ocupo en su corazón el mismo lugar que una persona desconocida. Un día encontré a ese malhadado viejo fanático en la calle: le llevé a su casa, y vi a Clara por primera vez. Me habló; y con la sencillez propia de su carácter y la franqueza que da la necesidad de expansión y trato, me contó algunas cosas de aquella casa. No le negaré a usted que desde entonces me interesó muchísimo; que pensé en que nada podía satisfacerme tanto como sacarla de la prisión, darle alegría y librarla de la tutela de aquel hombre sombrío, capaz de poner triste a la misma felicidad.

Bozmediano contó después la segunda entrevista con Clara, recordando hasta algunas palabras de sus diálogos con ella. El otro joven oía con mucha atención aquel relato hecho con toda la veracidad posible.

«Yo seré franco y no ocultaré a usted mis sentimientos, mis primeras intenciones —continuó—, para que pueda usted juzgarme mejor. Al principio vi en Clara el objeto de una aventura; y a pesar de que me inspiraba mucha lástima y un verdadero interés, no podía menos de proceder con cierta ligereza en la formación de mis planes. No lo negaré: yo no pretendo desfigurar los hechos; esta confesión es igual a la que haría un moribundo ante un sacerdote. Pero o las circunstancias o ella torcieron mi plan primitivo. Ella tiene un carácter angelical. Llena de bondad y sencillez, es capaz de vencer las sugestiones de todo hombre que no sea un vil o un libertino. Le confieso a usted que, por último, fue tal la fuerza que en mí tomó el primer sentimiento afectuoso y compasivo que me había inspirado, que concluí por amarla. No puedo negar que, a pesar de haberme infundido este amor verdadero, yo persistía en mi propósito de sacarla de allí violentamente, de llevármela como una cosa mía. No consideraba esto como un agravio, y hubiera matado a cualquiera que, interpuesto entre ella y yo, me la hubiera quitado. Yo supe —no me lo dijo ella— que existía una persona a quien quería mucho. Esto me desconcertó. Supe que estaba usted en la cárcel, y no vacilé un momento. Comprendí que si ella le quería a usted verdaderamente, la mejor acción que en mí cabía era ponerle a usted en libertad, devolvérsele. ¡Qué complicación! De este modo pensaba yo ganar en su concepto. No se asombre usted: yo me he creído siempre práctico en estas cuestiones; y dado el carácter de Clara, es seguro que más le amaría a usted cuanto más durara su prisión. Pero yo no contaba con otros muchos tesoros de bondad de aquel carácter. Usted vivía con ella, y la vigilancia, la crueldad de tres señoras ridículas y de un viejo extravagante impedían que la viera, que la socorriera, librándola de tantos martirios. Usted vivía allí, y no le hablaba, no le consolaba, no aparentaba quererla. «He aquí mi ocasión —dije yo—. Lázaro aparece a sus ojos como un ingrato: ¿no será posible que ella le desprecie? Su situación en aquella casa fúnebre, la tristeza en que vive y se consume, ¿no serán causa de que desee libertad, vida, afectos, todo lo que allí no tiene, ni puede, ni sabe darle ese joven indiferente, ocupado por la pasión política?». Confiese usted que la situación era la más a propósito para que yo aspirara a merecer de ella algo más que gratitud. Resolví sacarla de allí, llevármela. Fui tan ciego, que no preví su resistencia, su fidelidad, su grande afecto al primer amigo; afecto más fuerte que todos los martirios y todas las privaciones. Dispuse entrar en la casa cuando estuviera sola, y entré por donde usted sabe. Ella, al verme, se asustó tanto que casi me arrepentí de haber dado aquel paso. Me suplicó que saliera, me lo pidió de rodillas; yo le dije que no esperara nada, que usted no podría ni sabría salvarla del poder de aquella gente cruel. Nada, no me oyó. Su propósito era inquebrantable. Conocí que su fidelidad era la más grande de sus virtudes, y creyendo que era imposible arrancarle la primera imagen, la imagen que nada puede borrar, desistí de mi intento. Ella no quería escucharme; se desesperaba al comprender cuánto podía comprometerla mi entrada en la casa; me pedía llorando que la dejara entregada a su tristeza, a su soledad. Confieso que nunca me he visto tan pequeño como entonces, en presencia de aquella criatura débil, incorruptible, no solo a las promesas del amor de un joven, sino aun al soborno de la libertad, de la posición, de la felicidad. Al marcharme, sentí que alguien entraba en la casa. No sé quien era; yo huí por no comprometerla; huí aterrado por la idea de que, a pesar de mis precauciones, alguien de la casa había descubierto mi entrada».

—Era yo —dijo Lázaro—: yo le vi salir a usted por la buhardilla.

—Lo que he referido a usted —afirmó Bozmediano solemnemente—, es la pura verdad. No he omitido nada que me pudiera honrar, ni nada tampoco que me pudiera reprimir o ponerme en ridículo. Es la pura verdad; se lo juro a usted por la salvación de mi madre, cuyo retrato está allí, y siempre me parece que me está mirando.

Claudio señaló un retrato que había en la habitación; y al hacer su juramento, tenían sus palabras tal entonación de sinceridad, que Lázaro no pudo contestar lo que un momento antes pensaba.

«Sin embargo —dijo Lázaro, que creía que aquella declaración no podía satisfacerle—, yo quiero que usted me dé alguna prueba positiva. Usted comprenderá que en estos asuntos no basta, no puede bastar la palabra».

—¿Que no puede bastar la palabra? No basta, es cierto, para espíritus preocupados. Hay ciertas cosas que no se pueden certificar de otro modo. A veces la afirmación de una persona es suficiente para llevar al ánimo de otra la convicción más profunda. No puedo creer que usted, si hace a Clara la acusación que a mí me ha hecho; si ella, con la serenidad de la inocencia, le contesta a usted la verdad, no puedo figurarme de ningún modo que usted no la crea. Háblele usted; rompa el silencio de aquella casa; véala usted un momento; oiga su voz, y si ante las declaraciones que ella le haga persiste usted creerla culpable, no es digno, lo digo cien veces, no es digno de mirarla.

Lázaro no pudo resistir a la gran fuerza de estas palabras. Era imposible, según él pensó, que la ficción y la astucia de un hombre pudieran llegar a ocultar la verdad de aquel modo. Bozmediano no mentía.

«¡Oh, calle usted! —dijo Lázaro sin poderse contener—: o es usted el histrión más perfecto, o dice la verdad. Yo, que jamás he mentido, que no sé ni puedo fingir, siento una fuerte inclinación a creer lo que usted me ha dicho. Pero tiene el corazón unas susceptibilidades y escrúpulos de que la razón y la palabra no pueden librarle».

—Veamos a Clara —dijo Claudio con resolución.

—¿Dónde?

—En casa de esos demonios. Si es posible, acogotaremos a las tres viejas.

—Clara no está allí ya. La han despedido.

—¿Y por qué? ¿Dónde está?

—No lo sé —dijo Lázaro tristemente.

—Pero ¿a dónde ha ido?

—Esa es mi duda, mi angustia. ¿A dónde puede haber ido? No conoce a nadie. Encontrándose sola en la calle, ¿dónde estará? Yo creí... Francamente, creí que estuviera aquí.

—¡Aquí!

—Yo pensé que usted la había inducido a salir; que había venido en busca de usted, a quien conocía.

—¿Y aún cree usted que está aquí? —preguntó Bozmediano sonriendo.

—Ahora... no afirmo nada... dudo.

—Y si le pruebo a usted que no está aquí ni ha venido, ¿qué creerá usted?

—Aun así no será posible arrancar la última raíz de mi recelo; aún no lograré la evidencia que necesito; evidencia que nada ni nadie me podrá dar.

—La adquirirá usted por su propio sentimiento. Hay cosas que se creen por revelación, que nada ni nadie puede destruir. Hay cosas de que no se puede dudar, porque su evidencia está encarnada en nuestro ser, y dudar de ellas es algo semejante a la muerte. Vamos a buscarla.

—¿Dónde?

—Vamos a buscarla. Por lo mismo que no conoce a nadie, es más fácil encontrarla. Estoy seguro de que la encontraremos.

—Recorreremos todas las calles, preguntaremos a la policía, nos informaremos de todo el mundo —dijo Lázaro.

—Sí, sí: haremos todo eso.

—Iremos a los hospitales, a los asilos; entraremos, si es preciso, en todas las casas.

—Sí.

—Iremos a la antigua casa; preguntaremos a la portera, a los vecinos, al tendero más próximo.

—Eso es. Diga usted, ¿no había en aquella casa una criada?

—Sí, había una. No sé su nombre.

—¿Dónde estará? Si la encontramos, tal vez nos dé alguna luz. Puede ser que se haya dirigido a ella. Recuerdo que esa criada me dijo que iba a casarse con un tabernero, y que tendría una tienda. Si esa mujer tiene casa abierta y Clara sabía dónde está esa casa, es seguro, casi seguro que habrá ido allá.

—Efectivamente —dijo Lázaro—. Vamos a ver si averiguamos dónde está esa mujer.

Salieron y se encaminaron a la calle de Válgame Dios. Preguntaron a la portera de la antigua casa si se había alquilado de nuevo el cuarto segundo. Dijo la portera que no. Preguntáronle el nombre de la criada y si sabía su paradero.

«Se llama Pascuala —contestó—: está casada con un tabernero llamado Pascual; pero no sé dónde vive. El tabernero de la calle del Barquillo debe de saberlo, porque es compadre suyo».

Este hombre les dijo que los Pascuales vivían en la calle del Humilladero, y los dos jóvenes se dirigieron inmediatamente allá.

Capítulo XXXVII. El «via-crucis» de Clara

Mucho horror inspiraba a la huérfana la casa de las de Porreño, aunque no tenía otra. Así es que su primer impulso al verse en la calle fue huir, correr sin saber a dónde iba para no ver más tan odiosos sitios. Anduvo corto trecho, dobló la esquina y se paró. Entonces comprendió mejor que antes lo terrible de su situación. Al ver que no podía dirigirse a ninguna parte, porque a nadie conocía, le ocurrió esperar cerca de la casa a que entraran Elías o su sobrino. Pero el primero había dicho que no volvería hasta dentro de tres días, y el segundo, que sospechaba tan mal de ella, sería capaz de confirmarse en su creencia al verla arrojada de la casa por las señoras. Ella necesitaba, sin embargo, ver a Lázaro y contarle todo. Si él daba crédito a su explicación, ¿qué harían los dos, tan desamparado el uno como el otro? Decidió, sin embargo, esperarle allí, apoyada en la esquina; pero la daba tanto miedo... Parecíale que iba a salir por la reja cercana una gran mano negra, que la cogería llevándosela dentro: ¡qué horror! De repente sintió al extremo de la calle fuerte ruido de voces. Eran unos hombres que venían borrachos profiriendo horribles juramentos, atropellando y riendo desenfrenadamente como una turba de demonios regocijados. La joven sintió tal sobresalto, que no pudo permanecer allí un instante más y echó a correr con mucha ligereza. Los hombres corrían también, y ella se figuraba que le tocaban la espalda, y creía sentir junto a sus propios oídos las infernales palabras de ellos. Corrió mucho por toda la calle del Barquillo, seguida del perro misántropo, y al fin, fatigada y sin aliento, se detuvo: las risas resonaban muy lejos... ya no la seguían... respiró porque no podía dar un paso. Después siguió andando lentamente; no se atrevía a volver, porque las risas habían cesado y se oían terribles imprecaciones. Algunas piedras, lanzadas por mano vigorosa, cayeron junto a ella. Batilo se volvió lleno de despecho y ladró como nunca había ladrado, con verdadera elocuencia canina.

Después de esto, avivó Clara el paso y llegó a la calle de Alcalá. Miró a derecha e izquierda, sin saber qué camino tomar. Subió hacia la Puerta del Sol; pero no había llegado a San José cuando vio que por la calle abajo venía gente, muchísima gente: ella no había visto nunca tanta gente reunida. La calle le parecía tan grande que no conocía distancia alguna a que referirla, pues para ella las casas hacían horizonte, y aquella gente que venía se le representaba como un mar agitado sordamente, y avanzando, avanzando como si quisiera tragarla. Sin deliberar volvió atrás y bajó hacia el Prado. El gentío bajaba también: sordo rumor resonaba en la calle. La muchedumbre traía algunas luces, y de vez en cuando una voz pronunciaba muy alto un viva, contestándole otra tremenda y múltiple voz. La gente bajaba, y Clara bajaba delante. Aquello le dio más miedo que los borrachos; pero cuando se encaró con la Cibeles, cuando vio aquella gran figura blanca en un carro tirado por dos monstruos blancos, se detuvo aterrada. Había visto alguna vez la Cibeles; pero la oscuridad de la noche, la soledad y el estado de excitación y dolencia en que se encontraba su espíritu, hacían que todos los objetos fueran para ella objetos de temor, todos con extrañas y fantásticas formas. Los leones de mármol le parecía que iban corriendo con velocísima carrera, galopando sin moverse de allí. La pobre miró atrás, y vio que la gente avanzaba siempre, haciendo más ruido: no quiso ver más aquello, y tomando hacia la derecha, entró en el Prado. Este sitio le pareció tan grande que creía no llegar nunca al fin. Jamás había visto una llanura igual, campo de tristeza, de ilimitada extensión; los árboles de derecha e izquierda se le antojaban fantasmas negros que estaban allí con los brazos abiertos; brazos enormes con manos horribles de largos y retorcidos dedos. Anduvo mucho, hasta que al fin vio delante de sí una cosa blanca, una como figura de hombre, de un hombre muy alto, y sobre todo muy blanco. Se fue acercando poco a poco, porque aquella figura se le representaba marchando con pasos enormes. Era el Neptuno de la fuente, que en medio de la oscuridad proyectada por los árboles, se le figuraba otro fantasma. La infeliz tenía muy extraviados los sentidos a causa del terrible trastorno de su espíritu. Torció a la derecha, por evitar que llegara hasta ella aquel figurón blanco, y encontró enfrente la Carrera de San Jerónimo. Empezó a subir; pero estaba tan fatigada que la pendiente de la calle le parecía inaccesible. Subió, pero con mucha lentitud, porque apenas podía andar: en la parte correspondiente a los Italianos creía ella ver la cumbre de una montaña; y cuando medía con la vista aquella eminencia, pensaba que en toda la noche no iba a llegar arriba.

No pudo avanzar más, y se sentó en el hueco de una puerta. Sentía gran postración en todos sus miembros, y además un frío intenso que, creciendo por grados, llegó a producirle una convulsión dolorosa. Arropose lo mejor que pudo, y pensó en el medio de volver a la casa para esperar a Lázaro en la puerta. Entonces le ocurrió súbitamente la idea de dirigirse a casa de Pascuala. Ella recordaba muy bien el nombre de la calle donde vivía el tabernero con quien la criada se había casado. Sabía que la taberna estaba en la calle del Humilladero; pero ¿cómo iba a la tal calle? Resolvió preguntar a algún transeúnte, y si daba con la casa allí pasaría la noche, aplazando todo lo demás para el siguiente día. Segura estaba de que Pascuala la recibiría con los brazos abiertos. Pero ¿dónde estaba la calle? Instintivamente oró a la Virgen, pidiéndole que estuviera cerca de la calle del Humilladero. Pero la Virgen no la oyó, porque la calle estaba muy lejos. Resuelta a preguntar, se levantó; vio venir a un hombre, pero no se atrevió a detenerle; pasó otro, algunos más, y Clara no preguntó a ninguno. Tenía miedo de aproximarse a ellos. Por último, se acercó una mujer, la joven la detuvo y respetuosamente la hizo su pregunta.

«¿La calle del Humilladero?» dijo la mujer, que era una vieja arrugada y con voz gangosa.

—Sí, señora.

—¿Le parece a usted que está bien detener a las personas honradas de este modo? —contestó la vieja muy incomodada—. Ya sé lo que quieren estas bribonas cuando detienen a una; que no van sino a meterle la mano en los bolsillos cuando está una más descuidada, contestando: «Váyase noramala la muy piojosa, y si no llamo a un alguacil».

Antes de que concluyera la vieja, se apartó Clara, y fue tal su angustia al pensar que todos la tratarían de igual modo, que casi estuvo a punto de abandonarse a su desesperación, dejándose morir allí de hambre, de frío y de dolor. Pero la desventura infunde valor; recobró algún ánimo y se dispuso a seguir preguntando, cuando vio llegar a una mujer andrajosa que traía un niño de la mano y otro en brazos. A Clara le pareció que aquella mujer debía de ser persona muy generosa y compasiva, y que le había de responder a su pregunta. Pero antes de ser interpelada, la mujer andrajosa habló a Clara en estos términos:

«Una limosna, señora, por amor de Dios, que tengo mi marido en cama, y estos dos niñitos no han probado nada en todo el santo día... Siquiera un chavito».

Después, observando que Clara no tenía aspecto de persona que da limosna, sino más bien de mujer desvalida y enferma, se figuró que pedía también chavitos, y variando de tono, le dijo:

«Oye, chica: ven conmigo y le sacaremos un duro al tío gordo de la esquina».

—¿Qué? —dijo Clara, confusa ante aquella proposición.

—¿Apostamos a que no tan dao ni un bendito chavo esta noche? Yo he sacao ya un rial: mira. Pero hay en aquella tienda un mardito pañero que es muy caritativo. Ayer le ije que tenía una hija enferma en cama, y me dio una peseta. Si quies que le saquemos más, ven conmigo esta noche, chica, y verás. Entramos; tú te haces que te vas cayendo, y te pones un pañuelo atao a la cara, y empiezas a dar unos chillíos que partan el corazón. Oye, así: ¡ay!, ¡ay!, ¡ay!

Y dio unos cuantos quejidos tan lastimeros, que Clara tuvo angustia de oírlos. Después siguió:

«Mira, ven; entramos: yo le digo que eres mi hija y que no has comido un bocao, y que el meico te ha recetado una cosa que cuesta un duro. Tú dices que no la quies tomar, y que si saca el duro, compre pan pa estos niños que se están muriendo. Yo digo que sea el duro pa la meicina; tú que sea pa los niños, y así... verás cómo se ablanda... y pue que nos dé dos... partiremos: te daré a ti dos riales... y... Anda, ven: ponte este pañuelo en la cara.

—Señora, yo tengo que hacer, no puedo —dijo Clara, que creía no deber darle otra razón menos cortés—. ¿Sabe usted dónde está la calle del...?

—¡Qué calle de los dimonios! —dijo la mujer; y viendo que pasaban dos caballeros se acercó a ellos, diciéndole al chico que llevaba de la mano—: Muchacho, cojea.

El muchacho cojeó, y se acercaron a los caballeros, repitiendo su muletilla. Clara se retiró entonces; anduvo a buen paso, y llegó, por último, a la plazuela del Espíritu Santo; subió más, hasta que se encontró en la esquina de la calle del Prado, y por allí pensó seguir, porque veía en ella bastantes personas y creía encontrar allí quien la informara bien.

Batilo iba delante. Un perro vivaracho y pequeño, descarado, ratonero, de estos que pasean su vanidad por las calles de Madrid, se acercó al can melancólico, y le dio una embestida con el hocico. Batilo era muy tímido; pero sintiendo herido su amor propio, ladró. El ratonero, que no deseaba sino provocación, ladró también, atreviéndose a dar un mordisco al pobre faldero. Este se defendió como pudo; y a poco rato vino un perrazo que, con terribles aullidos, empezó a perseguir al ratonero. Luego vino otro perro, y otro, y otro: en dos segundos se reunieron allí doce perros, que armaron espantosa algarabía. Luchaban unos con otros, cayendo y levantándose en revuelta confusión, mordiéndose, saltando y atropellando entre los movimientos de su horrible contienda a Batilo y al ratonero, que, revueltos entre las patas de los contendientes, recibían los ultrajes de todos. Al ruido se detuvieron algunas personas; el amo de uno de los perros terció en la pelea, y dijo ciertas frases injuriosas al amo de otro. Clara, al ver que se reunía tanta gente, y que algunos mozos la miraban con atención impertinente, avivó el paso; tomó la calle arriba para huir de aquellas miradas. Pero los mozos la siguieron, y ella quiso ir más a prisa; ellos también; ella más aún, hasta que se decidió a correr, y corrió con toda la velocidad que podía. Entonces una mujer gritó desde una puerta con voz chillona y angustiada: «¡A esa, a esa, a esa!». Un hombre la detuvo por el brazo; muchas mujeres la rodearon, y se formó en un momento un grupo de más de treinta personas en torno a ella. La huérfana estaba tan trémula y aterrada, que no dijo palabra, ni trató de huir, ni lloró siquiera. Creyó tener en derredor un círculo de asesinos.

«¿Qué ha hecho?, ¿qué hay?» dijo uno.

—Que ha robao ese lío que lleva bajo el brazo.

—Muchacha, ¿dónde has tomado ese lío? —dijo el que la tenía asida.

Clara no contestó.

«A la cárcel con ella» dijo uno de los presentes.

—¿Dónde has tomado ese lío, muchacha?

La joven se repuso un poco, y con voz tenue, dijo:

«Es mío».

—¿Que es suyo? —dijo una de las mujeres—. Si la vi yo correr como una desalación. Apuesto a que lo cogió en la casa del número 15.

—No, que venía de más abajo —dijo otra.

—Apuesto que es de casa de la sa Nicolasa, la pupilera de ahí enfrente —dijo otra mujer.

—Usted miente, señora —dijo un hombre alto, que parecía ser persona del toreo, a juzgar por su vestido y el rabicoleto que tenía en la nuca—. Usted miente: esta señora no ha salido de casa de la pupilera, ni del número 15; venía de más abajo.

—¡Miren ese pelele! —gritó la mujer—. ¿Poz no dice que yo miento?

—Usted miente, señora. Esa muchacha no ha robao naa, que venía de abajo, y corrió porque la venían siguiendo esos lechuguinos. Yo lo he oservao, y si hay alguno que me desmienta, aquí estoy yo, que soy un hombre pa otro hombre.

—Tanta bulla pa naa —dijo, soltando a Clara, el que la tenía asida.

—Pues que si lo ha robado, si no lo ha robado... Cuando yo digo una cosa... Si estuviera aquí mi Blas, se vería si hay un hombre pa otro hombre —murmuró, volviendo la espalda, la promovedora de aquel alboroto.

—Vamos, señores, aquí no se ha robao naa —dijo el majo con decisión—. Aquí están ustedes de más. Largo el camino.

El público (llamémosle así) encontró muy convincentes las últimas razones del hombre de los toros, y aún más las insinuaciones que hizo con un tremendo palo de puño de plomo que llevaba en la mano, y empezó a desfilar.

«Vamos, prendita, no tenga usted miedo —dijo el hombre del rabicoleto, cuando se quedó solo con Clara—. Venga usted conmigo, y no tenga reparo, que yo soy un hombre pa otro hombre. ¿Pero se pue saber a dónde iba la personita? Yo la llevaré a usted, porque soy un hombre pa...».

—Voy a la calle del Humilladero.

—Del Humilla... ¿qué?

—Del Humilladero.

—Ya sé... ¿pero pa qué va usted tan lejos? Si usted se echa a andar ahora, llegará allí pasao mañana por la noche. Con que no tenga usted prisa...

—Sí, señor, tengo prisa; y aunque esté lejos, he de ir en seguida. ¿Quiere usted hacerme el favor de decirme por dónde debo ir?

—Miste: coge usted esta calle pa arriba, siempre pa arriba... pero yo la voy a llevar a usted. Aunque, pa decir verdad, más valiera que se viniera conmigo. ¡Ay! ¡Jesús, qué guapa es usted! Poz no había reparado... Venga usted.

—No puedo detenerme, señor caballero —dijo Clara con mucho miedo—. Dígame dónde está esa calle, y yo me iré sola.

—¡Sola! ¿Y yo podía ser tan becerro que la iba a dejar ir sola por esas calles, esta noche que hay rivolución...? Bueno soy yo pa... Venga usted conmigo. Le igo que no lo pasará mal; yo conozco aquí cerca un colmao donde hacen unas magras que...

Diciendo esto, el torero tomó a Clara por un brazo y quiso internarla por la calle del Lobo.

«Suélteme usted, caballero —dijo Clara desasiéndose—: tengo que hacer; por Dios, suélteme usted».

—Pues es lo mesmo que un puerco-espín. ¡Bah! Si es usted muy guapa para ser tan picona. Le igo que... Pero, en fin, yo la acompañaré a esa calle.

—No: dígame usted por dónde debo ir. Yo iré sola.

—¿Sola? Si hay rivolución. ¿Pa que le peguen a usted un tiro y me la ejen frita en mitá la calle?...

—Yo quiero ir sola —dijo ella separándose.

La compañía y la solicitud impertinente de aquel hombre le inspiraban mucha desconfianza. Su intento era huir de él y preguntar a otro. Pero aunque avivó mucho el paso, él seguía siempre a su lado diciéndole mil cosas. Un incidente feliz (algo feliz había de pasar aquella noche) vino a librar a Clara de aquel moscón. Iban por la plazuela de Santa Ana cuando sintieron detrás gritos de mujer. El majo no volvió la cara; pero tuvo buen cuidado de embozarse bien en su capa para no ser conocido.

«Arrastrao, endino —dijo la mujer, que era alta, gruesa, hombruna y con voz aterradora y aguardentosa—. Espera, espera, que te voy a sentar los cinco en esa cara de documento».

Al decir esto, tiró al majo de la capa, y con mano más pesada que una maza de batán, cogió a Clara por un brazo y la detuvo.

«Si no fuera porque está aquí esta señora —dijo el chulo, cuadrándose ante la jamona—, ahora mesmo te volvía las narices al revés».

—¡Arrastrao! —dijo la maja cuadrándose y moviendo la cabeza—, ¿tengo yo cara de cabrona? ¿Te paece que por una cara de escoba como esta voy yo a consentir?...

—¡Calla! —exclamó el otro—, o te ejo sin piernas.

—Mira, Juan Mortaja, que voy a sacarle los ojos a esta rabuja si ahora mesmo no vienes conmigo. ¿Le parece a usted que a una mujer como yo se la...? Juan Mortaja, cuando igo que vamos a tener que...

—No haga usted caso —dijo el torero, dirigiéndose a Clara, que estaba sin aliento, oprimida por la mano de la jamona, como tórtola en las garras del gavilán—. No haga usted caso, niña, que esta suele rezarle un Padre nuestro a san cuartillo.

—¡Reendino! —exclamó con trágico furor la maja, soltando a Clara y echando rápidamente mano a la cintura, de la cual sacó una navaja, que esgrimió con el donaire y la presteza de un matutero.

—¡Saco e demonios! —dijo el otro, enarbolando el palo.

No sabemos cómo concluyó la pendencia, porque hemos de seguir a Clara; y esta, en cuanto se vio libre de la zarpa de la dama de Juan Mortaja, se escapó ligeramente, y a buen paso, seguida siempre de Batilo, llegó a la plazuela del Ángel. La desventurada no sabía ya qué partido tomar: se horrorizaba al pensar que entre los miles de habitantes de este enjambre no había uno que le dijera el nombre de la calle donde estaba el único asilo que podía acoger a la huérfana abandonada, sola, injuriada, medio muerta de miedo y dolor. Creyó que Dios la abandonaba o que no había Dios; que su destino la obligaba a optar entre la inquisición espantosa de las dos Porreñas, y aquel abandono, aquel vagar por un desierto, repelida por todos o solicitada por la depravación o el vicio.

Se decidió a hacer otra tentativa. Detúvose ante un hombre que, con una farola y un gancho, revolvía escombros, y le hizo su pregunta.

«¿La calle del Humilladero? —dijo el trapero, incorporándose y haciendo con el gancho ciertos movimientos semejantes a los que hace con su varilla un director de orquesta—. Esa calle está... Voy a darle a usted una receta para que la encuentre en seguida. Pues eche usted a andar..., y vaya mirando con atención los letreros de todas las calles. ¿Sabe usted leer?».

—Sí, señor —dijo Clara.

—Pues cuando usted vea un letrero que diga así: «calle del Humilladero», allí mesmo es.

El trapero se quedó muy satisfecho de su apotegma, y volviendo a inclinarse, enterró su gancho investigador en el montón de inmundicia que delante tenía. Clara se retiró muy angustiada; y principiando a perder ya el conocimiento exacto de su desventura, hallábase próxima a entrar en ese período de atonía que precede a las grandes enajenaciones. Dirigió de nuevo mentales súplicas a Dios y a la Virgen para que la sacaran de aquella situación; y aún rezaba, cuando vio llegarse hacia ella a una persona que la inspiró mucha confianza. Dio algunos pasos hacia aquella persona, que era un clérigo de más de mediana edad, gordo y pequeño. Venía con su rosario en la mano y la vista fija en el suelo. La huérfana respiró con tranquilidad, porque aquel personaje venerable que tenía ante sí debía de ser un santo varón, de esos cuyo fin en la tierra es consolar a los afligidos y ayudar a los débiles.

Capítulo XXXVIII. Continuación del «via-crucis»

Parecía el clérigo hombre pequeño, a juzgar por su vestido, que era muy raído y verdinegro. Era él de edad madura, y a juzgar por su pronunciada y redonda panza, parecía hombre que no se daba mala vida. Tenía la cara redonda y amoratada, con dos ojillos muy vivos y una nariz que parecía haber servido de modelo a la Naturaleza para la creación de las patatas. No puede decirse que su fisonomía fuera antipática: sonreía con bondad, y, sobre todo, había en sus ojuelos cierta gracia y una volubilidad amable. Cuando vio a Clara y oyó la pregunta que esta le hizo con el mayor respeto, guardó el rosario, se ladeó el sombrero (porque era este tan grande, que tapaba con él a cuantos se le ponían delante), y dijo:

«¿La calle del Humilladero? Sí, hija mía, sí: sé dónde está, sí; pero es muy lejos. No podrá usted ir sola; se perderá usted, hija mía. Venga usted, y yo la pondré en camino».

Y volvió atrás. Siguiéronle Batilo y Clara, que creyó al fin haber encontrado el hilo del laberinto.

«Pero, hija mía, ¿cómo es que usted va sola? ¡A estas horas... tan sola!» dijo el Padre con voz agridulce.

—Tengo que ir a una casa que conozco —repuso Clara por dar alguna respuesta.

—¿Pero va usted sola? ¡A estas horas!... Hija mía, ¿por qué es eso?

—No tengo quien me acompañe. Soy sola.

—¿Que es usted sola? ¡Jesús, María y José! ¡Qué calamidad! ¿Pero no tiene usted padres?

—No, señor.

—¿Es usted sola, enteramente sola? ¡Jesús, María y José! Esto no va bien, hija mía. ¿Pero no tiene usted ningún pariente? Vamos, irá usted a casa de algún pariente.

—No, señor, no. Voy a casa de una mujer que conozco. No conozco a nadie más que a ella.

—Vamos, ya conocerá usted a alguna otra persona —dijo el cura parándose y fijando en el semblante de Clara sus picarescos ojuelos—. ¿De dónde viene usted ahora?

—De casa de unas señoras, donde estaba.

—¿Y allí no conoció usted más que a esas señoras?

—No, señor —dijo Clara asustada del giro que tomaban las preguntas del clérigo.

—Vamos, juraría yo que ha conocido usted a algún muchachuelo... Eso no tiene nada de particular, hija mía: para eso es la juventud. Eso no tiene nada de particular. ¡Bah!, no se ponga usted encarnada. Por las llagas de Jesucristo, que no me enfado yo por eso... no.

Al decir esto, el cura se paró otra vez, y volvió a fijar en la huérfana sus pequeños y vivaces ojos, acompañando esta mirada con una santa sonrisa de astucia, que haría honor a cualquier alumno del Seminario, conocedor de la obra de Sánchez, titulada De matrimonio.

«Porque, hija mía, el mundo es así —continuó—. Yo, que conozco las debilidades de ambos sexos, puedo hablar sobre este punto. Y luego yo tengo una práctica tal, que en seguida comprendo. Sobre todo, como usted es tan guapita...».

Turbose mucho la joven con aquellas palabras; pero la esperanza de que pronto llegarían a la decantada calle del Humilladero, la serenó, haciéndole más llevaderas las amabilidades del buen hombre.

«Sí, hija mía: yo soy gran admirador de las obras de la Naturaleza, y cuando estas obras son bellas, las admiro más. Yo, francamente lo digo, no soy gazmoño. Lo cortés no quita lo valiente. Aunque uno sea sacerdote... porque admirar la Naturaleza no es pecado».

Con estas y otras cosas habían pasado la calle de Atocha y llegado a la Plaza Mayor; atravesáronla, dirigiéndose a la plazuela de San Miguel.

«Venga usted, venga usted —dijo, tomando el brazo a Clara, al ver que manifestaba cierto recelo de internarse por el arco oscuro que da a la plazuela del Conde de Miranda—. Venga usted, que conmigo va segura... Pues decía que lo cortés no quita lo valiente... Pero no me ha seguido usted contando eso del muchachuelo...».

—Si yo no he contado nada —dijo Clara, haciendo un movimiento disimulado para desasir su brazo de la mano del cura.

—Sí: algo hay, hija mía; yo lo he conocido. Si eso no tiene nada de particular. Ya... ¿hay vergüencilla? Vamos, cuénteme usted, que yo la absuelvo en seguida. A las niñas bonitas se les perdona todo.

Diciendo esto, miró de nuevo a Clara; pero ya no se sonreía: estaba serio, y había en su voz cierta agitación que ella no pudo notar.

«Cuidado, no se caiga usted» dijo, extendiendo su brazo por la cintura de la huérfana, como si esta hubiera tropezado.

—¡Ay! —dijo ella más confusa y separándose del cura—. ¡Cuándo llegaremos a esa calle!... ¿Está muy lejos todavía?

—Sí, hija mía: está lejos, muy lejos. Pero ¿qué prisa tiene usted?

—¡Ah!, sí, tengo mucha prisa. Pero no se moleste usted más. Dígame por dónde debo ir... y seguiré sola.

—¡Ah!, no acertará usted en toda la noche. Está muy lejos. ¿Pero qué prisa tienes, hija mía? Veo que estás muy cansada. ¿No te convendría descansar un poquito?

—¡Oh!, no, señor; no puedo descansar —dijo Clara, aterrada ante la idea de que la llevaran a una sacristía.

—Sí, hija mía: estás muy fatigadita, y yo no tengo corazón para verte andar por esas calles a estas horas y con este frío.

—No importa, señor cura: no me puedo detener.

—¡Jesús, María, y José! No he visto nunca una muchacha tan arisca. Yo... no gusto de gente así, porque me gusta que las niñas sean amables y buenas.

En esto entraban en el callejón de Puñonrostro. Parose el cura y tomó una mano a Clara, que se retiró, apartándose de él.

«Hija mía, por Jesús, María y José, te digo que se me parte el corazón de verte así sola por esas calles, a estas horas, con este frío... Mira: yo tengo un buen brasero arriba... porque aquí vivo yo, aquí a espaldas de San Justo, que es mi iglesia. Pues si quieres descansar un ratito...».

—No, padre: yo quiero ir a la calle del Humilladero. Dígame usted dónde está, ya que no me ha llevado a ella.

—¡Qué Humilladero, ni Humilladero!, ya me tienes loco con tu calle. Pues no estás poco impertinente —dijo el clérigo con más agitación y mucha impaciencia—. Ven, hija mía, y me contarás eso del muchachuelo.

El infame plan se reveló de pronto en el entendimiento de Clara con todo su horror y repugnancia.

«Señor —repitió—, dígame usted por dónde voy».

—Sube, sube —dijo él, colocado ya en la puerta de su casa—. Sube, no te pesará. Si supieras qué bueno soy yo... porque lo cortés no quita lo valiente. Y mañana te vas a tu Humilladero, o si no quieres ir...

—Señor, por Dios, dígame por dónde debo ir. Yo me vuelvo loca. ¿Para qué me ha traído usted aquí? ¿Y dónde estoy? Puede ser que ahora esté más lejos del punto a donde quiero ir.

—Sube, hija mía, sube —dijo el clérigo abriendo la puerta—, y hablaremos de eso. Yo te diré dónde está esa calle, y mañana podrás...

—No: yo no le quiero ver a usted más. Pero dígame por dónde debo dirigirme. ¿Por qué me ha engañado usted?

La joven rompió a llorar como un niño. El cleriguillo había perdido su amabilidad; sus ojuelos expresaban el mayor despecho; su labio inferior, masa informe y pendiente, le temblaba por la rabia de la contrariedad y del desengaño.

«¿Está lejos esa calle, señor? ¿Está lejos?».

El cura miró a Clara con desdén, hizo un gesto despreciativo, y entró diciendo:

«Sí, chica: está lejos, muy lejos».

Y cerró violentamente con mano colérica la puerta, que produjo fuerte estampido.

Algo tranquilizó a Clara el verse libre de aquel malvado; pero al pensar que no había podido adquirir noticia alguna de lo que buscaba; al verse en aquel callejón estrecho y oscuro, donde no aparecían indicios de vivienda humana; al considerar que por un extremo podía aparecer un hombre y por el otro extremo otro, avanzando hacia el centro y cogiéndola entre los dos, fue tal su pavor, que estuvo a punto de caer al suelo sin sentido. También se le figuraba que la enorme muralla de la casa del Cordón y la de San Justo iban a reunirse, aplastándola en medio. Un supremo esfuerzo, una carrera en que el espíritu agitado, más bien que el cuerpo, parecía trasladarse, la llevó a la calle del Sacramento. Al fin vio una luz que se movía: era un sereno. Aquel encuentro la infundió algún valor; acercose a él, y le repitió su pregunta, tantas veces hecha y nunca contestada. El sereno, de muy mal humor, pero con buena intención, le dio la dirección verdadera.

«Baje usted esa cuestecita por detrás del Sacramento; baje usted siempre hasta que llegue a la calle de Segovia; en seguida sube usted derecha, siempre adelante, hasta encontrar la Morería; entra por ella hasta llegar a la calle de don Pedro; después sigue por esta hasta la plazuela de los Carros, y enfrente de la capilla de San Isidro, encuentra usted la calle del Humilladero». Le repitió las señas y le dio las buenas noches.

La huérfana se retiró muy agradecida. Al fin encontraba la dirección de aquella maldita calle. Tomó por el camino indicado y bajó la cuesta de los Consejos. ¡Qué triste y pavoroso lugar! El piso parece que huye bajo los pies del transeúnte: tal es la pendiente. A Clara, que estaba completamente desfallecida y con la cabeza debilitada, le parecía caerse a cada paso, y que el suelo se iba inclinando más cada vez, negándose a soportarla. Llegó a creer que nunca terminaba aquel descender precipitado, hasta que por fin sus pies pisaron en llano. Estaba en la calle de Segovia, y se le figuraba haber caído en un abismo. No era posible, pensaba ella, que el sereno le hubiera dicho la verdad. ¿Estaba aquel sitio habitado por seres de este mundo? De noche, y en aquella lobreguez, parecía la profundidad de un barranco, de esos que escogen para sus conventículos los duendes y las brujas. Mirando hacia arriba, le parecía que se inclinaban, amenazando caer, las dos masas de habitaciones que a un lado y otro de la calle se levantan.

Clara siguió, sin embargo, la dirección que el sereno le había indicado: distinguió delante de sí la cuesta escarpada de los Ciegos, y pensó que era imposible trepar por allí. Intentolo a pesar de todo, tropezando con montones de escombros y ruinas; las casas se veían arriba suspendidas, al parecer, como nidos de buitre en lo alto de la eminencia. Ella se sintió sin fuerzas para escalar aquello; no distinguía senda alguna, ni había allí nada que indicase el paso de seres humanos. No se oía voz alguna, sino de tiempo en tiempo, y resonando muy lejos, gritos de mujeres. Los gritos resonaban como si una bandada de aves, con palabra humana, se cerniera graznando en lo más alto del cielo. De repente oyose una voz infantil que venía de abajo. Era una niña que subía sola, y cantando, por la calle de Segovia, dirigiéndose a la Morería. Clara vio con asombro que la niña, sin cesar de cantar, subía la cuesta y trepaba, encontrando una vereda entre tantos escombros. Se levantó e intentó seguirla. La niña no la vio y marchaba delante muy alegre, al parecer. Pero de pronto advirtió el ruido de los pasos de la que la seguía; volviose; vio aquel bulto que en medio de la noche andaba tras ella, y lanzándose en súbita carrera, empezó a gritar: «¡Madre, madre: brujas, brujas!».

La huérfana sintió entonces más claros los gritos de las mujeres, y llegó también a creer que había brujas por allí. Las mujeres parecía como que bajaban, y sus voces confusas y discordantes semejaban el altercado frenético de una horda de euménides. Retrocedió Clara y volvió a bajar, estando a punto de resbalar y caer algunas veces. Hallose de nuevo en la calle de Segovia, y entonces los gritos femeninos llegaban a sus oídos como si la horda de aves con palabra humana hubiera levantado el vuelo tornando a las altas regiones.

Empezó a llover: caían gotas muy gruesas, que la imaginación calenturienta de la huérfana sentía en el piso como si este fuera una caja sonora. La lluvia aumentaba; las gotas caían con extraordinaria rapidez, dejando en las piedras un disco oscuro, semejante a una pieza de dos cuartos que, repetidos infinitamente, concluyeron por teñir de negro reluciente todas las piedras. Clara se arropó; apoyose en una gran piedra sillar que allí había, y, con el alma agotada ya, miró al cielo buscando la Luna, una estrella, cualquier cosa que no fuera negra y horrible, cualquier cosa que no hubiera visto aquella noche en otra parte; pero no vio ni estrella ni Luna: tan solo allá abajo, en la dirección del puente y en el horizonte que tras la otra orilla del Manzanares se dibuja, vio una lumbre rojiza, esa claridad violenta de encendido color, que es en noches tempestuosas como una fiebre del cielo. Se le ve arder calenturiento y agitado por súbitas y precipitadas exhalaciones, mientras toda su inmensa extensión permanece oscura y helada. Aquella luz impresionó la mente de Clara de un modo muy extraño. Lejos de infundirle temor, le pareció ver allí alguna cosa interna, más profunda que el profundo cielo, que parecía estar abierto por aquel punto. Creía ver oleadas de luz, emanadas de un foco incandescente; formas humanas, cuerpos sin sombra, que oscilaban con caprichosas revoluciones. Parecíale como una falange de astros humanos, de cielos y mundos en forma de seres vivos, que allí se determinaban dentro del espacio mismo de una llama sin fin; cada uno

315

engendraba miles, cada mil un millón; se alejaban y volvían, se oscurecían tenuemente, y de nuevo adquirían el brillo de la más intensa luz.

Cuando apartó la vista de aquella claridad, miró al lado opuesto; miró a la calle, en derredor, y no vio nada. Esperó un rato, mirando siempre, y tampoco vio nada. Creyó que estaba ciega, y en vano quería, con atención afanosa, descubrir algún objeto. La lluvia había crecido de una manera espantosa: un torrente bajaba por la Cuesta de los Ciegos y otro por la de los Consejos; la calle recogía estas dos vertientes y arrojaba hacia el puente un barranco fangoso. Ella continuaba sin ver; sentía que sus pies se enterraban en fango; el ruido era horrible. Se le concluyó el ánimo; creyó que no le quedaba más recurso que cerrar los ojos, que ya no veían, y dejarse morir allí, dejarse arrastrar por aquella agua que iba hacia el río con precipitación vertiginosa.

Un relámpago intenso iluminó aquel abismo. Entonces pudo ver a la repentina luz las dos masas oscuras de casas que a un lado y otro se alzaban. Pero después volvió a quedar sumergida en su profunda ceguera. Las rodillas se le doblaban; el agua le había calado toda la ropa; Batilo gruñía como un perro náufrago. A pesar del ruido de la lluvia, los gritos de las mujeres se sentían otra vez, discordantes, agudos, como confuso chirrido de pájaros nocturnos, resonando encima, allá arriba. La enferma fantasía de Clara creyó reconocer en aquellas voces un horrible y áspero trío de las Porreñas, que volaban, envueltas en espantosas nubes, dando al viento las voces de su impertinencia, de su amargo despecho y de su envidia. Hasta le pareció ver a Salomé, que se cernía en lo mas alto, agitando rápidamente sus luengas vestiduras a manera de alas, y mostrando hacia abajo las encorvadas y angulosas falanges de sus dedos, terminados con uñas de lechuza.

La lluvia empezó a disminuir. Ruido de campanillas y ruedas indicó a Clara que una galera acababa de pasar la calzada del puente y entraba en la calle: esto la animó un poco, porque sentía la voz del arriero, que con tremendos palos estimulaba a sus caballerías a subir la cuesta. Levantose la joven dispuesta a hacer la última tentativa preguntando al arriero. Llegó a la galera, y Clara se adelantó hacia la mitad del camino; pero una de las mulas, que era muy espantadiza, dio un salto y casi vuelca la galera. El arriero empezó a proferir votos y juramentos. El animal se resistió a dar un paso; pegaba el arriero, coceaba la arisca mula, y la otra, queriendo aprovechar tan buena ocasión de reposar su fatigado cuerpo, que había hecho la jornada de Navalcarnero en seis horas, se echó al suelo muy sibaríticamente, esperando a que estuviera resuelta la pendencia entre su amo y su compañera. La mula quedó casi totalmente enterrada en fango, y cuando el arriero vio tal cosa, y que la galera se había inclinado de un lado, hincando el eje en el suelo, se puso hecho un demonio: llamó en su auxilio a todos los santos del cielo y a todos los demonios del infierno, se tiró de los cabellos y hasta empezó a darse latigazos de rabia.

Clara, que se creyó causante de aquel desperfecto, tuvo bastante fuerza para huir de las iras del carretero, que, a haberla visto, la hubiera maltratado; corrió hacia arriba, y no paró hasta la esquina de la plazuela de la Paja. Allí encontró otro sereno y le hizo su pregunta.

«Está usted cerca —le dijo este—. Suba usted esa plazuela; pase usted aquel arco que se ve allí, donde está la imagen de la Virgen con el farol, y llegará a la plazuela de los Carros. Enfrente está la calle del Humilladero».

Clara empezó a creer otra vez que había Dios, y siguió la dirección indicada. Al fin estaba cerca, al fin llegaba. La esperanza le dio ánimo; pero al acercarse al arco que unía entonces la capilla del Obispo con la casa de los Lasos, se avivó su miedo. Se figuraba que aquel arco no podía conducir sino a una caverna, y además le parecía que detrás estaba una figura corpulenta, que no era otra que María de la Paz Jesús, apostada allí para asirla cuando pasara, arrebatándola con una mano grande y crispada, para llevársela por los aires.

Pero la esperanza puede mucho. Cerró los ojos, y corriendo velozmente, pasó. La plaza de los Carros ya le parecía más habitable y menos triste: pasaban algunas personas, se veían no pocas luces. Miró los letreros de todas las calles que de allí partían, y al fin, llena de alborozo, leyó el nombre de la que buscaba. Entró en ella, y a los pocos pasos vio una puerta, a cuyos lados había pintados racimos alegóricos y unas botellas que indicaban muy claro que aquello era taberna. «Aquí es», dijo y se acercó. La puerta estaba abierta, y dentro había dos mujeres y un hombre. Preguntó si vivía allí un tal Pascual, tabernero, casado con una tal Pascuala.

«Aquí no hay nengún Pascual» dijo una de las mujeres.

—¿Sabe usted si es aquí cerca? —preguntó Clara—. ¿No hay otra taberna en esta calle?

—No, que yo sepa.

Clara volvió a creer que no había Dios.

«¿Qué estás diciendo ahí, enreaora? —exclamó el hombre—. Siempre te has de meter en lo que no te toca. Sí, señora. Hay otra tienda de vinos de un tal Pascual... sí, señora: ahí en el número 14».

La huérfana dio las gracias, y fue allá, palpitante de agitación y alegría. Antes de llegar al número 14, sintió ruido de guitarras y voces de hombres. Al acercarse a la puerta vio a muchos que cantaban y bailaban con la exaltación de la embriaguez; y aunque no vio a Pascuala, aunque aquella gente le inspiraba mucho recelo, subió el escalón de la entrada, y presentándose, preguntó por su antigua criada.

«¡Olé, olé!» —dijeron dos o tres de aquellos insignes personajes, mientras uno de ellos avanzó hacia la joven, y abrazándola estrechamente, la llevó al centro de la taberna.

—¡Viva el buen trapío!

Clara dio un grito de terror al encontrarse en los brazos de aquel desalmado, y gritó con todas sus fuerzas: «¡Pascuala!».

—¿Qué?, ¿quién es? —dijo una voz de mujer—; ¿a ver qué es eso?

Pascuala se presentó, y al ver que había allí una mujer y que estaba en brazos de su marido, dio a este en la cara un mojicón, que, a ser más fuerte, no le dejara con narices.

«No fui yo —contestó Pascual—: fue ese dimonio de Chaleco».

—Sí fue él, que la ha traído y la tenía escondida, señora Pascuala —declaró Tres Pesetas con uno de sus frecuentes rasgos de malicia.

—¡Doña Clarita! —dijo Pascuala abrazando a Clara con más suavidad que su marido y llevándola adentro.

Al encontrarse en el dormitorio de los Pascuales, la sobrina de Coletilla, que había agotado todas las fuerzas de su cuerpo y de su espíritu en aquella noche, se dejó caer en una silla y perdió el conocimiento.

Capítulo XXXIX. Un momento de calma

Bozmediano y Lázaro hablaron poco por el camino. Al llegar a la casa de Pascuala, serían las diez de la mañana, lo primero que vieron fue a Pascuala fregando vasos. Preguntáronle si había venido Clara a su casa, y ella contestó:

«Anoche, sí, señor; después de media noche vino. Pero ya reconozco al caballerito sobrino de mi amo, que estuvo allá a preguntarme por su tío».

—¡Gracias a Dios! —exclamó este—. ¡Qué suerte hemos tenido!

—La pobre llegó esta mañana y se desmayó —dijo Pascuala—. Está muy malita; todavía no ha hablado palabra si no es pa delirar. Vino que no se podía tener, toda mojada, temblando de frío, y las lágrimas le corrían por la cara abajo.

—¿Dónde está?

—Allí, en mi alcoba y en mi cama. Pascual se quedó en el desván, y yo en el suelo, al lado de ella. Está muy malita: empezó a dar unas manotadas y a decir que venían volando unas... ¿cómo dijo? «Las tres, las tres volando», decía, y así estuvo hasta hace una hora, que calló y se quedó dormida.

Los dos jóvenes pasaron adentro, y cuando la tabernera abrió un poco la ventana para que entrara alguna luz, pudieron ver acostada en el lecho aquella agraciada figura, en cuyo semblante extenuado y pálido se pintaban los síntomas de una postración y un malestar muy grandes. Dormía, y la violenta posición de su cabeza indicaba que antes del sueño la había atormentado uno de esos letargos dolorosos en que el cuerpo obedece con bruscos movimientos a todos los delirios de la mente enferma. Pascuala cogió entre sus manos la cabeza de la joven y la colocó con menos molestia; la entró uno de los brazos, que colgaba fuera de las sábanas; arregló estas y las almohadas, y cerró un poco más la ventana, porque no entrara más claridad que la necesaria para no estar a oscuras.

«Usted ya no sale de aquí» dijo Bozmediano a Lázaro.

—No —replicó este preocupado y contemplando a la enferma tan de cerca que sentía su respiración agitada y difícil como si un pequeño volcán existiera entre las sábanas.

—Creo que al despertar, despertará con el delirio. Usted debe quedarse aquí hasta ver en qué para esto —indicó Bozmediano—; yo me marcho. Si me ve, creo que mi presencia no será lo que más la tranquilice. Mañana le espero a usted en mi casa sin falta: tenemos que hablar.

Lázaro no contestó. Si su susceptible desconfianza no se había extirpado completamente, en aquellos momentos no podía pensar en tan delicado asunto. Experimentaba emoción muy grande para detenerse en dudas crueles y rencores poco generosos, que un alma elevada deja siempre a un lado al contemplar los grandes infortunios.

Cuando Claudio se marchó, Lázaro se sentó junto al lecho, y allí estuvo mucho tiempo inmóvil mirando a la enferma, estatua que contemplaba otra estatua, casi tan pálido como ella, esperando a cada expansión del aliento que despertara, observando con la atención moribunda de amante la oscilación de aquella vida comprometida en una crisis. Por fin, Clara se movió, pronunciando algunas voces mal articuladas. El joven pudo distinguir claramente: «¡Señora, por Dios!...». Después agitó una de sus manos como quien quiere retirar algo, y por fin abrió sus ojos. Se apartó los cabellos que en desorden le cubrían la cara; tuvo un gran rato la mano ante los ojos, y la apartó después. Sus ojos se clavaron en la persona que tenía delante, y por mucho tiempo permaneció mirándole, cual si no tuviera conocimiento de lo que veía, y como si su sorpresa fuera tal, que no pudiera creer lo que estaba viendo. Después extendió el brazo lentamente hacia él, y le nombró con voz muy débil.

«¿No sabes por qué estoy aquí? —dijo Lázaro conmovido—. Me parece que no nos hemos visto desde mi pueblo. Aún no creo que hayas podido estar en aquella maldita casa».

—¿En qué casa? —dijo Clara, como afectada de profunda confusión.

—Allí, en casa de esas mujeres —contestó él con tristeza, recordando los dolores de aquella vivienda.

—¡Ay! —exclamó Clara—. Yo no quiero volver; quiero morirme aquí antes que volver. Estoy en casa de Pascuala, ¿no?

Al decir esto reconocía el sitio con ansiosa mirada.

«Sí: ya no estás, ya no estamos allí» dijo él, acercándose más.

—No volveré, no me llevarán. ¿No es verdad? Tú no volverás tampoco.

—¡Qué he de volver! Si aquella casa ha sido más terrible para mí que el infierno mismo. La detesto, y detesto a los que la habitan. Allí he padecido en una sola noche más que en toda mi vida. Ya no vuelvo, no.

Clara pareció escuchar esto con mucha atención; después le estuvo mirando fijamente por largo rato con cierto asombro.

«¿Por qué me miras así?» preguntó Lázaro.

La huérfana tardó en responder; pero al fin, con voz lenta y cariñosa, dijo: «¿Hace mucho tiempo que no te he visto?».

—No hace tanto. Me viste una tarde: el domingo.

—Sí... ya me acuerdo. ¡Qué día! ¿Sabes que me echaron porque decían que había entrado un hombre en la casa? ¿Sabes?... ¡Qué malas son!

—¿Y no entró?

—Sí entró, sí... ¿pero yo qué culpa tenía? Ellas dicen que entró por mí. ¡Qué malas son!

—¿Y no entró por ti?

—¿Por mí? —contestó Clara con la voz entrecortada y muy débil—. ¿Por mí? Después se detuvo, como recordando, y dijo:

«Sí, por mí. Él me dijo que iba a sacarme de allí, que quería hacerme feliz. Me dio mucho miedo».

Decía todo esto con una vaguedad que indicaba cuán débiles estaban sus facultades mentales.

«Me dio mucho miedo —continuó—; aún me parece que le estoy viendo. Al principio pensé que me iba a matar; pero... no me mató. Dijo que me quería llevar consigo; que él me quería ver feliz... Me había escrito una carta».

—¿Una carta? —dijo Lázaro vivamente.

—Sí: me la dio aquel viejo feo, feo, feo...

—¿Dónde está la carta?

—¿La carta... la carta?... No sé. Yo la tenía en el bolsillo.

—¿Dónde está tu ropa?

—No sé... La carta... ¡Ah!, ya me acuerdo... la rompí toda y la hice unos pedacitos muy chicos, muy chicos.

—¿Por qué la has roto? —dijo Lázaro, deplorando no tener aquel documento—. ¿Y no recuerdas haberme visto a mí aquella tarde?

—Sí, sí, sí lo recuerdo —contestó, mostrando que nunca había olvidado tal caso—. Entraste muy enfadado. Yo estuve llorando toda la noche. Después me dio un mareo en la cabeza... yo creí que me iba a morir, y me alegré.

La melancólica serenidad que había en estas declaraciones conmovió a Lázaro de tal modo, que no se atrevía a preguntar más, porque herir la delicadeza de aquel ángel le parecía crueldad sin ejemplo. Aún quiso hacer la última pregunta de este modo.

«¿Y qué te dije aquella tarde?».

—¿Qué me dijiste?... Eso sí que se me ha olvidado... No, ya lo recuerdo: me dijiste...

Aquí se detuvo: sin duda le faltó el habla o el entendimiento. Tenía los ojos húmedos, y se apartaba otra vez el cabello que le cubría parte de la frente. Lázaro se sintió humillado. Casi le avergonzaba la cruel y brusca acusación que su conducta en aquella tarde memorable había hecho a la inocencia. No había prescindido aún enteramente de la ley social que exige pruebas positivas para la aclaración de ciertos hechos; pero aun poseyendo aquella susceptibilidad irreflexiva, no podía resistir a la fuerza de persuasión que en las respuestas de la huérfana había. En su corazón no cabía, no era posible que cupiera la duda, después de oírla; y si la voz de un demonio atormentador resonaba internamente para recordarle el deber social de no darse por satisfecho, él parecía como que aplazaba para más tarde la investigación de la evidencia en aquel asunto, abandonándose por entonces a la efusión consoladora del afecto que sentía tan vivo como antes.

«No me expliques más —dijo Lázaro, viéndola llorar—. Veo que aquellos demonios tienen la culpa de todo. ¡Maldito sea quien te llevó allá! Ellas te han calumniado, estoy seguro de ello. Siempre estaban hablando de faltas cometidas, de pecados... y qué sé yo. Lo mismo decían de mí. Las dos aseguraban que yo era un malvado, y que había cometido no sé qué crimen. Esto me admiraba, porque yo no había cometido ninguna falta grave. Lo mismo juzgué de ti. Tú eras la víctima de su rigor, de su suspicacia, de su disciplina, como ellas decían».

—Yo no las quiero ver más —decía Clara—: anoche las estuve viendo toda la noche en sueños. Me parecía que doña Salomé estaba revoloteando encima de mí, mostrándome sus ojos rencorosos y sus uñas terribles; me parecía que doña Paz estaba detrás de la cama, y que de tiempo en tiempo sacaba el brazo para abofetearme. Estuve temblando y envuelta en mis sábanas para no verlas; pero siempre las veía. ¡Qué feas son!

—Tranquilízate —dijo Lázaro, viendo en el tono de su amiga los síntomas de un nuevo delirio—. Ya no volverás a casa de esas fieras. Yo estoy aquí; tú te has creído abandonada mientras yo existía. No sé si tengo la culpa de esto: si la tengo, descuida, que sabré remediarlo. ¡Y yo que no he vivido sino por ti, que te he tenido por guía y por inspiración de todos mis actos! Bien te dije, cuando nos conocimos, que Dios nos había puesto en camino de encontrarnos para que no nos separáramos nunca. A donde quiera que he ido te he llevado siempre en mi corazón y en mi cabeza, creyendo por ti y esperando por ti. Desde que nos conocimos, no hemos cesado de estar juntos, de caminar juntos por la senda de la vida, a lo menos en lo que a mí corresponde. Cuando vine a Madrid, aunque no nos vimos inmediatamente, no di un paso por estas calles que no fuera dado hacia ti. Me prendieron por una ligereza mía, que no fue ningún crimen, como decían aquellas mujeres; y si soporté aquel contratiempo, si no me suicidé estrellándome la cabeza contra los muros de la cárcel, fue porque en la oscuridad me parecía siempre que te estaba mirando en un rincón, en pie, con el rostro sereno, como es tu costumbre. Yo no he podido, después de que te conozco, pensar nada futuro, sin que a mis ideas acompañara la idea de tu persona, como parte de mí mismo. No he podido pensar en la adquisición de alguna cosa, de algún objeto, de alguna felicidad, sin que pensara en que tú disfrutarías de todo eso antes que yo. No he tenido desgracia alguna ni pérdida sin figurarme que estabas a mi lado llorando conmigo. Si he aspirado a alguna hora feliz, siempre he tenido presente que nuestras dos vidas llegarían juntas a esa hora. No he podido concebir que uno de los dos existiera solo en el mundo: esto me ha parecido siempre imposible. ¿Sabes que ahora me parece que fue ayer cuando saliste de mi casa para volver aquí? Y lo que ha pasado después yo quiero borrarlo de mis recuerdos. Aborrezco estos días como se aborrece una pesadilla. ¿Tú no me has dicho también que aborreces aquella casa y aquella gente? Y lo creo. No puedo acostumbrarme a la idea de que pensemos de distinta manera. Si yo llegara a creer de una manera evidente que no me querías, no sé cómo podría vivir; y si aún vivo después de aquella tarde, es porque la duda me ha dado vida, duda en que ya no quiero pensar: la he tenido como un deber, me la impuse yo mismo; pero ya rechazo esta tiranía. Cuando te he visto, me parece que ha retrocedido el tiempo. Dudar de ti se me figura un crimen; y si lo he cometido, no te pido perdón, porque sé que ya me lo has perdonado.

Durante esta expansiva manifestación, le escuchaba la enferma con una especie de trastorno. Al fin lloraba con tan deshecho llanto, como si en aquel momento y con aquellas lágrimas se desahogaran los dolores de toda su vida, desde el incidente del pajarito en casa de la madre Angustias hasta la escena de la expulsión en casa de las Porreñas.

El joven no quiso menoscabar con una palabra más la elocuencia de aquellas lágrimas. El calor y la pulsación precipitada de la mano de Clara, que tenía entre las suyas, le indicaron que la fiebre aumentaba, tal vez por la agitación de aquel diálogo, en que él había puesto toda su elocuencia y ella toda su sinceridad.

«Es preciso cuidarte mucho» dijo Lázaro.

—Sí —contestó ella—: quiero vivir.

Capítulo XL. El gran atentado

Por la tarde llegó un médico enviado por Bozmediano. Vio a la enferma, y después de prescribirle mucho reposo, se retiró, dando muy poca importancia a aquella crisis, originada de una fuerte agitación moral. Durmiose Clara, entrando en un período de calma, de que hasta entonces no había disfrutado. En tanto Lázaro, que ardía en deseos de tomar una determinación decisiva en su vida, pensaba hablar con su tío aquella misma noche, romper con él, separarse de un hombre que era autor de todas sus desventuras. Deseaba ver a las dos Porreñas, echarles en cara su crueldad y su hipocresía. Si la dignidad de varón no se lo impidiera, seguramente su primer acto aquella noche hubiera sido coger por el moño a doña Paz y hacerle inclinar la cabeza hasta el suelo.

Lo urgente y decoroso era suspender relaciones con aquel hombre fanático, que le parecía más repugnante después que se reunía descaradamente con los jóvenes exaltados, y hasta llegaba a darse el título de liberal. No le importaba quedar solo y sin apoyo, pobre, más pobre que antes. Pero él se encontraba con fuerzas para trabajar; trabajaría en una profesión, en un oficio cualquiera. Y si en Madrid no podía conseguirlo, se volvería a su pueblo, donde por lo menos tenía seguro el pan.

Salió, pues, ya entrada la noche, dejando a Pascuala el encargo de no apartarse de Clara; y recordando que su tío había hablado de no volver a casa de las Porreñas hasta después de tres días, pensó dirigirse a la Fontana o a casa del abate. Fue a la Fontana; entró en el cuarto interior, donde se reunían confidencialmente los principales políticos del club, y no lo encontró. No había allí otra persona que el señor Pinilla, que se paseaba muy agitado con las manos metidas en los bolsillos y el sombrero enterrado hasta los ojos.

«Hola, amiguito —dijo al ver a Lázaro—. ¿Cómo usted por aquí a estas horas?».

—Busco a mi tío.

—¡Ah! No le hallará usted. Está en una parte... Ya sé yo dónde está. Está donde entran pocos.

—¿No vendrá esta noche?

—¿Esta noche? ¡Quia! ¿Cómo ha de venir esta noche?

—¿Pues qué hay esta noche?

—Lo gordo —dijo Pinilla con misterio—. Pero, ¡bah!, usted lo sabe mejor que yo. Si es su sobrino...

—No, no sé nada —dijo Lázaro sorprendido.

—¿Pero no le han designado a usted su puesto? ¿No le han dicho lo que ha de hacer? ¿No trabaja usted como todos en esta gran obra?

—¿Qué obra?

—Esta noche, amigo, esta noche es ella.

—¿Qué? ¿Hay algo? Efectivamente he notado al venir cierta agitación en la villa.

—Pues ya verá usted a eso de las diez...

—¿Y no hay sesión esta noche?

—¡Sesión! ¡Brrr! —exclamó Pinilla, haciendo con la boca un estrambótico sonido—. Esta no es noche de palabras, es noche de hechos. Mucho se ha hablado ya.

—Pues no estoy enterado de nada. Ello es que desde anoche no vengo por aquí.

—Pues busque usted al Doctrino, que debe de estar allá por Lavapiés, y le dirá lo que tiene que hacer; porque supongo, amigo, que usted no querrá quedarse atrás. ¡Fuera miedo! Yo sé que la primera vez esto es algo imponente, sobre todo para el que nunca ha oído tiros. Pero, en fin, teniendo ánimo...

—Pero explíqueme usted lo que hay —dijo Lázaro, fingiendo cierta complacencia para que el otro no vacilara en contarle todo.

—Hay —dijo Pinilla—, que esta noche es el gran golpe, el golpe decisivo, el último esfuerzo del liberalismo vergonzante. Es preciso arrollar a los discretos que nos cierran el paso. Sí, amigo mío: al fin tendremos libertad.

—Vaya —dijo Lázaro, afectando incredulidad para saber más—, algún motincillo insignificante...

—¿Motincillo? Algo más —dijo el otro, sentándose y avivando con una badila el escaso fuego que en un brasero había.

Robespierre subió sobre sus rodillas de un salto y se acurrucó allí con admirable franqueza republicana.

«Pues yo voy también allá» dijo Lázaro, deseando que Pinilla desembuchara.

—Vaya usted en busca del Doctrino y le designará su puesto. Yo creo que hasta estará mal visto que usted no figure en este asunto, después de haber pronunciado el discurso que oímos anoche. ¡Qué discurso, amigo! Es usted un gran orador. Si viera usted cuánto gustó: está la gente entusiasmada. Hoy he oído a un zapatero de la calle de la Comadre repetir de memoria un trozo largo de lo que usted dijo anoche.

—Pero cuénteme usted. ¿Qué habrá?

—Es muy sencillo. Es preciso pasar por encima de los falsos liberales que están hoy en el poder. Es preciso pasar; pues bien: esta noche se pasará.

—¿Y de qué manera?

—Estas cosas no se hacen sino de una sola manera. Usted bien lo sabe. La revolución necesita estas medidas prontas y decisivas. Se pasa por encima de ellos, exterminándolos.

—¡Exterminándolos! —dijo Lázaro horrorizado.

—Pues ya. Solo así se puede arrancar de raíz una mala semilla. Es el único medio: convengo en que es terrible, pero es eficaz.

—¿De modo que va a haber aquí una matanza?

—El pueblo está irritado, y con razón. Se derribó la tiranía; se creyó que íbamos a tener libertad, y nos han engañado. Cuatro tiranuelos nos mandan constitucionalmente, y constitucionalmente nos persiguen como antes. Esto no nos satisface; queremos más. Adelante, pues.

—Pero el medio es espantoso. Yo no quiero para mi patria los horrores de la revolución francesa. Después de un terror no puede venir sino la dictadura. Yo no quiero que pase aquí lo que en Francia, donde, a causa de los excesos de la revolución, la libertad ha muerto para siempre.

—Eso es música, amigo, música.

—Esa es la verdad. ¿Pero es posible que mis amigos, los individuos de ese club, que han predicado el uso de los derechos adquiridos como único medio de llegar a la libertad?... No lo puedo creer.

—Amigo —dijo Pinilla, mirándole con mucha sorna—, usted lo dijo: ¿no se acuerda usted ya de aquella parte de su discurso en que decía: «¿Nos detendremos con timidez asustados de nuestra propia obra? No. Estamos en un intermedio horrible. La mitad de este camino de abrojos es el mayor de los peligros. Detenerse en esta mitad es caer; es peor que no haber empezado».

—Sí —dijo Lázaro confundido—; pero yo no quise decir que se llegara a ese fin quitando, puñal en mano, todo obstáculo: yo quiero que se llegue a ese fin por los medios legales.

—Sí, usted quiso decir eso; pero la gente lo entendió de otra manera, y esta noche va usted a ver cómo se entienden esas cosas. Desengáñese usted, amigo: no hay otro camino más que ese; los medios legales son pamplinas, créame usted. Esta noche se verá: hay la ocasión más propicia... Figúrese usted que se reúnen todos en un sitio. Sí: se reúnen fatalmente, y no es preciso ir marcando con sangre las casas de cada uno.

—¿Quién se reúne? —preguntó Lázaro con agitación.

—¡Ellos! Los prudentes. Tienen ahora unas reuniones secretas, sin duda con objeto de fraguar algún complot para quitarnos la poca libertad que tenemos. Por una casualidad se ha descubierto que algunos ministros y diputados de los más influyentes de la mayoría se reúnen en una casa de la plaza de Afligidos.

—¿Pero es cierto? —dijo Lázaro, procurando disimular su turbación.

—Sí: no sé quién lo ha descubierto. Lo que sé es que se lo dijeron al Doctrino, y él fue allá y los vio salir. Después no sé por qué medio se ha enterado de quiénes son todos ellos. Allí van Quintana, Martínez de la Rosa, Calatrava, Álava, y hasta Alcalá Galiano se ha metido entre esa gente.

Lázaro quedó mudo de terror.

«Lo que más me complace —continuó Pinilla— es que cae también el joven Bozmediano, que también se ha metido a político, educado por su padre».

—¡Bozmediano!

—Sí: es un hombre tan odioso para mí, que me parece que si no le veo ensartado, me muero de un berrinche.

—¿Y qué le ha hecho a usted?

—Ahí tuvimos una pendencia en Lorencini. Reñimos. Fue por un discurso mío: es cuento largo. Este no escapa, ni el padre tampoco, que es el orgullo mismo, y fue el que pidió en el Congreso que se cerraran las sociedades secretas. ¡Buenos están los dos! Pero no escapan, eso no. Para eso estaré yo allí. A las doce no hay quien me arranque de la plazuela de Afligidos.

—¿De modo que van a asesinar a esos hombres, cogiéndoles a todos desprevenidos?

—En buen castellano, eso es. El pueblo de Madrid lo hará bien; les detesta, y allá irán unas turbas, que ya, ya... ¿Con que al fin no va usted a que le designen su puesto?

—Sí —dijo Lázaro para disimular su propósito—. Voy.

—Yo espero aquí un recadillo del amo del café.

—Adiós —dijo Lázaro, saliendo con precipitación.

Su resolución era irrevocable. No podía permitir que se llevara a efecto aquel complot infame. Por él, solo por él, habían tenido noticia de la reunión que en aquel sitio celebraban las víctimas indicadas, y a él correspondía evitarlo. Corrió hacia la plazuela de Afligidos con objeto de llamar en aquella casa misteriosa y prevenirles contra el atentado que se preparaba.

Por el camino encontró muchos grupos de gente sospechosa. Iban algunos armados de trabucos, ceñida la cabeza con el pañuelo aragonés, cómodo tocado de las revoluciones. Su actitud y sus rumores anunciaban la agitación que en el pueblo reinaba. Iba a cometerse un gran crimen. ¿Sabía el pueblo lo que iba a hacer y a qué principio obedecía haciéndolo? Lázaro meditaba todas estas cosas por el camino, y decía: «No, no es esto lo que yo prediqué»; y al mismo tiempo la idea de que el violento discurso pronunciado por él la noche anterior hubiera tenido una parte de complicidad en la actitud del pueblo, le desesperaba.

Encontraba cada vez más grupos sospechosos, y aun oyó proferir algunos mueras lejanos. Al llegar a la calle Ancha vio un grupo más numeroso. Pasó cerca sin intención de pararse, cuando uno se adelantó hacia él y le detuvo. ¿Quién podía ser sino el pomposo Calleja, el barbero insigne de la Fontana? Haciendo grandes aspavientos y dando al viento su atiplada voz, puso sus pesadas manos sobre los hombros del joven, y dijo:

«¡Eh!, muchachos, aquí está el gran hombre, nuestro hombre. Bien decía yo que no había de faltar. ¡Eh!, muchachos, aquí lo tenéis».

Todo el grupo rodeó en un momento a Lázaro.

«Es el que habló anoche. ¡Bien por el pico de oro!» dijo uno, agitando su gorra.

—Que venga con nosotros: nombrémosle capitán —dijo Tres Pesetas, que se había erigido en alférez y llevaba una cinta amarilla en la manga.

—No: que se ponga ahí, encima de ese barril y nos hable —exclamó otro, que por las señas debía de ser Matutero, el que atropelló a Coletilla, según referimos al principio.

—Que hable, que hable —gritó una mujer alta, huesosa, descarnada y siniestra, que parecía la imagen misma de la anarquía—; ¡que hable, que hable!

—Señores —dijo Calleja alzando el dedo como si quisiera horadar el firmamento—. Ya no es tiempo de hablar, es tiempo de obrar. Bien lo dijo este señor anoche: «Adelante en el camino; retroceder es la muerte; pararse es la infamia». Yo lo hubiera dicho lo mismo; solo que yo no me he decidido a hablar todavía; pero si llego a enfadarme...

—Bien, bien —chillaron muchas voces.

Lázaro sudaba con impaciencia y angustia. No sabía cómo romper aquel círculo de atletas que le rodeaba. Dio algunas excusas, empujó por un lado, abrió brecha por otro; pero aun así no consiguió verse completamente libre, porque el barbero, echándole el brazo por encima y hablando en voz baja, con la actitud y tono confidencialmente misterioso que cuadran a dos grandes hombres al comunicarse una idea que ha de salvar al mundo, dijo:

«Yo, señor don Lázaro, tengo todo este barrio por mío. ¿A usted le han dado órdenes para que mande aquí? Yo... francamente, le admiro a usted mucho como orador, porque anoche dijo usted cosas que nos pusieron los pelos de punta; pero...».

—¿Qué quiere usted decir?

—Que yo, señor don Lázaro, soy un hombre que ha salvado la patria muchas veces y derramado mucha sangre en defensa de la libertad; y por lo mismo, yo... estoy encargado de este barrio, y me parece que el barrio está en buenas manos. Por lo tanto, yo quiero saber si usted trae aquí la comisión de encargarse del barrio; porque como usted habló anoche y dijo... pudieran haberle designado un puesto de honor... y yo, francamente, aunque no hablo, soy hombre que sabe hacer las cosas; y si usted se encargase del barrio, yo protestaría... porque ya ve usted.

—No —dijo el joven tranquilizándole—, no le quitaré a usted el mando de este barrio ni de otro ninguno; yo no mando barrios.

—Bien decía yo —repuso el barbero con la mayor satisfacción—, que usted no me quitaría el mando de mi barrio; pero creía que le habían mandado por no tener confianza en mí. Pero ha de saber usted que donde está Calleja, la libertad está asegurada.

—¡Oh!, sí: ya lo supongo —dijo Lázaro, procurando quitarse de encima el peso de aquel brazo, que le hundía de la manera más despótica—. Quédese usted tranquilo.

—¿Va usted a alguna comisión del Doctrino o de Lobo?

—No: voy a un asunto.

—Esta no es noche de asuntos.

—Buenas noches —dijo Lázaro apartándose.

La venganza que tomarían los exaltados, autores del complot, si sabían que por él había fracasado su crimen, sería espantosa; pero ¿qué le importaba la venganza? Era preciso evitar el crimen. Importábale poco por el momento que estallara el motín con un simple fin político. Lo que no podía soportar era que se asesinara a una docena de hombres indefensos e inocentes. ¿Cuál era la causa de este atentado? Era una horrible invención del absolutismo, que se había valido del partido exaltado para realizarla, y había excitado las pasiones del pueblo para hacerle instrumento de su execrable objeto. Nada de esto se escondió entonces a la natural perspicacia del joven, y pudo muy bien confirmarse en su sospecha al recordar algunas palabras de su tío, su conducta misteriosa e incomprensible.

Llegó a la plazuela de Afligidos cerca de las once. Si aquella noche había reunión, ya todos debían de estar dentro. La plaza estaba desierta. Acercose a las calles inmediatas por ver si había gente en acecho, y no vio nada. Solo en la calle de las Negras divisó algunas sombras lejanas, un pelotón de gente como de diez personas. También hacia el portillo de San Bernardino se movían algunos bultos. Creyó que no había que perder tiempo: llegose a la puerta, y asiendo el aldabón, dio algunos golpes con mucha fuerza.

Claudio Bozmediano, que es la persona a quien debemos las noticias y datos de que se ha formado este libro, nos ha contado que cuando los personajes de la reunión sintieron aquellos aldabonazos tan fuertes, se quedaron mudos y petrificados de sorpresa y temor. Todos sabían que aquella noche era noche de motín; pero creían que sería uno de tantos, y que con las precauciones tomadas por la autoridad militar, no pasaría de ser una manifestación con algunos tiros, dos o tres heridos y regular número de presos. Aguardaron un momento a ver si se repetían, y efectivamente, se repitieron con más fuerza.

«No hay más remedio que bajar a ver quién es».

—Yo bajaré —dijo Bozmediano hijo—. Pero díganme ustedes qué hago si es... ¿Quién podrá ser?

—Esa es la confusión —dijo otro—. Sin duda el motín de esta noche tiene alguna alta misión que cumplir cerca de nosotros. No lo duden ustedes, señores: este motín viene de Palacio, como todos. Nuestra reunión se ha descubierto.

—Hay que bajar —dijo Bozmediano al oír que los golpes se repetían con más fuerza—. Bajaremos tres, los que parezcamos menos comprometidos. ¿Hay dos que, como yo, no sean ministros ni diputados?

Otro joven y un viejo se levantaron.

«Nosotros bajaremos. Los demás pueden salir todos a la huerta del Príncipe Pío, a la cual se entra por el patio. No hay tiempo que perder. Recoged esas notas, y a la huerta».

—Mejor será quemarlas —dijo otro, arrojando al brasero unos papeles, que se consumieron muy pronto.

Todos bajaron por una escalera interior, dirigiéndose a la huerta, excepto Bozmediano y los otros dos que, bajando por la escalera principal, llegaron a la puerta. Claudio gritó:

«¿Quién va?».

—Abra usted —dijo Lázaro.

—¿Quién es? ¿Qué busca usted?

—Busco a don Claudio Bozmediano.

Este creyó reconocer la voz del sobrino de Coletilla, y se figuró que, después de tanta alarma, se reduciría todo a un simple asunto personal entre los dos. Abrió la puerta y repitió: «¿Quién es?».

—Don Claudio Bozmediano, ¿está aquí? —dijo Lázaro sin reconocerle—. Tengo que hablarle de un asunto urgentísimo que no admite demora alguna.

—Pase usted, amigo.

El criado que allí tenían trajo una luz. Lázaro entró, y sin más preámbulo, conociendo la gravedad de las circunstancias, exclamó muy agitado:

—Márchense ustedes de aquí: aún es tiempo.

—¿Qué hay?

—Un complot horrible, el más espantoso atropello. Yo lo sé... estoy seguro. Márchense ustedes inmediatamente, ahora mismo.

—¿Pero quién? ¿Pero quién? —dijeron los otros con mucha cólera.

—Esos... —contestó el joven—, los exaltados. Hay una maquinación infernal en el movimiento de esta noche. Yo lo sé... he venido a prevenir a ustedes y a impedir este atentado.

Se internaron los tres, dirigiéndose a la huerta donde los demás esperaban.

«Señores, ¿qué hacemos? —dijo Bozmediano—. El motín de esta noche se dirige a nosotros. Han amotinado al pueblo para cometer, en nombre de la libertad, un horrendo crimen. La bullanga se hace en nombre del partido exaltado; pero ¿no presumen ustedes quién es el verdadero autor de este movimiento?».

—¡El Rey, el Rey! —dijeron con terribles voces todos los que estaban allí reunidos.

—Pues es preciso recibir a esos miserables como merecen.

—Lo mejor es huir: no nos hallarán aquí, y punto concluido —dijo otro.

—No: es preciso enseñar al Rey cómo deben ser tratados sus viles instrumentos. Basta de contemplaciones. Ya era de esperar esto. Lleno está Madrid de agentes que se ingieren en las sociedades secretas, pagan a algunos de los oradores más furibundos para que aticen los rencores del pueblo contra la autoridad constitucional. Ya ha llegado el instante supremo de su empresa diabólica. Muchos imprudentes les ayudan sin saber lo que hacen. Pero hoy es imposible distinguir. Demos un escarmiento.

—¿Qué hacemos?

—Ahí a dos pasos está el cuartel —dijo uno de ellos, que era militar de alta graduación—. Voy a traer dos compañías. Las saco por la Ronda, y con gran sigilo las meto aquí en la huerta. Ni un hombre en la calle, ni un centinela, nada. Que cuando lleguen esas turbas crean que estamos desprevenidos; que intenten allanar la casa; que derriben la puerta.

—¿Y nos marchamos?

—Opino que no. Aquí todo el mundo.

—Pues aquí todo el mundo.

A la media noche, una turba tumultuosa, animada con todas las voces de un motín y todos los alaridos de una bacanal, invadía las calles de San Bernardino, del Duque de Osuna y del Conde-Duque. Llegó a la plazuela de Afligidos y la ocupó casi toda, uniéndose a los que, entrando por el Portillo, habían llegado un poco antes. La puerta de la casa de que hemos hablado resonó con tremendos hachazos; todo el largo de la tapia del Príncipe Pío estaba ocupado por el pueblo, y algunos pelotones de gente armada estaban en la Montaña, en la parte contigua a dicha puerta. El callejón de la Cara de Dios contenía más de trescientas personas; y la algarabía era tan grande, que no se podían distinguir claramente las voces pronunciadas por los más exaltados, los mueras, los vivas con que la multitud trataba de infundirse a sí misma animación y bríos. Imposible es referir los vaivenes, las convulsiones, los bramidos con que se manifestaba la pasión colectiva del inmenso pólipo, difundido allí, comprimido con estrechez en aquel recinto. El monstruo oprimió con su más fuerte músculo la puerta de la casa. Vino esta por fin al suelo, y diez, quince, veinte personas se precipitaron en el portal dando gritos aterradores; pero al llegar al patio, hubo un instante de vacilación, de terrible sorpresa. Doble fila de soldados apuntaba a la multitud que, confiada en su fuerza, no pudo resistir un movimiento de terror, retrocediendo al ver que se la recibía de aquella manera. «Atrás», dijo la voz del jefe. «Adelante: mueran los traidores», exclamó otra voz en el portal. En el mismo instante sonó un tiro y cayó un soldado. Hizo fuego sin reparo la tropa, y una descarga nutrida envió más de veinte proyectiles sobre la muchedumbre. La confusión fue entonces espantosa: avanzó la tropa; retrocedieron los paisanos, no sin disparar bastantes tiros y agitar las navajas, arma para ellos más segura que el trabuco. La gente de la calle sintió el retroceso de los del portal, y se replegó, abriéndoles paso. Al mismo tiempo un escuadrón de caballería bajaba por la calle del Conde-Duque, y un batallón de nacionales avanzaba por el Portillo, impidiendo la salida de los amotinados. Hubo luchas parciales; pero, no obstante, la dispersión del pueblo fue completa, desde que los del portal, recibidos por una descarga, retrocedieron hacia la plaza. La corrida que cruzó por la calle de San Bernardino y la plaza de San Marcial, arrastró en su rapidez a la mayor parte de las personas acumuladas allí por la curiosidad o la participación en el motín. En vano algunos de los llamados jefes trataron de impedir aquella desorganización con improvisadas filípicas. La dispersión creció hasta el punto de que solo quedaron en la plazuela Lobo, Perico Ganzúa, Pinilla y el cadáver del Doctrino, que, herido mortalmente en el cráneo al entrar en el portal, había podido retroceder hasta la plaza, donde cayó. Quince o veinte le rodeaban, dudando si escapar con los demás o defenderse. Las tropas de la casa no habían salido; la caballería avanzaba, y los nacionales llegaban ya al palacio de Liria.

«Es una locura: huyamos» gritó Pinilla.

—¿Y qué hacemos con este? —dijo uno, señalando el cadáver del Doctrino.

—¿Qué hemos de hacer? ¡Bonita reliquia para cargar con ella!

—¿Tiene algún papel en el bolsillo? A ver, quitárselo pronto.

Pinilla le registró cuidadosamente.

«No tiene papeles; pero sí un bolsillo».

—A ver, venga —dijo Lobo.

Pinilla se lo guardo en su cinto; todos corrieron, y la plaza quedó desierta, hasta que la ocupó la tropa.

Capítulo XLI. Fernando el Deseado

No hemos examinado aquella agitada sociedad más que en una sola faz. Las altas regiones del poder han permanecido impenetrables para nosotros; pero ahora nos toca hacer una excursión hacia los elevados lugares, lugares que llamaba el público la Casa Grande, para conocer, aunque no con la profundidad que el caso exige, la fuente del abominable complot, anteriormente descrito.

En una sala del pabellón, que forma un martillo en la fachada oriental del Palacio estaba Fernando VII, en la misma noche del motín. En aquel pequeño despacho no recibía a los ministros; aquella no era la cámara, era la camarilla. Allí habían privado grandemente en épocas anteriores el duque de Alagón, Lozano de Torres, Chamorro, Tattischief y otros memorables personajes de los seis años que siguieron a la vuelta de Valencey. Alguna vez los ministros eran favorecidos con su admisión en aquel recinto de perfidias y adulación, y allí las sonrisas de Fernando para sus secretarios eran siempre siniestras. Cuando sonreía a un liberal, malo. Este axioma cortesano tuvo gran boga del 20 al 23.

Aquella noche estaba con Coletilla, su perro favorito. Sentados junto a una mesa el uno frente al otro, tenían delante unos papeles, que sin duda eran cosa importante por la atención con que los leían y anotaban y por la actitud satisfecha con que el Rey celebraba lo que allí estaba escrito. Fernando se permitía algunas agudezas de vez en cuando, porque era hombre, como todos saben, que poseía en grado eminente la propensión a la burla, que ha sido siempre constantemente adorno del carácter borbónico. Coletilla, que no acostumbraba a reírse, reía también, por considerar desacato no reproducir en su fisonomía complaciente y esclava todas las alteraciones de la regia faz de su amo.

«Señor, esta noche —dijo—, es la noche de la redención. ¡Dios quiera en su altísima justicia que nuestra empresa llegue a feliz término! Yo así lo espero; confío mucho en el valor de los que están encargados del negocio. Señor, V. M. recobrará sus divinos atributos, usurpados por una turba de habladores sin honor ni nobleza. España va a despertar. ¡Ay de aquellos que sean sorprendidos en el error, cuando la patria sacuda su letargo, abra los ojos y vea...!».

Fernando no contestó: había inclinado la cabeza y parecía muy meditabundo. La luz de una lujosa lámpara le iluminaba completamente el rostro, aquel rostro execrable que, para mayor desventura nuestra, reprodujeron infinidad de artistas, desde Goya hasta Madrazo. Es terrible la infinita abundancia de retratos de aquella cara repulsiva que nos legó su reinado. España está infestada de efigies de Fernando VII, ya en estampa, ya en lienzo. Esa cara no se parece a la de tirano alguno, como Fernando no se parece a ningún tirano. Es la suya la más antipática de las fisonomías, así como es su carácter el más vil que ha podido caber en un ser humano. Estupenda nariz, que sin ser deforme como la del conde-duque de Olivares, ni larga como la de Cicerón, ni gruesa como la de Quevedo, ni tosca como la de Luis XI, era más fea que todas estas, formaba el más importante rasgo de su rostro, bastante lleno, abultado en la parte inferior, y colocado en un cuerpo de buenas proporciones. La vanidad austriaca no hubiera puesto su boca prominente debajo de la nariz borbónica, símbolo de doblez, con más acierto y simetría que como estaba en la cara de Fernando VII. Dos patillas muy negras y pequeñas le adornaban los carrillos, y sus pelos erizados a un lado y otro parecían puestos allí para darle la apariencia de un tigre en caso de que su carácter cobarde le permitiera dejar de ser chacal. Eran sus ojos grandes y muy negros, adornados con pobladísimas cejas que los sombreaban, dándoles una apariencia por demás siniestra y hosca.

Respecto a su carácter, ¿qué diremos? Este hombre nos hirió demasiado, nos abofeteó demasiado para que podamos olvidarle. Fernando VII fue el monstruo más execrable que ha abortado el derecho divino. Como hombre, reunía todo lo malo que cabe en nuestra naturaleza; como Rey, resumió en sí cuanto de flaco y torpe pueda caber en la potestad real. La revolución de 1812, primera convulsión de esta lucha de cincuenta años, que aún dura y tal vez durará mucho más, trató de abatir la tiranía de aquel demonio, y en sus dos tentativas no lo consiguió. La Revolución hubiera abatido a Nerón, a Felipe II, y no abatió a Fernando VII. Es porque este hombre no luchó nunca frente a frente con sus enemigos, ni les dio campo. No fue nuestro tirano descarado y descubiertamente abominable; fue un histrión que hubiera sido ridículo a no tratarse del engaño de un pueblo. Nos engañó desde niño, cuando fraguando una conspiración contra un favorito aborrecido, muy superior a Fernando por su inteligencia, adquirió una popularidad que pronto pagó España con la sangre de sus mejores hijos. Fernando fue mal hijo: conspiró contra su padre Carlos IV, cuya imbecilidad no disminuía el valor de su benevolencia; conspiró contra el Trono que debía heredar más tarde, y aun amenazó la vida del que le dio el ser. Después se arrastró a los pies de Napoleón como un pordiosero, mientras España entera sostenía por él una lucha que asombró al mundo. Al volver del destierro, pagó los esfuerzos de los que él llamaba sus vasallos, con la más fría ingratitud, con la más necia arrogancia, con la anulación de todos los derechos proclamados por los constituyentes de Cádiz, con el destierro o la muerte de los españoles más esclarecidos; encendió de nuevo las hogueras de la Inquisición; se rodeó de hombres soeces, despreciables e ignorantes, que influían en los destinos públicos, como hubiera podido influir Aranda en las decisiones de Carlos III; persiguió la virtud, el saber, el valor; dio abrigo a la necedad, a la doblez, a la cobardía, las tres fases de su carácter. Restablecido a pesar suyo el sistema constitucional, tascó el freno, disimuló como él sabía disimular, guardando el veneno de su rabia devorando su propio despecho, encubriendo sus intentos con palabras que nunca pronunció antes sin risa o encono. Lo que es capaz de tramar un ser de estos, tan hipócritas como cobardes, se comprende por lo que tramó Fernando en aquellos tres años desde las mil facciones y complots realistas, alimentados por él, hasta el complot final de los cien mil hijos de San Luis, que Francia mandó al Trocadero. Así recobró lo que en su jerga real llamaba él sus derechos, inaugurando los diez años de fusilamientos y persecuciones en que la figura de Tadeo Calomarde apareció al lado de Fernando, como Caifás al lado de Pilatos. El pacto sangriento de estos dos monstruos terminó en 1823, en que Dios arrancó de la tierra el alma del Rey, y entregó su cuerpo a los sótanos del Escorial, donde aún creemos que no ha acabado de pudrirse.

Pero con este fin no acabaron nuestras desdichas. Fernando VII nos dejó una herencia peor que él mismo, si es posible: nos dejó a su hermano y a su hija, que encendieron espantosa guerra. Aquel Rey que había engañado a su padre, a sus maestros, a sus amigos, a sus ministros, a sus partidarios, a sus enemigos, a sus cuatro esposas, a sus hermanos, a su pueblo, a sus aliados, a todo el mundo, engañó también a la misma muerte, que creyó hacernos felices librándonos de semejante diablo. El rasgo de miseria y escándalo no ha terminado aún entre nosotros.

Pero no hagamos historia, y sigamos nuestro cuento.

«¿Y olvidaréis, señor, lo que me habéis prometido para mi sobrinillo? —dijo Elías—. ¡Ah! Yo quisiera que V. M. le conociera: es el botarate mayor que ha nacido. Anoche habló en la Fontana y les volvió locos. Le aplaudían con unas ganas... yo también le aplaudí. Con tres oradores así, nos hubiéramos ahorrado mucho dinero. El pobre ha hecho bastante. Sí, señor: mi sobrino lo merece, lo merece...».

—Basta que sea tu sobrino, y que tú tengas empeño en darle ese destinillo... Sí: te lo nombro consejero de la intendencia de Filipinas. Hará carrera. A mí me gustan los chicos así... exaltados...

—Señor —dijo Elías humillando su cabeza hasta tocar con la nariz el tapete de la mesa—, yo no sé cómo V. M. no se cansa de protegerme. Yo, que jamás oculto la verdad a V. M., me atrevo a decirle respetuosamente que mi sobrinillo no merece semejante favor. Es un loco: tiene la cabeza llena de desatinos, y creo que jamás será un hombre formal. Si me atreví a pedir a V. M. ese favor, fue por los servicios que ha prestado el chico a nuestra santa causa, uniéndose a esos admirables, aunque indirectos, instrumentos de justicia que esta noche van a salvar a la patria.

—Tu sobrino merece el destino, y punto concluido. Aquí tengo el decreto —dijo el Rey mostrando uno de los papeles.

Después añadió sonriendo:

«Al fin llegará un día en que promulgue una ley por mi cuenta y riesgo. Si viniera Felíu y viera estos decretos hechos y firmados por mí sin consultarle...».

—Me parece que no los verán Felíu ni otros muchos: de eso respondo —dijo Coletilla siniestramente—. Dios permitirá que las sabias leyes de un Rey justo salgan a luz pública y lleven el orden, la obediencia y el respeto al ánimo de todos los españoles. Mañana, señor, mañana. Lo primero, señor —prosiguió después de haber mirado al cielo un buen rato—, es nombrar los capitanes generales y los regentes de todas las Audiencias, gente de confianza que vaya al momento a cumplir las leyes perentorias de seguridad pública que les daréis.

El Rey hizo con la mano ese gesto frecuentísimo que indica la actitud de castigar. Una contracción de boca dio la última expresión a aquel gesto admirable.

«Señor —continuó el consejero áulico—, yo me atrevería a recomendar a V. M. una cosa; y es que nada sería más funesto que una clemencia, que podríamos llamar criminal. Recuerde V. M. lo del año 14. Si ahora, como entonces, se contenta V. M. con mandar al Fijo de Ceuta a ciertas personas...».

Coletilla, aunque observaba siempre en la conversación las fórmulas de la etiqueta absolutista, hizo con la mano, fijando el pulgar bajo la barba y agitando los demás dedos, un gesto que el Rey entendió perfectamente.

«Ya veremos lo que se hace —dijo Fernando significando con una oscilación de su labio que no sería tan blando como en 1814—. Ya son las doce —añadió, mirando un reloj—. ¿Sabes que no se siente por ahí todo el ruido que fuera de desear?».

—Por aquí no vendrán, señor. Ya saben que está aquí la Guardia Real, que no admite bromas.

—Ya la Guardia sabe lo que tiene que hacer: acercarse aquí y no hacer manifestaciones en favor de nadie. Después...

—Me parece que siento ruido de voces... allá... hacia los Caños —dijo Coletilla acercándose al balcón y aplicando el oído con la insidiosa cautela de un ratero.

—Sí; pero es hacia San Marcial, hacia allá abajo. Creo que en la plaza de Afligidos pasa algo ya —dijo el Rey.

—Sí: allí deben estar ya. Allí es la cosa... ¿No se horroriza V. M. al considerar qué planes inicuos podría fraguar allí esa gente? Tal vez algún atentado contra el Trono o contra la vida de V. M. ¿Quién sabe? Todo se puede esperar de los liberales.

—Alguna coalición parlamentaria, como dicen. Pensarían presentar alguna ley, y se ponían de acuerdo con la mayoría para votarla.

—Para eso, señor, no se reúnen tantas personas de noche, con tales precauciones y con el mayor secreto.

—Es que me tienen miedo —dijo el Borbón—. Saben muy bien que yo puedo destruir sus planes acá con mi gramática parda, sin andarme en constitucionalidades. ¡Oh! Bien me conocen ellos. También me figuro que han tenido noticia por algún conducto de mis relaciones con la Santa Alianza, o habrán sabido mi correspondencia con Luis XVIII. Pero con tal que lo de esta noche salga bien, poco importa lo demás.

En Palacio cundió la alarma con las noticias que llegaron del tumulto de la capital. El Monarca, cuando recibió a sus gentiles-hombres y al jefe de la guardia, se mostró muy sorprendido, y hasta juró que tendrían los amotinados pronto y ejemplar castigo. Volvió a la camarilla y al lado de su consejero áulico, que estaba alborozado por haber sentido una algazara más fuerte que la anterior.

«Señor —murmuró—, ya, ya... Por el ruido parece como que vuelven».

—¿Vuelven? —dijo el Rey con ansiedad—. ¿De dónde?

—De allí. ¡Vuelven! Tal vez trayendo por trofeo...

Mucho tiempo estuvieron los dos escuchando con grande atención y ansiedad. Pasaron media hora en silencio, solo interrumpido por algunas frases de Coletilla y algunos monosílabos del Deseado. Al fin sintieron el ruido de un coche que paraba a las puertas del Palacio.

«¿Quién será?» dijo el Rey con una gran alteración de semblante y pasando a la cámara.

Anunciaron al ministro de la Gobernación. Fernando volvió a la camarilla y miró a Elías con una cara en que el consejero áulico leyó despecho y desaliento.

«¡El ministro de la Gobernación! ¿No me dijiste que iba también allí?».

—Señor —dijo Coletilla, en la actitud de una zorra apaleada—, preciso es que haya acontecido algo extraordinario. Felíu iba también allá.

—¡Está aquí! —dijo Fernando, hiriendo fuertemente el suelo con el pie—. Todo se ha perdido. Felíu viene: escóndete por ahí cerca. Le recibiré aquí mismo. Quiero que oigas lo que dice.

Escondiose Coletilla. El Rey hizo pasar al ministro a la camarilla. Venía Felíu muy agitado; pero Fernando estaba sereno, al menos en apariencia. Indicó que acababa en aquel momento de tener noticia de una borrasca popular, y que la juzgaba de poca importancia.

«Señor —dijo el secretario—, más que un motín producido por el descontento del pueblo, parece esto un complot ideado por personas que hacen de ese mismo pueblo un instrumento de disolución y anarquía».

—¿Pero quién, pero quién? —dijo Fernando, fingiéndose incomodado, y lo estaba en realidad, aunque por causa distinta.

—Esos exaltados, enemigos constantes del Gobierno de V. M. porque no les permite llevar el uso de los derechos hasta el desenfreno.

—¿Pero qué piden esta noche?

—Han pretendido allanar la casa de Álava; han intentado asesinarle, a juzgar por la actitud de las turbas que allí se reunieron. Pero avisado oportunamente por un joven que estaba en el secreto de la conspiración, dio parte y se colocaron algunas fuerzas dentro de la casa, pudiendo evitar un horrible crimen.

—¿Y dónde ha sido eso?

—En la plazuela de Afligidos.

—¿No vivía Álava en la calle de Amaniel? —preguntó el Rey con una mirada que estuvo a punto de turbarle.

—Sí, señor: allí vivía; pero desde algún tiempo se ha mudado a esta otra casa, que es suya también. Por fortuna, las turbas no han podido realizar su infame designio. Al separarme yo de mis compañeros, el ministro de la Guerra había dado las órdenes necesarias, y el orden estaba restablecido completamente.

—Pero no puedo comprender que se amotinara todo un pueblo para atropellar a un solo hombre. ¿No sería que en esa casa se reunían muchos de los que el pueblo odia? De cualquier modo que sea, es preciso un pronto castigo. Espero que no os dejaréis burlar por esa canalla. Caiga el peso de la ley sobre ella, y a ver si de una vez se acaban estos motines, Felíu, que bien puede asegurarse que desde que tienen libertad los españoles no nos acostamos un día tranquilos.

—Señor, los esfuerzos del Gobierno son inútiles para conseguir ese fin. Es cosa que desespera y aturde ver cómo nos es imposible tranquilizar a ciertas gentes. Por todas partes aparecen partidas de facciosos movidas por una parte del clero. Hay todavía muchos espíritus apocados que no quieren creer que el interés de V. M. y de la nación consiste en el sistema que todos amamos y defendemos. Hay personas tan ciegas, que aún no han llegado a comprender que es V. M. el que más ama la Constitución y el que más desea su cumplimiento. Todas las leyes liberales que V. M. sanciona y promulga con gran sabiduría, no bastan a convencerles. ¿Qué hacemos contra tales gentes?

Fernando estaba ciego de furor al comprender dónde iban dirigidas las embozadas alusiones del ministro. Era tan rastrero y cobarde que, a pesar de su ira, habló para fulminar anatemas contra los que aún soñaban con la restauración del Absolutismo.

«El atentado de esta noche se ha reprimido —dijo el ministro—. ¡Quiera Dios que podamos impedir los que traten de perpetrar mañana! Es preciso buscar en su origen el remedio de este mal. Yo creo que el partido exaltado no es el único autor de estos desórdenes».

—¿Pues quién? —preguntó el Rey, que, a pesar de su cobardía, sintió en aquel momento herida su dignidad, y se puso muy encendido—. ¿Quién, Felíu?

—Señor, yo me encargaré de averiguarlo, y propondré a V. M. los medios de darles un ejemplar castigo. Se sabe que entre la juventud más acalorada se ingieren ciertas personas que jamás tuvieron nota de liberales ni mucho menos. Dicen que esas personas trabajan continuamente para llevar al pueblo a los excesos que lamentamos. Esas gentes, señor, son a mi modo de ver los mayores enemigos de V. M. Sobre ellos debemos dirigir los ojos de la vigilancia y la mano de la justicia.

—Sí —contestó Fernando con su acostumbrada hipocresía—. Sí: hay insensatos que juzgan que para mí hay gloria, hay dignidad fuera de la Constitución, y estoy dispuesto a castigar a esos con más rigor que a los frenéticos demagogos. Energía, energía es lo que quiero.

—Señor, no tengo palabras con que abominar bastante la conducta de un hombre muy conocido en Madrid; uno que ha tenido la osadía de usar, profanándolo, el nombre de V. M. para disculpar sus horribles maquinaciones. Ese hombre es más criminal que los mayores asesinos, que los más rabiosos anarquistas; ese hombre corrompe al pueblo, corrompe a la juventud exaltada; frecuenta los clubs... Pero nada de esto sería grave si no se atreviera a tomar en boca un nombre que aman todos los españoles como símbolo de paz y libertad. Ese hombre se llama Elías, y es conocido por Coletilla en los clubs.

—Pues a ese y a otros como ese es preciso exterminarlos —dijo el Rey, usando su palabra favorita—. Esa canalla es la que más daño hace a mis intenciones, extraviando la opinión del pueblo.

—Yo respondo, Señor, que de esta vez haré todo lo posible para que ese hombre no se escape. Ya otras veces se ha procurado prenderle; pero no sé cómo consigue evadirse de la justicia, y pasea después su cinismo por todas las calles de Madrid, por todos los clubs. Esta vez no creo que se nos escape. Ya daremos con él. Precisamente esta noche Bozmediano, que se hallaba en casa de Álava, me ha dicho que tuvo noticia del complot pocas horas antes de haber sido intentado, por un sobrino del mismo Coletilla, joven que el infame quiso poner al servicio de sus viles propósitos.

—Pues es preciso premiar a ese joven —dijo Fernando, empeñado cada vez más en disimular la agitación que le dominaba.

—Sí, señor: es un joven de mérito, según me ha dicho Bozmediano, y muy buen liberal. Antes de ocurrir este lance me lo había propuesto para una plaza de oficial en el Consejo de Estado, y lo he concedido.

—Bien: me gusta que se premie esa clase de servicios.

—Mañana podré traer a V. M. un parte detallado de lo ocurrido esta noche. Además, creo que el ministro de la Guerra no tardará, y él enterará a V. M. de las precauciones que hemos tomado.

—¿Esta noche? —dijo el Rey con hastío.

—Veo que V. M. quiere descansar. Pero esta noche no hay nada que temer. Puede V. M. reposar tranquilo.

—Bien, puedes retirarte.

Fuese el ministro, y es de creer que se fue satisfecho por haber dicho cosas que solo en aquellos momentos de irritación y sobresalto se hubiera atrevido a decir al Soberano. Felíu era hombre tímido, y es la verdad que a su indecisión se debieron muchos de los lamentables sucesos ocurridos en aquel trastornado período.

Cuando Fernando se encontró solo abrió una mampara, y Elías, que estaba oculto, se presentó. La imagen del consejero áulico daba pavor. Estaba lívido; le temblaban los labios, secos por el calor de un aliento que sacaba del pecho el fuego de todos sus rencores. Crispaba los puños, y aun se hería con ellos en la frente, produciendo el sonido desapacible que resulta de la seca vibración de dos huesos que se chocan.

«¿Ves? —le dijo el Rey encendido de furor, y dando en el suelo una real patada, que estremeció la sala—. ¿Ves lo que ha pasado? ¿Oíste? Vuelve a decirme que todo era cosa segura, que confiara en ti, que tú lo harías todo. ¡Ah, qué desgraciado soy! —añadió con desaliento—. ¡Que no encuentre yo un hombre! ¡Un hombre es lo que yo necesito, un hombre!».

—Señor —murmuró Elías, alejado del Rey como el perro que ha recibido un palo de su amo—. ¡Señor, nos han vendido!... ¡Ese sobrino mío, ese infame nos ha vendido!

—No —dijo Fernando con repentino acceso de ira—: tú, con tu imprudente conducta, me has comprometido. Ya ves, todo el mundo sabe que eres agente mío. ¿No viste cómo con buenas palabras me lo dijo Felíu? ¡Oh, le hubiera arrancado la lengua! ¡Tú me has vendido!

—Señor —replicó Coletilla, con voz en que había algo de llanto—; señor, traspasadme el corazón, pero no digáis que os he vendido. Yo no puedo venderos. Abofeteadme; escupidme, Señor, antes que decirme tal cosa... Vuestra causa ha sido siempre mi único pensamiento; a ella me he dedicado con toda la actividad de que soy capaz. Es que Dios, Señor, permite ciertas cosas; Dios pone a prueba nuestro temple y nuestro valor. No me culpéis a mí, señor; yo os he servido como un perro.

En aquel momento, podemos asegurarlo, Coletilla habría quedado muy satisfecho si Fernando hubiera cogido en su cobarde mano la espada augusta de sus mayores, atravesándole con ella. Pero Fernando no hizo tal cosa. Coletilla sintió todo el menosprecio de su amo, y aquel puntapié moral le lastimó más que una puñalada. El fanático realista hubiera visto con terror, pero no con asombro, que el Deseado le mandara colgar de una almena o le hiciera apoyar la cabeza sobre el tajo feudal para recibir el hachazo del verdugo. Acercose al Rey, se le arrodilló delante, y dijo con gran energía:

«Señor: yo os juro, en nombre de vuestros mayores, que esta derrota aparente que hemos sufrido no es más que el preludio de la gran victoria que ha de poner remate a nuestra empresa. ¡Yo os lo juro! Despreciad las alusiones de Felíu, despreciadlo todo. Seguid; sigamos. Los leales existen; solo falta el primer paso. ¿Tropezamos esta noche? Mañana no tropezaremos: os respondo de ello, os lo juro».

Levantose lentamente; hizo una profunda reverencia, inclinándose lo más que pudo, y se dirigió a la puerta, volviendo el rostro varias veces a ver si el Rey le miraba. El Rey no le miró. Estaba muy ensimismado: de vez en cuando hería el suelo con el pie, ocultando la cabeza entre las manos sin decir palabra. Coletilla, desde la puerta, esperó una mirada del Deseado: no la consiguió, y fuese, sintiendo, al par de su concentrada rabia, dolorosa impresión de agravios y desconsuelo que le ponía en el corazón un dolor inaudito.

Capítulo XLII. Virgo Potens

Lázaro quedó dentro de la casa de Álava durante los breves y angustiosos momentos que duró la tentativa de lucha entre el pueblo y la tropa. Sentían desde allí el rumor popular, y por instantes creyeron que había llegado la última hora de todos ellos. El objeto que allí reunía a los ilustres personajes era tratar de los medios que podían emplearse para impedir las frecuentes conspiraciones de Palacio. Pueden burlarse las cábalas de un partido, de dos; pero contra las del Soberano, símbolo de legalidad, ¿qué fuerza puede tener un Ministerio? Si hay algo más terrible que la anarquía, son las camarillas. Contra esto no hay arma eficaz, a no ser el arma de un regicida. No podemos asegurar si en aquellas reuniones se trató de poner en práctica el artículo de la Constitución; idea que después, con gran escándalo de Europa, se realizó en las Cortes de Sevilla del año 23. Pero sí podemos asegurar que aquellos hombres se ocuparon, con la aflicción y desaliento que era natural, de los rumores de intervención francesa, de las relaciones secretas de Fernando con Luis XVIII, y, por último, del ejército de observación puesto por el Gobierno francés en la frontera con el pretexto de cordón sanitario.

Volvamos a nuestro cuento. Cuando terminó el peligro y se alejó la multitud, la mayor parte de las personas permanecieron en la huerta, subiendo a la casa tan solo los tres que habían de figurar en el reconocimiento ordenado por la autoridad. Todo se arregló de modo que, en el parte del capitán general que había de publicarse al día siguiente, no figurara la existencia de reunión secreta ni cosa parecida.

Al amanecer se fueron todos custodiados por la tropa y con mucho sigilo. Lázaro, sin que nadie le custodiara, se fue a la calle del Humilladero. Clara, que había tenido noticia del alboroto de aquella noche, estaba en la mayor inquietud. A cada ruido que sonaba en la calle, se incorporaba con grande agitación y sobresalto. Decíale Pascuala mil cosas divertidas para distraerla, y a cada momento contaba con las estratagemas que tuvo que poner en juego para que su Pascual no se echara a la calle, teniendo que encerrarle en la casa y esconderle la escopeta en lo más profundo del sótano. El tabernero, que en realidad era un hombre pacífico, viendo que le cerraban la puerta y le impedían ir a cubrirse de gloria en las calles, se bebió lo mejor de su comercio, y sin hacer alborotos, porque también eran pacíficas las monas que cogía, se tendió en el banco y empezó a roncar de tal modo, que parecía su voz una burla durmiente del ronquido popular que sonaba en las calles.

Esperó Clara toda la noche con mortal inquietud; pasó una hora y otra hora, y rezó todas las oraciones que sabía, sin olvidar las que le había enseñado doña Paulita. Su buen amigo no volvió hasta la mañana. Cuando ella vio que no estaba herido, que no le faltaba ningún brazo, ni media cabeza, ni tenía en el pecho ningún tremendo, sangriento agujero, como ella había soñado con horror, se quedó tranquila y en extremo contenta.

«¡Si vieras lo que he hecho esta noche! —dijo Lázaro, sentándose fatigado y sin aliento junto al lecho—. He salvado la vida a más de veinte personas, los hombres más esclarecidos de España. Iban a ser villanamente asesinados esta noche».

—¡Jesús! —exclamó Pascuala, llevándose las manos a la cabeza—. ¡Que me alegro de que mi Pascual no hubiera salido! Si sale, me lo asesinan.

—Una infernal maquinación estaba preparada para matarlos en un sitio en que estaban reunidos. Todo por ese hombre malvado... ¡Si vieras qué tumulto!

—¡Ah, no salgas, por Dios! —dijo Clara.

—Es preciso salir. Sé que tratan de prender a mi tío, que tratan de hacerle justicia. Lo merece, es cierto; pero yo que hice cuanto pude para impedir la realización de sus inicuos planes, trataré también de salvarle a él. Es hermano de mi madre. Si avisándole que tratan de prenderle se salva, y no le aviso, mi conducta es criminal. Es un infame, con vergüenza lo confieso; pero si no impido su persecución y su muerte, tendré remordimientos toda mi vida.

La huérfana no pudo resistir un sentimiento de lástima y piedad hacia aquel hombre excéntrico que, sin dejar de ser su tirano, había sido su protector y el amparo de su niñez.

«Sí, sí: ve —dijo—. ¡Pobre hombre! ¿Qué ha hecho? Pero no vayas tú: ¿no podrías mandarle un recado?».

—Yo mismo debo ir. Volveré pronto; no temas nada. ¿Qué me puede suceder?

—¡Ay, Dios mío! Todavía me parece que siento aquellos gritos de anoche...
¿Y si se enfada contigo y te riñe?

—¿Quién?

—¡Él!, ese hombre, que debe estar más rabioso que nunca.

—No me importa. Hoy será la última vez que le vea.

—¿Y si vas a la casa y encuentras a las dos señoras, y doña Salomé te dice algo que te ofenda, y te habla de mí diciendo que soy incorregible?

—Si me dice algo que me ofenda, me importará poco; pero si me habla de ti, pienso que será la última vez que se atreva a pronunciar tu nombre.

—¿Y si descubren que estoy aquí y vienen las tres a atormentarme, diciéndome que soy muy mal educada? ¡Oh!, si las veo entrar, me muero.

—No vendrán —indicó Lázaro sonriendo—. Y si vienen estaré yo aquí.

—Ve entonces —dijo Clara con una melancolía que detuvo al aragonés un momento y quebrantó un poco su resolución irrevocable.

—Adiós... es preciso. Volveré pronto.

No quiso esperar más tiempo; salió y dirigiose a la inquisición de la calle de Belén. Las ocho serían cuando entró en casa de las nobilísimas damas. Paz y Salomé no estaban allí, porque habían salido a buscar casa. Cuando la devota abrió la puerta y vio a Lázaro, su sorpresa y su turbación fueron tales, que permaneció buen rato sin decirle palabra, mirándole bien, como si creyera que aquella imagen era el efecto de una visión.

«¡Ah! —exclamó, cerrando la puerta una vez que Lázaro estaba dentro—. Yo creí que no le vería a usted más».

Sintió el joven un alivio cuando supo que las dos arpías estaban fuera. Doña Paulita le inspiraba respeto y gratitud, pues no había oído jamás la menor recriminación en su boca, ni Clara le había dicho que tuviera queja ninguna de ella. El recuerdo de la escena y diálogos misteriosos ocurridos algunas noches antes, le puso muy pensativo. Sin saber por qué, cuando se vio solo en aquella casa sombría, en compañía de aquella mujer pálida, con la vista extraviada y el rostro enflaquecido por tres días de delirio y calentura; cuando notó sus ligeras convulsiones, su agitada respiración, su mirada viva, sin saber por qué, lo repetimos, tuvo miedo.

«¿Está mi tío? —preguntó—. Tengo que verle».

—No está: desde ayer no parece.

—¡Qué contrariedad! Tengo que verle hoy mismo.

—Tal vez venga a la hora de comer.

—No quisiera esperar; he de verle antes. Además, yo no como aquí; yo no vuelvo acá, señora... Ahora me despido de usted para no volver más.

Doña Paulita se quedó mirando al joven como si oyera de sus labios la cosa más inverosímil y más absurda.

«¡Para no volver! —dijo cerrando los ojos—. No, no lo puedo creer; no es cierto».

—Sí, señora: es cierto. Yo no puedo estar en esta casa ni un día más. Adiós, señora.

—Lázaro —murmuró la devota, asiéndose al brazo derecho del joven como un náufrago que encuentra una tabla en momentos desesperados—. ¡Usted se va... se va! Y yo me quedo aquí para siempre. ¡Oh!, quiero morirme mil veces primero.

El joven estaba confundido. Aterrábale la actitud dolorida de la mujer mística, sus labios trémulos y secos, la expresión de su rostro, que anunciaba la más grande desesperación.

«Yo soy una muerta, yo no vivo —dijo ella—. Yo no puedo vivir de esta manera... Ya le dije a usted que no era santa, ¡y cuán cierto es! Hace tiempo que me he transformado... Puedo nacer a la verdadera vida, puedo salvarme, puedo salvar mi alma, que va a sucumbir si permanezco de este modo. Yo espero vivir... Al ver que usted tardaba, la esperanza comenzó a faltarme; pero usted ha venido. ¿No puedo creer que Dios me lo ha enviado? Hay cosas que nosotras no podemos decir; pero yo las digo, porque me siento destrozada interiormente. Ha llegado para mí el momento de dejar una ficción que me mata: yo no sé fingir. Creí que Dios me reservaba para una vida ejemplar, de continua devoción y tranquilidad; pero Dios se ha burlado de mí, me ha engañado, me ha hecho ver que la virtud con que yo estaba tan orgullosa, no era otra cosa que una farsa, y aquella aparente perfección un desvarío. Yo no había vivido aún, ni me había conocido. No puedo estar más aquí, porque esto sería prolongar este engaño, que antes fue mi mayor placer y ahora mi mayor martirio».

—Señora —dijo Lázaro, que comprendió al fin toda la profundidad del nuevo carácter de la devota, y vio claro en lo que antes era para él un misterio—. No se agite usted sin razón. Sea usted libre y no sacrifique su felicidad a exigencias de familia. Las dos señoras que viven con usted son muy intransigentes.

Quería el joven evadirse, con esta salida, de la contestación enojosa que las palabras y la actitud de la santa parecían exigir.

«No me importa su carácter —dijo esta—. Yo las quiero, son mis parientas y compañeras de toda mi vida. Después que yo tome una resolución irrevocable, poco me importa lo que ellas puedan decir o hacer. Yo estoy decidida, Lázaro».

Y en vano buscaban sus ojos en el semblante del joven indicios de los sentimientos que con tanta ansiedad le pedía. Él hacía esfuerzos por permanecer inmutable ante aquella santa mujer, agitada por las alternativas de un arrebato místico; y no sabiendo qué decir, dio un paso hacia la puerta.

«No —dijo la devota, deteniéndole con más fuerza—. ¿Marcharse usted? ¡Qué idea! ¿Qué va a ser de mí? ¡Sola para siempre! La muerte lenta que me espera es peor que si ahora mismo me matara usted... ¡Y decía que era agradecido! Usted es la misma ingratitud. Siempre lo he creído. Hay personas que no merecen recibir la más ligera prueba de afecto. Usted es uno de esos. Y, sin embargo, por una fatalidad que nos cuesta tantas lágrimas, siempre van dirigidos los más grandes tesoros de amor a las personas que menos los merecen».

—No, por Dios: no me llame usted ingrato —respondió Lázaro, viendo que era ya imposible evadirse a las declaraciones que la teóloga exigía de un modo tan apremiante—. Yo no soy ingrato, y menos con usted, que tan bondadosa ha sido conmigo.

—Si usted olvidara eso, sería el más infame de los hombres. A pesar de todo, siempre creí que no era usted tan malo como decían. Usted será bueno: la felicidad hace buenas a las personas. Yo también espero serlo... ¡Ah! ¿No sabe usted en qué he pensado? He tenido estos días llena la cabeza con unas ideas... Antes jamás me habían ocurrido tales cosas... No lo puedo contar. ¿Sabe usted? Pienso que estoy destinada a largos días de paz y felicidad, de que disfrutará alguien conmigo.

—¿Qué es eso? —preguntó Lázaro algo tranquilizado por la esperanza de que aquella nueva idea apartaría la conversación del fastidioso tema por que había empezado.

—Es —continuó la santa con una amabilidad forzada que la hacía más lúgubre—, es que yo he pensado que no puede existir perfección mayor que la que ofrece la vida doméstica con todos los deberes, todos los goces, todos los dolores que lleva en sí la familia. ¡Ay!, meditando sobre esto, he comprendido la esterilidad de mis rosarios, de mis rezos. ¿Qué estado puede igualarse por su dignidad y nobleza al estado de la esposa, de cuya solicitud penden tantas felicidades, la vida de tantos seres?

—Efectivamente, señora —dijo Lázaro muy confuso—; eso es cierto. Pero las personas que como usted se elevan tanto por la meditación y la abstracción; que se libran de las flaquezas humanas por su fortaleza, son mucho más perfectas.

—¿Perfectas? ¡Qué loco es usted! ¿Y qué ha dicho usted de flaquezas? ¿Llama usted flaquezas a la verdad de nuestra naturaleza, que se manifiestan como Dios las ha criado?

El aturdimiento del joven no tuvo límites.

«Aspirar a hacer la felicidad —continuó ella—, de muchos seres por el amor y los lazos de la familia, ¿es eso lo que usted llama flaquezas?».

—No, señora; eso no.

—¡Oh!, usted se va a asustar de lo que le voy a decir. No lo creerá usted: es inconcebible.

Lázaro, que creía ya que doña Paulita Porreño no podía decir nada más inconcebible, tembló ante la promesa de nuevas y más extrañas confidencias.

«Para realizar la felicidad y la paz con que yo he soñado, no basta el amor; es decir, que para evitar mil irregularidades y disgustos, es necesaria además otra cosa. Cuando en la vida ocurren dificultades, el mutuo amor se ve diariamente acibarado. Tiembla el uno por el otro; tiemblan los dos por los hijos; la felicidad se ve comprometida a cada instante; asusta el día de mañana; se tienen remordimientos de haberse unido. Yo he comprendido esto a fuerza de meditación, y también me parece que lo he leído en no sé qué libro».

—Es verdad, señora; yo comprendo lo que usted quiere decir —observó Lázaro, admirado de tanta sabiduría.

—Pues yo voy a decirle a usted una cosa que le sorprenderá mucho, Lázaro —dijo Paulita, dirigiendo hacia el joven toda la melancolía y el suave interés de su mirada—. Voy a decirle a usted una cosa que le sorprenderá sobremanera: yo soy rica.

Efectivamente, Lázaro se quedó absorto.

«Sí —continuó ella—, yo soy rica. Usted se maravilla. Conociendo la vida que llevamos... Este es un secreto que solo confío a quien debo confiarlo: a usted, única persona que... El uso que yo pienso hacer de esa riqueza, ya usted lo ha comprendido. Yo no debo hacer declaraciones innecesarias. Nosotros nos hemos comprendido, hemos confundido nuestros propósitos en uno solo, ¿no es verdad?».

—Sí, señora —dijo Lázaro, por contestar de algún modo a aquella profundísima y grave pregunta.

—Yo soy rica. Hace poco hubiera dejado perder mi fortuna sin cuidado ninguno. Siempre he despreciado todo eso. Pero hoy no; hoy pienso en ese tesoro como un medio de vida. Para mí nada quiero; pero los hombres que tienen ambición necesitan todo eso. Lo necesitamos, ¿no es cierto?

Lázaro, después de un momento de angustiosa vacilación, dijo otra vez: «Sí, señora».

—Era yo muy niña —continuó la dama—; había muerto mi tío: reinaba en la casa la mayor desolación; nos preparábamos a mudar de habitación; ya éramos pobres. Mi tía y mi prima estaban llorando; pero al mismo tiempo muy ocupadas en la mudanza y en recoger los pocos muebles que nos quedaron después del embargo. En un viejo reclinatorio de nogal había hecho yo un altar, donde rezaba mucho. Teníalo cerrado por las noches, y al abrirlo por las mañanas, al ver mis santos y mis imágenes, me parecía tener allí un pedazo de cielo. Aquel día fue muy triste para mí, porque tuve que desclavar mi altar del sitio donde estaba, y muchos santos se me rompieron, dejando en el mueble el pedazo por donde estaban pegados. En esta operación sentí que cedía bajo mi mano la tabla del fondo, y quedaba descubierto un hueco. En este hueco había una cajita muy bella de madera labrada. Traté de abrirla y la abrí sin esfuerzo: estaba llena de dinero, casi todo en onzas muy antiguas. Cerré la caja; ajusté la tabla que cubría el hueco, dejándola cuidadosamente como estaba, y me callé. Trajeron el mueble a esta casa, y en mi cuarto ha estado hasta hoy. Al principio miré aquello como un juguete, como una reliquia. De noche, en el silencio de esta casa, lo abría, contemplando con estupor las hermosas monedas que dentro había. Varias veces traté de revelarlo; pero me detenía un recelo supersticioso. A veces soñaba con fundar algún día una obra piadosa. No he tocado nunca aquel dinero, y a pesar de la estrechez con que hemos vivido, jamás me atreví a gastar ni un solo doblón. Me parecía que debía guardar aquello para otros días, que yo esperaba sin saber por qué. Por instinto lo conservaba intacto, aunque pensaba que jamás cambiaría de estado. El tesoro existe en el mismo sitio en que lo encontré. Ha llegado el momento de usarlo para las necesidades de esta vida. Es mío, ¿puedo dudarlo? Pertenecía a alguno de mis parientes, que lo depositó allí para tenerlo seguro. A mí me pertenece ahora; a mí, que lo encontré. Daré, sin embargo, la mitad a mi prima y a mi tía, y si me acusan de no haberlo mostrado antes, les diré que a no haberlo conservado me sería hoy imposible labrar las felicidades que pienso labrar, y dar a mi vida y a la vida de otros la expresión que necesitan.

Lázaro no quiso agravar la situación, y repitió:

«Sí, señora».

La devota entró en su cuarto, y volvió al poco rato con una cajita que mostró al joven, diciendo cariñosamente:

«Aquí está. Es mía, es nuestra».

Y al decir esto, se acercó a él con la caja sostenida en las dos manos y apoyada en el seno. La caja tocaba al pecho de Lázaro, y este sentía el empuje con tanta fuerza, que, por no caer, tuvo que dar un paso atrás y extender los brazos hasta tocar los hombros de la santa.

«Hace usted bien —dijo el aragonés—. ¿De qué sirve guardar ese dinero, que puede ser útil a usted y a otros?».

—Sí —contestó Paulita con efusión—. Es nuestro.

Ya no sabía Lázaro qué partido tomar. Se decidió a concluir de una vez aquella penosa situación.

«Señora —dijo—, yo me retiro. Es preciso que me retire...».

—Sí —contestó ella—, y yo también. Vamos. Nos iremos juntos.

—¡Usted, señora, usted...! —exclamó Lázaro descompuesto.

—Sí, los dos. Vamos.

—Señora, usted delira. Eso es imposible.

—¡Imposible, imposible! No podemos quedarnos aquí.

—Es preciso que nos separemos, señora. Otra cosa sería una inconveniencia y una desgracia tal vez.

—¿Qué dices? —balbució la santa con extravío.

Su aspecto en aquellos momentos infundía temor. Asemejábase a los enfermos atacados de epilepsia cuando están a punto de caer en un angustioso paroxismo. Una contracción, producida al parecer por el hábito de la sonrisa; una tensión violenta de los párpados como quien expresa el último grado del asombro; palidez mortal, interrumpida por súbitas inflamaciones de rubor; voz semejante a un quejido fatigoso y animada de repente con vibración desentonada, eran los caracteres de su dolencia, próxima a llegar al período de mayor exacerbación.

«¿Qué dices?» repitió después de una pausa.

—Usted está enferma, muy enferma, señora —dijo Lázaro, que empezó a creer que doña Paulita deliraba o estaba loca.

La mujer mística sonrió de un modo inefable mirando al cielo y estrechando contra su pecho la caja del tesoro, como si fuera la persona del mismo Lázaro. Después tomó al joven por el brazo, y atrayéndole suavemente, dijo:

«Vamos, no entraremos más en este sepulcro».

—Usted no debe salir, no puede salir. ¿Qué dirán esas señoras? Cálmese usted, por Dios, y reflexione...

—Vamos.

—¿A dónde hemos de ir? ¡Los dos! ¿No ve usted que eso es imposible? ¿Para qué? ¿Para qué nos vamos juntos?

Al oír esto, la devota se conmovió de pies a cabeza. Como si toda la pasión acumulada y oculta en tantos años brotara en ella de una vez con violenta sacudida, exclamó con fuerza:

«¡Necio, no ves que te adoro!».

Lázaro quedó petrificado. La dama había hablado con toda la expresión de la verdad humana; se había revelado en un solo esfuerzo y del modo más categórico. Aquella violenta confesión la dejó postrada y sin aliento, como

355

si con sus palabras exhalara la mitad de alma. Lázaro le dijo con mucha vehemencia:

«No lo merezco, señora. Yo soy muy inferior a usted; yo soy un miserable, indigno de esa pasión... Pero no puedo estar aquí más. Ahora más que nunca es mi deber declarar que soy el más malvado de todos los hombres si no me aparto de aquí al instante. Obstáculos terribles que yo no puedo ni podré nunca vencer se oponen a que yo manifieste nunca otra cosa. Separémonos para siempre; otra cosa es imposible, imposible, imposible...».

Dijo esto con mucha energía, y se disponía a marcharse. La devota hizo un gesto angustioso cual si quisiera hablar. Parecía que después de lo que dijo había quedado muda. Al fin pudo proferir estas palabras:

«Ven... oye... vamos...».

—¡Jamás, señora, jamás! —exclamó el joven dirigiéndose hacia la puerta.

La devota inclinó la cabeza, agitó los brazos, soltando la caja; se doblegó después de vacilar un momento, retrocediendo y avanzando; dio un grito y cayó al suelo. Su cuerpo hizo retemblar el piso; las monedas se esparcieron en derredor suyo; movió repetidas veces la cabeza, afectada al parecer de un profundo dolor interno; llevose ambas manos al pecho, crispando los dedos, y al fin quedó quieta, sin más movimiento que las expansiones violentas de su pecho, sacudido por una respiración fuerte y ruidosa. Acudió Lázaro a levantarla con presteza, y en el mismo momento se oyó el ruido de una llave y entraron muy tranquilas Salomé y María de la Paz.

Júzguese lo extraño de aquella aparición y de aquella escena: Paulita tendida con los síntomas de un grave accidente; Lázaro demudado y confuso; gran cantidad de monedas de oro, cosa desconocida en aquella casa, derramadas con abandono por el suelo, y las dos arpías en la puerta mirándose como dos espectros.

El primer objeto que atrajo las miradas de Salomé fue el oro esparcido; su primer movimiento fue lanzarse sobre él y empezar a recoger las piezas, arrodillada en el suelo. Paz miró a Lázaro, se puso lívida de miedo; miró a la devota, se llenó de ira, dio algunos pasos, y recobrando al fin la majestad de su carácter, preguntó:

«¿Qué es esto?».

—Señora —dijo Lázaro, procurando dominar su situación—, un triste suceso... Doña Paulita está muy enferma... Le ha dado un accidente. Estábamos hablando... ¡Qué conflicto! Ahora mismo, ahora mismo ha caído.

—¿Pero ese dinero...? —dijo Paz.

—Es suyo.

—¡Suyo! —exclamó la arpía con codicia.

Y volviéndose a Salomé, que recogía el oro, añadió:

«Dámelo, dámelo: yo he de guardar eso».

—Yo lo guardaré.

—¿Pero de dónde ha sacado ella ese dinero? —dijo la otra.

—Lo tenía hace mucho tiempo —contestó Lázaro, procurando, mientras las Porreñas se ocupaban del oro, prestar algún alivio a la pobre enferma.

Paz, de rodillas, recogía monedas; Salomé, de rodillas, recogía también; pero la gruesa, con su pesada mano, no igualaba en presteza a la nerviosa, que iba más ligera, y cogía dos piezas en lo que su tía atrapaba una. Salomé parecía una loca. La mano izquierda de Paz, cuando recibía de la derecha una nueva onza o doblón, se cerraba, apretando los robustos dedos y aferrándose sobre el oro con la firmeza y el ajuste de una máquina. Al fin iban desapareciendo del suelo las áureas piezas. Quedaban cuatro, tres, dos; quedaba una. Las manos de entrambas Porreñas se lanzaron con presteza brutal sobre la última, y cayeron una sobre otra, aplastándose allí mutuamente en repetidos golpes. Las dos ruinas se miraron: parece que se querían tragar mutuamente. ¿Cuál de los dos caracteres vencería al otro? Paz estaba hinchada de cólera, de orgullo; estaba amoratada, apoplética. Salomé estaba amarilla y jadeante de rencor, envidia y ansiedad. Sus labios entreabiertos mostraban los blancos y finísimos dientes, como si quisiera infundir miedo a su rival con aquella arma. Las dos estaban de rodillas y apoyadas en las manos, y en aquella actitud, semejante en algo a la de las esfinges, las dos arpías, revelando con intempestivo vigor sus encontradas pasiones, eran como bestias feroces. Después de un rato de silencio en que todas las fuerzas de la envidia humana se midieron de una mirada con todas las fuerzas del orgullo, la pantera dijo a la foca:

«Esto es mío».

—¡Tuyo! ¿Qué dices, imbécil? Esto es mío: era de mi padre... Yo sé que lo había guardado en alguna parte; pero no sabía yo dónde estaba.

—¡Vanidosa! —dijo Salomé, adelantando un brazo y una pierna—. Tú nos has sumergido en la pobreza; tú tenías escondido este dinero. ¡Qué infamia!

—¡Hipócrita! —exclamó Paz, retrocediendo—, quítate de mi presencia. Dame ese dinero; no nos robes otra vez. Esto es mío.

—Era de mi padre: yo lo heredo. ¿Qué tienes tú que ver con esto? Dame ese dinero.

Paz vio a Salomé cerca de sí. Alzó su brazo derecho y sacudió con poderoso empuje la mano contra la cara de su sobrina, dándole un bofetón tan fuerte, que esta cayó al suelo como herida por una maza. Pero se irguió sobre sus piernas, vació en el bolsillo las monedas que tenía en la mano, se retiró un poco como los carnívoros cuando van a dar el salto, y se abalanzó hacia su tía. Antes de que esta pudiera defenderse, los diez dedos puntiagudos y como acerados de su contraria, estaban sobre su cara, pegados cual si tuvieran un gancho en cada falange. Clavó las uñas con frenesí en las carnosas mejillas y tiró después, dejando ocho surcos sangrientos en la faz augusta de la vanidosa. Lanzó esta un grito de dolor. Lázaro tuvo que intervenir, y mientras levantaba del suelo a Paz, recogió la nerviosa todas las monedas que su rival dejó caer en el combate; se envolvió en un manto con presteza convulsa, y apretándose el bolsillo salió corriendo de la sala, tomó la escalera, descendió por ella y huyó.

Lázaro no quiso presenciar más tiempo aquella escena. Vomitaba la vieja su ira contra él, le decía las mayores injurias, le llamaba cobarde, mandándole perseguir a su sobrina. El joven no podía resistir más el horror que le inspiraba aquella casa maldita. Miró a la devota, que permanecía aún sin movimiento, y afligido por la sin igual desventura de mujer tan infeliz, salió de la casa.

Capítulo XLIII. Conclusión

Deseoso Lázaro de ver a su tío aquella mañana, fue a casa del abate Carrascosa, y allí encontró otra escena de desolación. Estaba el ex-abate en su cuarto, sentado en una silla, con los pies sobre la traviesa, en tal actitud, que parecía un pájaro posado sobre una rama. Apoyaba los codos en las rodillas, sustentando la cabeza con las manos como si quisiera apuntalarla. Su expresión de tristeza era tal, y le hacía tan raro, que el joven no pudo menos de preguntarle:

«¿Qué tiene usted, don Gil?».

—¡Ay, don Lázaro, qué iniquidad! Se ha marchado. ¿Ve usted qué iniquidad? ¡Yo, que la quería tanto!...

Lázaro comprendió que doña Leoncia, el avecilla vizcaína, había volado.

«¿Pero cómo ha sido eso? ¿Qué motivo...?».

—¡Es la más horrible conspiración!... Ese chisgarabís, ese tunante, el poetastro que vivía en este cuarto, se la ha llevado. ¡Qué horror! ¡Siempre he aborrecido de muerte a los copleros!

—Consuélese usted, don Gil. Vamos a otra cosa. ¿Sabe usted dónde está mi tío?

—Si le digo a usted que no he visto iniquidad semejante —murmuró el abate sin hacer caso de la pregunta—. Y tenía una herencia, una legadillo... ¡Maldito catacaldos!

—Esa es la vida, don Gil... hay que conformarse.

—Tenía un legadillo... yo lo descubrí en la covachuela.

—Con que diga usted, ¿dónde podré encontrar a mi tío?

—Yo... si le he de decir a usted la verdad —prosiguió el abate, abstraído por su desgracia—, no lo siento por ella, porque al fin y al cabo... pero tenía un legadillo...

—¿No me responde usted?

—Tenía un legadillo...

—Es imposible sacarle una respuesta.

—Tenía un legadillo...

Comprendió Lázaro que era inútil toda indagación. Salió de la casa, dejando al abate en la misma actitud de mochuelo posado, y se fue a la calle del

Humilladero, donde encontró a Bozmediano que le esperaba con quietud; y al verle llegar, le dijo:

«Amigo, le persiguen a usted. Es preciso tomar precauciones».

—¿Quién me persigue?

—Fácil es comprender que habrá personas disgustadas por lo que hizo usted anoche. Esas personas le persiguen a usted: yo estoy seguro de ello.

—Ya comprendo —repuso Lázaro—. ¿Pero qué me importa?

—Hay que tomar precauciones, porque si se vengan, será de un modo terrible. Mucho cuidado. Ahora han estado en la taberna cuatro personas que creo han traído el encargo de ver cuándo entraba y salía usted. Me parece que lo mejor es que se marchen ustedes esta noche misma de Madrid. Una vez que estén fuera y lejos...

—¡Qué contrariedad! Pero yo deseo salir. Nos marcharemos.

—Pues entre tanto no salga usted a la calle. Yo arreglaré el viaje, y lo haré de modo que nadie lo sepa. Sé que le buscan a usted, y los que le buscan saben hacer las cosas.

¿Y cómo han averiguado que estoy aquí?

—Dejemos eso. Hay que partir esta noche o mañana mismo. Aquí no estará usted seguro. Mucho cuidado... Yo volveré, y veremos el modo de salir sin peligro. Creo que se conseguirá. Hasta luego.

Retirose Bozmediano, y Lázaro entró a ver a Clara.

«¿Las encontraste?» le preguntó la sobrina de Coletilla con curiosidad y cierto temor.

—Sí —contestó él sonriendo al recordar la escena de las monedas, que refirió después sin omitir el extraño incidente de doña Paulita.

Oyó Clara con mucho interés este último punto, y después dijo con tristeza:

«Ya lo sabía».

—¡Cómo! ¿Ella te ha dicho algo?

—No; pero lo he conocido, me lo había figurado. Tenía una sospecha... Aquella mujer es muy rara. ¡Si vieras qué miedo me daba cuando se ponía a orar, quedándose mucho tiempo quieta e insensible, como si estuviera muerta! Se ponía de rodillas, miraba al techo, y así se estaba dos o tres horas sin moverse, y hasta parecía que no respiraba. La tocaba yo, y nada; la llamaba, y no respondía. Por fin, después de mucho tiempo, daba un suspiro y volvía en sí.

—¿Y eso le pasaba con frecuencia?

—Sí: muchas veces.

—Hay una enfermedad —dijo Lázaro—, que llaman la catalepsia, y consiste en un paroxismo, durante el cual la persona pierde el movimiento y el habla, quedándose como muerta. Dicen que una de las causas que motivan esta enfermedad es el misticismo religioso y el hábito de los éxtasis y visiones.

—Eso será lo que tiene. ¡Pobre Paulita!

Aquella noche estaban los dos en el mismo cuarto, sentados junto a una escasa lumbre. Clara se había levantado completamente restablecida. Lázaro revolvía en su imaginación los peregrinos incidentes de los días anteriores. Los dos estaban muy tristes; se comunicaban mirándose su tristeza, y callaban. Tal vez pensaban en planes para lo futuro; quizás ella estaba inquieta por la situación difícil en que uno y otro se encontraban. Entonces entró Pascuala y dijo:

«¡Qué miedo! Desde el anochecer están paseándose por delante de la puerta unos hombres... Esta tarde vinieron también. ¡Qué fachas! A veces se paran a mirar pa dentro, y me temo que si viene Pascual y los ve, se va a armar una... ¡porque tiene un genio!... se creerá que vienen por mí... porque como es una así... tan guapetona...».

—Cierre usted la puerta.

—Ya cerré.

Clara se quedó pálida como un difunto. Ya le parecía que por ventanas y puertas entraba una horda de facinerosos, armados de puñales, pistolas, cuerdas y otros instrumentos horribles.

«Cierra bien. Apaga esa luz. Si se irán a entrar por esa ventana», dijo señalando un tragaluz por donde el gato, que tanto respeto inspiraba al señor de Batilo, entraba con dificultad. Aquel tragaluz daba a un patio perteneciente a la misma casa.

Batilo, que sin duda entendió lo del peligro en que los jóvenes se hallaban y quería probar que, aunque misántropo, era un perro resuelto a todo, ladró en un tono que quería decir: «Nada hay que temer mientras esté yo».

Un poco más tarde, Clara, que miraba con recelo aquel tragaluz maldecido, se estremeció con horrible sacudimiento, dio un grito muy agudo y sus ojos expresaron el pavor más grande.

«¿Qué tienes, qué hay?» dijo Lázaro con sobresalto.

Clara, tal vez dominada por el miedo, había creído ver instantáneamente en el tragaluz los ojos vivos, la nariz puntiaguda de Elías Orejón, su tirano y protector.

«¿Eres tonta? —le dijo Lázaro—. ¿No ves que eso es efecto del miedo?».

Él miró y examinó atentamente: no había nadie. Salieron al patio, que estaba lleno de escombros y de leña, y tampoco vieron nada. Indudablemente había sido efecto del miedo.

El día siguiente pasó sin ningún suceso notable, y al anochecer llegó Bozmediano. Lázaro, desde que le vio entrar, conoció que no estaba tranquilo.

«¿Qué hay?».

—Mucho peligro. Le acechan a usted. Yo he venido acompañado por temor de tener algún encuentro. Pero no tema usted. He traído bastante gente y estamos seguros. Ahora mismo se van a marchar ustedes.

—¿Y saldremos ahora mismo? —dijo Clara con alegría, esperando no ver más aquel tragaluz y dejar para siempre a Madrid.

—Sí, ahora mismo. Ya les he preparado un coche para que vayan de aquí a Torrejón, donde tengo yo una casa. Allí pueden descansar hasta pasado mañana, que pasa por allí una diligencia para Alcalá, y de Alcalá pueden dirigirse a Aragón cuando quieran.

—¿Y cuándo llegaremos a Torrejón?

—Antes de que amanezca. Van ustedes en un coche de mi casa y con gente de mi confianza. No tienen nada que temer: buenas mulas y buena compañía. En Torrejón están ustedes seguros... Aquí... no lo creo. Es preciso salir de esta casa y de Madrid inmediatamente.

—Pues vamos —dijo Lázaro con resolución—. No perdamos tiempo.

Rápidamente se prepararon uno y otro.

«¿No hay una puerta que dé a otra calle?» preguntó Bozmediano a Pascuala.

—Sí, señor, pero hay que pasar por la casa del carbonero, que tiene salida a la otra calle.

—Bien, por ahí saldremos. El coche espera en las afueras del Portillo de Gilimón. Los hombres que yo he traído están en la tienda. Que entren, y saldremos todos por esa otra calle.

Pocos momentos después salían todos, incluso el perro de las Porreñas, a quien Clara no quiso abandonar. Despidiéronse los viajeros de Pascuala, y se dirigieron, acompañados de Bozmediano y su gente, al Portillo de Gilimón. Muy a prisa, por no dar lugar a que algún curioso los descubriera, subieron al coche. El cochero y su zagal iban en el pescante; un criado, hombre fuerte, armado de fusil, iba dentro con Lázaro y Clara. Despidiolos Bozmediano muy cordialmente y un tanto conmovido, y partió el coche por la ronda para tomar la carretera de Aragón.

Tantas precauciones no eran inútiles, y es seguro que sin ellas habrían tenido los fugitivos un mal encuentro, y quizás alguna desventurada aventura que hubiera desviado las cosas del buen camino que llevaban. La inquietud de Lázaro y los sustos de Clara no concluyeron hasta más allá de Alcalá; y había realmente motivo para ello, porque el jurar de Coletilla contra su sobrino era tal (según informes adquiridos por el autor), que había jurado quitarle la vida. Pero Dios lo dispuso de otra manera, y llevó sanos y contentos a la villa aragonesa a los dos principales personales de esta verídica historia, los cuales, una vez descansados del viaje y repuestos del susto, no pensaron más que en casarse; acertada idea que a toda persona en aquellas circunstancias se le hubiera ocurrido. En ningún apunte de los que el autor ha tenido a la vista para su trabajo consta el día en que se casaron; pero está probado que no esperaron mucho tiempo, y que tuvieron venturosa sucesión. De esto son pruebas evidentes varios mocetones que, años adelante, vieron Bozmediano y el autor en un viaje que hicieron a un lugar de Aragón para asuntos que no vienen al caso.

Cómo se acomodó Lázaro en su pueblo, y qué medios de subsistencia pudo allegar, es cosa larga de contar. Baste decir que renunció por completo, inducido a ello por su mujer y por sus propios escarmientos, a los ruidosos éxitos de Madrid y a las lides políticas. Tuvo el raro talento de sofocar su naciente ambición y confinarse en su pueblo, buscando en una vida oscura, pacífica, laboriosa y honrada la satisfacción de los más legítimos deseos del hombre. Ni él, ni su intachable esposa, se arrepintieron de esto

363

en el transcurso de su larga vida. Así, en tan dilatado período, el nombre de nuestro amigo, que había estado en candidatura, digámoslo así, para entrar en la celebridad, no figuró en la Guía oficial, ni en listas de funcionarios, ni en corporaciones, ni en juntas, ni en nada que pudiera hacerle traspasar las fronteras de aquel reducido término de Ateca. Con paciencia y trabajo fue aumentando la exigua propiedad de sus mayores, y llegó a ser hombre de posición desahogada.

Así me lo ha contado Bozmediano, de quien recibí también noticias muy interesantes de los demás personajes de esta historia. Especial deseo tenía yo de saber algo de Coletilla; y un día que la suerte me deparó un buen encuentro con don Claudio, y sacamos a colación los sucesos que referidos quedan, me vino a las mientes Coletilla, y hablamos largamente de él.

«Ya el demonio se lo llevó —me dijo mi amigo—. Parece que aquel hombre excéntrico recibió el más horrible castigo que, dado su carácter, podría recibir. El Rey le despreció después del triunfo de 1824. Un día se empeñaba Elías en ver al Rey: venía de la facción; había luchado por el absolutismo, como semejante hombre podía luchar por semejante causa. Fernando, entre cuyos vicios descollaba la ingratitud, mandó salir expresamente al lacayo del último de sus ayudas de cámara con orden terminante de apalear a Coletilla donde quiera que le encontrase. Bajó el lacayo y vapuleó al realista. Así pagan los tiranuelos. Después de este lance, el fanático se puso malo. Dijeron algunos que se había dejado morir de hambre; otros que se había vuelto loco; otros, y esto parece lo más cierto, que le mató una profunda hipocondría».

—Y las tres señoras de Porreño, ¿qué fue de ellas? —le pregunté.

—Nada he podido averiguar de doña Salomé —contestó—. Creo que ha desaparecido de Madrid. Doña María de la Paz Jesús estaba en Segovia, donde tenía una casa de huéspedes. Respecto a doña Paulita, sí he tenido muchas noticias.

—¡Qué singular pasión la suya!

—Sí: después empezó a padecer ataques muy frecuentes de catalepsia. En cuanto a su pasión, hay que reconocer que el recogimiento de su vida y la circunstancia de haberse formado un carácter ficticio influyeron en aquella explosión repentina. Habíase educado en la vida devota, y la condición mundana de nuestra naturaleza no se reveló en ella en edad oportuna a causa de las anomalías de la juventud. Fue una niña hasta los treinta años; y creo que hubiera sido una excelente mujer, adornada de todas las prendas de la lealtad y delicadeza que deben adornar a una esposa, si aquella perfección engañosa, hija de una falsa educación, no torciera en ella su verdadero carácter. Repitiendo lo que ella decía, aunque modificándolo para no proferir una blasfemia, podemos asegurar que la Naturaleza, no Dios, se burló de ella.

Poco después de las últimas escenas de esta historia se retiró a un convento, y allí tenía opinión de santa, a lo cual contribuyó mucho la catalepsia. Creyéronla muerta varias veces, y hasta trataron de enterrarla en una ocasión; mas durante las exequias volvió en sí, pronunciando un nombre, que interpretaron todas las monjas como una señal de santidad, pues entendían que repetía la palabras de Jesús: Lázaro, despierta. Indudablemente era una santa. Ocho teólogos lo probaron con ochocientos silogismos. Su vida era ejemplar, su trato tristísimo; oraba mucho, y se dormía, se quedaba en éxtasis casi todos los días. Uno de estos éxtasis fue tan largo, que las monjas sospecharon que no saldría de él. Así fue, en efecto: no volvió en sí. Pero las monjas, por no exponerse a un nuevo chasco, esperaron lo más posible, y al fin se decidieron a enterrarla, seguras de que estaba bien muerta.

Fin de La fontana de oro

Madrid, 1867-68

Libros a la carta

A la carta es un servicio especializado para

empresas,

librerías,

bibliotecas,

editoriales

y centros de enseñanza;

y permite confeccionar libros que, por su formato y concepción, sirven a los propósitos más específicos de estas instituciones.

Las empresas nos encargan ediciones personalizadas para marketing editorial o para regalos institucionales. Y los interesados solicitan, a título personal, ediciones antiguas, o no disponibles en el mercado; y las acompañan con notas y comentarios críticos.

Las ediciones tienen como apoyo un libro de estilo con todo tipo de referencias sobre los criterios de tratamiento tipográfico aplicados a nuestros libros que puede ser consultado en Linkgua-ediciones.com.

Linkgua edita por encargo diferentes versiones de una misma obra con distintos tratamientos ortotipográficos (actualizaciones de carácter divulgativo de un clásico, o versiones estrictamente fieles a la edición original de referencia).

Este servicio de ediciones a la carta le permitirá, si usted se dedica a la enseñanza, tener una forma de hacer pública su interpretación de un texto y, sobre una versión digitalizada «base», usted podrá introducir interpretaciones del texto fuente. Es un tópico que los profesores denuncien en clase los desmanes de una edición, o vayan comentando errores de interpretación de un texto y esta es una solución útil a esa necesidad del mundo académico.

Asimismo publicamos de manera sistemática, en un mismo catálogo, tesis doctorales y actas de congresos académicos, que son distribuidas a través de nuestra Web.

El servicio de «libros a la carta» funciona de dos formas.

1. Tenemos un fondo de libros digitalizados que usted puede personalizar en tiradas de al menos cinco ejemplares. Estas personalizaciones pueden ser de todo tipo: añadir notas de clase para uso de un grupo de estudiantes,

introducir logos corporativos para uso con fines de marketing empresarial, etc. etc.

2. Buscamos libros descatalogados de otras editoriales y los reeditamos en tiradas cortas a petición de un cliente.